Prosa des Expressionismus

Herausgegeben von Fritz Martini

W0241720

Philipp Reclam jun. Stuttgart

RECLAMS UNIVERSAL-BIBLIOTHEK Nr. 8379
Alle Rechte vorbehalten
© 1970 Philipp Reclam jun. GmbH & Co., Stuttgart
Gesamtherstellung: Reclam, Ditzingen. Printed in Germany 2009
RECLAM, UNIVERSAL-BIBLIOTHEK und
RECLAMS UNIVERSAL-BIBLIOTHEK sind eingetragene
Marken der Philipp Reclam jun. GmbH & Co., Stuttgart
ISBN 978-3-15-008379-6

www.reclam.de

Einleitung

Das Lyrische und das Dramatische bilden die vorwaltenden Ausdrucksimpulse in der Literatur der expressionistischen Generation. Lyrisches und Dramatisches sind auch in die Formen ihres Erzählens eingeflossen: ersteres erkennbar in einer erhöhenden Bildwahl und in den starken Rhythmisierungen der Sprache, letzteres in der gestrafften, finalen Spannungs- und Zielführung und in den Formen des szenischen Darstellens. In der Lyrik und in dem Drama dieser Generation haben sich überdauernde Leistungen eingestellt – was in der expressionistischen Erzählkunst geschah, ist dahinter im Schatten geblieben. Die Ausstrahlung, welche der von Kurt Pinthus aufgebauten Anthologie »Menschheitsdämmerung« zuteil wurde, ist von der Anthologie der Prosa, die Max Krell in »Die Entfaltung. Novellen an die Zeit« im Jahr 1921 herausgegeben hat, nicht erreicht worden. Zwar wurden inzwischen neue Sammlungen, vor allem dank Karl Otten, veröffentlicht[1]. Ihr Echo scheint jedoch nicht eben groß zu sein; auch die Forschung hält sich gegenüber der expressionistischen Prosa auffällig zurück, obwohl einige zeitgenössische Schriftsteller nachdrücklich manifestierten, viel von ihr gelernt und an sie sich angeschlossen zu haben. Thematisch und formal scheint das expressionistische Erzählen am meisten an seine Geschichtsstunde gebunden zu sein.

Der Roman ließ auf sich warten und blieb – abgesehen von dem genialen Einzelgang Franz Kafkas, der bei Lebzeiten zudem nur durch kurze Erzählprosa seinen Namen gewann, abgesehen auch von dem großen Epiker Alfred Döblin, der das unabhängig Individuelle seines erzählerischen Werkes

1. *Ahnung und Aufbruch.* Expressionistische Prosa. Hrsg. und eingeleitet v. Karl Otten. Neuwied: Luchterhand 1957. – *Ego und Eros.* Meistererzählungen des Expressionismus. Hrsg. v. Karl Otten. Mit einem Nachwort v. Heinz Schöffler. Stuttgart: Goverts 1963.

akzentuierte – im Versuchsfeld der produktiven Erneuerungen der epischen Sprache. Zwar begegnet in der Frühzeit der expressionistischen Literaturbewegung ein Experiment, das sich radikal aus allen Romantraditionen herausgelöst hat: Carl Einsteins Entwurf einer ›autonomen‹ Prosa »Bebuquin oder die Dilettanten des Wunders«. Die ersten vier Kapitel wurden bereits 1907 veröffentlicht. Seine Emanzipation von der realistischen Deskription – »Phantasie gestattet, alles ohne tatsächliche Realität zu genießen« –, von der Psychologie und vom Kausalitätsdenken war zu kühn, um sogleich breitere Wirkungen auszulösen. Die klassische Tradition des Romans sperrte sich gegen expressionistische Umgestaltungen. Hingegen konnte die kurze Erzählung an Vorformen anknüpfen, die sich seit dem letzten Jahrhundertende eingestellt hatten. Die kurze Erzählung wurde die bevorzugte erzählerische Darbietungsform. »Ehe für Marathon konkurriert werden kann, muß auf der 100 Meter Bahn trainiert sein. Die Novelle ist als eine Sache von geringem Format leicht durch- und überschaubar und darum eher zu bewältigen ... Kein besseres Übungsfeld dafür als der schmale, lange, nach den Seiten durch Zäune wohl behütete Sprunggarten der Novelle« (Carlo Mierendorff)[2].
Das epische Massiv des Romans widersetzte sich der Welt- und Selbsterfahrung, der Ausdrucksleidenschaft, den Schaffensformen, Programmen und Tendenzen dieser Generation. Sie wurde von jungen Menschen bestimmt, denen es um die Darstellung ihres produktiven geistigen Bewußtseins, nicht aber um eine universelle und distanzierte, dem Objektiven zugewandte Weltaufnahme ging. Eine neue Konzentration auf das produktiv Subjektive war die Antwort auf eine Verfremdung der ›realen‹ Wirklichkeit, deren erstarrende

2. Carlo Mierendorff: *Wortkunst / Von der Novelle zum Roman*. In: *Die Weißen Blätter*, Jg. 7, 2. Semester, 1920, S. 278–282. Neu abgedruckt in Paul Pörtner: *Literatur-Revolution 1910–1925*. Dokumente. Manifeste. Programme. Bd. 1: *Zur Ästhetik und Poetik*. Neuwied: Luchterhand 1960. S. 307–313.

Verdinglichung nur eine kritische Negation oder eine radikale Gleichgültigkeit zuließ. »Also steht im Zentrum eine Idee. Das Nebenbei schweige noch. Man sieht, warum die neue Dichtung den Selbstzweck der Schilderung abschüttelt. Ihre Gefüge zwar phosphoreszieren von den Lichtern jeglicher Bestrahlung; die Sache, die augenfällige, hat an sich noch geringe Bedeutung. Erst die Seele, herausgeholt, fühlbar gemacht, gibt ihr Glanz und Stimme« (Max Krell)[3]. Die Wirklichkeit verfiel dem Sinnlos-Leeren, oder sie gewann eine bedrohende Mächtigkeit, die sie zu einem Labyrinthischen, zu einer feindlichen und vernichtungswürdigen Gewalt machte. Die Satire und Groteske einerseits, die ethisch-idealistische Utopie andrerseits wurden vorzugsweise die Mittel und Formen, welche das expressionistische Erzählen gegen sie einsetzte. Sie stellten zugleich eine Absage gegen die ältere naturalistische Generation dar. »Die neue Einstellung bedeutet Angriff auf die banale Atmosphäre des Reinäußerlichen, in der das Gefolge des Naturalismus – noch lebt er viel zu herrlich und betrachtsam vor sich hin – breit und lähmend gebietet. Sie heißt Kampf gegen den Selbstzweck der Materie, gegen die Herrschaft realer Einzelheiten, gegen die Physik des Alltags. Erstrebt ist die Verdeutlichung der seelischen Struktur« (Max Krell)[4]. Sie sollte nicht mit den Methoden des Impressionismus, sondern in der Sprache der Vision sichtbar werden. »Die Realität muß von uns geschaffen werden. Der Sinn des Gegenstands muß erwühlt sein. Begnügt darf sich nicht werden mit der geglaubten, gewähnten, notierten Tatsache, es muß das Bild der Welt rein und unverfälscht gespiegelt werden. Das aber ist nur in uns selbst. So wird der ganze Raum des expressionistischen Künstlers Vision. Er sieht nicht, er schaut. Er schildert nicht, er erlebt. Er gibt nicht wieder, er gestaltet. Er

3. Max Krell (Hrsg.): *Die Entfaltung*. Novellen an die Zeit. Berlin: Rowohlt 1921. S. IX.
4. Max Krell: *Über neue Prosa*. Berlin: Reiß 1919. S. 15 f. (= Tribüne der Kunst und Zeit 7).

nimmt nicht, er sucht. Nun gibt es nicht mehr die Kette der Tatsachen: Fabriken, Häuser, Krankheit, Huren, Geschrei und Hunger. Nun gibt es ihre Vision« (Kasimir Edschmid)[5].

Die Reduktion des Erzählstoffes führte notwendig zur Reduktion der Erzählformen. An die Stelle der epischen Fülle trat das ästhetische Prinzip der Intensität. »Und immer wieder muß gesagt werden, daß die Qualität dieser Dichtung in ihrer Intensität beruht. Niemals in der Weltdichtung scholl so laut, zerreißend und aufrüttelnd Schrei, Sturz und Sehnsucht einer Zeit« (Kurt Pinthus)[6].

Carl Einstein erklärte den deskriptiven, schildernden Roman für einen überlebten Unfug; es erschien ihm absurd, ein Ereignis mit Vorbedingungen und Folgen, als sei es nicht jederzeit auch anders zu begründen und auszuführen, wiederzugeben. Ein episches Romangefüge hätte das Bewußtsein oder zumindest die Hypothese eines sinnbestimmten Weltzusammenhanges vorausgesetzt. Ihm widersprach die konkrete Welterfahrung und die Ablehnung der bürgerlichen Ästhetik, welche gegen die Verwirrung der dargestellten Welt ein Element harmonisch ausgleichender Versöhnung gesetzt hatte. Das Ich, das nur noch an seine Subjektivität glaubte, löste sich aus den Fesseln der Geschichte und der Gesellschaft, es empörte sich gegen deren Determinationen – um so mehr, je unleugbarer es sich in sie verstrickt wußte. Dies neue Erzählen lehnte es ab, Kausalverknüpfungen in den äußeren Verhältnissen und Abläufen und in den inneren Zuständen und Vorgängen anzuerkennen. Das Akausale entsprach dem Assoziativen, Eruptiven und Explosiven der erzählten Vorgänge, die immer zugleich als Erzählweisen zu verstehen sind. An die Stelle minuziös analysierender Schilderungen in naturalistischer und impressionistischer Erleb-

5. Kasimir Edschmid: *Über den dichterischen Expressionismus*. In: *Frühe Manifeste*. Epochen des Expressionismus. Hamburg: Wegner 1957. S. 32.
6. Kurt Pinthus (Hrsg.): *Menschheitsdämmerung*. Symphonie jüngster Dichtung. Berlin: Rowohlt 1919. S. XV.

nis- und Stilform, durch welche hindurch gegangen zu sein man gleichwohl nicht verbergen konnte, traten Konzentration, Raffung, Verkürzung zu Vorgängen, Affekten und Bewußtseinsprozessen, die die Suggestion des Elementaren ausübten. Im Elementaren glaubte man einer Totalität des Seins habhaft zu werden. »Niemals war das Ästhetische und das L'art-pour-l'art-Prinzip so mißachtet wie in dieser Dichtung, die man die ›jüngste‹ oder ›expressionistische‹ nennt, weil sie ganz Eruption, Explosion, Intensität ist – sein muß, um jene feindliche Kruste zu sprengen. Deshalb meidet sie die naturalistische Schilderung der Realität als Darstellungsmittel, so handgreiflich auch diese verkommene Realität war; sondern sie erzeugt sich mit gewaltiger und gewaltsamer Energie ihre Ausdrucksmittel aus der Bewegungskraft des Geistes (und bemüht sich keineswegs, deren Mißbrauch zu meiden)« (Kurt Pinthus)[7].

Dies forderte eine veränderte Handhabung der Erzählsprache: in ihrer Bildwahl, ihrer Syntax, in der Wahl des Vokabulars, in den Verstärkungen der Tonlagen, im Tempo und in den starken Rhythmisierungen. Äußerste Verkürzung findet sich neben mächtigen rhetorischen Steigerungen. Gerade im Umgang mit der Sprache äußerte sich »der Haß auf Festgewordenes, auf Tradition, Abhängigkeit, auf Standartworte und auf den eingefressenen Begriff, der die Faulheit des Denkens oder Aufnehmens liebend beibehielt« (Max Krell)[8]. Die Sprache wurde aus dem Statischen und Regelhaften, aus ihren Schematismen gelöst. »Die Dinge rückten sehr heran, wurden problematisch und enthüllten sich aus der Nähe als endlose Bewegungen in sich. Sie noch in statischem Übereinander zu reproduzieren, war fürderhin unmöglich. Das Problem, sie in ihrem Schwingen darzustellen, wurde brennend. Den *Flug* der Dinge statt ihres So-seins galt es zu geben, alle ihre Bezogenheiten aufeinander, ihr Nachbarliches, ihr Da-beginnen und Dorthin-weisen. Das

7. ebd. S. XIV.
8. Max Krell: *Über neue Prosa.* a. a. O. S. 21.

hieß, in einem gesagt, die Sprache dynamisieren« (Carlo Mierendorff)[9].

Die Spiegelung und Deutung des Realen wurde unwesentlich angesichts der produktiven Freiheit des imaginativen Ausdrucks. Sie entwuchs einer Phantasie, die aus der intellektuellen Einbildungskraft, aus Traum, Vision und ekstatischer Erregung wie aus einem Spiel der Einfälle ihre eigene, dichterisch autonome Welt schuf, aus und in der erzählt wurde. Da die gegebene Wirklichkeit, ins unübersehbare Partikulare auseinandergebrochen, eine Totalität versagte, mußte diese Totalität in der produktiven Subjektivität des Ich aufgefunden werden; soweit es sich nicht im eigenen Zerfall als ein Opfer der allgemeinen Wirklichkeitszerlösung darstellte. Die Darstellung des reduzierten, in das Pathologische geratenen Menschen findet sich neben der Darstellung des durch sein Pathos des Gefühls und Bewußtseins über alle Grenzen hinausgerissenen Menschen. In der Freisetzung des Imaginativen und des Geistig-Seelischen schien eine neue Positivität der Kunst entdeckt und ihr ein höherer Grad von Durchdringung und Verwandlung des Wirklichen gesichert zu sein.

Überblickt man die Reihe der künstlerisch bedeutenden Erzählungen, so fällt auf, wie der gebrochene und verstörte Mensch in ihnen zur Mittelpunktsfigur wird. Seine Darstellung zwang sich auf. Daraus sprach nicht nur die Provokation der bürgerlich-ästhetischen Tabus, die bisher die extremen Grenzzustände der Existenz verdeckt hatten, sondern auch die Erfahrung einer schlechten Wirklichkeit, aus der ein Verlangen nach Heilung, Befreiung und Erlösung des Menschen ausbrach. Eine Konstante bildet die radikale Problematisierung des vereinzelten, in sich selbst zurückgeworfenen und gefangenen Menschen. Seine Selbstspaltung ist der Spiegel einer generellen Weltverstörung.

Wenn Wandlungen im Menschen eintreten, vollziehen sie

9. Carlo Mierendorff: *Wortkunst.* a. a. O.

sich nicht mehr in Formen der Entwicklung, sondern als Ausbruch und Durchbruch, abrupt und mit Gewaltsamkeit. Die Erzählung strebt ihnen mit finaler Gespanntheit entgegen. Die Perspektive verdichtet sich auf ein Ich als Mittelpunktsfigur – »Ich: Abenteuer der seelischen Einsamkeit« (Max Krell) –, sie faßt einen Lebensaugenblick, einen Lebensabschnitt zusammen. Dieses Ich erzählt sich gleichsam monologisch selbst, oder aber der Erzähler erzählt, mit einem Gestus der Objektivierung, aus ihm heraus. Das Subjektive und das Objektive rinnen ineinander; die Außenwelt verliert ihre eigene, abständige Wirklichkeit, sie wird zur Projektion des Innern, nur aus den Prozessen, die in ihm ablaufen, gesichtet und gedeutet. Bereiche des Unbewußten, des Trieb- und Affekthaften gewinnen derart entscheidende Antriebskraft. Dies war schon im naturalistischen Erzählen, vor allem bei Gerhart Hauptmann vorbereitet, erhält jetzt jedoch eine Radikalisierung. Das Auslöschen der Bewußtseinsakte – das Steigern und Überreizen der Bewußtseinsakte sind komplementäre Formen im expressionistischen Erzählen. Das Visionäre kann zur pathologischen Halluzination und zur befreienden Erkenntnis werden. Frank Thiess nannte »den Traum das expressionistische Kunstwerk par excellence, weil das objektive Sehen fast völlig ausgeschaltet ist, und höchstes subjektives Sehen an seine Stelle tritt«[10]. Denn der Traum löst aus Raum und Zeit, er ist die schlechthin gesteigerte Wirklichkeit.

Noch anderes drängte zur Novelle und, von ihr fort, zur Kurzgeschichte. Beide bedeuteten nicht nur »konzentrierteste Epik«, Komprimierungen, die dem neuen Phänomen des »stenographisch-mimisch aufgezeichneten dramatischen und grotesken« Filmischen analog waren (Kurt Pinthus)[11], sie akzentuierten, noch weit mehr als die realistische Novelle

10. Frank Thiess: *Der Traum als Kunstwerk* (*Berliner Tageblatt*, 16. 12. 1919). Zitiert nach Pörtner, Bd. 1, S. 298–301.
11. Kurt Pinthus: *Glosse, Aphorismus, Anekdote*. In: *März*, Jg. 7, Bd. 2, 1913, S. 213 f. Auch in Pörtner, Bd. 1, S. 290–292.

des bürgerlichen Jahrhunderts, die Isolierung des einzelnen Falles. Die Isolierung erzielte Steigerung, ausschließliche Präsenz, sie zwang sich dem Leser auf. Das Erzählen verdichtet sich zur Reihung fragmentarischer, abgerissener Augenblicke. Die Isolierung der erzählten Geschichte wird Spiegel einer Welt und eines Bewußtseins, die aus allen Zusammenhängen gefallen sind. Nicht Ordnungsverkettungen, sondern Abbrüche, das Gedränge des Heterogenen werden, bis in die Handhabung der Syntax und des Wortmaterials hinein, dargestellt. Was die Erzählgefüge zusammenhält, sind assoziative Bezüge, kreisförmig laufende Wiederholungen, Rückläufe, auch Erinnerungsfetzen. Dem in sich selbst labyrinthisch verirrten Menschen bleibt nur noch die umkreisende Spiegelung seiner selbst. So ausdrücklich das Prinzip der Bewegung, eine Steigerung und oft gewaltsame Überhöhung zum Dynamischen gefordert und verwirklicht wurde, sosehr es dramatisch gespannt wurde, um eine verworfene fertige Welt in eine werdende, aus dem Chaos zu schaffende Welt zu verwandeln – es eignet diesem Erzählen oft das entgegenstrebende Element des Statischen, der Fixierung. Dies wird durch die Konturierung des einzelnen isolierten Falles unterstützt. Nur selten wird zu geschichtlichen Stoffen gegriffen – es sei denn in der Form einer Mythisierung des Geschichtlichen, das die Vergangenheitsdistanz aufhebt. Die angestrebte suggestive Unmittelbarkeit, die pathetische Intensität, der aktuelle kritische oder utopische Bezug verlangen das Präsentische, ein Naherücken im Zeitlichen wie in den Überhöhungen im szenischen Darstellen und in der Sprache. Auch wo in Formen der Vergangenheit erzählt wird, geht es im Arrangement von Darbietung und Stil um ein Maximum an Vergegenwärtigung.

Daß man den Terminus ›Novelle‹ zumeist nicht preisgab, war nicht nur das Resultat terminologischer Verlegenheit. Es bedeutet auch, daß Rückbezüge zur literarischen Tradition nicht völlig verloren wurden. Allerdings werden schon im 19. Jahrhundert problematische formale Speziesregeln jetzt noch fragwürdiger. Unverkennbar ist die Annäherung zur Kurzgeschichte, ebenso die Entfernung von einem symbolischen Erzählen. Es konnte künstlerisch nur möglich sein, wo an dem Bewußtsein eines sinngebenden Weltzusammenhangs, an einer Koinzidenz des Konkret-Einzelnen mit dem Allgemein-Bedeutenden unter dem Aspekt reziproker Sinnerhellung festgehalten wurde. Wenn es hingegen gerade um die Verstörung des Zusammenhangs ging, dieser als eine Lüge der Harmonie galt, wenn Erzählthema und Erzählformen gerade das Fragmentarische, Isolierte, Offene zu akzentuieren hatten, so mußte dem Vereinzelten seine eigene Absolutheit mitgeteilt werden – eine Absolutheit zur Nihilität oder zum Unendlichen. Der Wahn des Irren, der Traum, der Rausch, die Vision sind solche Verabsolutierungen jenseits der Grenzen der Wirklichkeit. Zu ihnen gehören die Ekstase und der Tod. Zwar konnte der einzelne Fall, wenn intensiv genug vorgetragen und fixiert, Typisches enthalten (Carl Einstein)[12], aber er entzog sich symbolischem Deuten und Verstehen. Damit wurde ein sich seit dem Ende des 19. Jahrhunderts vollziehender Vorgang radikal bewußt. Die Problematisierung des realistisch-symbolischen Erzählens verwies auf den Zerfall der Weltanschauung, Gesellschaft und Kunstnormen des Bürgertums. Der expressionistische Erzähler vollzog deren literarische Liquidation. Er provozierte und verwarf dessen Wertsetzungen, Ordnungserwartungen und Tabus. Man wollte nicht mehr Abgeschlossenes, fertig Gerundetes und Übersichtliches. Das Harmonische wurde als Schwindel der bürgerlichen Ästhetik denunziert. Das Poetische wurde in der Faszination durch das Grausige, Schreckliche, in den Steigerungen der emotionalen und geistigen Affekte aufgefunden, deren Hypertrophie allerdings zu einer anderen Form des Sentimentalen und der Effektpointen führte. Man suchte die extremen Zustände jenseits der

12. Carl Einstein: *Anmerkungen über den Roman.* In: *Die Aktion*, Jg. 2, Nr. 40, 1912, Sp. 1264–69. Neu abgedruckt in: *Gesammelte Werke.* Hrsg. v. Ernst Nef. Wiesbaden: Limes Verlag 1962. S. 52–55.

konventionellen Ordnungen auf. Sie hatten nicht nur den neuen schockierenden Stoffwert, sie öffneten der erzählerischen Phantasie einen bisher ungenutzten, unverbrauchten Spiel- und Freiheitsraum. Eine bisher verschwiegene Wirklichkeit provozierte die Suggestion, die Wirklichkeit überhaupt zu sein. Erzählenswert wurden die Sprengungen der Normen: in den Zuständen der Entrückung und der Ekstasen, des Traum- und Wahnhaften, in der polemisch entlarvenden Groteske, im unbedingten Ethos des Visionären und Utopischen wie auch in den Selbstenthüllungen. Der Mensch, der die Grenzen der bürgerlichen Gesellschaft, damit die Determinationen der sogenannten Realität hinter sich ließ und frei wurde – im pathologischen wie idealistischen Sinne, zu seinen Trieben oder zu seinem Idealismus, zu seinem eigenen Leben wie zu seinem Tode, frei in der Nihilität, im bitteren Spiel und Hohn der Groteske, in der ethischen Erkenntnis und im Aufschwung zum Unbegrenzten –, dies war der Mensch, zu dem expressionistisches Erzählen immer wieder zurückgekehrt ist.

Das Unterschiedliche der Einsätze der neuen Prosa spiegelt die Mannigfaltigkeit der Stilmöglichkeiten, die sich seit der Jahrhundertwende anboten. Begriffe wie Naturalismus, Impressionismus, neuromantischer Symbolismus, weiterhin Jugendstil, Kubismus, Futurismus können nur allgemeine Verständigungsschemata darstellen, die sich von Fall zu Fall beträchtlich differenzieren lassen. Zudem treten diese literarischen Stiltendenzen in recht komplexen Mischungen auf, die nur eine detaillierte Analyse auseinanderlegen kann. Das expressionistische Erzählen läßt sich auch, nachdem es sich seit etwa 1910 als der dominierende Stil der jungen Generation, deren Geburtsdaten zwischen 1878 (Alfred Döblin, Carl Sternheim) und 1890/91 (Johannes R. Becher, Kasimir Edschmid, Franz Werfel) liegen, entwickelt hat, weder im Thematischen noch im Formalen als eine Einheit umfassen. Zwar kann man verwandte typische Motiv- und Stilzüge erkennen; auch ist ein bestimmter Spielraum gegeben, in dem sich typische Gegensätzlichkeiten begegnen. Entgegen der verführerischen Vereinfachung, die in der Formel Expressionismus liegt, unterstrich die Selbstdeutung dieser Generation die Notwendigkeit des produktiven individuellen Einzelseins. Kasimir Edschmid hob hervor, daß nirgends es so wie in der anarchischen Zerschmetterung der alten Formen auf die Persönlichkeit ankomme. »Scharf sei betont: es gibt kein expressionistisches ›Wir‹. Es wäre Wahn. Was aus einzelnem sich schmerzlich, als Reaktion einer Not loslöst, kann nie der Bindung gehören. Nur ein Gleichklang der Gebärden, eine dunkle Ähnlichkeit der Bilder lockt: Uniformierung der Willensmeinungen und Ziele zu vermuten« (Max Krell)[13]. Er wiederholte Ähnliches in der Einleitung zu seiner Prosa-Anthologie: »Da es keine Konformität auch nur zweier Menschen und Anschauungen gibt, erscheint eine außerordentliche Vielheit der dichterischen Sprache und Bilder.«[14] Wiederum Alfred Döblin im Jahr 1918[15]: »Keine Richtung, durchaus im Gegenteil: Gärung ohne Richtung; etwa Zeitströmung im Sinne von Brandes, nicht einmal so bestimmt und gezielt wie etwa ganz allgemein ›Romantik‹. Einen wirklich bezeichnenden Namen kann das Ganze nicht, oder noch nicht haben; spricht man von Expressionismus, so bezeichnet man den Wagen nach einem Rad; möglich ist, daß mit Expressionismus sich schon ein wesentlicher Einzelwille der Bewegung formuliert.«

Den Einsatz der neuen Erzählkunst markiert das kühnste Experiment. *Carl Einstein* veröffentlichte 1907 einige Kapitel seines seit 1906 entstehenden Romans »Bebuquin oder die Dilettanten des Wunders«, die in der Zeitschrift »Die Opale« unter dem Titel *»Herr Giorgio Bebuquin«* vereinigt

13. Max Krell: *Über neue Prosa.* a. a. O. S. 13.
14. Max Krell: (Hrsg.): *Die Entfaltung.* a. a. O. S. VII.
15. Alfred Döblin: *Von der Freiheit eines Dichtermenschen.* In: *Die neue Rundschau,* Bd. 1, 1918, S. 843. Neu abgedruckt in: *Aufsätze zur Literatur.* Olten u. Freiburg i. B.: Walter 1963. S. 23.

sind. Diese Art des ersten Erscheinens erlaubt uns, obwohl in den übrigen Fällen Vollständigkeit des Textes zur Regel gemacht ist, die Beschränkung auf ein Fragment. Die Reflexion über eine Wiederherstellung des ›Epos‹, in dem alles Geschehen, nichts Psychologie ist, damit über ein Erreichen geistiger Totalität, welche die inadäquate realistische Deskription hinter sich läßt, hat die Radikalität dieses Experiments bestimmt. In Einsteins Essay über Claudel (1914) ist zu lesen. »Wir stellten fest: dem eigentlich Dichterischen entsprechen autonome, gleichsam transzendente Gebilde als Gegenstand, das heißt solche, die eine anekdotische, zu beschreibende Welt übertreffen, die als ›Stoff‹ schon Schöpfung oder Traum sind. Diese Gebilde stellen die Elemente unserer geistigen Existenz dar, sie garantieren uns die Dauer des geistigen Prozesses.«[16] In dem gleichen Essay nennt Einstein das Wunder »die Projektion der innerlichen Ewigkeit«. Die Figuren, die diese Prosa zeichnet, sind auf der Suche nach diesem Wunder – mit anderen Worten, auf der Suche nach dem Erkennen einer Welteinheit, Weltwahrheit, einer Totalität. Das Denken, in beständiger Selbstreflexion und Selbstprüfung, stößt auf die ihm nicht überwindbaren Widersprüche des Seienden. Es wird später in dem ›Roman‹ von Bebuquin gesagt: »Herr, ich weiß, am Ende eines Dinges steht nicht sein Superlativ, sondern sein Gegensatz, und die Erkenntnisse gehen zum Wahnsinn. Ich bin geschaffen zu erkennen und zu schauen, aber Deine Welt ist hierzu nicht gemacht; sie entzieht sich uns; wir sind weltverlassen.«[17] Nur wenige Zeitgenossen erkannten Impuls und Energie dieses neuen Einsatzes, der, nach Worten Kurt Hillers, »nichts als Gedanke«, »die kondensierendste Gestaltung unserer tödlichen Zustände«, »eine abstrakte Musik« war.

Einstein entwirft eine ›autonome‹ Erzählweise, die passioniert in den Grenzen des Abstrakten arbeitet und imagina-

16. Carl Einstein: *Zu Paul Claudel.* In: *Gesammelte Werke.* a. a. O. S. 65.
17. ebd. S. 234.

tives Spiel und Intellekt, Traum und Mathematik, Transzendenz und Form zusammenführt. Diese Prosa will aus dem Wertgleichgültigen angewandter Gegenständlichkeit zum ›Nötigen‹ zurück; die Abstraktion wird adäquater Ausdruck des ins Absolute zielenden produktiven Denkprozesses. Einstein wehrte sich gegen den Vorwurf eines undichterischen, das Sinnliche verzehrenden Intellektualismus. »Es ist zu entgegnen: Wir gebrauchen keine Abstraktionen. Gerade wir schaffen das Unmittelbare, Elemente, die Voraussetzung des Lebens sind; das Nötige, Langvergessene.«[18] Das Denken ist hier auf dem Wege zum Mythos. Der Weg durch die Entformung – Traum, Rausch, das Groteske – war gebunden, eine verbindliche Form zu schaffen. An die Stelle der Realität tritt eine chiffrenhaft zusammengesetzte Welt; aus der Konfiguration von Bildern, Szenen, Figuren, Reflexionen ergeben sich Bedeutungsbezüge, die der Bewegung des Denkens als dem formenden Prinzip folgen. Diese Prosa baut sich – dem Realistischen wie dem Subjektivistisch-Ideologischen absagend – auf dem Weg durch die Erkenntnis, die sich an der Logik und der Mathematik orientiert, zum Mythos auf. Er stellt sich dar als eine imaginativ autonome Welt. Einstein knüpfte an Gustave Flaubert und an André Gide an. Darin lag eine Entscheidung für das Gesetzmäßige in der Kunst, in ihren Formen und ihrem Verfahren und gegen eine Kunst des Ausdrucks, die nur in dem »Rausch der Symbole« und bei der »kosmischen« Auffassung der Person bleibt. Einstein vollzog derart bereits eine Kritik am expressionistischen Erzählen vor dessen Einsatz. Aber er zeichnete der neuen Generation Möglichkeiten einer verwandelten Form und Sprache vor: Gottfried Benn, Alfred Lichtenstein sind ihm darin gefolgt.

Philosophie, Phantastik und Groteske: Einstein verknüpfte extreme Formen der Sprengung dessen, was bisher im Roman als künstlerisch möglich erschien. Er hat das Erzählen

18. ebd. S. 63.

ins Assoziative, Diskontinuierliche, in die Reihungen des Heterogenen zwischen szenischem Darstellen, Dialog und Monolog, imaginativem Spiel und Reflexion aufgelöst. Er berührt bereits alle Tasten expressionistischer Erzählklaviatur zwischen dem Tragischen und dem Komisch-Absurden, zwischen dem Logischen und dem Arabesken. Er steigert das Gegensätzliche zu äußersten Pointierungen. Er führt an den Kern dessen heran, was die junge Generation bewegte. »Bisher wurde das Religiöse an den Tatsachen zur Groteske oder umgekehrt; aber vielleicht decken sich die Dinge nie, damit das Schöpferische nicht einschlafe. Gott, das Phantastische, die ganze unterdrückte, sprachlose Sensibilität wollen reden, wir sträuben uns gegen diese immer gleiche Auslese, die Welt muß sich uns verwandeln.«[19]

Es heißt in seinem Essay über Claudel, der einen durchaus programmatischen Charakter hat: »Man darf manch Heutigen als Künstler des Unmittelbaren ansprechen. So verfuhren einige Dichter: sie verschmähen die Einzelanekdote, die Nuance beschreibender Übergänge und geben einen Stoff, der auf die Elemente, das Nötige zurückgebracht ist; eine Sprache, die im Dichterischen, dem Gleichnis, verbleibt, eine Dichtung, der kein assoziatives Prinzip, wie Milieu und so fort unterschoben ist. Dichten gilt den Neuen nicht für geschmackvolles Ordnen des irgendwie gegebenen Stoffes. Sie glauben, daß den autonomen Formen des Dichterischen autonome Gebilde entsprechen, die gleichsam von Beginn an spezifisch dichterisch sind.«[20]

Carl Einsteins Experiment war das Resultat einer konsequent reflektierten Poetik des neuen Erzählens. Die Prosa, mit der *Franz Kafka* 1909 in der Zeitschrift »Hyperion« zur Öffentlichkeit kam, zeigt noch die Kennzeichen jugendlichen Tastens, darin die Abhängigkeit von der Subjektivität des Autors. Die »Beschreibung eines Kampfes«, der das *»Gespräch mit dem Beter«* entnommen ist, entstand während

19. ebd. S. 231.
20. ebd. S. 63.

seiner Prager Jugendjahre, vor 1906[21]. Die herausgelöste Publikation läßt erkennen, daß Kafka dem »Gespräch« eine literarische Bedeutung zusprach. Es war nicht schwer, der lockeren Gliederung der »Beschreibung« ein einzelnes Stück zu entnehmen, das trotz seines fragmentarischen, offenen Charakters einen Zusammenhang nicht verkennen läßt, der Anspruch auf eine relative Vollständigkeit hat. Das Fragmentarische beginnt schon bei dem frühen Kafka zur Form zu werden. Daß das »Gespräch mit dem Beter« hier aufgenommen wird, soll gewiß nicht Kafkas Prosa in die Formel Expressionismus hineinzwängen. Der voll zu seinem eigenen Stil entwickelte Erzähler läßt sich nicht mit ihr in Übereinstimmungen bringen. Aber er gehört zur Generation der Expressionisten im weiteren Sinne der Zeitgenossenschaft; seine Auflösung traditioneller Erzählformen, mag in dem Dialog auch noch Impressionistisches mitwirken, vollzieht sich analog den anderen Einsätzen der expressionistischen Prosa, so bald und nachdrücklich er sie, mit radikal originärer Überlegenheit seiner Künstlerschaft, auch hinter sich ließ. Er griff vor, und er stellte zugleich bereits in dem »Gespräch« in Frage. Das Diskontinuierliche, das Verschleifen der Konturen im Impressionismus ist hier gesteigert. Wirklichkeit, obwohl im Detail genau bestimmt, löst sich als Zusammenhang auf. Die Dinge gewinnen ein eigenes Leben, sie werden fremd, unfaßbar, sie zerfallen »ohne daß man einen äußeren Grund finden könnte«.

Diese beiden Gesprächspartner finden sich wehrlos in einer entfremdeten Welt, in einer Eigenbewegung der Dinge, die sie entgleiten läßt und in Furcht treibt. Damit paart sich die Entfremdung gegenüber dem eigenen Ich, das sich selbst als Wirklichkeit verliert, zum ›Schatten‹ wird. »Es hat niemals eine Zeit gegeben, in der ich durch mich selbst von meinem

21. Vergleiche jetzt: Franz Kafka: *Beschreibung eines Kampfes.* Die zwei Fassungen. Parallelausgabe nach den Handschriften. Hrsg. und mit einem Nachwort versehen von Max Brod. Textedition von Ludwig Dietz. Frankfurt a. M.: S. Fischer 1969.

Leben überzeugt war. Ich erfasse nämlich die Dinge um mich nur in so hinfälligen Vorstellungen, daß ich immer glaube, die Dinge hätten einmal gelebt, jetzt aber seien sie versinkend.« Die beiden einander zunächst völlig fremden Dialogpartner lösen sich zueinander auf; Ich und Er werden identisch. Der Dialog ist ein imaginärer Monolog – offenbar ein Monolog des nach seinen Möglichkeiten fragenden Dichters Kafka. Das Gebaren des Beters, der Umschau hält, zu prüfen, welche Aufmerksamkeit ihm zuteil wird, erinnert, in negativer Spiegelung, daran, wie Kafka das dichterische Tun als ein geradezu religiöses Tun auffaßte. Wird dies aber nicht zur Fälschung der Andacht, wenn der Betende als Zweck seines Lebens erklärt, von den Leuten angeschaut zu werden? Wenn an die Stelle der Wahrhaftigkeit nur die Geste tritt? Die spätere expressionistische Dichtung war sich ihrer Gefährdung durch solche ihr selbst eingelegten Verfälschungen bewußt. Es trifft diese Dichtung ebenso, wenn in dem Dialog unmittelbar nach diesem Geständnis des Beters davon gesprochen wird, daß die wahre Sprache versunken und an ihre Stelle eine absurd-willkürliche, die Dinge in ihrer eigenen Wirklichkeit verstellende Sprache getreten ist. Wird hier nicht bereits auf eine Dichtung angespielt, die wie »eine Seekrankheit auf festem Lande« ist? »Deren Wesen ist so, daß Ihr den wahrhaftigen Namen der Dinge vergessen habt und über sie jetzt in einer Eile zufällige Namen schüttet.« Um sie rasch zu vergessen, durch beliebige andere zu ersetzen. Wie aber ist Dichtung möglich, wo alles entgleitet? Der Dialog wählt die Perspektive der beiden Partner, die ein und derselbe sind, er legt derart in die Betroffenheit und Hilflosigkeit dieser Partner solche Auflösung der Wirklichkeit als einen noch subjektiv gedeuteten Vorgang. Dies unterscheidet den jungen Kafka von seinem späteren Stil, daß er hier noch den Grund solcher Welt- und Ichauflösung, ihn nicht begreifend und unfähig, ihn zu objektivieren, in der eigenen Zuständlichkeit sucht. »Immer, lieber Herr, habe ich eine Lust, die Dinge so zu sehen, wie sie sich geben mögen, ehe sie sich mir zeigen.« Kafkas frühe Prosa war ein Signal neuen Einsatzes und wurde auch bereits in diesen Jahren so verstanden.

Oskar Kokoschkas lyrisch-rhythmische Prosa *»Der weiße Tiertöter«* (seit 1913 unter dem Titel »Der gefesselte Columbus«) entstand zwischen 1906 und 1908. Seine Absicht, den Text zusammen mit Bildern zu veröffentlichen, verwirklichte sich nicht. Der Maler mußte seine Bildimaginationen in die farbige Bildlichkeit, die sich mittels der Sprache erreichen ließ, übertragen. Einwirkungen des Wiener Jugendstils werden so faßbar wie Einflüsse aus der Kenntnis der französischen symbolistischen Dichtung und Sigmund Freuds. Wie überhaupt in der Jugenddichtung Kokoschkas, in der Lyrik der »Träumenden Knaben«, an die sich diese Prosa anschließt, und in seinen Dramen, wird Autobiographisches, das Erlebnis des Eros, in eine Sprache der Träume transponiert. Das Traumhafte entgrenzt das Subjektive, enthebt aus Bindungen an Zeit und Raum, steigert psychische Innenvorgänge zu szenischen Abläufen, zu ins Elementare gesteigerten Figuren, die sich zum Mythischen verallgemeinern. Der Traum enthebt kausal-logischen Zusammenhängen, er läßt Assoziationen aufsteigen und ineinander verrinnen, er ist Bildersprache des Unbewußten, das wie etwas Schicksalhaftes aufsteigt, verzaubert und im Strom des Emotionalen rationales Deuten ausschaltet. Der Traum wird Spielraum der entbundenen Imagination. Dinge bilden sich, lösen sich auf, Figuren gehen ineinander über. Die kosmisch-mythische »Mondfrau«, zu der am Anfang der Erzählung der weiße Vogel führt, kehrt am Schluß, nach Ablauf vieler Traumjahre wieder in dem Mädchen, das das sich erzählende Ich in den Tod hereinnimmt, in Erfüllung »so endloser Sehnsucht« zu »stürmischer Seligkeit«. Der sich gegen die Mondfrau wehrte, gegen die Nachtwelt der Mutter auflehnte, der töten wollte, der das Mädchen tötete, er fühlt am Schluß seinen Willen ihr, dem Weiblichen »angebunden«. Der Kampf gegen den Eros mündet in den über die »dunkle

Brücke« holenden Sieg des Eros. Der Tod wird Vollzug mystisch-erotischer Vereinigung. Die Mondwelt hat die Sonnenwelt überwältigt. Dieser Traumweg vollzieht sich in Stationen, die zueinander offen und transparent sind, so daß eine Folge des Zeitlichen sich wiederum in sich selbst aufhebt. Die Traumerzählung ermöglicht jene schwebende Entgrenzung, in der die bildschaffende Imagination autonom wird, mythisch-kosmische und psychische Bezüge ermöglicht, die sich aus den Bildern nicht herauslösen und rationalisieren lassen. Die Bilder öffnen ins Unbegrenzte, das dem gesteigert, zugleich passiv Emotionalen entspricht, das diese Prosa bestimmt. Die poetische Verabsolutierung des Bildhaften, das aus Symbolsetzungen des subjektiven Innenraums erzeugt wird, geht über in die Abstraktion.

Die erste Ausgabe des *»Tubutsch«* von *Albert Ehrenstein* begleiteten zwölf Zeichnungen von Oskar Kokoschka. Wien ist nicht nur der Ort der einsamen Welt- und Selbstreflexion des Karl Tubutsch, dieses allen Zusammenhängen und sich selbst entfremdeten Mannes. Wien gibt seinem schopenhauerschen Pessimismus die spezifischen Tonlagen. Die Dichtungstradition dieser Stadt von Franz Grillparzer, Ferdinand von Saar bis zu dem Impressionismus von Peter Altenberg, Arthur Schnitzler, Richard Beer-Hofmann ist in Motiven, Stimmungen und Stil gegenwärtig. Aber das Überkommene ist radikalisiert worden. Der Zerfall eines Sinnzusammenhanges in der Tubutsch umgebenden Wirklichkeit löst ihn aus jeglichem Kontakt mit ihr, isoliert ihn zu sich selbst, läßt in solcher Isolierung auch das Ich sich selbst fremd, unverständlich werden. Dies erinnert an den jungen Kafka. Nur sein Name bleibt Karl Tubutsch als sichere Identifikation. Sein Dasein ist in das Zufällige und Willkürliche, in das Sinn- und Folgenleere abgebrochen. Der Monolog erzählt in Bruchstücken, in sprunghaften Assoziationen die Geschichte einer draußen in der Welt und in sich selbst ins Labyrinthische geratenen Existenz. Es gibt hier, vor dem immer Gleichen, nicht Scheidungen von Belanglosem und

Wichtigem. Tubutsch' närrische und bittere, grotesk-verspielte, absurde und verzweifelte Versuche, sich im Leben mit Erlebnissen und Bedeutungen zu beheimaten, verlaufen im Kreis des Sinnleeren. Er verspinnt sich mit makabrem Humor in das skurril Nichtige und er vergrößert es, um seine komisch-gespenstische Nichtigkeit um so empfindlicher zu machen. Er erzählt von Schicksalsgefährten der Verlassenheit und Enttäuschung, die das Leben, wie ihn selbst, beiseite schob, sei es ein Schuster, ein General oder eine Dohle, er erzählt von der Wahnseligkeit eines Betrunkenen, von der besessenen Kreisfixierung eines Hundes, er führt sein groteskes Phantasiespiel mit seinem Stiefelknecht vor, er findet in den toten Fliegen im Tintenfaß sein Ebenbild. Er entlarvt brutale Alltagsmasken, jene ihn anekelnde selbstsichere Gewöhnlichkeit der Bürgerwelt. Er kehrt die eigene wehrlose Passivität in eine absurde Aktivität um.

Der Traum eines »vollen Lebens« hat sich in bitter-ironische Negation umgekehrt – im schärfsten Gegensatz zu jenem lebensbesessenen, expansiv hochgetriebenen Panvitalismus, wie ihn später Kasimir Edschmid in »Der tödliche Mai« mit allen Farben überglüht. Auch im schärfsten Gegensatz zu jenem Pathos der ethisch-utopischen Welterlösung, das Alfred Wolfenstein in »Über allen Zaubern« beschwört. Tubutsch' »Erwartung eines Ungeheuerlichen« zerrinnt in der Gleichgültigkeit, dem Fratzenhaften der leeren Wirklichkeit und in seiner eigenen Schwäche. Der Nihilität verfällt selbst der Tod. Seine antizipierte Nichtigkeit hält Tubutsch am Leben, sonst nichts. So ist selbst dem Tod ein Pathos, ein Sinn genommen. Der Schluß bleibt offen zur öden Monotonie der Zeit. Dies Selbstporträt in vielen Spiegelungen ist weit von dem entfernt, was man im Expressionismus »das Elementare« nannte. Es hat auch nicht – unterschiedlich zu Georg Heym, Alfred Döblin – die erzählte Welt gänzlich mit der inneren Bewußtseinswelt der erzählten Figur identifiziert. Tubutsch sucht, gegenüber der gleichgültigen, verkümmerten und entstellten Wirklichkeit, zu einem Sinn seines Ich zu finden. Ehrenstein schichtet Ichreflexion und Weltreflexion so ineinander, daß potenzierte Spiegelungen entstehen. Was zum ›Expressionistischen‹ weist, ist die radikale Negation der bürgerlichen Wertwelt, die Isolierung in der monologisch kreisenden Existenz, die Sinnverkehrung im Verhältnis zur Realität, das rückhaltlose Aufdecken der Innenwelt; es ist weiterhin die Tonmischung zwischen Komischem und Tragischem, Groteske und Verzweiflung auf dem Hintergrund enttäuschten Verlangens nach einem Sinnhaften und Unbedingten. Ehrensteins erste Erzählung ist seine künstlerisch beste Prosa geblieben.

Die kurze Erzählung wurde für den Epiker *Alfred Döblin* zum »Übungsfeld«. Er durchprobte – darüber berichtet Walter Muschg im Nachwort seiner Edition »Ausgewählte Erzählungen 1910–1950« – die seit dem Jahrhundertbeginn wechselnd gängigen Stile. Aber er verlor sich nicht an sie. Die erstaunlich früh, bereits 1904 niedergeschriebene Erzählung *»Die Ermordung einer Butterblume«* zeigt ihn im Besitz des eigenen Themas und Stils, in meisterlicher Vorausnahme dessen, was man ›expressionistisches‹ Erzählen nennen kann. Neu war die Erweiterung der Psychologie zu Schichten des Unterbewußten; neu ebenso, daß Psychologie hier nicht beschrieben und kommentiert, sondern in Handeln, Bewegung, in Bildlichkeit umgesetzt wurde. Dies entsprach Döblins späterem Programm »An Romanautoren und ihre Kritiker« (1913). Es heißt dort mit der bei ihm gewohnten lapidaren Bestimmtheit: »Ein Grundgebrechen des gegenwärtigen ernsten Prosaikers ist seine psychologische Manier. Man muß erkennen, daß die Romanpsychologie ... reine abstrakte Phantasmagorie ist.«[22] Er wollte »das Reale«, worin noch sein Ausgang vom Naturalistischen nachschwingt, »die wirklichen Motive«, die lebendige Totalität. Er fand sie hier im Durchbruch des Wahnsinns in einem pedantischen

22. Alfred Döblin: *An Romanautoren und ihre Kritiker.* In: *Der Sturm,* Jg. 4, Nr. 158/159, 1913, S. 17 f. Neu abgedruckt in: *Aufsätze zur Literatur.* a. a. O. S. 16–19.

Spießbürger. Gespenstisch-Abnormes überfällt ihn, gewinnt Übermacht, verstört sein Bewußtsein auf dämonische wie groteske Weise, verzerrt seine Wirklichkeit. Die Außenwelt wird zur Projektion der inneren Wahnzustände seiner fixen Idee. Die Dinge gewinnen ein ihn überwältigendes Eigenleben. Er verfängt sich in ihm als wehrlos Getriebener. Das Schreckliche, gemessen an seinem Anlaß, der Butterblume, schlägt über zum Grotesken. Das Bewußtsein moralischer Verschuldung, so winzig sie ist, deckt seinen inneren pathologischen Zustand auf und läßt ihn zu absurden Dimensionen sich auswachsen. Döblin schildert diesen Sturz in die Katastrophe mit der Exaktheit des Mediziners; wesentlicher jedoch ist, wie er als Erzähler, in einem »Fanatismus der Entäußerung« zum Objektiven, diese Geschichte in Bildbewegung, Sprachbewegung, in starker Rhythmisierung ausgestaltet. Man muß zu seinen eigenen Worten greifen, um sein artistisches Ziel und dessen Verwirklichung zu verdeutlichen.

»In höchster Gedrängtheit und Präzision hat ›die Fülle der Gesichte‹ vorbeizuziehen. Der Sprache das Äußerste der Plastik und Lebendigkeit abzuringen . . . Knappheit, Sparsamkeit der Worte ist nötig; frische Wendungen . . . Rapide Abläufe, Durcheinander in bloßen Stichworten; wie überhaupt an allen Stellen die höchste Exaktheit in suggestiven Wendungen zu erreichen gesucht werden muß . . . Die Wortkunst muß sich negativ zeigen in dem, was sie vermeidet, ein fehlender Schmuck: im Fehlen der Absicht, im Fehlen des bloß sprachlich Schönen oder Schwunghaften . . . Bilder sind gefährlich und nur gelegentlich anzuwenden; man muß sich an die Einzigartigkeit jedes Vorgangs heranspüren, die Physiognomie und das besondere Wachstum eines Ereignisses begreifen und scharf und sachlich geben . . . Mut zur kinetischen Phantasie und zum Erkennen der unglaublichen realen Konturen!«[23] Was für den Roman galt, galt auch für die

23. ebd. S. 17–19.

kurze Erzählung. Döblin gab Stichworte einer Verwandlung der Prosa. Sie griffen über das ›Expressionistische‹ hinaus und reihen ihn in die Entwicklungsläufe der internationalen Erzählkunst des 20. Jahrhunderts ein. Denn mit ihm war ein genuiner Epiker am Werk.
Die künstlerische Leistung, die darin lag, wie Döblin neues Erzählsujet und neuen Erzählstil zur Koinzidenz brachte, wird bewußt, wenn man der »Ermordung einer Butterblume« eine Novelle entgegenstellt, in der neues Sujet und traditionelle Erzählform noch nicht verschmolzen werden konnten: *Max Brods »Notwehr«*, veröffentlicht in dem von ihm 1913 herausgegebenen Jahrbuch »Arkadia«. Die formale Bindung an die realistisch-psychologische Novelle älteren Stils ist unverkennbar. Deskription wird so wenig vermieden wie psychologische, logisch-kausal verfahrende Kommentierung. Der Erzähler bleibt in distanzierender Überschau seinem Erzählobjekt, der Lebensgeschichte des Viktor Kanturek, gegenüber. Illustrative Breite, Freude am Episodischen werden bemerklich. Aber das Thema gehört der neuen Erzählergeneration zu; als Geschichte eines Durchbruchs zur eigenen, befreiten Existenz in einem Augenblick der Ekstase, der dann allerdings ins Vergebliche, Kraftlose zerbröckelt, derart sich selbst widerlegt. Die Lebensstationen des Viktor Kanturek – die Freiheit ländlicher Kindheit und Jugend, danach die auszehrende, verhaßte Fron im Büro der Stadt, der Mord aus Notwehr an dem Strolch, der ihm folgende Ruhm, seine Selbsterkenntnis und seine Unterwerfung – werden teils gedehnt, teils gerafft erzählt, je nach der Bedeutung, die sie für die innere Geschichte haben. Typisches liegt darin, wie ein junger starker Mensch sich unter dem überall umzäunenden Druck der allgebilligten, allanerkannten Lebensordnung erfährt. Er ist gefangen in der anonymen Gewalt der allgemeinen Übereinkunft, welche seine ihm eigene Existenz tötet. Sie verkümmert in dem verdinglichten, sinnleeren Mechanismus der Arbeitswelt der Stadt, in welcher er ein Fremder bleibt und die ihm alle Wirklichkeit

nimmt. Im Akt der Notwehr – nach allgemeiner Übereinkunft nicht nur berechtigt, sondern eine rühmenswürdige Tat – bricht sein Ich sich frei. Jedoch die Notwehr wird »in einem ungeheuren Umschwung all seiner Gedanken« zur Rache, zur Lust am Morden, »um nun auch seinerseits jemandem wehe zu tun nach ebendem Gesetz, das er solange erlitten hatte«. In der entfesselnden Ekstase dieser Stunde erfährt er Befreiung. Aber sie schlägt um zur Erkenntnis seines anderen, ihm bisher unbewußten Ich, dem das Morden zur »ungeheuren Lust« wurde. Sein Ich erschrickt vor diesem andern Ich; im Menschen bricht Raubtierhaftes auf. Die Gesellschaft feiert ihn als Helden. Er selbst erkennt den Abgrund im eigenen Ich, das Grinsen des Bösen im eigenen Herzen. Er vollzieht jedoch nicht das Urteil, das er über sich selbst spricht. Er paßt sich der Gesellschaft an, er läßt sie über sich selbst siegen – »fleißig im Alltag, ameisenhaft, kläglich zufrieden, allmählich eintrocknend«. Der Durchbruch zur eigenen freien Existenz hebt die Sicherungen auf, reißt in das labyrinthisch Böse der eigenen Existenz. Er opfert sein Ich um dieser Sicherungen willen. Er endet als ein von der Gesellschaft Besiegter und Verkrüppelter.

Georg Heym treibt, ähnlich wie Döblin, in seiner Novelle *»Der Irre«* das Grausige bis zum Umkippen in das Groteske. Sie wurde, nach seinem frühen Tode, in »Der Dieb. Ein Novellenbuch« 1913 veröffentlicht. Es geht bei ihm nicht um den Einbruch des pathologisch Zwanghaften in die Scheinsicherungen eines bürgerlichen Daseins; es geht vielmehr um den mörderischen Ausbruch von Trieb und Verzückung des Wahnsinnigen mitten in einer arglos-friedlichen Tageswelt. Der entlassene Irre, den man als geheilt und ungefährlich beurteilte, wird zum Amokläufer der Rache, der Blutgier und zugleich zum Visionär entrückender Träume der nun grenzenlosen Befreiung. Das künstlerisch Spezifische der Erzählung liegt in der zu äußersten Akzenten gesteigerten Kombination des Schrecklichen mit den Ekstasen des Schönen. Es vollziehen sich in ihr abrupte Umschläge von der

Gefangenschaft in Angst, Haß, Blut-Trieb von tierischer Artung zur Entgrenzung zu weltenthebenden, poetisch-farbenstrahlenden Traumreichen. Bestialisches bricht aus Tiefen des Unbewußten aus und jagt den Irren von Mord zu Mord. Aber aus der gleichen Tiefe steigen auch Visionen des Schönen auf, die ins Grenzenlose entrücken. Außenwelt wird zur Projektion der Innenwelt; beides läßt sich für ihn nicht unterscheiden. Wenn man bei Döblin an Naturalistisches erinnern konnte, hier sind Nachwirkungen des Jugendstils erkennbar. Heym verbindet eine herbe Sachlichkeit mit starken lyrischen Bild- und Farbakzenten. Sujet und Gestaltungsweise werden zu spannungsreichem Widerspruch getrieben. Die Realität wird offen zum visuell imaginierten Mythischen.

Der sozialethische Impuls, der später viele expressionistische Erzählungen thematisch bestimmt, hat eine frühe Form in *Alfred Wolfensteins* Novelle *»Über allen Zaubern«* gefunden. Die Novelle wurde bereits in den Jahren zwischen 1911 und 1913 niedergeschrieben. Wolfenstein hat sie 1918 in der Sammlung »Der Lebendige« veröffentlicht. Er stellt das Phantastisch-Visionäre der Traumgesichte eines jungen Menschen, die sich zu Bildern des Zerstörerischen, des Grausig-Obszönen steigern und ausweiten, in den Dienst einer ethischen Verkündigung. Die Novelle nimmt voraus, was sich im Ersten Weltkrieg verwirklichte; sie nimmt ebenso jenen Ruf nach einem Menschheitsfrieden voraus, der dessen Schrecken folgte. Das Phantastische wird hier an das Gedankliche zurückgebunden, und es erhält den demonstrativen Charakter des Allegorischen. Mit der Ablösung vom symbolischen Erzählen erhielt die Allegorie eine neue Geltung und künstlerische Legitimation. Die allgemeine ethische Gültigkeit, auf die es Wolfenstein ankam, veranlaßte ihn zu einer objektivierten Er-Erzählung, ungeachtet des sie strukturierenden monologischen Charakters. Ein junger Mann, der aus der Kleinstadt in die Weltstadt gekommen ist, findet in sich selbst den Widerspruch, der sich in diesen beiden

Räumen versinnbildlicht. Er muß ihn zu einem Neuen, Anderen überwinden – in sich und für alle, für die ganze Menschheit. Er ist noch an die Idylle der Kleinstadt gebunden, die ihn weich, menschenfreundlich, unsicher, sehnsüchtig gemacht hat. Sein Verhältnis zu ihr ist so ambivalent wie sein Verhältnis zu der ihn jetzt umbrausenden Weltstadt. Sie fasziniert ihn als Energie, Macht, Gewalt – sie stößt ihn ab als die Stadt der steinernen Gesetze, der Gewaltsamkeit toter Ordnungen. Wolfenstein deutet nicht psychologisch aus, er rafft zu elementaren, im Traum durchbrechenden Ereignissen und Bildern zusammen. Der Träumende erlebt mit einer triumphierend-kalten Zerstörungslust sich selbst als den Vernichter seiner Kindheitswelt. Er träumt die Exzesse der Macht, die »Stadt der Macht«. Er erkennt deren furchtbare Inhumanität, »die Gipfel der letzten kahlsten Lieblosigkeit«. Aus dem Erkennen, das durch die eigenen Bewußtseinstiefen hindurchgeht und dort der eigenen Verführungen bewußt wird, steigt die beschwörende Verkündigung der Liebe als Ziel der Jugend auf – seiner und der Menschheit verwandelter Jugend. Das Traumerlebnis des jungen Menschen weitet sich zu einer Erkenntnis für die universale Menschheit, welche ganz in das Pathos des Gefühls gelegt ist, aus ihm den subjektiven Impuls zum allgemeinen Anruf steigert, der gleichsam in das Unendlich-Offene hinausschwingt. »Zu Menschen – in die Welt – zur Liebe!« Es gehört zum Typischen und auch Problematischen des utopischen Idealismus der expressionistischen Generation, wie hier der ethische Impuls im Verlangen nach dem geheilten Menschen über die Grenzen der Wirklichkeit hinaus in das Unbegrenzte zielt.

Die Mannigfaltigkeit und das Disparate der Erzählmotive und Erzählformen, in denen sich die Wandlung und Erneuerung der Erzählkunst in dieser Generation vollzog und die fragwürdig machen, wieweit überhaupt der Terminus Expressionismus eine zusammenfassende Verbindlichkeit beanspruchen kann, prägt sich angesichts von *Carl Sternheims*

Novelle *»Busekow«* ein, die fast zur gleichen Zeit niedergeschrieben wurde. Es ist die erste, von Sternheim publizierte Novelle, derart Einleitung eines umfangreichen Erzählwerkes. Man spürt noch die Nähe des naturalistisch-psychologischen Erzählstils, ebenso die Wirkung Gustave Flauberts, den Carl Einstein als den Meister einer neuen Epik rühmte. Sternheim zog nicht jene radikalen Konsequenzen, die Einstein aus der französischen Ästhetik einer ›autonomen‹ Dichtung ableitete. Aber er entfernt sich vom Naturalistisch-Psychologischen, indem er sein Erzählen in präziser Konstruktivität auf das Wesentliche konzentriert. Er unterwirft seine Sprache in Syntax und Wortwahl dem gleichen Prozeß, in der Ablehnung des Ornaments, des Schönen in Bild und Klanglichkeit wiederum Döblin nahe, doch ohne dessen Faszination durch das Konkrete, Reale. Er spart das Detail aus, soweit es keine unentbehrliche Funktion hat. Die Geschichte des Polizisten Busekow wird als entscheidender Lebensabschnitt dargestellt, in den seine ganze Biographie konzentriert eingeht. Auch hier ist die Perspektive auf eine Mittelpunktsfigur zentriert; wie bei Ehrenstein, Döblin, in Heyms »Der Irre« und anderen folgenden Erzählungen. Die Frauen, zwischen denen Busekow lebt, erhalten nur aus dem Bezug zu ihm ihre Ausgestaltung. Kontraste und Symmetrien werden scharf akzentuiert. Äußeres Geschehen wird nur dargeboten, soweit es innere Vorgänge bewirkt. Sternheim pointiert den Einzelfall, die mit Busekows Tod geschlossene Geschichte. Szenisches Darstellen sichert unmittelbare Präsenz und verdeckt, daß in der Vergangenheitsform erzählt wird. Es handelt sich nicht um eine Liebesgeschichte zwischen einem Polizisten und einem Straßenmädchen. Das Grundthema ist anders, geistiger. Busekow wird durch die Liebe der Gesine aus einer starren, leeren, lügenhaften Ordnung, die alle seine Lebenskräfte lähmte, befreit. Solche Befreiung bedeutet eine Erneuerung dieser Lebenskräfte, die Herstellung seines Selbstbewußtseins. Sternheim legt alle Erzählakzente auf diesen Vorgang, der zuletzt in eine Hochspannung mystischer Ekstase mündet. In ihr steigern sich gegenseitig in recht eigentümlicher Mischung das Religiöse, das sexuell Sinnliche und seine preußische Königstreue. Der Polizist wird über sich hinausgerissen, er fühlt sich rauschhaft in Übereinstimmung mit dem Willen der ganzen Schöpfung. Diese Ekstase leitet in den Tod, sie übergreift ihn noch, da er als Erfüllung verklärt wird. »Man sah, wie er die Arme mit herrlicher Gebärde gen Osten rundete, hörte aus seinem Munde einen siegreichen Schrei – und hob ihn unter einem Automobil herauf, das sanft anfahrend, ihn schnell getötet hatte.«

War diese Geschichte ernst gemeint? Es gibt offenbar keinen Anhalt, daß Sternheim sie anders verstanden wissen wollte. Gleichwohl liegt nahe, daß der Leser sie als Satire oder Groteske auffaßt. Das Pathos der Übersteigerung, das dem Erzählobjekt, diesem preußischen Polizisten, so wenig angemessen erscheint, wie das Pathos, das in Sternheims überpointiertem Reduktionsstil liegt, verführt dazu. Man ist versucht, einen Satz in der Novelle auf seine eigene Erzählabsicht zu beziehen. »Mit scharfem Instinkt griff sie menschlich besonders packende Dinge aus ihm heraus und führte sie, Herz und Überlegung an sie hingegeben, aus dem Bereich des Zufälligen zum symbolisch überhaupt Gültigen auf.« Doch widersetzt sich die extreme Zuspitzung, mit der erzählt wird, symbolischer Verallgemeinerung. Sie führt, was positiv gemeint ist, in die Nähe komischer Umschläglichkeit. Im expressionistischen Erzählen liegt eine Selbstparodie bereit. Der unerhörte Fall wird zum absurden Fall.

Georg Trakls Prosa *»Traum und Umnachtung«* ist zuerst am 1. 2. 1914 in der Zeitschrift »Der Brenner« veröffentlicht worden. Er hat sie in seine im gleichen Jahr erschienene Gedichtsammlung »Sebastian im Traum« einkomponiert. Er stellt an den Schluß verknüpfter Gedichtgruppen jeweils einen Prosatext. Die Prosa führt in einer vom Gefüge des Gedichts gelösten, gleichsam entbundenen, doch ihrerseits überlegt komponierten Form dessen Sprache, Klänge und

Rhythmen weiter. Diese Form des Prosagedichts war Trakl aus seiner Kenntnis des französischen Symbolismus zugänglich. Sie bot sich ihm aber auch aus seinem eigenen dichterischen Verfahren an. Autobiographisches, subjektiv bezogen und darin dem Leser entfremdet, geht über in imaginiert Traumhaftes, es gewinnt in ihm Dimensionen, die das nur Subjektive verlassen. Dem Traumhaften entspricht die alogische, akausale, assoziative Reihung der autonomen Bilder und Metaphern, die, unter sich höchst variabel, in ihrem Verbinden des Gegensätzlichen auf der gleichen Tonlage bleiben, welche eine Einheit in dem Ruhelosen der Bewegung herstellt. Trakl spricht als der ›schauende‹ Dichter; dies Schauen ist ein innerer, imaginativ-poetischer Vorgang. Geschaute Wirklichkeit, innere Wirklichkeit sind ununterscheidbar. Diese Prosa entzieht sich kausaler Begrifflichkeit; sie setzt sich aus Bildmotiven zusammen, die als Ganzes faßbar, im Einzelnen nicht zu entchiffren sind. Umnachtung deutet auf Entrückung, aber auch auf anderes; der »umnachtete Seher« lebt in einer umnachteten Zeit und Welt. »O, der Nächtlichen; o, der Verfluchten.« Umnachtung erhält ihren Gegensatz im »Strahlenden«. Sie ist verknüpft mit Schuld, dem Bösen, mit »Krankheit, Schrecken und Finsternis«, mit dem Grauenhaften, mit Zerfall und Tod. Dem allen entspricht die rhythmische Abwärtsbewegung dieser Sätze nach immer wiederholtem Anlauf, ihr elegischer Ton, in dem sich das Lyrische zum Epischen distanziert. Dies heißt, Nähe der Ergriffenheit und Ferne des seherischen Blicks simultan zu verschränken. Das Subjektive bildet die Grundstimme, aber sie weitet sich zum Objektiv-Allgemeinen; sie umfaßt eine Welt. Gegensätzlich zur Umnachtung leuchtet Strahlendes auf: als »Verzückung« am Schönen in der Natur, als Stille und Kühle, als Reinheit, Schuldlosigkeit, als »feurige Frömmigkeit«, als eingebüßtes Einst der Unschuld, als goldenes Zelt der Sterne. Trakl reiht seine Metaphernsprache wie in unendlich-offener und in sich kreisender Bewegung. Es ist eine Bewegung zum »Unsäglichen« hin: »... ich bin derzeit von allzu viel (was für ein infernalisches Chaos von Rhythmen und Bildern) bedrängt, als daß ich für anderes Zeit hätte, als dies zum geringsten Teile zu gestalten, mich am Ende vor dem, was man nicht überwältigen kann, als lächerlicher Stümper zu sehen . . .«[24]

Umnachtung meint derart auch ein Nicht-Erkennen-Können, ein Sein und Sprechen im Ungewissen. Vielleicht hängt damit die bei aller Intensität gedämpfte Tonlage zusammen, die diese Prosa, aus Trakls letzter Reifezeit, nachdrücklichst von der oft überreizten Pathetik und Rhetorik anderer Erzähler in dieser Generation unterscheidet. Es überwiegt in dieser Prosa die Bewegung zum Dunkel, elegisch getönt in den Schlußsätzen der beiden ersten Abschnitte, gesteigert zur Verknüpfung von Nacht und Verfluchten am Ende der beiden letzten Abschnitte. Doch ist auch das Andere Trakls gegenwärtig: die Offenheit für das Schöne, für den Glanz in der Natur, für strahlende Sonne und das Sternenantlitz der Reinheit. Das Schöne und das Gute ist neben dem Finstern und dem Bösen, das Schöne wird anwesend in der Musik, in den sanften Rhythmen dieser Sprache. Sie hüllen die Erfahrung und den imaginativen Zwang des Nächtlichen in das Schöne ein. Es bleibt in dessen Schrecklichem gegenwärtig.

In der expressionistischen Literatur begegnet einerseits eine Faszination durch das neue Phänomen der Weltstadt. In ihr manifestiert sich ein zu äußerster Dynamik und Spannung gesteigertes Leben, das Kollektiv als geballte Energie. Doch begegnet andrerseits der Protest gegen sie; als Zerstörung der Existenz des Einzelnen, als Depravation des Seelisch-Geistigen, als, wie es in *Paul Zechs* Erzählung *»Auf der Terrasse am Pol«* (Dezember 1913 in »Das Neue Pathos« publiziert) heißt, »Versachlichung des äußeren Lebens«. Die Großstadt wird in Alfred Lemms später folgender »Weltflucht« identisch mit der unerträglichen Wirklichkeit

24. Georg Trakl: *Nachlaß und Biographie.* Hrsg. v. Wolfgang Schneditz. Salzburg: Otto Müller 1949. S. 23. Das Datum des zitierten Briefes ist bisher unbekannt.

schlechthin. Paul Zechs Erzählung nötigt zwei Tendenzen expressionistischen Stils zusammen: das Bedürfnis nach gesteigert bildsinnlicher Vergegenwärtigung und das Bedürfnis nach erkennend-durchschauender Abstraktion. Der Blick des Erzählers, der die monologische Ichvereinzelung akzentuiert, von der Caféterrasse am Potsdamer Platz auf das flutendstrudelnde Kollektiv am weltstädtischen Kreuzungspunkt erinnert an das alte Motiv des Blicks aus dem Fenster. Der Blick umfaßt im Ausschnitt eine Totalität. Aber er entdinglicht sie zugleich, er abstrahiert sie in der reflexiven Meditation. Die Abstraktion erzeugt die Synthese; in sie schießen Gefühl und Erkennen ein. Was er sieht, verwandelt sich in »Hochspannung«, eine Hochspannung der Defekte: aus ihnen ergibt sich eine Norm. Was Zech in seiner nicht eben leicht terminologisch entwirrbaren Einleitung als »Urklänge«, wissende Urklänge bezeichnet, zielt auf Grundfiguren dieses sich hier mit »Weltsicherheit« ausbreitenden Lebens. Es trägt sein Schicksal der Untergangsreife in sich. Es treibt einem Ende zu, nur dem Zweckhaften versklavt, ohne Gefühl, ohne Erbarmen, im Dünkel am Seelisch-Geistigen verarmt. Der Beobachter, im fremden Gegenüber, wird mit dem Röntgenblick des Erkennenden zum Kläger und Richter, zum Visionär des in diesem Treiben sich vordeutenden Endes. Er nimmt sich aus ihm heraus. »Ich aber mag nicht verarmen.« Die subjektive Existenz zieht sich auf sich zurück, wählt das Abseits. Die Kritik an der Gesellschaft mündet in deren Negation. »Ich ... will mein Leben hindern, in das familiäre Blutmeer zu fließen.« Die Erzählung schrieb ein Menetekel für die ihrer selbst sichere Vorkriegsgesellschaft. Aber sie blieb in der Subjektivität der Negation.

Gottfried Benns Novelle *»Der Geburtstag«* schließt die Sammlung von fünf Erzählungen ab, die er 1916 unter dem Titel »Gehirne, Novellen« publizierte. Sie entstanden während der ersten Kriegsjahre. Mit dem traditionellen Novellentypus hat Benns Erzählweise nichts mehr gemeinsam. Sie knüpft an Carl Einsteins Entwurf einer ›autonomen‹ Prosa an; allerdings mit eingreifenden Veränderungen, die aus den Entsprechungen von ›existentiellem‹ Thema und eigener Stilhandhabung sich ergeben. Die früheste Prosa Benns zeigt ihn dem Jugendstil nahe; auch sind Nachwirkungen der Novellen von Georg Heym zu erkennen. Bei Einstein ging es um eine paradoxe Kombination von Denken und Entrükkung, von Logik und Groteske. Bei Benn ist hingegen der Akzent auf den Ernst eines lyrischen Pathos gelegt, das nicht nur durch die Eingrenzungen in eine leer, gleichgültig, ja sinnlos gewordene empirische Wirklichkeit, sondern auch durch das Denken, die Gehirnbindung, durchbricht: zu einer imaginativ erzeugten, aus ekstatischen Visionen empfangenen Traum- und Rauschwelt grenzenloser Befreiung, die zugleich ein Zusichselbstkommen, eine Steigerung, »Überhöhung« des Ich zum Erfahren seines Zieles bedeutet. »Dahin ging, das fühlte er tief, nun für immer sein Weg.« Bei Einstein ging es um die ins Absurde transponierte Verzweiflung an der Erkenntnis. Bei Benn geht es um die in wechselnden Phasen, Aufschwüngen, Niederbrüchen, Entgrenzungen und Kontraktionen des Ich sich vollziehende schöpferische Beheimatung in einer Traumwelt des Mythisch-Urtümlichen, das sich in Landschaften und Figuren, in Dingen, Farben und Düften des Mittelmeerisch-Antiken der Imagination darstellt. Benn erfährt die erstarrte, in aller ihrer Selbstsicherheit ins Sinnlose entrückte Welt der Gesellschaft, der Wissenschaft, der gegebenen und bestätigten Tatsachen noch als Bedrückung und Gefangenschaft, aus der er in seine visionäre, bilderschaffende Innenwelt ausbricht. Einstein hat hingegen eine so große Distanz zu ihr gewonnen, daß er mit ihr zu spielen vermag.

Die überhöhte Dynamik von Benns Erzählweise – assoziativ, diskontinuierlich, im Ineinanderfließen von Innen und Außen, Augenblick zu Augenblick in akausalen Umschlägen reihend, mit einerseits schwelgerischer Instrumentierung der sinnlichen Bildsprache, andererseits mit deren Abstraktion und Reduktion bis zum isolierten nominalen Stichwort – ist Expression des inneren Zwanges, der den Arzt Werff Rönne aus den Hülsen von Zeit und Gesellschaft hinaustreibt. Diese Getriebenheit, aus dem Unbewußten ihn überfallend, wird immer wieder akzentuiert. Die Befreiung ist zugleich ein Empfangen, eine Hingebung. »Manchmal eine Stunde, da bist Du; der Rest ist das Geschehen. Manchmal die beiden Fluten schlagen hoch zu einem Traum. Manchmal rauscht es: wenn Du zerbrochen bist.« Einsteins Prosa zieht sich in eine chiffrierende Distanz zurück. Benns existentielles Thema führt hingegen auch dort, wo es ihm um Überpersönlich-Mythisches geht, zu radikaler Subjektivierung und deren lyrischer Pathetik. Er setzt ihr allerdings bereits in dieser frühen Erzählung eine artistisch genaue, auf gesteigerte ästhetische Bild- und Spracheffekte zielende Formung entgegen. Es ist jenes formale Element, das er bei Einstein, bei Heym vorgebildet fand; es zeigt sich nicht zuletzt darin, wie diese Erzählung, trotz ihres assoziativen, ›atomaren‹ Baus, zu einer großen finalen Steigerungsbewegung durchgliedert und komponiert ist: von dem deutlich autobiographischen Einsatz bis zu der Entgrenzung des Schlusses. Innen- und Außenwelt gehen in diesem imaginativen Erzählen beständig ineinander über; dem entsprechen das Ineinanderfließen von Bericht und innerem Monolog. Der Subjektivierung wird als Gegenhalt die Akzentuierung dessen kontrastiert, daß hier Überpersönliches, Anonymes, Unwillkürliches geschieht: »In der Ferne rauscht ein Gewitter, aber ich geschehe.«

Bei Ehrenstein, bei Döblin, Heym, Sternheim und Trakl begegnete der getriebene Mensch; wo er handelte, folgte er einem anonymen ›Es‹, das sich seiner bemächtigte. Er erschien bei Heym bis zum Tierischen reduziert, bei Sternheim bis zu mystischer Ekstase emporgerissen. Darin steckt eine Gemeinsamkeit dieser Erzählungen, ungeachtet ihrer verschiedenartigen Stilhandhabung.

Johannes R. Bechers »Der Dragoner«, entnommen der 1914

veröffentlichten Sammlung »Verfall und Triumph, Zweiter Teil, Versuche in Prosa«, kann als Kurzgeschichte angesehen werden. Dazu berechtigen die offene Form, das konzentriert Punktuelle des Vorgangs, der Verzicht auf Ausdeutungen des sich überstürzenden Geschehens, dessen Übergreifen ins Gespenstisch-Übersinnliche. Was ist hier äußere Realität, was innerer, halluzinatorischer Vorgang? Becher bevorzugt, wie die anderen Erzähler, dramatisiertes szenisches Darstellen. Wie bei ihnen begegnet die Figur des Karussells, so daß zu Beginn schon das Ende vordeutend entschieden ist. Dies widerspricht nicht kräftiger Spannungssteigerung bis zur Katastrophe, der Ermordung des Straßenmädchens Beate. Die Erzählung setzt ›naturalistisch‹, wenn auch sparsam mit Details, im gewöhnlichen Straßenmilieu von Dirnen und betrunkenen Soldaten ein. Aber in dies Gegenwärtige schiebt sich, im Erinnern der Beate, im Namen des weißen Spitzes, simultan Vergangenes ein. Die Realität wird durchlässig. Von Beginn an pointiert sich die Figur der Wiederholung; sie läßt die Bewegung wieder und wieder in sich zurückkehren. Das Leben erscheint, zunächst kaum bemerkbar, dann immer bedrohender als unausweichlicher Rekapitulationsmechanismus. Beate, triebhaft reagierend, verfängt sich in ihm. Pathetische Akzente stellen sich schon zu Beginn ein, etwa in der Kontrastparallele zwischen dem Licht des Spitzes und dem einem bösen Raubtier gleichenden Dunkel. Der Ausgang ist vorgedeutet. »Das polterte, tobte, schrie, flakkerte rot und feucht, hier einige Male, dort einige Male, dann war auf einmal Schluß.« Johannes R. Becher hat erzähltechnisch sorgfältig verklammert, was, als Realität gemessen, aus den Fugen gefallen zu sein scheint. Vorbestimmtes vollzieht sich. Eine unaufgeklärte Beziehung verknüpft den Spitz Kony, der »lachte wie ein Mensch«, mit dem ungeheuren gelben, gespenstisch seine Farben wechselnden Dragoner. Der Name des Spitzes ist der Name des früheren Liebhabers der Beate, eines Athleten. Dieser Mann kehrt in ihrer erotisch-primitiven Phantasie in dem Dragoner wieder.

Sie steht verwirrt vor ihr nicht mehr Unterscheidbarem – »hilflos zwischen dem gelben Dragoner, dem Spitz und dem photographischen Brustbild«. Die Wirklichkeit entgrenzt sich; der Raum, der Dragoner wachsen und weiten sich bis ins Kosmische. Identitäten verschwimmen. Der Athlet Kony wollte einmal Beate im Rausch erstechen – jetzt schmückt sie den Dragoner mit den Pseudoinsignien des einstigen Preisgewinners. Ist dieser in jenem wiedergekehrt? Ist der Dragoner, wie es der Spitz sein sollte, der Andere? Noch im Kampf mit ihrem Mörder bricht Beate in Verzückung aus. »Und jubelnd ihm entgegen: ›O, dich kenn ich ...‹« Es entspricht der Kurzgeschichte, daß sie nicht sich selbst enträtselt. Zu ihr gehört die imaginative Offenheit zum Phantastischen, Exzentrischen und Transrationalen.
Johannes R. Becher verfügt bereits über die expressionistische Stiltechnik mit artistischer Sicherheit. Existentielles geht verloren. Eine Tendenz zum Belletristischen wird bemerklich. *Kasimir Edschmid* treibt die Effekte des Stils in *»Der tödliche Mai«*, in der zwei Novellen vereinigenden Sammlung »Das rasende Leben« (1915) nach der Erstpublikation in der »Neuen Rundschau« vorgelegt, bis zum Virtuosen. Er spielt gleichsam auf allen Instrumenten – sei es die gehäufte, überflutende, zu Gipfelungen überspannte Bildlichkeit, die Intensität der optischen und akustischen Sinnenreize, die sich jagenden Superlative, das Sprunghaft-Assoziative der Vorgangsabschnitte, Szenen und Dialoge, die Beschleunigung des Tempos, gesteigert durch jähe Abbrüche und Neueinsätze, die sich ballenden und drängenden, dann wieder breit flutenden Rhythmisierungen. Auch hier begegnet die Kontrastkonzentration von Grausigem und Schönem, die Einspannung eines Menschen in extreme Gegensätze zwischen Tod und Leben. Zwischen ihnen rast dieser Lebensabschnitt eines jungen, tödlich erkrankten und genesenden Offiziers ab. Ihre Widersprüche werden zum Pathos seiner inneren Existenz. Die Virtuosität solcher expressionistischen Rhetorik verdeckt jedoch nicht einen immanenten Stileklek-

tizismus; in den Effekten ästhetisierender Impressionen, in der Überbürdung der Landschafts- und Schönheitserlebnisse mit Ornamental-Dekorativem, mit der Sinnlichkeit der Farben, Töne und Gestik, verraten sich Durchgänge durch Impressionismus und Jugendstil. Der Stil verliert an innerer Übereinstimmung. Ein Offizier findet aus dem ekstatischen Rausch mörderischer Erkrankung zur »Verzücktheit des Lebens« zurück. Die Realität des Krieges wird ausgespart. Es geht allein um das Erlebnis der Spannung und Einheit von Tod und Leben. Beide steigern einander; das Grauen des Todes ist eins mit der ungeheuerlichsten Kraft des Lebens. Das Erlebnis des Schönen steigt aus dem Entsetzlichen auf. Der Mensch, zwischen diesen Extremen hin und her gerissen, bejaht sie zugleich als Steigerung zum Äußersten. Er bezwingt den Tod durch den Willen zum Leben, er wird durch den Tod zum »unendlich vollen Dasein« zurückgeborgen, das überall ist, im schönsten ätherisch Schönen wie im Kuhdünger, auf den der Offizier am Schluß mit greller und primitiver Pointe gelagert ist. Zur Problematik des künstlerischen Gelingens dieser Erzählung gehört, wie das Ekstatische zugleich reflektiert, begrifflich kommentiert wird. Die innere Geschichte des Offiziers mündet in Verallgemeinerungen von fast manifesthaftem Charakter: als Bekenntnis zu »trunkenster Fülle des Lebens«. Es entstammt einem Panpsychismus, der im Panvitalismus wurzelt und darauf angelegt ist, alles zu umgreifen: »den Tod in der ungeheuerlichsten Schwellung des Lebens« wie eine »tolle übersinnliche Liebe zum Leben«.

So entschieden sich die expressionistische Generation gegen die Ästhetik und Dichtungspraxis der älteren Generation absetzte, sie nahm *Heinrich Mann* aus der Reihe jener, gegen die ihre Polemik zielte, aus. Sie bejahte den Erzähler in seiner Thematik und in seinem Stil als zugehörig; sie empfing vor allem von dem Essayisten fruchtbare Impulse und Bestätigungen, der die Brücke zur französischen Literatur wies und ein in Deutschland ungewohntes Bild engster Verknüpfung von Literatur und Gesellschaft, von Geist und aktivem Handeln, von Humanität und Praxis vorgezeichnet hatte. Die Geschichte des Verhältnisses zwischen Heinrich Mann und den Expressionisten, eines notwendig komplexen Verhältnisses, scheint durch seine Erzählung *»Der Vater«* durchzublicken, die er 1917 in dem Almanach »Der neue Roman« veröffentlichte. Der Stilzusammenhang ist deutlich, der ihn geschichtlich rückwärts mit Gustave Flaubert und mit dem um sieben Jahre jüngeren Sternheim verknüpft, der von Mann gelernt hat. Es ist jener Stilzusammenhang, an dem, wieder im Verhältnis des Älteren zum Jüngeren, auch Carl Einstein und Gottfried Benn teilhatten. Nur bedient sich die verknappte Erzählform, die einen Lebenslauf zu entscheidenden Brennpunkten innerer Vorgänge konzentriert, vorwaltend der Berichtform. Lediglich Entscheidungsmomente werden szenisch dargestellt. Heinrich Mann erreicht derart eine Distanz, die befähigt, unwesentliches Detail zu übergehen. Er verkürzt und steigert auch die Gedankenabläufe seines Helden. Er vergrößert ihn, während die umgebenden Figuren – die familiäre Binnenwelt und die feindliche Außenwelt – nur so weit konturiert werden, als es die Bezugskonstellation fordert. Heinrich Mann vermeidet auf solche Weise Relativierungen und Abschwächungen des erzählten Konflikts. Er komprimiert ihn dramatisierend auf eine Grundfigur, wie denn auch das Gesellschaftsproblem, das einbezogen wird, nur prinzipiell markiert, nicht auseinandergelegt wird.

Atypisch ist, daß hier die Geschichte eines gereiften, alternden Mannes, nicht eines jungen Menschen, erzählt wird. Es geht nicht um eine Selbstfindung, einen Durchbruch zur eigenen Existenz, sondern um einen Kampf zwecks Selbsterhaltung. Die Gesellschaft, in der dieser Mann seine Familie verteidigen, sich selbst durchsetzen muß, ist feindlich, erbarmungslos. Sie zwingt in eine Einsamkeit, zur Angst, zur ununterbrochenen, krampfhaften Anstrengung, ihr nicht zu erliegen. In solcher Härte zeigt sich das Gesicht der zeitgenössischen ökonomischen Gesellschaft. Die Aufmerksamkeit des Erzählers konzentriert sich auf die Stationen des inneren Prozesses im Lebenskampf dieses Geschäftsmannes, der ihn in eine endlich überreizte Härte treibt – im Konkurrenzkampf mit dem Manne aus der jungen Generation, der ihn herausfordert, ihn zu schlagen scheint und zuletzt dennoch von ihm zerschlagen wird. Erst in der Pointe des Schlusses schmilzt diese Härte, die eine andere Form der Angst und Schwäche ist. Die Pointe ist doppelt: der Ältere hat über den jungen Gegner gesiegt, und er steht »hilflos« vor seiner Leiche. Nicht der Junge, vielmehr der Gealterte überlebt den Generationskonflikt – man darf darin wohl eine Umkehr eines expressionistischen Zentralthemas sehen. Heinrich Mann zielt auf die symbolische Tragkraft dieses Schlusses. Sie weitet sich zur Erkenntnis des falschen und richtigen humanen Verhaltens. Der Mann Färber nimmt, jetzt zu spät, als einen Sohn an, den er als seinen gefährlichen Gegner haßte. Der Konflikt löst sich zur Einsicht in eine Gemeinsamkeit jenseits und trotz der Erbarmungslosigkeit der Gesellschaft, in der beide lebten und die sie mit dem »Leben« gleichsetzen mußten. »Da war er, jenseits eines letzten Schleiers, der gnädig noch beschönigt hatte was ist, allein mit seiner Wirklichkeit: daß wir vergeblich Unrecht üben, zur eigenen Qual einander Feinde sein und unbekannt jeder jedem, uns töten müssen.« Die Gesellschaft verschuldet diese Vereinsamung und Entfremdung zum Inhumanen. Die Tragik dieses Kampfes und Todes ist die Tragik des Lebens, das sie geschaffen hat. Es ist wiederum atypisch, daß Heinrich Mann sich eine Ausflucht in die Utopie verwehrt. Die herbe, konzentrierte Sachlichkeit seines Stils ist adäquat dem Bezug auf eine harte Realität.

Die Negation der Stadt, der Abseitsgang des Vereinzelten – dies Thema, das bereits mit gesellschaftskritischer Perspektive in der Erzählung von Paul Zech begegnete, wiederholt sich in *Alfred Lemms »Weltflucht«*, die seiner Sammlung »Mord« (1918) entnommen ist. Doch ist es hier in ein subjektiviertes Porträt zusammengezogen, in eine vorwiegend psychologische Perspektive eingefügt. Ein junger Mensch geht in den Tod, da die Wirklichkeit »das hohe Reich der eigenen Seele« zu Tode verwundete. Wirklichkeit ist die Stadt, die Industrie, die Technik. Sie stellt sich in drei Stationen dar: im bestialischen Kampf der Menschen untereinander auf dem Bahnhof, der auch der Maschine dämonisierte Wesenszüge gibt; im widerlichen Schmutz und Abfall des großstädtischen Frühmorgens; in der Konfrontation mit der dämonisch-anonymen Allmacht des Despoten Staat in dem Rechtsanwaltsbüro. Drei andere Stationen bezeichnen die Gegenwelt: die robust-trauliche, gleichsam archaische Idylle der Kleinstadt, die vergeistigte Stille des Sanatoriums der Sterbenden, die schon jenseits der Wirklichkeit leben, zuletzt Henrys Gang in den von einem »zarten, überirdischen Himmelsschein« verklärten Tod. Diese Stationen bilden die Lebensgeschichte des Henry, seine innere Geschichte. Letztere wird nur angedeutet. Die Deskription der Räume, durch die er geht, eine zugleich mit expressionistischen Stilmitteln aufgehöhte und ideologische Deskription, gewinnt Oberhand. Die Konfrontation von Stadt und Natur, Industriewelt und Idylle, Schmutzwelt der Erwachsenen und Unschuldswelt der Kinder, von pervertiertem und gesundem Leben erhält Klischeehaftes, eine ideologische Schematik. Henry erinnert an Karl Tubutsch; aber der Erzähler dringt nicht bis zum Existentiellen von dessen Welt- und Selbstverzweiflung durch. Dem entspricht die Armut an Tonmischungen in der Erzählung. Dieser Geschwächte mit dem hypersensiblen Geist und Körper, dieser wehrlose Flüchtling in den Tod, gehört, ungeachtet seiner Zeitgenossenschaft, einer älteren Generation zu.

Der Riß zwischen einer total verdinglichten, wertleeren Gesellschaft, die alles eigene Leben abschnürt, und dem Bedürfnis nach menschlich fühlendem und geistigem Dasein, das sich nicht in Zwecken verkrüppelt, fordert jetzt andere Antwort. Die Flucht in den Tod bedeutet nur fruchtlose Resignation. Der »Merker« auf der »Terrasse am Pol« spricht, »indes der Geist zu neuen Formen antreibt«, mit strahlendem Zorn sein Urteil über die Gesellschaft. Er bekennt sich zum Fanatismus des verwerfenden Geistes. *Ludwig Meidners »Mondsichelgesang«*, enthalten in dem Jahrbuch für neue Dichtung und Wertung »Die Erhebung«, das Alfred Wolfenstein 1919 herausgab, gibt eine andere Variante. Der Monologist dieser Prosa entscheidet sich zur Boheme, zu einem Abseits von der Gesellschaft als Überlegenheit und Raum der Freiheit. Solche Freiheit, bis zum Chaotisch-Anarchischen, ist der Raum des Dichters – »ich lebe in die Ewigkeit hinein«. Die innere Dimension wird derart bis ins kosmisch Unendliche geweitet. Der Austritt aus der Gesellschaft erlöst zu einem alle Grenzen sprengenden schöpferischen Leben. Die Natur, geweitet zum Kosmischen, gewährt jene Entgrenzung – Meer, Sturm, Wüstenei, Wolkenwind, der Mond, der »das eherne Firmament zerbricht« –, deren das Geistig-Schöpferische bedarf. Wenn überhaupt ein Kontakt mit Menschen für es fruchtbar werden kann, so nur mit solchen, die jenseits der bürgerlich-städtischen Realität existieren: alten Weiblein, Kindern, dem Volk in der Kneipe. Es geht in diesem Monolog nicht um das Werk, das seinerseits begrenzen würde, sondern um die unbegrenzte Inspiration, um schöpferischen Rausch, um Ekstasen, die sich in die Ekstasen der Sprache entladen. Meidners sich überstürzende Wortketten, seine überhäuften, sprunghaft assoziativen Bilderstrudel steigern sich bis in das Hymnische. »Nun wühl ich blindlings in den Worten. Ich nehme sie in den Mund und sie kriegen einen wunderbaren Sinn. Ich halte sie heiß in meinen Händen. Sie schütteln den Schlaf ab, strahlen neu und unerhört.« Dies Hymnische bricht sich jedoch simultan in der Selbstironie, einer Ironie, die nicht nur dieses pathetische Ich, das über alle Grenzen hinaus will, sondern die Existenz des Dichters, die Dichtung überhaupt fragwürdig macht. In einer Ambivalenz der Perspektiven, die dem Chaos entspricht, das hier entfesselt wird, kippt das Ekstatische zum Grotesken um. »Ach, hohe Dichterbrunst, ach, große Hitze! ach ich, ach du mein Weltpläsir ...« Die Ekstase persifliert sich selbst. »Vanitas, vanitatum! Dichter, Gaukler, Hurenknecht – Allotria und Allüre des Dichters.« Dieser Gegensatz erhält keine ›tragische‹ Tönung – er wird vielmehr zu einer Sprache der Freiheit über der eigenen Ekstase. Das Bewußtsein entfesselten schöpferischen Rausches schlägt um, in ständiger Simultanität, in die Ironisierung des »kosmischen Rappel«, eine Selbstverhöhnung des Maulhelden und Schreiberling. Pathos und Groteske, Ekstase und Ironie – solche Ambivalenz deutet ebenso auf die immanente Tonvielfalt wie auf die Gebrochenheit expressionistischer Welt- und Selbsterfahrung. Daß am Schluß dieses Monologs, der wie eine Parodie expressionistischer Manifeste anmutet, die Turlupinade dominant wird, deutet auf eine Selbstkritik und Selbstüberwindung des rauschhaften Pathos der unendlichen Innerlichkeit voraus – einer Innerlichkeit, die »alle Gedanken« verscheucht, »wenn man dichtet«.

In *Oskar Loerkes »Die Puppe«*, zuerst im »Jahrbuch der Zeitschrift Das neue Pathos« 1917/18 publiziert, meldet sich bereits die Satire an. Die Tragikomödie des Friedrich Schedel, eines Dichters ohne Buch und Vers, spiegelt auf die Ohnmacht der expressionistischen Ideologien zurück. Dieser vereinsamte kleine Mann, umgeben von der Einsamkeit aller Existenz auf dieser von niemandem besessenen Erde, auf dem kurzen Gang zwischen Tod und Tod, klammert sich, wie viele andere, an die Botschaft der Güte, der Bruderschaft, der Menschheitserlösung, der »Allseele der Kreatur«. Loerke zitiert Kernworte des expressionistischen Idealismus. Aber sie entheben diesen Mann nicht seiner Defekte, seiner Einsamkeit und Bitterkeiten. Auch wenn er sich wie im Rausch in der Einheit des Lebens glaubt, quält ihn die tiefere Unsicherheit des Vereinsamten, der Selbstzweifel, der ihn um so mehr nach einer Bestätigung verlangen läßt, »daß er seinen Glauben glaubte«. Denn ohne ihn bleibt ihm nichts als der Sturz in das Vakuum. Eine Kindheitserinnerung berichtet von solchem Sturz: als ihn Hohn umbrandete, weil er eine eingebildete Tat als seine wirkliche Tat mißverstand; weil er seine Selbsttäuschung ins Wirkliche umwandeln wollte. Dies wiederholt sich jetzt: bis zur Sinnesverwirrung klammert sich seine Einbildung an die vermeintliche Existenz der Puppe in dem verwahrlosten, besitzerlosen Koffer. Seine Einbildung hat Wesen an die Stelle der Leere gesetzt. »Sie war da, solange er fest daran glaubte, und nur wenn er daran glaubte.« Aber er ist, wo die Wirklichkeit andrängt, nicht fähig, die Kraft zu diesem Glauben aufzubringen und durchzuhalten. Die eingebildete Puppe war sein Schutz gegen den »Weltkummer«; seine Schwäche, stärker als seine Fähigkeit zum Glauben, wird dessen Bestätigung. Er flieht vor der Wirklichkeit, indem er deren Desillusion seines Wahnes vorausnimmt. Er stürzt in das Vakuum. Er bricht an dem »Zweifel seines Herzens« zusammen. Der Erzähler dieser tragischen Groteske hat den Expressionismus schon hinter sich zurückgelassen; er durchschaut die Ohnmacht und Selbsttäuschung von dessen Ideologie im Spiegel des erbärmlich-komischen Mannes Friedrich Schedel, der sich mit der Illusion einer Puppe gegen den »Weltkummer« zu schützen suchte, sie zu seinem Talisman machte und doch nicht wirklich an sie zu glauben vermochte. Der Schluß der Erzählung rückt dicht an den Schluß von Döblins »Ermordung einer Butterblume« heran.

Die Freisetzung der Phantasie gab die Möglichkeit zu vielen Formerneuerungen: in Märchen, legendarischen Erzählungen, in Phantasmagorien, in Traumerzählungen und in der Groteske. Unsere Auswahl muß darauf verzichten, diese Fülle darzubieten. Sie muß sich auf wesentliche Akzente begrenzen. Der Groteske kommt ein besonderer Rang im expressionistischen Erzählen zu; sie hat bis heute stärkste Fortwirkung erreicht. Sie ist, als Revolte gegen den psychologischen Realismus, seinen Ernst der Wirklichkeitsbindung, seit Carl Einsteins Experiment der ›autonomen‹ Prosa in das expressionistische Erzählen eingelegt. Es hieß im »Bebuquin«: »Zu wenig Leute haben den Mut, vollkommenen Blödsinn zu sagen. Häufig wiederholter Blödsinn wird integrierendes Moment unseres Denkens; bei einer gewissen Stufe der Intelligenz interessiert man sich für das Korrekte, Vernünftige gar nicht mehr. Die Vernunft macht zu viel Großes, Erhabenes zum Grotesken, Unmöglichen.«[25] Bei Albert Ehrenstein begegnete das Groteske in der Verflechtung von Tragischem und Komischem, bei Alfred Döblin ergab es sich aus dem Mißverhältnis von Anlaß und Wirkungen, bei Georg Heym aus der Überspitzung des Grausigen in die Verzerrung zum Fratzenhaften, bei Carl Sternheim – offenbar nicht angestrebt – aus dem Widerspruch von kleiner Existenz und ekstatischem Pathos. Das Groteske kann, unbeabsichtigt, aus den expressionistischen Überhöhungen in Thema und Sprache resultieren, es kann gezielt in die Nähe der literarischen Selbstparodie führen, wie es bei Ludwig Meidner realisiert wurde. Es kann Erzählinhalt und -zweck werden als ein Protest gegen die literarische Ernsthaftigkeit, in dem sich das Sublime mit dem Ridiculen stiefverschwistert, wie es *Mynona (Salomo Friedländer)* formuliert hat[26].

Seine zahlreichen Grotesken, denen wir *»Der Schutzmannshelm als Mausefalle«* entnommen haben, sind gleichsam Emanzipationen vom Ernst des Denkens zum ironischen Spiel mit seinen Resultaten. Das Fabulieren autonomisiert sich im Spiel der heiter-absurden Einfälle. Gewiß ist in diese Geschichte von dem konfitürenmäßig entzückenden Kolibri, von der in einem Märchenkapitalismus sich schaukelnden Familie Bröhle und von dem Knaben, der aus überschraubter Liebe zum Mörder des Kolibri wird, auch Gesellschaftssatire eingelegt, zugleich eine witzig spottende Moral, die, nach Art der Fabel, den Schluß zur Pointe spitzt. Es überwiegt jedoch die Heiterkeit des ausspinnenden Fabulierens, eine Grazie des amüsanten Spottes. Man mag fragen, wie-

25. Carl Einstein: *Gesammelte Werke.* a. a. O. S. 207.
26. Mynona (Salomo Friedländer): *Rosa, die schöne Schutzmannsfrau und andere Grotesken.* Hrsg. v. Ellen Otten. Zürich: Verlag der Arche. S. 226.

weit es berechtigt ist, Mynona, der dem gleichen Jahrgang wie Heinrich Mann (1871) entstammt, in die Reihe der expressionistischen Generation einzureihen. Er knüpfte mit älterer Stilstufe an die Groteskromane und -erzählungen von Paul Scheerbart an; er leitete zugleich aber zu den Jüngeren über.

Der Groteske als heitere Fabelei und ironische Meditation steht die Groteske, die ihren Grund im Tragischen hat, gegenüber. Sie begegnete bereits bei Carl Einstein, bei Albert Ehrenstein – sie kehrt in *Alfred Lichtensteins »Café Klößchen«* wieder, einer Erzählung, die auch in anderen Zügen eine Nähe zu Einstein nicht verbirgt. Karl Tubutsch wurde im Ichmonolog erzählt – Lichtenstein distanziert die Figur des Kuno Kohn in der Er-Erzählung, damit die autobiographischen Elemente, die wenig chiffriert, aber mit verschärfenden Akzenten versehen sind, mehr objektivierend. Der »Tubutsch« war eingebettet in die Atmosphäre Wiens; das Café Klößchen vergegenwärtigt das Boheme- und Literaturgetriebe des Romanischen Cafés in Berlin. Lichtenstein gliedert die kurze Erzählung, dank Raffung und Auswahl, in vier Abschnitte, die den Eindruck eines fast vollständigen Porträts und Milieus auslösen. Er spart derart kausal-psychologische und realistische Zusammenhangsdeskriptionen ein. Er akzentuiert das Isolierte, abgerissen Momenthafte in den Szenen, Situationen, Dialogen und Reflexionen. Die Zersplitterung von Leben und Ich in Scherben der Existenz kommt zu unmittelbarem erzählerischem Ausdruck. Die Isolierung deutet auf die Leere der Welt, die den Einzelnen ein Leben ohne Folgen und Ergebnisse, wie im Sinnlosen, verbringen läßt. Lichtenstein teilte, wie Albert Ehrensteins Tubutsch, jenes Generationsgeschick, das Kurt Hiller als Totalzweifel, Ziellosigkeit und Nihilität gekennzeichnet hat. Die Schwermut flüchtet in eine Selbstironie, die in das Groteske und Absurde überspringt. Die Groteske bestätigt und distanziert die Nihilität; sie ist deren Anerkennung und gleichwohl, unter welchen Verwundungen auch immer, ein Spiel mit ihr. Jedoch ein Spiel, das sich aus dem Kreislauf in sich selbst nicht zu befreien vermag.

In einem Bruchstück der ersten Fassung dieser Erzählung heißt es: »Grotesk sein, sei kein Nachteil. Groteske sei immerhin eine Brücke zu einem Weg.«[27] Aber es geht bei Lichtenstein um mehr als eine Regeneration der Literatur nach deren Anheimfall an das Pathos. Es ist rechtens auf den existentiellen Bezug der Sätze Kuno Kohns nach der Liebesnacht mit Lisel Liblichlein verwiesen worden. »Das Gefühl der vollkommenen Hilflosigkeit, das dich überfallen hat, habe ich häufig. Der einzige Trost ist: traurig sein. Wenn die Traurigkeit in Verzweiflung ausartet, soll man grotesk werden. Man soll spaßeshalber weiterleben. Soll versuchen, in der Erkenntnis, daß das Dasein aus lauter brutalen hundsgemeinen Scherzen besteht, Erhebung zu finden.« Solche Erhebung ist ein Akt des Verachtens, auch der Selbstverachtung. Hier ist das Groteske nicht Sprache der poetischen Imagination, die mit dem Phantastischen spielt, sondern Entlarvung einer durchschauten Wirklichkeit, die ihre Unerbittlichkeit vor dem eigenen Ich nicht aufgibt. Ihr entspricht die Sachlichkeit dieses Erzählstils, die auf Effekte poetischer Rhetorik verzichtet.

In den Sätzen von Carl Einstein über das Desinteresse am Korrekten und Vernünftigen, wenn eine gewisse Stufe der Intelligenz erreicht wurde, ist bereits angelegt, was *Kurt Schwitters* in dem *Merzgedicht 8 »Die Zwiebel«* durchspielt. Es gibt noch andere Beziehungen von ihm zu Einstein, die ihn vom expressionistischen Programm abheben: seine oft wiederholte Akzentuierung der Kunst als eine konsequente Formung, als das Resultat einer strengen Zucht und als eine Logik der Form. »Kunst ist Logik.« Dem scheint zu widersprechen, wie er in diesem und in anderen literarischen MERZ-Texten die Grenzen zwischen Sinn und Unsinn, Realität und grotesk-unsinniger Irrealität aufhebt. Aber Schwitters hat

27. Alfred Lichtenstein: *Gesammelte Prosa.* Kritisch hrsg. v. Klaus Kanzog. Zürich: Verlag der Arche 1966. S. 63.

nachdrücklich betont, wie falsch es sei, Motive und Gestaltung zu verwechseln; daß ein Kunstwerk noch deshalb nicht unsinnig sei, weil es den Unsinn als ein Motiv wähle. Nicht die Inhalte, schon gar nicht solche, die, wie noch expressionistische Erzählinhalte, ihm aus dem bürgerlichen Sentimentalismus, aus der bürgerlichen Romantik zu stammen schienen, bestimmten ein Kunstwerk bildkünstlerischer oder literarischer Art. Er hat dies präzis formuliert. »Elemente der Dichtkunst sind Buchstaben, Silben, Worte, Sätze. Durch Werten der Elemente gegeneinander entsteht die Poesie. Der Sinn ist nur wesentlich, wenn er auch als Faktor gewertet wird. Ich werte Sinn gegen Unsinn. Den Unsinn bevorzuge ich, aber das ist eine rein persönliche Angelegenheit. Mir tut der Unsinn leid, daß er bislang so selten künstlerisch geformt wurde, deshalb liebe ich Unsinn.«[28] Daraus sprach nicht nur die eulenspiegelhafte Lust am Grotesken in der Redundanz des Makabren und Absurden, sondern ein weitergreifendes Bedürfnis nach souveräner Entbindung und Autonomie der subjektiven Phantasie, ein Spielverlangen, das sich der Fesselung an eine verdinglichte, zunehmend erstarrte Wirklichkeit entzog. Die Groteske wurde zur Parodie dieser Wirklichkeit, damit im Unsinn durchaus sinnvoll.

Schwitters löst die konventionelle Sinnwelt in Motiven und Sprache auf, weil diese selbst aus den Fugen geraten ist. Er schaltet sie mittels der Collage, die tote Redeformeln aus den verschiedensten Bereichen, vor allem Formeln des anonym-kollektiven Imperativs zitiert, in seine Nonsens-Prosa ein. Er verwandelt sie in Material der grotesk-absurden Rückspiegelung. Die Groteske wird derart zum Mittel, aus dem »Chaos des Lebens« zu befreien, einen Freiheitsraum des schlechthin Komischen zu erzeugen. »MERZ will Befreiung von jeder Fessel, um künstlerisch formen zu können.« Die Abstraktion zum Unsinnigen legt das Gewicht in das künstlerische Formen, das nun in der Tat, wenn man diese

28. Kurt Schwitters: *Anna Blume und ich*. Hrsg. v. Ernst Schwitters. Zürich: Verlag der Arche 1965. S. 15.

Prosa mit Aufmerksamkeit liest und reflektiert, alles andere als »zügellos«, vielmehr sehr präzis angelegt ist. Diese Präzision liegt in der für Kurt Schwitters typischen Figur der Umkehr, die ebenso den Inhalt der »Zwiebel« wie die Technik der Collagen, der grammatischen und vokabulären Verkehrungen gegenüber den Sinngewohnheiten bestimmt. Die Umkehr ist das regulative Prinzip, das die Architektur dieser Prosa gestaltet. Sie folgt einer eigenen, künstlerisch immanenten Unsinns-Logik. Mit zugleich spielerischer und radikaler Konsequenz hat Schwitters einen Erzählaspekt, der seit Carl Einstein expressionistischem Erzählen eingelegt war, zum Stilprinzip gemacht. Er verknüpft sich mit jener Reduktion der erzählenden Sprache zu den Sprachelementen, die, im Kreis des »Sturm« vor allem von August Stramm entwickelt, den gleichen Zug zur Abstraktion, zum nur figuralen Gestalten zeigt wie die zeitgenössische Bildkunst. Es ist eine Abstraktion, die aber gerade die Fülle der Spielmöglichkeiten der Sprache und Sprachkombinationen freigibt und derart nicht eine Verarmung, sondern den Gewinn neuer Ausdrucksmöglichkeiten des Erzählens bedeutet. Der spätere Alfred Döblin hat sie in seinen Romanen, insbesondere »Berlin – Alexanderplatz« reich genutzt.

CARL EINSTEIN

Herr Giorgio Bebuquin

Erstes Kapitel

Die Scherben eines gläsernen gelben Lampions klirrten auf die Stimme eines Frauenzimmers: Wollen Sie den Geist Ihrer Mutter sehen? Das haltlose Licht tropfte auf die zartmarkierte Glatze eines jungen Mannes, der ängstlich abbog, um allen Überlegungen über diese Zusammensetzung seiner Person vorzubeugen. Er wandte sich ab von der Bude der verzerrenden Spiegel, die mehr zu Betrachtungen anregen als die Worte von fünfzehn Professoren. Er wandte sich ab vom Zirkus zur aufgehobenen Schwerkraft, wiewohl er lächelnd einsah, daß er damit die Lösung seines Lebens versäumte. Das Theater zur stummen Ekstase mied er mit stolz geneigtem Haupt: alle Ekstase ist unanständig, Ekstase blamiert unser Können, und ging schauernd in das Museum zur billigen Erstarrnis, an dessen Kasse eine breite verschwimmende Dame nackt saß. Sie war so breit, daß sie nicht etwa auf einem Stuhl saß, sondern auf ihrem schwermütigen, weit ausgedehnten Posterieur. Sie trug einen ausladenden gelben Federhut, smaragdfarbene Strümpfe, deren Bänder bis zu den Achselhöhlen reichten und den Körper mit nicht zu aufregend vibrierenden Arabesken schmückten. Von ihren Seehundhänden starrten rote Rubinen senkrecht: Guten Abend, Herr Bebuquin, sagte sie. Bebuquin betrat einen mühselig erleuchteten Raum, in dem eine Puppe stand, etwas dick, rot geschminkt, mit gemalten Brauen, die seit ihrer Existenz eine Kußhand zuwarf. Erfreut über das Unkünstlerische setzte er sich auf einen Stuhl, einige Schritte von der Puppe entfernt. Der junge Mann wußte nicht, was ihn am Unkünstlerischen anzog. Er fand hier eine stille, freundliche Schmerzlosigkeit, die ihm jedoch gleichgültig war. Was ihn immer anzog, war der merkwürdige Umstand, daß ihn dies ruhig konventionelle Lächeln bewußtlos machen konnte. Ihn empörte die Ruhe alles Leblosen, da er noch nicht in dem nötigen Maße abgestorben war, um für einen angenehmen Menschen gelten zu dürfen. Er schrie die Puppe an, beschimpfte sie und warf sie wieder einmal von ihrem Stuhl vor die Türe, wo die dicke Dame sie etwas besorgt aufhob. Er wand sich in der leeren Stube: ich will nicht eine Kopie, keine Beeinflussung, ich will mich, aus meiner Seele muß etwas ganz Eigenes kommen, und wenn es Löcher in eine private Luft sind. Ich kann nicht mit den Dingen etwas anfangen, ein Ding verpflichtet zu allen Dingen. Es steht im Strom und furchtbar ist die Unendlichkeit eines Punktes.

Die dicke Dame, Fräulein Euphemia, kam und bat ihn fortzufahren, als ein dicker Herr ihn anfuhr: Jüngling, beschäftigen Sie sich mit angewandten Wissenschaften. Peinlich ging ihm das Talglicht eines Verstehens auf, das er, wo er ein Schauspiel sehen wollte, einem anderen zum Theater gedient habe. Er schrie auf: ich bin ein Spiegel, eine unbewegte, von Gaslaternen glitzernde Pfütze, die spiegelt. Aber hat ein Spiegel sich je gespiegelt? Mitleidig blickte ihn der Korpulente an. Er hatte einen kleinen Kopf, eine silberne Hirnschale mit wundervoll ziselierten Ornamenten, in welche feine glitzernde Edelsteinplatten eingelassen waren. George wollte entweichen, Nebukadnezar Böhm schrie ihn wutvoll an: Was springen Sie so in meiner Atmosphäre herum, Unmensch?

Verzeihung, mein Herr, Ihre Atmosphäre ist das Produkt von Faktoren, die in keiner Beziehung zu Ihnen stehen.

Wenn auch, erwiderte liebenswürdig Nebukadnezar, es ist eine Machtfrage, eine Sache der Benennung und Selbsthypnose.

Bebuquin richtete sich auf. Sie sind wohl aus Sachsen und haben Nietzsche gelesen, der darüber, daß man ihm das Polizeiressort nicht anvertraute, wahnsinnig wurde und in die Notlage kam, psychologisch scharfsinnige Bücher zu schreiben.

Fräulein Euphemia bat die Herren, mit ihrem Geist rationeller umzugehen, und sie wolle gern ein Ballokal besuchen. Die beiden nickten und stampften die Holztreppe hinunter. Euphemia holte einen Abendmantel, und Nebukadnezar ergriff ein Sprachrohr und bellte in die sich breit ausrollende Milchstraße: Ich suche das Wunder. Der Schoßhund Euphemias fiel aus dem Sprachrohr. Euphemia kehrte angenehm lächelnd zurück.
Beste, meinte Nebukadnezar, Erotik ist die Ekstase des Dilettanten, ich werde sie aber in meinem nächsten Feuilleton protegieren. Die Frauen sind immer aufreibend, da sie stets dasselbe geben und wir nie glauben wollen, daß zwei ganz verschiedene Körper das gleiche Zentrum besitzen.
Adieu, ich will Sie nicht hindern, Ihre Betrachtungen durch die Tat zu beweisen.
Euphemia bat, daß der Dicke etwas zu trinken und zu essen aus einem Hotel hole, und kehrte um, ihren Hund zu pflegen, von dessen Unfall sie hörte. Der Dicke ergriff einen Baum und schmerzlich an den Hals. Dann ging auch er den Hund pflegen. Nebukadnezar neigte seinen Kopf über Euphemias massigen Busen. Ein Spiegel hing über ihm. Er sah, wie die Brüste sich in den feingeschliffenen Edelsteinplatten seines Kopfes zu mannigfachen fremden Formen teilten und blitzten, in Formen, wie sie ihm keine Wirklichkeit bisher zu geben vermochte. Das ziselierte Silber brach und verfeinerte das Glitzern der Gestalten. Nebukadnezar starrte in den Spiegel, sich gierig freuend, wie er die Wirklichkeit gliedern konnte, wie seine Seele das Silber und die Steine waren, sein Auge der Spiegel. Bebuquin, schrie er, und brach zusammen; denn er vermochte immer noch nicht, die Seele der Dinge zu ertragen. Zwei Arme zerrten ihn auf, preßten ihn an zwei feste, breite Brüste und lange Haarsträhnen fielen über seinen Silberschädel und jedes Haar waren tausend Formen. Er erinnerte sich der Frau und merkte etwas beklemmt, daß er nicht mehr zu ihr dringen könne durch das Blitzen der Edelsteine und sein Leib barst fast im Kampfe

zweier Wirklichkeiten. Dabei überkam ihn eine wilde Freude, daß ihm sein Gehirn aus Silber fast Unsterblichkeit verlieh, da es jede Erscheinung potenzierte und er sein Denken ausschalten konnte, dank dem präzisen Schliff der Steine und der vollkommenen logischen Ziselierung. Mit den Formen der Ziselierung konnte er sich eine neue Logik schaffen, deren sichtbare Symbole die Ritzen der Kapsel waren. Es vervielfachte seine Kraft. Er glaubte in einer anderen immer neuen Welt zu sein mit neuen Lüsten. Er begriff seine Gestalt im Tasten nicht mehr, die er fast vergessen, die sich in Schmerzen wand, da die gesehene Welt nicht mit ihr übereinstimmte.

Mißbrauchen Sie mich, bitte, nicht, klang die dünne Stimme Bebuquins im Spiegel. Regen Sie sich nicht so an Gegenständen auf, es ist ja nur Kombination, nichts Neues. Wüten Sie nicht mit deplacierten Mitteln, wo sind Sie denn? Wir können uns nicht neben unsere Haut setzen. Die ganze Sache vollzieht sich streng kausal. Ja, wenn uns die Logik losließe, an welcher Schwelle mag die einsetzen, das wissen wir beide nicht. Da steckt das Beste. Beinahe wurden Sie originell, da Sie beinahe wahnsinnig wurden. Singen wir das Lied von der gemeinsamen Einsamkeit. Ihre Sucht nach Originalität entspringt Ihrer beschämenden Lehre, meine auch. Ich entziehe mich Ihnen ohne weiteres. Dann spiegeln Sie sich in sich selbst. Sie sehen, das ist ein Punkt. Aber die Dinge bringen uns auch nicht weiter.

Spitzengardinen werden zusammengezogen.

Zweites Kapitel

Bebuquin wälzte sich zwischen den Kissen und litt. Er machte sich daran, zunächst zu erfahren, was »Leiden« sei, wo für ihn das Leiden noch einen Grund und Zweck berge. Er fand aber keinen; denn so oft er den Schmerz zergliederte, traf er Ursachen oder genauer Umwandlungen an, die alles andere als Leiden waren. Er erkannte das Leiden als

Stimulanz zur Freude, als angenehmes Ausgespanntwerden, und sagte sich, daß nirgends ein Leiden aufzufinden wäre, und im ganzen in einer solchen Bezeichnungsweise eine lächerliche Naivität des Vermischens liege. Daß das Logische nichts mit dem Seelischen zu tun habe, ging ihm auf, daß es eine gefälschte Zurechtmachung wäre. Er fand das Logische so schlecht, wie Maler, die für die Tugend ein blondes Frauenzimmer hinsetzen.

Der Fehler des Logischen ist, daß es noch nicht einmal symbolisch gelten kann. Man muß einsehen, Ihr Dummköpfe, daß die Logik nur Stil werden darf, ohne je eine Wirklichkeit zu berühren. Wir müssen logisch komponieren aus den logischen Figuren heraus wie Ornamentkünstler. Wir müssen einsehen, daß das Phantastischste die Logik ist.

Ein Grauen überlief ihn, da er der Gegenstände gedachte, die ihn stets aufsaugen wollen, wie er die Gegenstände durch seine Symbolik vernichte und wie alles nur in der Vernichtung existiere. Hier sah er eine Berechtigung alles Ästhetischen, aber zugleich auch, daß er, da er keinen ganzen Endzweck mehr sah, den einzelnen leugnen mußte. Er sehnte sich nach dem Wahnsinn, doch seinen letzten ungezügelten Rest Mensch ängstigte es sehr. Seine einzige Rettung schien eine anständige Langweile zu sein, aber nicht, um sich damit wie der lebensfrohe Schopenhauer die Berechtigung zu einem System zu erschleichen, obwohl ihm klar wurde, daß in der Langenweile ein Stilfaktor ersten Ranges latent sei.

Er blätterte in einigen Mathematikbüchern und viel Freude bereitete es ihm, mit der Unendlichkeit umherzuspringen, wie Kinder mit Bällen und Reifen. Hier glaubte er in keinem Hinübergehen in die Dinge zu stehen, er merkte, daß er in sich sei. Er sah ein, daß es verfehlt sei, sich Dichter zu nennen, daß er in dieser Kunst immer im Rausch der Symbole bleibe. Es genügte ihm keineswegs, daß die Technik der Poesie symbolisch sei und ihre Gegenstände damit einen ganz anderen Sinn erhielten, noch immer fand er, daß die sprachliche Darstellung eben nur unreine Kunst sei, gemessen an der Musik. Er verwünschte die Anstrengungen der Wissenschaftler, die Musik auf reale physiologische Vorgänge zurückzuführen. Aber es berührte ihn entschieden angenehm, daß sie ihre Verdauung interpretierten, doch alles Künstlerische mit großer Sicherheit umgingen. Es freute ihn, wie sich hier eine alte Meinung bestätigte, daß die Teile über das Ganze gar nichts aussagten, das Synthetische in der logischen Analyse die unbewußte Voraussetzung sei und man gerade die Hauptsache somit sicher umgehe, wie es diese Psychologen taten.

Traurig rief er aus, welch schlechter Romanstoff bin ich, da ich nie etwas tun werde, mich in mir drehe, ich möchte gern über Handeln etwas Geistreiches sagen, wenn ich nur wüßte, was es ist. Sicher ist mir, daß ich noch nie gehandelt oder erlebt habe.

Auch nie genossen, Idiot, fauchte Nebukadnezar in die Stube, und schlug wieder den Deckel des Nachtstuhles zu. Leuchtende kleine Wolken glühten auf, und ein Vorhang aus Mull mit zarten Blumen überdeckt, wurde auseinandergezogen.

Mein Herr, Sie faselten eben von einer reinlichen Scheidung Ihres Ichs. Ich merke, Sie suchen Gott. Nun ja, ich gestehe, es ist schwer, einzusehen, daß alles Relative eben durch den Genuß und ähnliche passive Räusche absolut wird. Den Weg zu Dingen zu vergessen, haben Sie eben noch nicht fertig gebracht, aber die Resultate sind gleich, Sie Säugling mit der Denkerstirn, schrie er mit erhobenem Zeigefinger. Ich habe mich noch nie dafür interessiert, was ich genieße, aber daß ich genieße, war mir stets von größter Wichtigkeit.

Mein Herr, Sie suchen Zwecke mit Ihrem Bauch. Entfernen Sie sich. Im übrigen war Ihre jenseitige Genußmaschine gefährlich. Ich wohnte doch Ihrem seligen Abscheiden bei.

Sie sehen also immer noch nicht ein, daß lediglich die Nervenstränge rissen. Mein ziseliertes Hirn war bei weitem dauerhafter. Es ist empörend, daß Ihr mißlicher Ernst mich stets zu faulen Witzen reizt. Jetzt haben Sie Ihre eigenste Spiegelung weg. Er setzte sich zu Bebuquin ins Bett.

Bebuquin, begann er gütig, Sie sind ja immer noch ein Mensch. Variieren Sie sich doch einmal, monotoner Kloß. Gestatten Sie mir, daß ich Ihnen von den Gärten der Zeichen die Geschichte von den Vorhängen erzähle. Narzissus, Unproduktiver. Giorgio zog sich die Decke von den Ohren, steckte ein Cakes in den Mund und Böhm hub an:

Drittes Kapitel

Die Geschichte von den Vorhängen

Ich stand vor einem großen Stück aus Sackleinwand und schrie: Knoten seid ihr.
Müssen Sie denn immer schimpfen.
Unterbrechen Sie mich nicht. Aber ich habe das Bedürfnis, mich zu dokumentieren. Bald merkte ich es, daß niemand anders die Sackleinwand sei als ich. Es war die erste Selbsterkenntnis. Aber ich drang weiter. Ein großes Gepolter begann. Ein Sturm zerriß mich. Ich schrie vor Schmerz. Ich merkte, wie der größte Teil der Leinwand zum Teufel ging. Aber dann war ich total von mir geblendet. Denken Sie, ich war ein stählernes Gebirge, das auf dem Kopf stand. Zarte Seelenblumen kachierten die Abgründe, die mit keinem Schock Sofakissen auszufüllen waren. Ich begriff den ganzen Unsinn und merkte, daß ein Sandkorn bei weitem wertvoller sei als eine unendliche Welt. Es ging mir auch das Infinitesimale, das Wunder der Qualität auf, das weder historisch noch sonstwie aufgelöst werden kann. Jedenfalls merkte ich mir, daß es lediglich auf eine möglichst ungehinderte Bewegung ankomme. Ich gestehe zu, daß hier das Logische nicht ausreicht, weil jedes Axiom das andere widerlegt. Denken Sie daran, daß man mit dem Satz vom kausalen Denken eben gerade auf das Unkausale kommt, aber mit grüner Ergebung gehe ich auf die Hauptsache los. Ich sagte mir, Böhm, werde dich los. Alles Persönliche ist unproduktiv. Sei Vorhang und zerreiße dich. Beschimpfe dich so

lange bis du etwas anderes bist. Sei Vorhang und Theaterstück zugleich. Wenn du eine Sehnsucht hast, dann handle stets im umgekehrten Sinn; denn sonst steckst du zu bald im Leim. Ich habe es stets gesagt, das Umgekehrte ist genau so richtig. Aber gehen Sie nicht mehr auf zwei Beinen. Warum amputierten Sie nicht eins heroisch unter der Bettdecke weg. Genuß verlangt Selbstbeherrschung und Qual.
Grundsatz: vermeiden Sie das Gleichgewicht.
Sie sehen, meine silberne Gehirnschale ist asymmetrisch. Darin liegt meine Produktivität. Über den sich fortwährend verändernden Kombinationen verlieren Sie das unglückselige Gedächtnis für die Dinge und den peinlichen Hang zum Endgültigen. Was Sie bisher nicht zu denken wagten. Die Welt ist das Mittel zum Denken. Es handelt sich nicht um Erkennen, das ist eine phantasielose Tautologie. Hier geht es um Denken, Denken. Dadurch ändert sich die ganze Affäre, mein Herr. Genies handeln nie oder handeln nur scheinbar. Ihr Zweck ist ein Gedanke, ein neuer, neuester Gedanke. Mein Herr, verstehen Sie jetzt den großen Napoleon. Der Mann war nicht ehrgeizig. Das ist die Projektion der Universitätsintriguen und der Dilettanten. Der Mann versuchte immer neue Mittel, um denken zu können, aber er war etwas Ideologe. Nur eines bitte ich mir aus: werfen Sie mich nicht mit der haltungslosen Gefühlsduselei eines Pantheisten zusammen. Diese Leute haben nie ein gutes Bild begriffen, da steckt ihr Fehler. Das sind unkonzentrierte Gymnasiasten, die deswegen über einen Begriff nicht herauskommen und gerade den leugne ich. Der Begriff ist gerade so ein Nonsens wie die Sache. Man wird nie die Kombination los. Der Begriff will zu den Dingen, aber gerade das Umgekehrte will ich. Ich richte meine Aufmerksamkeit auf den Genuß. Sie wissen nun, daß mein Ende fast als ein tragisches zu bezeichnen ist. Ziehen Sie sich aber an. Wir wollen einer hypothetischen Handlung beiwohnen, nämlich meinem Seelenamt.

Viertes Kapitel

Seit Wochen starrte Bebuquin in einen Winkel seiner Stube und er wollte den Winkel seiner Stube aus sich heraus beleben. Es graute ihm, auf die unverständlichen niemals endenden Tatsachen angewiesen zu sein, die ihn verneinten. Aber sein erschöpfter Wille konnte nicht ein Stäubchen erzeugen, er konnte mit geschlossenen Augen nichts sehen. Es muß möglich sein, genau wie man früher an einen Gott glauben konnte, der die Welt aus nichts erschuf. Wie peinlich, daß ich nie vollkommen sein kann. Doch warum fehlt mir sogar die Illusion der Vollkommenheit. Da merkte er, daß eine gewisse Vorstellungsfähigkeit des Tatsächlichen noch in ihm sei. Er bedauerte dies, wiewohl ihm alles gleichgültig erschien. Es war nicht, daß die generellen Instinkte in ihm abgestorben gewesen wären. Er sagte sich, daß der Wert etwas Alogisches sei und er wollte damit nicht Logik machen. Er spürte in diesem Widerspruch keine Belebung, sondern Aufhebung, Ruhe. Nicht die Verneinung machte ihm Vergnügen. Er verachtete diese prätentiösen Nörgler. Er verachtete diese Unreinlichkeit des dramatischen Menschen. Er sagte sich, vielleicht nötige ihn nur seine Faulheit zu dieser Betrachtung. Doch die Gründe waren ihm nebensächlich. Es handelte sich um den Gedanken, der logisch war, woher auch seine Ursachen kamen.
Böhm begrüßte ihn leise und freundlich. Er wollte sich nach seinem Tode etwas schonen, da er noch nichts Sicheres über die Unsterblichkeit wußte. Es ist anständig und läßt Sie in gutem Licht erscheinen. Wie Sie sich mit Todesverachtung um das Logische bemühen. Aber leider dürften Sie keinen Erfolg haben, da Sie nur eine Logik und ein Nichtlogisches annehmen. Es gibt viele Logiken, mein Lieber, in uns, welche sich bekämpfen, und aus deren Kampf das Alogische hervorgeht. Lassen Sie sich nicht von einigen mangelhaften Philosophen täuschen, die fortwährend von der Einheit schwatzen und den Beziehungen aller Teile aufeinander, ihrem

Verknüpftsein zu einem Ganzen. Wir sind nicht mehr so phantasielos, das Dasein eines Gottes zu behaupten. Alles unverschämte Einbiegen auf eine Einheit appelliert nur an die Faulheit der Mitmenschen. Bebuquin, sehen Sie mal. Vor allen Dingen wissen die Leute nichts von der Beschaffenheit des Leibes. Erinnern Sie sich der weiten Strahlenmäntel der Heiligen auf den alten Bildern und nehmen Sie diese bitte wörtlich. Doch das alles sind Gemeinplätze. Was Ihnen, mein Lieber, fehlt, ist das Wunder. Merken Sie jetzt, warum Sie von allen Dingen und Sachen abgleiten. Sie sind ein Phantast mit unzureichenden Mitteln. Auch ich suchte das Wunder. Denken Sie an Melitta, die aus dem Sprachrohr fiel, und wie ich mich blamierte. Man braucht die Frauen überhaupt nur, um sich zu blamieren. Es ist das eine Selektion, die gerecht ist, gerade weil in der Frau nur Dummheit steckt. Darum redet man bei ihr von Möglichkeiten und meint zuletzt, daß die Frau phantastisch sei. Hinter eines kam ich seit meinem seligen Abscheiden. Sie sind Phantast, weil Sie nicht genug können. Das Phantastische ist gewiß ebenso Stoff- wie Formfrage. Aber vergessen Sie eines nicht. Phantasten sind Leute, die nicht mit einem Dreieck zu Ende kommen. Man soll nicht sagen, daß sie Symbolisten sind. Aber in Gottes Namen, ihnen ist dieser Dilettantismus eben nötig. Sie sahen noch nie ein paar Leute, nie ein Blatt. Denken Sie eine Frau unter der Laterne, eine Nase, ein Lichtbauch, sonst nichts. Das Licht, aufgefangen von Häusern und Menschen. Damit wäre noch etwas zu sagen. Hüten Sie sich vor quantitativen Experimenten. In der Kunst ist die Zahl, die Größe ganz gleichgültig. Wenn sie eine Rolle spielt, so ist sie bestimmt abgeleitet. Mit der Unendlichkeit zu arbeiten, ist purer Dilettantismus. Hier gebe ich Ihnen noch einen Ratschlag, der Sie später vielleicht anregt. Kant wird gewiß eine große Rolle spielen. Merken Sie sich eines. Seine verführerische Bedeutung liegt darin, daß er Gleichgewicht zustande brachte zwischen Objekt und Subjekt. Aber eines, die Hauptsache, vergaß er: was wohl das Erkenntnistheorie treibende Subjekt macht, das eben Objekt und Subjekt konstatiert. Ist das wohl ein psychisches Ding an sich. Da steckt der Haken, warum der deutsche Idealismus Kant dermaßen übertreiben konnte. Unschöpferische werden sich stets am Unmöglichen erschöpfen. Keine Grenzen kennt, wieviel Seelisches die Gegenstände ertragen, verantworten können. Alle Unendlichkeitsrederei kommt von ungeformter arbeitsloser Seelenenergie. Es ist der Ausdruck der potentiellen Energie, also eine Sache des kräftigen Nichtskönners.

FRANZ KAFKA

Gespräch mit dem Beter

Es gab eine Zeit, in der ich Tag um Tag in eine Kirche ging, denn ein Mädchen, in das ich mich verliebt hatte, betete dort knieend eine halbe Stunde am Abend, unterdessen ich sie in Ruhe betrachten konnte.

Als einmal das Mädchen nicht gekommen war und ich unwillig auf die Betenden blickte, fiel mir ein junger Mensch auf, der sich mit seiner ganzen mageren Gestalt auf den Boden geworfen hatte. Von Zeit zu Zeit packte er mit der ganzen Kraft seines Körpers seinen Schädel und schmetterte ihn seufzend in seine Handflächen, die auf den Steinen auflagen.

In der Kirche waren nur einige alte Weiber, die oft ihr eingewickeltes Köpfchen mit seitlicher Neigung drehten, um nach dem Betenden hinzusehn. Diese Aufmerksamkeit schien ihn glücklich zu machen, denn vor jedem seiner frommen Ausbrüche ließ er seine Augen umgehn, ob die zuschauenden Leute zahlreich wären.

Ich fand das ungebührlich und beschloß ihn anzureden, wenn er aus der Kirche ginge, und ihn auszufragen, warum

er in dieser Weise bete. Ja, ich war ärgerlich, weil mein Mädchen nicht gekommen war.
Aber erst nach einer Stunde stand er auf, schlug ein ganz sorgfältiges Kreuz und ging stoßweise zum Becken. Ich stellte mich auf dem Wege zwischen Becken und Türe auf und wußte, daß ich ihn nicht ohne Erklärung durchlassen würde. Ich verzerrte meinen Mund, wie ich es immer als Vorbereitung tue, wenn ich mit Bestimmtheit reden will. Ich trat mit dem rechten Beine vor und stützte mich darauf, während ich das linke nachlässig auf der Fußspitze hielt; auch das gibt mir Festigkeit.
Nun ist es möglich, daß dieser Mensch schon auf mich schielte, als er das Weihwasser in sein Gesicht spritzte, vielleicht auch hatte er mich schon früher mit Besorgnis bemerkt, denn jetzt unerwartet rannte er zur Türe hinaus. Die Glastür schlug zu. Und als ich gleich nachher aus der Türe trat, sah ich ihn nicht mehr, denn dort gab es einige schmale Gassen und der Verkehr war mannigfaltig.
In den nächsten Tagen blieb er aus, aber mein Mädchen kam. Sie war in dem schwarzen Kleide, welches auf den Schultern durchsichtige Spitzen hatte, – der Halbmond des Hemdrandes lag unter ihnen –, von deren unterem Rande die Seide in einem wohlgeschnittenen Kragen niederging. Und da das Mädchen kam, vergaß ich den jungen Mann und selbst dann kümmerte ich mich nicht um ihn, als er später wieder regelmäßig kam und nach seiner Gewohnheit betete. Aber immer ging er mit großer Eile an mir vorüber, mit abgewendetem Gesichte. Vielleicht lag es daran, daß ich mir ihn immer nur in Bewegung denken konnte, so daß es mir, selbst wenn er stand, schien, als schleiche er.
Einmal verspätete ich mich in meinem Zimmer. Trotzdem ging ich noch in die Kirche. Ich fand das Mädchen nicht mehr dort und wollte nach Hause gehn. Da lag dort wieder dieser junge Mensch. Die alte Begebenheit fiel mir jetzt ein und machte mich neugierig.
Auf den Fußspitzen glitt ich zum Türgang, gab dem blinden

Bettler, der dort saß, eine Münze und drückte mich neben ihn hinter den geöffneten Türflügel; dort saß ich eine Stunde lang und machte vielleicht ein listiges Gesicht. Ich fühlte mich dort wohl und beschloß öfters herzukommen. In der zweiten Stunde fand ich es unsinnig hier wegen des Beters zu sitzen. Und dennoch ließ ich noch eine dritte Stunde schon zornig die Spinnen über meine Kleider kriechen, während die letzten Menschen lautatmend aus dem Dunkel der Kirche traten.

Da kam er auch. Er ging vorsichtig und seine Füße betasteten zuerst leichthin den Boden, ehe sie auftraten.

Ich stand auf, machte einen großen und geraden Schritt und ergriff den jungen Menschen. »Guten Abend«, sagte ich und stieß ihn, meine Hand an seinem Kragen, die Stufen hinunter auf den beleuchteten Platz.

Als wir unten waren, sagte er mit einer völlig unbefestigten Stimme: »Guten Abend, lieber, lieber Herr, zürnen Sie mir nicht, Ihrem höchst ergebenen Diener.« »Ja«, sagte ich, »ich will Sie einiges fragen, mein Herr; voriges Mal entkamen Sie mir, das wird Ihnen heute kaum gelingen.«

»Sie sind mitleidig, mein Herr, und Sie werden mich nach Hause gehen lassen. Ich bin bedauernswert, das ist die Wahrheit.«

»Nein«, schrie ich in den Lärm der vorüberfahrenden Straßenbahn, »ich lasse Sie nicht. Gerade solche Geschichten gefallen mir. Sie sind ein Glücksfang. Ich beglückwünsche mich.«

Da sagte er: »Ach Gott, Sie haben ein lebhaftes Herz und einen Kopf aus einem Block. Sie nennen mich einen Glücksfang, wie glücklich müssen Sie sein! Denn mein Unglück ist ein schwankendes Unglück, ein auf einer dünnen Spitze schwankendes Unglück und berührt man es, so fällt es auf den Frager. Gute Nacht, mein Herr.« »Gut«, sagte ich und hielt seine rechte Hand fest, »wenn Sie mir nicht antworten werden, werde ich hier auf der Gasse zu rufen anfangen. Und alle Ladenmädchen, die jetzt aus den Geschäften kom-

men und alle ihre Liebhaber, die sich auf sie freuen, werden zusammenlaufen, denn sie werden glauben, ein Droschkenpferd sei gestürzt oder etwas dergleichen sei geschehen. Dann werde ich Sie den Leuten zeigen.«
Da küßte er weinend abwechselnd meine beiden Hände. »Ich werde Ihnen sagen, was Sie wissen wollen, aber bitte, gehen wir lieber in die Seitengasse drüben.« Ich nickte und wir gingen hin.
Aber er begnügte sich nicht mit dem Dunkel der Gasse, in der nur weit voneinander gelbe Laternen waren, sondern er führte mich in den niedrigen Flurgang eines alten Hauses unter ein Lämpchen, das vor der Holztreppe tropfend hing.
Dort nahm er wichtig sein Taschentuch und sagte, es auf eine Stufe breitend: »Setzt Euch doch lieber Herr, da könnt Ihr besser fragen, ich bleibe stehen, da kann ich besser antworten. Quält mich aber nicht.«
Da setzte ich mich und sagte, indem ich mit schmalen Augen zu ihm aufblickte: »Ihr seid ein gelungener Tollhäusler, das seid Ihr! Wie benehmt Ihr Euch doch in der Kirche! Wie ärgerlich ist das und wie unangenehm den Zuschauern! Wie kann man andächtig sein, wenn man Euch anschauen muß.«
Er hatte seinen Körper an die Mauer gepreßt, nur den Kopf bewegte er frei in der Luft. »Ärgert Euch nicht – warum sollt Ihr Euch ärgern über Sachen, die Euch nicht angehören. Ich ärgere mich, wenn ich mich ungeschickt benehme; benimmt sich aber nur ein anderer schlecht, dann freue ich mich. Also ärgert Euch nicht, wenn ich sage, daß es der Zweck meines Lebens ist, von den Leuten angeschaut zu werden.«
»Was sagt Ihr da«, rief ich viel zu laut für den niedrigen Gang, aber ich fürchtete mich dann, die Stimme zu schwächen, »wirklich was sagtet Ihr da. Ja ich ahne schon, ja ich ahnte es schon, seit ich Euch zum erstenmal sah, in welchem Zustande Ihr seid. Ich habe Erfahrung und es ist nicht scher-

zend gemeint, wenn ich sage, daß es eine Seekrankheit auf festem Lande ist. Deren Wesen ist so, daß Ihr den wahrhaftigen Namen der Dinge vergessen habt und über sie jetzt in einer Eile zufällige Namen schüttet. Nur schnell, nur schnell! Aber kaum seid Ihr von ihnen weggelaufen, habt Ihr wieder ihre Namen vergessen. Die Pappel in den Feldern, die Ihr den ›Turm von Babel‹ genannt habt, denn Ihr wußtet nicht oder wolltet nicht wissen, daß es eine Pappel war, schaukelt wieder namenlos und Ihr müßt sie nennen ›Noah, wie er betrunken war‹.«

Ich war ein wenig bestürzt, als er sagte: »Ich bin froh, daß ich das, was Ihr sagtet, nicht verstanden habe.«

Aufgeregt sagte ich rasch: »Dadurch, daß Ihr froh seid darüber, zeigt Ihr, daß Ihr es verstanden habt.«

»Freilich habe ich es gezeigt, gnädiger Herr, aber auch Ihr habt merkwürdig gesprochen.«

Ich legte meine Hände auf eine obere Stufe, lehnte mich zurück und fragte in dieser fast unangreifbaren Haltung, welche die letzte Rettung der Ringkämpfer ist: »Ihr habt eine lustige Art, Euch zu retten, indem Ihr Eueren Zustand bei den anderen voraussetzt.« Daraufhin wurde er mutig. Er legte die Hände ineinander, um seinem Körper eine Einheit zu geben, und sagte unter leichtem Widerstreben: »Nein, ich tue das nicht gegen alle, zum Beispiel auch gegen Euch nicht, weil ich es nicht kann. Aber ich wäre froh, wenn ich es könnte, denn dann hätte ich die Aufmerksamkeit der Leute in der Kirche nicht mehr nötig. Wisset Ihr, warum ich sie nötig habe?«

Diese Frage machte mich unbeholfen. Sicherlich, ich wußte es nicht und ich glaube, ich wollte es auch nicht wissen. Ich hatte ja auch nicht hierher kommen wollen, sagte ich mir damals, aber der Mensch hatte mich gezwungen, ihm zuzuhören. So brauchte ich ja jetzt bloß meinen Kopf zu schütteln, um ihm zu zeigen, daß ich es nicht wußte, aber ich konnte meinen Kopf in keine Bewegung bringen.

Der Mensch, welcher mir gegenüber stand, lächelte. Dann

duckte er sich auf seine Knie nieder und erzählte mit schläfriger Grimasse: »Es hat niemals eine Zeit gegeben, in der ich durch mich selbst von meinem Leben überzeugt war. Ich erfasse nämlich die Dinge um mich nur in so hinfälligen Vorstellungen, daß ich immer glaube, die Dinge hätten einmal gelebt, jetzt aber seien sie versinkend. Immer, lieber Herr, habe ich eine Lust, die Dinge so zu sehen, wie sie sich geben mögen, ehe sie sich mir zeigen. Sie sind da wohl schön und ruhig. Es muß so sein, denn ich höre oft Leute in dieser Weise von ihnen reden.«
Da ich schwieg und nur durch unwillkürliche Zuckungen in meinem Gesichte zeigte, wie unbehaglich mir war, fragte er: »Sie glauben nicht daran, daß die Leute so reden?«
Ich glaubte, nicken zu müssen, konnte es aber nicht.
»Wirklich, Sie glauben nicht daran? Ach hören Sie doch; als ich als Kind nach einem kurzen Mittagsschlaf die Augen öffnete, hörte ich noch ganz im Schlaf befangen meine Mutter in natürlichem Ton vom Balkon hinunterfragen: ›Was machen Sie meine Liebe. Es ist so heiß.‹ Eine Frau antwortete aus dem Garten: ›Ich jause im Grünen.‹ Sie sagten es ohne Nachdenken und nicht allzu deutlich, als müßte es jeder erwartet haben.«
Ich glaubte, ich sei gefragt, daher griff ich in die hintere Hosentasche und tat, als suchte ich dort etwas. Aber ich suchte nichts, sondern ich wollte nur meinen Anblick verändern, um meine Teilnahme am Gespräch zu zeigen. Dabei sagte ich, daß dieser Vorfall so merkwürdig sei und daß ich ihn keineswegs begreife. Ich fügte auch hinzu, daß ich an dessen Wahrheit nicht glaube und daß er zu einem bestimmten Zweck, den ich gerade nicht einsehe, erfunden sein müsse. Dann schloß ich die Augen, denn sie schmerzten mich.
»Oh, das ist doch gut, daß Ihr meiner Meinung seid und es war uneigennützig, daß Ihr mich angehalten habt, um mir das zu sagen.
Nicht wahr, warum sollte ich mich schämen – oder warum sollten wir uns schämen –, daß ich nicht aufrecht und schwer

gehe, nicht mit dem Stock auf das Pflaster schlage und nicht die Kleider der Leute streife, welche laut vorübergehen. Sollte ich nicht vielmehr mit Recht trotzig klagen dürfen, daß ich als Schatten mit eckigen Schultern die Häuser entlang hüpfe, manchmal in den Scheiben der Auslagsfenster verschwindend.

Was sind das für Tage, die ich verbringe! Warum ist alles so schlecht gebaut, daß bisweilen hohe Häuser einstürzen, ohne daß man einen äußeren Grund finden könnte. Ich klettere dann über die Schutthaufen und frage jeden, dem ich begegne: ›Wie konnte das nur geschehn! In unserer Stadt – ein neues Haus – das ist heute schon das fünfte – bedenken Sie doch.‹ Da kann mir keiner antworten.

Oft fallen Menschen auf der Gasse und bleiben tot liegen. Da öffnen alle Geschäftsleute ihre mit Waren verhangenen Türen, kommen gelenkig herbei, schaffen den Toten in ein Haus, kommen dann, Lächeln um Mund und Augen, heraus und reden: ›Guten Tag – der Himmel ist blaß – ich verkaufe viele Kopftücher – ja, der Krieg.‹ Ich hüpfe ins Haus und nachdem ich mehrere Male die Hand mit dem gebogenen Finger furchtsam gehoben habe, klopfe ich endlich an dem Fensterchen des Hausmeisters. ›Lieber Mann‹, sage ich freundlich, ›es wurde ein toter Mensch zu Ihnen gebracht. Zeigen Sie mir ihn, ich bitte Sie.‹ Und als er den Kopf schüttelt, als wäre er unentschlossen, sage ich bestimmt: ›Lieber Mann. Ich bin Geheimpolizist. Zeigen Sie mir gleich den Toten.‹ ›Einen Toten‹, fragt er jetzt und ist fast beleidigt. ›Nein, wir haben keinen Toten hier. Es ist ein anständiges Haus.‹ Ich grüße und gehe.

Dann aber, wenn ich einen großen Platz zu durchqueren habe, vergesse ich an alles. Die Schwierigkeit dieses Unternehmens verwirrt mich und ich denke oft bei mir: Wenn man so große Plätze nur aus Übermut baut, warum baut man nicht auch ein Steingeländer, das durch den Platz führen könnte. Heute bläst ein Südwestwind. Die Luft auf dem Platz ist aufgeregt. Die Spitze des Rathausturmes beschreibt kleine Kreise. Warum macht man nicht Ruhe in dem Gedränge? Alle Fensterscheiben lärmen und die Laternenpfähle biegen sich wie Bambus. Der Mantel der heiligen Maria auf der Säule windet sich und die stürmische Luft reißt an ihm. Sieht es denn niemand? Die Herren und Damen, die auf den Steinen gehen sollten, schweben. Wenn der Wind Atem holt, bleiben sie stehen, sagen einige Worte zueinander und verneigen sich grüßend, stößt aber der Wind wieder, können sie ihm nicht wiederstehn und alle heben gleichzeitig ihre Füße. Zwar müssen sie fest ihre Hüte halten, aber ihre Augen schauen lustig, als wäre milde Witterung. Nur ich fürchte mich.« –

Mißhandelt, wie ich war, sagte ich: »Die Geschichte, die Sie früher erzählt haben von Ihrer Frau Mutter und der Frau im Garten finde ich gar nicht merkwürdig. Nicht nur, daß ich viele derartige Geschichten gehört und erlebt habe, so habe ich sogar bei manchen mitgewirkt. Diese Sache ist doch ganz natürlich. Meinen Sie, ich hätte, wenn ich am Balkon gewesen wäre, nicht dasselbe sagen können und aus dem Garten dasselbe antworten können? Ein so einfacher Vorfall.«

Als ich das gesagt hatte, schien er sehr beglückt. Er sagte, daß ich hübsch gekleidet sei, und daß ihm meine Halsbinde sehr gefalle. Und was für eine feine Haut ich hätte. Und Geständnisse würden am klarsten, wenn man sie widerriefe.

OSKAR KOKOSCHKA

Der weiße Tiertöter

Eine Zeit nachher sah ich einen weißen Vogel, mir dicht am Fuß. Als er meine Aufmerksamkeit erregt hatte, lief er vor mir, ohne Scheu, noch sich erschrocken zeigend, in der Windung des Geländes gegen den vollscheinenden Mond hin.

Lange versuchte ich ihm mit den Blicken zu folgen, bis mir alle Dinge, außer dem Licht, das mich umfing, entschwanden.
Im Mond war lebensähnlich die Gestalt einer Frau, auf seiner Scheibe sichtbar in der Haltung einer Wartenden. Ich schaute die Erscheinung eine gute Weile an, ohne zu merken, daß ich, von ihr angezogen, durch Räume kam, verhangen mit Wolken unruhiger, schwirrender Tiere; als alles auszukriechen beginnt, aufzufliegen, zum Boden zurückfällt, sich in die Erde gräbt. Seit diesem Augenblicke, da jene Tiererregung um mich schlug, bin ich schon krank gewesen. – Nach einer kurzen Strecke wandte ich mich um, als ich einen Platz, der Aussicht versprach, erreicht hatte, und sah, daß die Tiere nicht mehr da waren. Als ich aber an mir bemerkte – zufällig, wie man etwa auf das achtet, was draußen vorüberzieht – daß ich mein Gesicht umgetauscht hatte in das eines finstern Wesens mit stechenden Augen; es gibt aber solcher Art, die in der Einsamkeit der Berge vergraben leben.
In der Tat war es nur meine Jugend, daß ich mich manchmal, seitdem, inmitten meiner Leidenschaft glücklich hieß. Was hat die Kindheit zu befürchten, die ihnen, ach kämen sie, so gern sich, allen Schrecken überließ; im Spiele übend auf einem wüsten Felde! Ich weiß nicht wie es zugegangen ist: Welche Erklärung soll ich dafür geben, daß mir aller Sinn dafür entschwand, auch Knospen kränkeln, wenn Frost und Wind zu unerwarteter Zeit sie überfällt, die Sonne zu begegnen; daß ich, ohne mich davon abbringen zu können, nichts verlangte außer zu sterben und sterben zu sehen, was ich dem früher angeführten Eindruck zuschrieb. Alles, was am Boden, darunter oder in der Luft darüber sich zusammenhält, beschuppte, gefiederte Tiere, Haartier und was Wärme liebt.
»Söhnchen, wir müssen älter werden. Bis meine Milch versiegt ist, werden wir untergehn!« So kicherte, errötend die Frau im Mond, hatte einen Schleier in der Hand, in den sie sich schwang und trat hinter die Wolke.

»Oh Zeichen der Mitternacht! Ich war ein wackerer Zecher, trank schon zehn Jahr in einer Folge von Ihren Eutern Milch. Fürchten Sie nichts, wenn ich dabei bin, Ihr Blut gegen die Milch umzutauschen!«: Mit den springenden Feuerbergen, die den Mond anbellen, neu Atem holend – gurgelnd bis in die Flucht der beschienenen Sandebenen, aufbellte dieses meine grausame Liebe.

»Wie muß ich Ihre Liebeshitze schelten! Meine Seiten sind schon ganz blutig wie in den Dörnern, von Ihren ungeschickten Händen!« rief sie, darauf ging sie und löschte den Mond ganz aus.

Ich fühlte mich müde, wäre gern zuhaus gewesen, mit einem Steinwurf verscheuchte ich den weißen Vogel und schlief auf dem freien Felde fest ein. Frauenhafte Kinder, die geküßt sein wollen, fallen mir ein, Trauben von frauenhaften Kindern, beobachten mich, eine der andern Hände lassend, wie Trauben von Maulbeerbäumen von den Stielen sich ablösen, die sich selbst rötenden Beeren sind die.

Das Blut weicht aus ihren Wangen und färbt sie wieder, weil sie verliebt sind.

Mir war, als wenn Hunde noch bellten, und Hähne krähten ohne mich aus der Erstarrung zu wecken, dann, wie ein Wolkenriß ein Haus beschiene und den Türflügel hinein wie mit Kreidestrichen zeichnete, der nicht verriegelt war.

Der Schlaf, der Mädchentraum, der Wolkenstrahl sind Botinnen von ihr, sie führen mich, der, noch verschlafen, zum Haus hinein folgt, zum Bett, wo mich ein Mädchen heftig scherzend küßt!

»Wenn ich Dich durch mein Tun behellige, so war es, weil mich dürstete und niemand da, der mich ersucht aus seinem Glas zu trinken!«

»Aber wie ist es soweit gekommen?« stammelte ich.

»Du bist mir aber ein Erzkind, möchtest mir im Blut lustwandeln! Komm!« antwortete sie.

Nachdem ich unter Polstern mein Messer barg.
»Konntest Du nicht gerettet werden?« antwortete ich mir selber, weil der Körper des Mädchens tot war, während der Gedanke an sie noch eifrig lebte.
Und ich berechnete die Zeit zurück, die sie mit Hilfeschreien, ihr Körper zum Umfallen brauchte, und so war es gerade die Zeit eines Augenblicks vorher, daß ich außerhalb der Mauern um das Haus gewesen war und nicht hindurch konnte, zu dem Mädchen zu dringen, als der Einzige, der bereit war, das Unglück ungeschehen zu machen. In diesem Augenblicke war für mich die Zeit verschwunden und das Vorangegangene.
Nun saß ich verlassen an der Bahre und war verliebt in den Nachtmahr, der meine traurigen Gedanken öfter und häufiger besuchte, kreuz und quer darin die Schuld löschte.
Eines Nachts ließ sie die Schuld ganz nach, hieß mich ruhig bleiben und sie erwarten. Bald kehrte sie in weißen Kleidern und offenen Haaren wieder und setzte Hochzeitsgerichte auf.
Krüge mit warmer Kuhmilch, Brote, deren Backduft vernehmlich durch das Zimmer flog, und kleine süße Früchte, welche ihre Finger ordneten.
In der gleichen Weise, wie Sperlinge die Körner picken, fuhr sie fort, auch für sich einen Teller mit Obst anzunehmen.
»Seit drei Jahren muß mein Erzkind in Entbehrung leben?« fragte sie, diente und sah mich an, hielt mir den Milchkrug an die Lippen und lächelte, weil unverwandt wir uns betrachteten und überboten in zärtlicher Scham.
Die liebliche Tischmagd nimmt einen schlagenden Rotfisch auf eine Schüssel und kommt zu mir unter einem Regenbogen.
»Zu Lande bin ich ein Schatten unter dem Spiegel des Tages, zur Nacht flüssiges Feuer, wenn Du im Traume ertrinkst. – Ich kann Deine Küsse nicht vergessen!« fügte sie hinzu.
Kann es auf Erden solche Verzeihung geben?
Ich blinzelte in das Licht: »Willst Du mein ewiges Leben?«

Wie Seile sich dehnen und, klingend, entspannt sich ihr ein Wort: »Komm!«
»Du betrügst mich vielleicht mit einem Wunder, das demütig wie ein Hund meine Wangen leckt?« und nahm schnell ein Tuch über die Augen, als sie nach mir griff, da trocknete sie mit dem Tuch meine Tränen und schaute mich, kaum befremdet, mit spöttischem, reizenden Lächeln an.
»Gestaltlose! Warum weine ich, also weil Du nichts fühlest, wie Dein Geliebter im Gebüsch sich versteckt, im Hause wo, müßtest Du ihm auch begegnet sein, noch im Arm mir, bleibt Dein Gesichtchen blaß!« Sie rieb mit den Handrücken etwas Rot aus den Wangen, das schnell wieder erblich wie um den Vorwurf zurückzuweisen. »– Oder weil jedes Mädchen mich spotten wird dürfen mit den Fingern: Seht, dieser da hält nichts in den Armen, in die Luft taucht er, sucht er mit der sich zu vereinigen, mit welcher er die Nächte beisammen ist. Die kann kein Mädchen sein?
Warum hast Du Dich noch nie bemüht, in manchen Dingen bist Du gelehrt, den Knaben, welchen der Gram mit Dir verbindet, heimzuholen, weil Du ihn zurückgelassen hast, so daß er halb verschmachtet, nicht lebendig noch tot sich in den Tüchern umherwirft.
Aber ich fürchte, daß all dieses nur ein Traum ist.
Ließest Du mir Deine Spur zurück, an diesem Faden fänd ich in den Tod!«
Wie durch eine Mauer schien sie von mir geschieden.
Sie schaute mich mit bekümmerten Mienen an und mehr litt ihre Stimme noch.
Meine Schwermut sättigte ich, sie zu verlangen.
Dann schloß sie die Augen, ich erkannte sie nicht mehr.
Sie entfloh und würgte hervor: »Die Demütigste bleib ich trotz alledem. Bis Du in die lange Nacht trittst, will ich Dich auf meinen Schoß nehmen!«
Jahre waren wie die Sonne vielmals hinter dem Meere untergegangen.
Ein Ruder schob diese Jahre federleicht durch das Leben und

ein Netz warf ich oft aus, die Hoffnung. Und langte es ein: Zu meiner Enttäuschung schaukelte ohne Antwort zurück, ohne Zeichen oder Briefchen auf meiner Flut von Hoffnung die gefangenen Wellen die Tote.

Bis ich herumschlich, schon ganz verwildert und aufschrie gegen die sinnlose Gewalt: »Was für ein Hund bin ich, daß ich nur im Traum nach dem Guten schnappe!«

»Die Gaben der Freundschaft sollen nicht erörtert werden. Nichts Geringeres als den langen Traum hast Du erworben. Jüngling, nun erwachst Du nicht mehr darüber. Traumwandlerisch stürzt Du in stürmische Seligkeit! Ich frage nicht mehr, weil Du mich erschöpfend liebst, ob, was Dich auflöst, Dir wehtut!«

Diese Stimme befragte ich: »Kann ich mein warmes Kleid schon abstreifen, darin ich bin?«

»Ja! Und versuche über die dunkle Brücke zu kommen, Tod übt die Jugend von Anfang an!«

Und ich ging mit Freuden an das Ufer des Meeres, aus dem eben der Mond glänzend aufgestiegen war. Ich tauchte unter und spürte eine dünne Hand über mir sich bewegen. Sie kämmte mein Haar.

»Du schöpfst mich selbst aus dem Leben und läßt mich durch die Finger gleiten, Du spielendes Mädchen!«

Sie: »Ich will mich zu Dir legen und mit Dir tun, daß Du meinesgleichen wirst!«

Und ich: »Eine Hochflut ist gekommen! Du Liebenswürdigste, ich wate herum, händeringend, wie viel möcht ich fassen, weil alle übervollen Schleusen sich schäumend öffnen, ein offenes Bette sich ergießt, doch ich komme durch, zu Dir! Mondfrau!«

Sie begann nun zu zittern, legte ihre bleichen Wangen wie ein Lamm auf meinen Schoß und nahm meine heißen Finger an den Mund und umarmte mich und war mit mir von Herzen vertraut.

Dann tauchte sie auf, mit mir die Arme beladen, legte mich aufs Ufer hin und drückte ihre Finger in meine Augen und

formte mein Gesicht in der dunklen Erde ab, die in ihrer Kargheit die Liebe bewegt, ihr das Sterbliche zu lassen, was die gerne aufnimmt. Über den eignen Leib, mir wesensfremd, vorausfiebernd stieg mein Liebesgespenst, das kein irdischer Mantel mehr band.
»Mondfrau, ist es gestattet, nachdem ich den Leib verloren, daß wir jetzt beieinander bleiben? Und oh Mädchen Mond, war es das letzte Mal als wir auf der Welt zusammen kamen, daß Du so endlose Sehnsucht erregst?
Und so kamst Du zu einem Kind, das von Dir verzaubert wurde, bis es sein eigener Wille Dir angebunden hat!«

ALBERT EHRENSTEIN

Tubutsch

Mein Name ist Tubutsch, Karl Tubutsch. Ich erwähne das nur deswegen, weil ich außer meinem Namen nur wenige Dinge besitze ...
Es ist nicht die Melancholie und Bitterkeit des Herbstes, nicht die Vollendung einer größeren Arbeit, nicht die Benommenheit des aus langer, schwerer Krankheit dumpf Erwachenden, ich verstehe überhaupt nicht, wie ich in diesen Zustand versunken bin. Um mich, in mir herrscht die Leere, die Öde, ich bin ausgehöhlt und weiß nicht wovon. Wer oder was dies Grauenvolle heraufgerufen hat: der große anonyme Zauberer, der Reflex eines Spiegels, das Fallen der Feder eines Vogels, das Lachen eines Kindes, der Tod zweier Fliegen: danach zu forschen, ja auch nur forschen zu wollen, ist vergeblich, töricht wie alles Fahnden nach einer Ursache auf dieser Welt. Ich sehe nur die Wirkung und Folge; daß meine Seele das Gleichgewicht verloren hat, etwas in ihr geknickt, gebrochen ist, ein Versiegen der inneren Quellen ist zu konstatieren. Den Grund davon, den Grund meines Fal-

les vermag ich nicht einmal zu ahnen, das Schlimmste: ich sehe nichts, wodurch in meiner trostlosen Lage eine wenn auch noch so geringe Änderung eintreten könnte. Weil eben die Leere in mir eine vollständige, sozusagen planmäßige ist bei dem beklagenswerten Fehlen irgendwelcher chaotischer Elemente. Die Tage gleiten dahin, die Wochen, die Monate. Nein, nein! nur die Tage. Ich glaube nicht, daß es Wochen, Monate und Jahre gibt, es sind immer wieder nur Tage, Tage, die ineinanderstürzen, die ich nicht durch irgendein Erlebnis zu halten vermag.

Wenn man mich fragte, was ich gestern erlebt habe, meine Antwort wäre: »Gestern? Gestern ist mir ein Schuhschnürl gerissen.« Vor Jahren, riß mir ein Schuhschnürl, fiel ein Knopf ab, war ich wütend, erfand einen eigenen Teufel, der diesem Ressort vorstand und gab ihm sogar einen Namen. Gorymaaz, wenn ich mich recht erinnere. Reißt mir heute unterwegs ein Schuhschnürl, danke ich Gott. Denn nun darf ich mit einiger Berechtigung in ein Geschäft treten, Schuhschnürln verlangen, die Frage, was ich noch wolle, mit: »Nichts!« beantworten, an der Kassa zahlen und mich entfernen. Oder aber: ich kaufe einem der unerbittlich: »Vier Stück fünf Kreuzer!« schreienden Knaben seine Ware ab und werde von mehreren Leuten als Wohltäter angestaunt. Auf jeden Fall vergehen dadurch etliche Minuten, und das ist auch etwas ...

Man sage nicht, ich sei wohl besonders geschickt darin, Langeweile zu empfinden. Das ist nicht richtig. Ich habe von jeher die außerordentliche Fähigkeit besessen, ich war von jeher mit dem Talent dotiert, mir die Zeit zu vertreiben, unter allen denkbaren Beschäftigungen die exotischeste ausfindig zu machen.

Beweis dessen: als ich unlängst in die Gansterergasse gehen sollte, trat ich auskunftheischend an einen Wachmann heran, obwohl mir die Lage des genannten Straßenzuges unbekannt war. Da nun machte ich eine wichtige Entdeckung, die mir

geeignet erscheint, mehrere Weltgesetze zu erschüttern. Der Wachmann roch nach Rosenparfum. Man bedenke: ein parfümierter Wachmann. Welch eine contradictio in adjecto! Im ersten Augenblicke traute ich meiner Nase nicht. Zweifel an der Echtheit des Sicherheitsmannes stiegen in mir empor. Vielleicht hatte ein geriebener Verbrecher, um den Nachforschungen zu entrinnen, ein Usurpator sich in die Uniform eines Polizisten gehüllt. Erst die Auskunft überzeugte mich von seiner Echtheit. So delphisch war sie. Jetzt galt es herauszubekommen, ob vielleicht alle Sicherheitsleute – etwa infolge einer neuen Verordnung – Wohlgerüche zu verbreiten hatten oder ob der Eine mit dieser Eigenschaft allein stand und damit sozusagen auf eigene Verantwortung handelte. Ohne Murren unterzog ich mich der weitläufigen Aufgabe. Eine Dissertation, oder noch besser, ein Essay: »Von den Wachleuten und ihren Gerüchen« schwebte mir vor ... Polizist um Polizist ward beschnuppert, zwar kein zweiter Schandfleck seines Standes gefunden, immerhin aber festgestellt, daß kein einziger einen englisch gestutzten Schnurrbart besaß. Eine Beobachtung, die sich an ähnlicher Bedeutung für die Wissenschaft nur mit einer andern messen kann, die zu machen mir vor kurzem nach unsäglicher Mühe gelang. Nämlich daß kein einziges Säugetier grün gefärbt ist.
Ob jener Polizist durch ein Dienstmädchen oder anderweitig-eigenes Verschulden zu seinem Geruche kam, dies festzustellen mangelte mir der Mut. Und aus der Abhandlung »De odoribus polyporum« wurde nichts. Ich traute mich nicht, ihn zu fragen. Weil ein Sicherheitsmann, der nach Rosen roch, ein so außerordentlicher Sicherheitsmann, wenn nicht den »Raskolnikow«, so doch ganz gut »Schuld und Sühne« gelesen haben konnte. Und wissend, welch spannenden Kitzel es manchem Verbrecher bereite, sich zu martern und die Behörden zu eludieren, mich dann einfach als einen den Schauplatz seines Frevels frivol umkreisenden Missetäter verhaftete. Und mir das Geständnis, das beschämende Geständnis meiner Unschuld bevorstand.

Ähnliche Feigheit, wie dem Wachmann gegenüber, verhinderte mich auch, andere Rätsel völlig zu lösen, die zu wittern, denen nachzugehen mir einzige Beschäftigung und Lebensinhalt ist. Auf meinen Streifgängen kam ich oft an einer Gemüsefrau vorbei, einem Weibe mittleren Alters von ordinärem Aussehen und realistischer Ausdrucksweise. Sie führt hauptsächlich grüne Erbsen. Eine Kunde, die von diesem Artikel gekostet hatte, dann aber achselzuckend fortging, ohne zu kaufen, erhielt von ihr Titel, die denen irgend eines orientalischen Herrschers weder an Berechtigung noch an Mannigfaltigkeit nachstanden. Aber ein alter Spatz nascht täglich ungestraft, nie verscheucht von den Erbsen, pickt die Schoten an und schmaust die Körner, und noch nie hatte ich die Courage, die Grünzeughändlerin zu fragen, ob sie vielleicht Witwe sei. Denn der Gedanke ist nicht von der Hand zu weisen: der Spatz ist niemand anderer als ihr verstorbener Gatte, der sie besuchen kommt und – o ahnungsvolles Unterbewußtsein – von ihr gefüttert wird!
Infolge meiner Schüchternheit werde ich niemals Klarheit darüber erringen ...
Ebensowenig über das Schild eines Schusters. »Engelbert Kokoschnigg, bürgerlicher Schuhmachermeister zu den zwei Löwen. Gegründet 1891.« Welträtsel sind schwer zu lösen. Wochenlang zermarterte ich mir vergebens den Kopf, warum wohl der ehrsame Handwerker dieses doch nur einem Wirte zustehende Schild führe. Sollte durch diesen Übergriff die vermutlich mit der Geschäftsgründung zusammenfallende Eheschließung verherrlicht werden und einer der brüllenden Löwen die Schusterin sein? Oder war in jenem Jahre ein Dompteur von Weltruf in Wien gewesen, in den Strudel seiner Berühmtheit auch diese Bürgersleute reißend?
Wenn ich diesem unerträglichen Dilemma ein Ende machen, den Meister selbst ungestraft interviewen wollte, müßte ich mir unbedingt bei ihm ein Paar Schuhe machen lassen. Und das wäre wiederum, abgesehen von meinem immer chronischer werdenden Mangel an gebräuchlichen Zahlungsmitteln,

schwarzer Verrat an meinem Leibschuster, dem alten Peter Kekrewischy, der mir schon so oft mit seinen Erzählungen die Zeit vertrieben hat. Gut, er und seine Werke sind etwas altväterisch, er grüßt noch: »Mein Kompliment!« und wenn ich etwas von ihm haben will, sagt er: »Ja, mein Herzerl!« Aber er ist gütig wie der Kanarienvogel, der in seiner Kokosnußschale uns lauscht, mit seinem Gesang unterbricht und sich dann durch einen zuckerwärts geführten Schnabelhieb belohnt. Und die Reden des Schusters sind auch wie ein Gesang, wie ein leiser Gesang der Resignation. In Klausenburg ist er geboren, das Untergymnasium hat er dort absolviert, war der beste Schüler, dann ist ihm der Vater gestorben und der Vormund, ein Fleischhacker, hat ihn nicht weiter studieren lassen. In den Ferien mußte der Knabe in der Fleischbank mithelfen, und als er dann zum Gymnasialdirektor ging, wollte ihn der nicht aufnehmen, weil die Mitschüler einen, der Fleisch ausgetragen, ewig hänseln würden, und auch die Anstalt das Dekorum zu wahren habe ... Der Vormund hat ihn dann zu einem Schuster in die Lehre gegeben, weil die Fleischerburschen ein Gymnasiasterl nicht unter sich dulden wollten, und ihm selbst der Beruf viel zu ekelhaft gewesen sei. Gar das Blutvergießen! Aber im Jahre 48, wie die Klausenburger auch ihren Rummel haben mußten, hätte er doch tüchtig mitgetan, allerdings bei der Musikbande ... Ein Mitschüler, der schlechtere Noten hatte als er, wurde Direktor der Wiener Sternwarte, und ein paar Schritte von ihr entfernt, sitzt in einem pappriechenden, finsteren Kammerl ein Mann, dessen Frau bedienen geht, dessen einzige Tochter in Agram verheiratet ist, ein Mann, zu alt, zu sanft, zu arm, um sich einen Gehilfen halten zu können, ein Mann, der nach vielem Bitten froh sein muß, wenn ihm die Kunden seiner langsamen Arbeit wegen nicht weitergehen ... Jetzt hat ihm die Frau einen kleinen Nebendienst verschafft. Täglich sehe ich den schwachen Mann mit seinen zitternden Händen eine Gelähmte spazieren fahren. Dafür kriegt er etwas Kleingeld und darf sich dann am Sonntag nicht etwa

ein Gläschen Wein gönnen, nein! aus der Bibliothek der Gelähmten ein Buch aussuchen und die halbblinden Augen durch den kleinen Druck ganz zugrunderichten, während ein anderer: Hofrat, Baron, Komtur des Franz Josefsordens etc. dafür bezahlt wird, daß er die ewigen Sterne auf die Erde herabzieht, in einem leibhaftigen Fiaker fährt, geradezu in Saus und Braus lebt – aus keinem anderen Grunde als weil er keinen Vormund besaß, der Fleischhauer war ...
Dies ist mein einziger Verkehr, ein alter Schuster und, richtig! noch ein zugrunde gegangener Huterer, an dem nichts bemerkenswert ist, außer daß er mit dem Kaiser Max nach Mexiko geriet. Er weiß von diesem Lande sonst nichts zu sagen, als daß es dort sehr heiß war. Nichtsdestoweniger ist er in meinen Augen ein Mann von Bedeutung, ich habe keinen in meiner Bekanntschaft, der weiter herumgekommen wäre als er ... und etwas exotisches weht um ihn, wenn er sagt: »Ja, in Veracruz!« und ich ihn pflichtgemäß frage, was es denn an diesem Orte gegeben habe, und er dann seinen einzigen Witz macht: »Ja, in Veracruz, da hams keinen so guten Sliwowitz g'habt wie hier.« ... Ich bin gehalten, darüber zu lachen, darf es mir mit ihm nicht verderben. Er ist Armenrat, und vielleicht setzt er es doch endlich durch, daß ich Wiener Bürger werde. Ich könnte die kleine Pfründe dereinst gut brauchen ...
Einen Bekannten hatte ich noch, einen o-beinigen Doktor philosophiae, der auch den Abiturientenkurs der Exportakademie hat und unglaublich viel Sprachen kann. Er heißt Schmecker, ist bei der Zentralbank in Kondition, strebert was Zeug hält und gönnt sich keinen Urlaub. Ich meinte deswegen einmal zu ihm: »Ja, mein Lieber, es hat auch seine Schattenseiten, wenn man als Bankdirektor enden will.« Bankdirektor wird er wirklich werden, aber das »enden« hat ihm die Freude im vorhinein versalzen, und wenn er mich von weitem sieht, komm ich näher, schaut er weg.
Früher besaß ich auch einen entfernten Verwandten, den Agenten Norbert Schigut. Einmal traf er mich unangemel-

det auf der Straße und teilte mir ohne jede Aufforderung – offenbar wollte er allen Gerüchten zuvorkommen – in einem triumphierenden Tone mit, seine Frau sei ihm zwar unlängst durchgegangen, bald aber wieder reuig zu ihm zurückgekehrt. Ich sagte, das komme oft vor. Auch ich hätte zuerst mit Stahlfedern geschrieben, sei dann zur Füllfeder übergegangen, um enttäuscht wieder auf die Stahlfeder zurückzugreifen, ohne deswegen die Hoffnung aufzugeben, dereinst in den Besitz einer Schreibmaschine zu gelangen. Er erwiderte arglos, das hätte wohl in der schlechten Qualität der Füllfeder seine Ursache gehabt und träfe es sich direkt ausgezeichnet, daß er gerade jetzt die Vertretung einer erstklassigen amerikanischen Füllfedermarke besitze. Ich bekam einen unendlichen Lachkrampf, überlegte noch, ob ich mir nicht ein Bisserl von dem Lachen einwickeln und für die Tage der Trostlosigkeit aufheben solle, da ging auch schon der komische Mensch fort, beleidigt, als hätte ich ihn durch mein Gelächter in seiner – kaufmännischen Ehre angreifen wollen. Seitdem sind wir nicht mehr verwandt.

Allein irre ich in der großen Stadt umher. Niemand schenkt mir Beachtung. Höchstens hie und da ein auf dem Dache eines vorbeifahrenden Geschäftswagens ängstlich herumlaufender Pintscher, der bellt mich an. Ich hätte oft Lust zurückzubellen. Leider verbietet das der Anstand. Man muß das Dekorum wahren. Und so kann ich auch zu diesem Pintscher nicht in nähere Beziehungen treten.

Früher habe ich geschrieben. Aber als ich das letztemal einen Blick ins Tintenfaß warf, lagen darin zwei Fliegen. Ertrunken.

Was da vorgefallen war, ein Doppelselbstmord aus Liebe ... oder ein Absturz in den Glasbergen infolge ins Rollen geratener Staubkörner ... das ließ sich nicht mehr eruieren. Das Wort: »Ruhm« zerbarst mir; wer weiß was diese Fliegen für ihr Volk gewesen waren! Ein Grauen überkam mich, es abzuschütteln ging ich ins Freie, geriet in die Nähe der Kahlenbergbahn und sah – neben dem einem Bahnbediensteten gehörigen ärmlichen Hause – auf einem Misthaufen einen alten und einen jungen Hahn miteinander um die Weltherrschaft kämpfen. Ganz hingenommen von diesem Ereignisse ging ich heim, und wunderte mich am nächsten Morgen sehr, in keiner Zeitung die kleinste Notiz über diesen Gigantenkampf um die Hegemonie auf dem Düngerhaufen zu finden. Gar die Nachricht von dem erschütternden Ableben der beiden Fliegen dürfte überall erst nach Schluß des Blattes eingetroffen sein.

Die zwei Hähne hatten ihren Kampf mit dem Aufgebot aller Kräfte geführt, es war keiner jener betrügerischen Schauringkämpfe gewesen, alles war gewiß ehrlich zugegangen und doch kein Wort! Vielleicht ebendeswegen ... Sohin hätte eigentlich für mich die Verpflichtung bestanden, alle Blätter der Welt zu berichtigen. Aber bei dem diametralen Gegensatze der Weltanschauungen, der mich von den Herausgebern illustrierter Publikumszeitschriften trennt, bei der Verschiedenheit der Dinge, die sie und ich wichtig zu nehmen organisiert sind, war es ziemlich fraglich, ob ich mit meiner Ansicht durchdringen würde. Ja, wenn die abgestürzten Fliegen Besitzer eines Powidlbergwerkes gewesen wären und Pollak geheißen hätten, die Hähne ... der österreichische Vorkämpfer, Schachmeister Papabile, und der andere der präsumtive champion of the world ... dann hätte man sich nicht auf die Straße wagen können, ohne bei jedem zweiten Schritt aus dem Hinterhalte der Trafikenauslagen von den Alltagsgesichtern dieser Heroen angeglotzt zu werden ... Bleiben wir lieber für uns und erledigen selbst unsere Angelegenheiten. Bezüglich der Hähne konnte ich ja nichts mehr veranlassen, es wäre auch mir, dem Autor, ferngelegen, etwa Partei zu nehmen und gewaltsam in den Gang der Schlacht einzugreifen. Ebenso fern wie etwa den Schlummer der zwei ins bittere Tintenfaß des Todes gefallenen Fliegen durch eine Exhumierung und darauffolgende Feuerbestattung zu entweihen ... Ich beließ sie an dem Ort, wohin sie das Schicksal geworfen. Bei dem Unbekanntbleiben kühnster

Heldentaten wird niemanden mein Entschluß überraschen: alles, was ich in Hinkunft noch aufzuzeichnen habe, um es sozusagen noch vergänglicher zu machen, mit Bleistift niederzuschreiben; eher kann man mir Selbstsucht nachweisen in meinem pietätvollen Vorgehen den Fliegen gegenüber. Denn was kann besser zu meiner Stimmung passen als der für andere, robuster geartete vielleicht gar nicht wahrnehmbare Geruch ihrer Verwesung?

Jetzt habe ich einen Anlauf genommen und mir ein Straßenverzeichnis gekauft. Ich hätte das schon früher tun sollen. Leute wie ich, deren Schwerpunkt außer ihrem Selbst liegt, irgendwo im Universum ... jedem Eindruck hingegeben sind wie Wachs ... die müssen ihr Sensorium unaufhörlich füttern und sei es mit Geschäftsschildern, um über die gähnende Leere hinwegzukommen.
Ich reise im Kleinen. Tirol ist ein schönes Land, aber es werden dort bald die Baedeker auf den Bäumen wachsen, und die meisten gar reisen, indem sie ihr Milieu mitnehmen ... in Form ihrer Verwandten und Freunde. Überhaupt ist es ganz gleichgiltig, wohin wir reisen: wir gehen ja mit. Können uns nicht zu Hause lassen. Diese Art zu reisen behagt mir nicht. Wenn schon, dann aber in die Zeit. Ich möchte einen Herrn aus dem 14. Jahrhundert sprechen, ich möchte dem Herrn Menemptar meine Aufwartung machen, dem altägyptischen Dichter, vokalgewaltigen Lyriker, weltberühmten Verfasser des Hymnenzyklus »An das Nilkrokodil«, bin aber leider so sehr außer aller Form, daß ich durch keine Vision oder Halluzination den Wackern vor mich zwingen kann. Techniker! her mit der Zeitbahn. Nein, bevor nicht ein Kondukteur ... mit dem Globus an der Uhrkette ...: »Cambrium! Aussteigen!« ruft, früher tu ich nicht mit. Oh, auch dann nicht, denn kaum so etwas existiert, ist auch der Herr Pollak dabei und läßt im Cambrium seine Butterbrotpapiere liegen. Und das hat es wirklich nicht verdient. Ich sehe schon, es ist besser, ich gehe hier spazieren, auf der Linzerstraße, weil das

die zweitlängste Gasse von Wien ist ... Ich möchte auch die zweitlängste Gasse von Wien sein ... mir wäre dann leichter.
Was es zu sehen gibt? Nicht viel. Neben einem Laden, in dem Regenschirme feilgehalten werden, steht ein Literaturverschleiß, Papierstreifen posaunen den Ruhm des Buches der letzten Tage, nebenan andere das endliche Eintreffen der neuen Heringe. Die einen mögen das eine geniale Einrichtung der nichtorientalischen Großstadt nennen, die übrigen, Ländlichen, über diese Unordnung verrückt werden. Ich aber weiß nicht, welches die Regenschirme, welches die Bücher und welches die Heringe sind: vor meinen Augen verschwimmen alle Unterschiede, sie werden mir zu minimal, als daß ich in den scheinbar so diversen Gegenständen mehr als geringfügige Abstufungen ein und derselben Materie zu erblicken vermöchte ... Abstufungen, die ewig wiederkehren, während bloß die menschliche Ausdrucksweise wechselt. Denn sage ich, ein Buch aus der Hand legend: »Diesen Hut muß ich schon irgendwo gesehen haben«, oder bringt mich das Verzehren eines falschen Hasenbratens auf die Idee, daß ich es hier mit einem Modetalent zu tun habe, das solcher Anschauungsart begrifflich und stofflich zugrundeliegende ist und bleibt ein und dasselbe, sonst wäre sie unmöglich. Man glaubt, ich sei paradox? Ich habe bloß von einem Betrunkenen gelernt.
Es war Abend, ich ging die Linzerstraße retour, um mir die Häuser auch in umgekehrter Reihenfolge zu merken, da stolperte eine schwankende Gestalt auf mich zu und fragte: »Wo san mer denn doda?« Ich entgegnete ihm, wir befänden uns auf der derzeit zweitlängsten Gasse Wiens, auf der Linzerstraße. »Dö gibts ja gar net«, scholl es zurück. »Sie haben gewiß zuviel Schopenhauer konsumiert, guter Mann!« »Da schneidens eahna aber gründli, dös war Zöbinger Riesling«, entgegnete der nur von Herrn Pallenberg darzustellende Unbekannte, und ich sann darüber nach, ob nicht vielleicht auch Schopenhauer, von Dionysos hinweggerafft, auf seine

berühmte Theorie gekommen sei. Ähnlich wie ihn angeblich Lord Byron, ihm vorgezogen, zum Weiberfeind gemacht haben soll. Die Theorie des Betrunkenen hatte etwas für sich, denn wirklich: nahm man der Linzerstraße die Zeit weg, dann blieb nichts übrig als Materie, die sich hie und da den Spaß erlaubte, sich aus dem Cambrium in die zweitlängste Gasse Wiens zu verwandeln ... »Wo san ma denn jetzt?« fragte eine mühsame Stimme. »Auf der Linzerstraße«, ärgerte ich mich. »Scho wieder!« war die Antwort ... man mußte vermutlich herben Weines voll sein, um das Gesetz von der ewigen Wiederkehr des Gleichen zu entdecken. Weiser und Wahnsinniger, Wahnsinniger und Betrunkener – wo ist da der Unterschied? Ist es mit der Weisheit der großen Philosophen nicht so weit her, jener Bazillus, der Weisheit erregt, am Ende nicht sonderlich verschieden von anderen, nicht so renommierten ... oder sind die orphischen Urworte der Herren nur umso wahrer, weil sie sich jeden Augenblick aus dem durch nichts gehemmten Unterbewußtsein eines vom Weine Entrückten ergießen konnten? ... Der große Unbekannte machte Halt, und versuchte eine Laterne am Umfallen zu verhindern ... ich Tor ging weiter – später allerdings bedauerte ich es, mich nicht mit ihm in ein lehrreiches Gespräch eingelassen zu haben, um, wenigstens! zu erfahren, wieso er auf die Vermutung gekommen sei, die Linzerstraße existiere nicht. Damals, erfüllt von der Freude, von jemandem eines Gespräches gewürdigt worden zu sein, Freude über dies für meine Verhältnisse große Erlebnis, ging ich mit schnellen Schritten heimwärts ... vielleicht aus Furcht, von einem Wachmann bei dem Betrunkenen ertappt und als Dieb verhaftet zu werden.

Kein Policeman erschien. Aus Vorsicht. Denn es strolchten Plattenbrüder herum, streiften mich nicht ganz rücksichtsvoll und da der Abend so von Abenteuern gestrotzt, hatte ich mich mit dem Gedanken eines nächtlichen Überfalls vertraut gemacht und war bereits entschlossen, dem nächsten Bedrohlichen zuvorzukommen und ihm aus freien Stücken

meine Geldbörse und Uhr entgegenzuhalten, mit dem Wunsche, er möge sich fürderhin ihrer bedienen ...
Es wäre für mich nichts Leichtes gewesen, mich von meiner Uhr zu trennen, der Quelle unzähliger kleiner Lustbarkeiten. Denn wie oft habe ich in einem Park, wenn es mir zu ermüdend wurde, einen der alten Herren zu beobachten, welche den ball- oder diabolospielenden Kindern zusehen ... die Zeit zu gerinnen begann und in die Ewigkeit zu kreisen schien, wie oft habe ich mich da einem der Knaben genähert und ihm zugeredet: »Möchten Sie nicht die Güte haben, mich zu fragen, wie viel Uhr es ist?« ... Ich glaube, man kann die Höflichkeit unmöglich weiter treiben. Die alten Herren wenigstens drückten durch Stockbewegungen ihr Befremden aus, aber ihr Betragen kümmerte mich nicht, sie waren ja meine Konkurrenten, was das Zeitbieten anlangt ... und wenn mir ein mutiger Knabe meine Bitte gewährte, was ja manchmal geschah ... dann ließ ich den Deckel springen und gab chronometrisch genau an, wie weit der Tag vorgeschritten war ... und mein Vergnügen darüber war nicht geringer als das eines Gefirmten, der zum erstenmal als Zeitkünder funktioniert ... Es läßt sich daher begreifen, wie ungern ich die Uhr weitergegeben hätte, einen für den Betrieb meines Geschäftes unumgänglich nötigen Gegenstand ... Möglich, daß die Strolche justament nicht wollten: vorbeifahrende Straßenpflüge und ihre Lenker, in deren Nähe ich mich hielt, brachten mich in Sicherheit und überhoben mich der Ausführung meines Planes ...
Wenn einmal ein Tag ereignisreich anfängt, nimmt er gewöhnlich einen nicht minder lebhaften Verlauf: Kanalräumer hoben die Gitter aus und schickten sich herkulisch an, in die Unterwelt hinabzusteigen. Bei ihrem Anblick brach in mir eine alte Wunde auf, die unstillbare Sehnsucht ward in mir wach, Kanalräumersgattin zu sein. Die meisten anderen Frauen ehebrechen des Tages, sie aber können – ohne Gefahr zu laufen, ertappt zu werden – diesem ihren Berufe des Nachts nachgehen. Ich empfehle dieses Thema der Beachtung

unserer Dramatiker. Überlasse es ihnen großmütig. Wie ich auch sonst die heimische Industrie zu unterstützen gesonnen bin ...
Nein, der Hausmeister, der mich solang warten läßt, soll nicht mehr über mich zu klagen haben. Als er seinerzeit auf meinem Meldezettel unter der Rubrik: Religion »Griechisch-paradox«, unter: Beschäftigung las, ich strebe eine kleine Anstellung beim Chorus mysticus an, soll er in die Worte ausgebrochen sein: »A so a Kampl hat im Dreirösselhaus, was i und meine Frau denken, no nie net gwohnt.« Er soll nicht zu reden haben. Ich will mich vermittels des Straßenverzeichnisses ernsthaft auf die Fiakerprüfung vorbereiten. Oder noch besser: ich gedenke unter die Erfinder zu gehen. Was ich erfunden habe? Ich werde mir mein Tintenfaß als Fliegenfänger patentieren lassen. Ich teilte die mit mir vorgegangene Wandlung sofort dem Hausmeister mit. Er sah mich verschlafen und unsicher an, nach Erhalt des Sperrsechserls wünschte er mir sogar: »Gute Nacht!«, und holperte auf seinen Schlapfen bettwärts. Aber auf seiner Denkerstirn stand geschrieben: »Was san Sö? Schlafens eahna erst eahnern Rausch aus!« ... Erfinder? Das schließt nicht aus, daß ich mich vielleicht schon morgen in die Kleidung eines Cabkutschers oder eines Karfiolslowaken hülle, die Bekanntschaft einer Kanalräumerin zu machen trachte, und ihre eheliche Treue einer Probe unterziehe ... Nein, das werde ich nicht tun, ich fühle nicht mehr die Kraft dazu in mir. Der zweifelnde Blick des Hausmeisters hat alle meine Energie hinweggenommen. Und als ich im Schein des zusammensinkenden Wachsstengels aus der Visitkarte, die auf der Tür meines Kabinetts mit separiertem Eingang prangt, ersah, daß ich der Herr Karl Tubutsch war, da sagte ich leise, niedergeschmettert, nichts als: »Scho wieder!« ...

Oft in der Nacht fahre ich auf. Was ist? Nichts, nichts! Will denn niemand bei mir einbrechen? Alles ist vorausberechnet. O, ich möchte nicht der sein, der bei mir einbricht. Abgesehen davon, daß – meinen Stiefelknecht Philipp und vielleicht noch ein Straßenverzeichnis ausgenommen – bei mir nichts zu holen ist, ich gestehe es offen und ehrlich: ich kenne den Betreffenden zwar nicht im geringsten, aber ich habe es auf den Tod des armen Teufels angelegt. Das Federmesser liegt gezückt, mordbereit auf dem Nachtkastel. Philipp, der Stiefelknecht, wacht wurfgerecht darunter ... will denn niemand bei mir einbrechen ... ich sehne mich nach einem Mörder.

Wenn ich wenigstens Zahnschmerzen hätte. Ich könnte dann dreimal »Abracadabra« sagen, auch das heilige Wort »Zipzip« dürfte die gleiche magische Wirkung haben ... und wenn es mit den Schmerzen selbst dann nicht besser würde, möchte ich keineswegs zum Zahnarzt gehen, nein, die Schmerzen hegen und pflegen, sie nie erlöschen lassen, immer wieder wachrufen. Es wäre doch wenigstens ein Gefühl! Aber meine Gesundheit ist unerschütterlich.

Daß irgend ein Leid seine Krallen in mich schlüge! ... Nur die andern, die Nachbarn haben dies wenig gewürdigte Glück. Hier im Haus wohnt ein behäbiges Ehepaar, beide verdienen hübsch, sie ist erste Verkäuferin in einem großen Modewarenhaus, er Oberpostkontrollor, sie haben ein einziges Kind und lassen sich nichts abgehen. Unlängst ist ihm der Vater gestorben, den er schon zwanzig Jahre bei sich wohnen hatte. Es war in den Ferien, die Leute hätten also Zeit gehabt. Und diese Unmenschen beraumen das Begräbnis für den Vormittag an, stehen in aller Früh auf, damit sie vor halb acht Uhr mit der Elektrischen um sechs Kreuzer auf den Zentralfriedhof fahren können!

Wenn mir wer gestorben wäre, den rechtschaffen zu betrauern ich so Ursache hätte, ich hätte mir zumindest einen Fiaker spendiert. So ist es: den Menschen, die nicht trauern wollen, sterben die Verwandten ... mir jedoch ... ich darf nichts erleben, bin sozusagen ein Mensch, der in der Luft steht ...

Sechs Kinder sitzen friedlich und brotessend rund herum um einen der Pflasterung beflissenen Straßenarbeiter, drei rechts, drei links, und staunen seinem Werke zu; ich möchte mich auch daneben hinsetzen, schon um die darüber entstehende Verwunderung und Verlegenheit des lieben Straßenräumers zu genießen. Unmöglich. Bei dem heutigen Stande der ärztlichen Wissenschaft würde man mir gewiß meine wirklich bescheidenen Freuden durch eine kleine Internierung stören ...

Ich nehme mein Diner täglich in einer Würstlerei ein. Es kommen immer so ziemlich dieselben scharfgeschnittenen Gesichter hin, Kommis, gehetzt und eine Zigarette im Mund, hastige Modistinnen, die nicht einmal so viel Zeit haben, ein Sacktuch fallen zu lassen, wenn es nötig ist ... arme alte Leute, Reisende oder Fremde, von denen irgend ein Körperteil etwas im Krankenhaus zu tun hat ... es kennen mich fast alle Besucher schon ... bis auf den buckligen Hausierer, der hie und da durchgeht und Zündhölzelschachteln, Bleistifte, Manschettenknöpfe, Briefpapier und Hosenspanner an den Tischen herumbietet. Wie gesagt, die Menschen kennen mich, aber würde es einem aus der Gesellschaft einfallen, mich zu fragen, warum ich in roten Glacéhandschuhen esse? Und ich esse doch nur deshalb in Handschuhen, damit man mich fragt und ich antworten kann: »Ich pflege mir in der Zerstreutheit die Nägel zu beißen und damit das nicht geschieht, und sie ruhig wachsen und der Vollendung entgegen reifen können, trage ich Handschuh ...« Ich habe mir die Glacéhandschuh vergebens gekauft. Sie halten mich entweder für zu verrückt oder für zu fein, als daß sie es wagen würden, mich anzusprechen ... Niemand forscht mich aus, nicht einmal Thekla, die bleiche, schwarzlockige Kellnerin, die mich täglich fragt, ob ich Gurken, Senf oder Krenn zu den Würsteln dazu haben wolle ... Thekla, der ich immer drei Kreuzer hinschiebe, nicht einmal sie erleichtert mein Gemüt durch eine so naheliegende Frage, obgleich sie doch gewissermaßen dazu verpflichtet wäre.

Ich fürchte, das wird noch einmal traurig mit mir enden. Ich gleite in immer zweideutigere Sphären herab. Gewiß: Leute, die mit moral insanity begnadet sind, Verbrecher, von dem großen Kannibalen Napoleon angefangen bis zu dem kleinen Kind, das eine Zwetschke stiehlt und, von dem Söhnchen des Greißlers verfolgt, zuerst »Mutter!« ruft, dann aber, jedenfalls die Beute zu sichern, sie in den Mund steckt, sie alle sind von der Natur mit Recht begünstigte Wesen, meist mit Gewissensmangel und jede Reue ausschließender Gedächtnisschwäche gepanzert; auch das, was darwinferner Schwachsinn den Materialismus unserer Zeit nennt, der Amerikanismus, die bewunderungswürdigen Trustlöwen, sie sind moralisch berechtigt wie die Verzehrung von Ochsen, die Existenz von Kameelreitern beim Vorhandensein von Reitkameelen. Was man aber nicht zu rechtfertigen vermag, ist: anderen Leuten die kostbare Zeit stehlen und Unheil stiften, ohne selbst daraus Nutzen zu ziehen. Aus langer Weile, um unter Menschen zu kommen und sie kennen zu lernen, bin ich zu Prinzipalen hinaufgegangen, die annonciert hatten ... mich vorstellen als Hausknecht, Mittelschullehrer, Buchhalter, Graveur, Korrespondent, Hofmeister, Kammerdiener etc. Und nach langem unklaren Hin- und Herreden, bis die Leute ganz verwirrt waren, empfahl ich mich stets mit den Worten, ich wolle es mir überlegen und eventuell ein zweitesmal vorsprechen. Ein Nachsichtiger könnte das vielleicht noch einen relativ harmlosen Ulk heißen. Verwerflicher, boshafter, heimtückischer ist es schon, wenn sich einer absichtlich auf den den Liebespaaren geweihten Bänken niederläßt, nichts dergleichen tut, wenn es noch hell ist, Zeitung liest und die Verzweifelnden zum Aufbruch nötigt ... bei der geringen Anzahl der Sitzgelegenheiten gleicherweise gehaßt von den tschechischen Ammen, die sich nur auf den Bänken des Kaiser Wilhelm-Rings schwängern lassen ... von den langen Bosniaken des Votivparkes wie von den Deutschmeistern der Augartenanlagen gefürchtet, dieses Spiel bis tief in die Nacht hinein fortsetzt. Angeblich um Daten zu sammeln für eine Statistik über die Zeit, die zwischen dem ersten Kuß und der Umarmungspremiere verläuft ...

Man wird fragen, warum ich nicht diese schalen Vergnügungen sein ließ und mir nicht selber etwas leichteren Zeitvertreib gönnte? Hat es schon sein Vorteilhaftes, Besitzer eines Hundes zu sein, wegen der Fülle der damit verbundenen zeitverzehrenden Beschäftigungen, wie weit werden diese simplen und harmlosen Genüsse, die ein armseliges Tier zu gewähren vermag, durch jene überstrahlt, welche die Gesellschaft eines Weibchens verschafft. Ich wende ein: wenn selbst ein homerischer Held satt wird »des Schlafes sogar und der Liebe, auch des Gesanges und fröhlichen Reigentanzes«, was für Gefühle und Müdigkeiten soll da erst unsereiner zu registrieren haben? Noch gellen mir in den Ohren die in den Momenten der Verzückung hervorgestoßenen: »Ah«, »Oh«, »Jessas« und »Hast du mich auch wirklich lieb« der Wienerinnen – wenn es Lyrikerinnen sind, sagen sie vermutlich: »Tandaradei!« ... Die »Jaj«, »Joj« und »Juj« der Ungarinnen, ich höre sie, auch wenn ich mir die Ohren zuhalte. Die Berlinerin sagt: »Schmeckt schön!« Die einzigen, die nichts redeten, waren die Zigeunerinnen; aber man tat gut daran, wenn man sich ihnen in Liebe nahte, die Uhr zuhause zu lassen ... und konnte dann noch von Glück reden, wenn Trántire und Chnarpe-diches einen nicht als Vater ihrer Kinder angaben, die von rechtswegen dem ganzen Offizierskorps der nächsten Garnison hätten ähnlich sehen sollen ... Ja, noch eine war so vernünftig gewesen, zu schweigen ... Marischa, die Frau des Dorfrichters von Popudjin. Sie liebte, wie sie sich einen Riegel Brot abschnitt. Alle ihre Bewegungen waren von einer maschinenmäßigen Sicherheit. Ewig unvergeßlich wird es mir bleiben, wie wir uns zum erstenmal fanden. Es war am Morgen nach ihrer

Hochzeit, von der ich nichts wußte, sie, mir unbekannt, mähte auf taufeuchter Wiese, im Vorwärtsgehen sich in den Hüften wiegend... die kurzen, ihre Waden freilassenden Röcke kamen nie aus dem Schwung... ich schlenderte vorbei und konnte es nicht unterlassen, mich zu ihr zu neigen, und dem schönen, frischen Weib blühende Wangen und Kinn zu streicheln. Sie wurde rot, wehrte mir aber nicht: der Tod stand hinter mir, der Bauer mit der Sense. Und ich hatte noch die Geistesgegenwart, zu sagen: »Frau, also ich darf mir heut Nachmittag die Maulbeeren in ihrem Weingebirge selbst holen?« Der Bauer glotzte wie ein Ochse. Sie, sich noch tiefer bückend, als wolle sie mir etwas auf den Boden Gefallenes suchen helfen, bejahte, und am Nachmittag waren im Weinberg nicht bloß die Maulbeeren anwesend... Und wenn ihr Mann und ihre Mutter auf der Wallfahrt weg waren nach Sassin, dann ließ sie mich's wissen und ich schlich zu der Stallduftenden ins Zimmer, dann in der Dunkelheit, im Hof mich in acht nehmend vor dem Düngerhaufen rechts und der Jauche links, nachhause – die gefahrvolle Liebe zwischen Jehangir Mirza und der Maasumeh Sultan Begum zu besingen... Die Begeisterung aber mußte bald erlahmen bei dem niederdrückenden Widerstreit kleinlicher Schicksale mit ungeheuren Gefühlen und Vorstellungen; es ist ja auch ökonomisch auf die Dauer unmöglich, Ambrosia zu fabrizieren, während man selbst Kot fressen muß... Außerdem die unglückliche Begabung, selbst bei dem geliebtesten Weibe das Skelett zu sehen, wodurch wohl die Umarmung ein oder das andere Mal schluchzender werden kann, schließlich aber maßloses Grauen mich vom Weibe scheiden mußte... man gehe mir mit der Liebe! Eher möchte ich mir einen Hund halten. Die Hausmeisterin, kinderlos, hat einen, den ich hochschätze. Junger Zwergbulldogg, hält im Hof Cercle unter den Kindern; wenn sie ihm Rüben, Kalbsleber oder Würsteln bringen, hört er auf die Namen Schnudi, Puffi, Bubi und noch einige andere. Will wer bloß schön tun mit ihm, ignoriert der Yankee alle Zurufe, wird man zudringlicher und ist man etwa eine alte Witwe, die ein Rosamascherl an seinem Hals befestigen möchte, knurrt er Warnung und schnappt zu. Seine unbegrenzte Reaktionsfähigkeit, sein jugendfrisch-stiermäßiges Zufahren auf jedes ihm vorgehaltene Taschentuch oder Papier, nicht zum letzten seine vorbildliche Selbstgenügsamkeit haben ihn zu meinem Ideal gemacht. Er vermag es, stundenlang dazuliegen und ohne jede Spur von langer Weile ein und denselben Knochen zu hypnotisieren, empfindet kein Bedürfnis nach irgend einer Wandlung, kein Lehrer sagt ihm ironisch: »Sie werden es noch weit bringen«, er weiß es so tief, daß es ihm gar nicht mehr zum Bewußtsein kommt: niemand kann es weiter bringen als zu sich. Ich jedoch muß, wenn es mir zu fad wird, »Ich« zu sein, notgedrungen ein anderer werden. Gewöhnlich bin ich Marius und sitze auf den Ruinen von Karthago; manchmal aber bin ich der Fürst Echsenklumm, unterhalte Beziehungen zu einer Opernsängerin, gewähre dem Chefredakteur Armand Schigut bereitwilligst ein Interview über den Handelsvertrag mit Monaco, verbiete meinem Kammerdiener Dominik – dargestellt durch den Stiefelknecht Philipp – jemanden vorzulassen, die Baronin Zahnstein ausgenommen ... und kaum mir das ewige Durchlaucht hin, Durchlaucht her auf die Nerven geht, werde ich eine gefeierte Diva, haue meinem nichtswürdigen Direktor, dem ich das schon lange gewünscht hab, eine herunter oder appliziere ihm einen Sessel. Um mich von dieser ungewohnten Anstrengung zu erholen, wollte ich gerade der Dichter Konrad Seltenhammer werden, und im Café »Symbol« schweigend eine Zigarette rauchen. Als mich der Stiefelknecht unterbrach. Er hatte es satt, immer die Diener, Direktoren, Ruinen von Karthago, Zigaretten darzustellen, sehnte sich danach auch einmal Fürst, Heroine, dramatischer Schriftsteller zu sein. »Stiefel«, sagte ich zu ihm, »Stiefel! Hochmut kommt vor dem Fall.« »Meister«, sagte er, »Meister! Ich bin kein gewöhnlicher Stiefelknecht.« »Das ist selbstverständlich. Ein Stiefelzieher, der in meinen Diensten steht, ist eo ipso mehr kein gewöhnlicher Stiefelzieher.« »Ich meinte es nicht so.« »In deinen Fasern stockt Götterblut? Bist du eine verzauberte Prinzessin oder gar jener Stiefelzieher, den Zeus der Hera insinuierte?« »Das nicht, aber immerhin aus einer alten Familie. Wisse: ich stamme in gerader Linie von dem berühmten Stiefelzieher ab, den Mithridates verschluckte, um seinen Magen gegen alle Gifte zu feien.« »Der muß seinen Herrn genau so sekiert haben, wie du mich, daß er zu der Verwendung gekommen ist.« Philipp verbat sich alle derartigen Anspielungen auf die Schicksale ebenso verdienstvoller als erlauchter Ahnen. »Sonst kündige ich schonungslos. Ohnehin bin ich als Präsident in Aussicht genommen für den demnächst in Amerika stattfindenden I. Internationalen Stiefelzieherkongreß. Roosevelt selbst...« »Roosevelt?« »Ich meine den Stiefelzieher Roosevelts. Wir nennen ihn Roosevelt, der Kürze wegen... er hat mich eingeladen zu präsidieren... eben wegen meiner Eigenschaft als Nachkomme eines berühmten... oder glaubst du, der Stiefelzieher des Herrn Tubutsch...?« »Ja, wie kommst du denn nach Amerika, o Stiefelknecht meiner Seele?« »Mein Leib, mein schlechter Leib bleibt hier liegen, mein Geist schwingt sich auf, entfliegt, kriecht in einen Leitungsdraht und ist im Nu drüben. Früher waren wir schlechter dran, Blitze sind nicht immer zu haben und auf den Vagabunden, den Wind, war kein Verlaß, der hat uns immer justament dort abgesetzt, wo wir absolut nicht hinwollten... am Tanganikasee oder auf den Fidschiinseln... wo weit und breit keine verwandte Seele zu treffen war...« Es schmeichelte mir, mit einem Wesen in Kontakt zu sein, durch das ich dem Präsidenten der Vereinigten Staaten gewissermaßen sehr nahe stand, wir schlossen miteinander einen Pakt, dem nach wir von nun an in den Hauptrollen abwechselten. Er war der Greißler, der: »Heut ham mer aber an fein Primsenkas!« sagte, ich die Kunde, die achselzuckend ein Stück davon kostete. Dann war wieder ich das Elefantenbaby... im Kreise rund herumlaufend... und er das »Nein! wie lieb!« rufende

Kind; endlich er der Baumstamm, mit einem Hut auf einem Ast donauabwärts treibend bis ans schwarze Meer, ich der über ihn fluchend ins Wasser gefallene Ruderer, die Wasserratte, die zwischen den Wurzeln haust oder die das Billett des Baumstammes auf seine Giltigkeit prüfende Fischotter. Bis die Unmöglichkeit, durch eine wenn auch noch so große Willensanstrengung mir selbst und den anderen Leuten meine Verwandlung in den Fürsten Echsenklumm oder in die Wasserratte auch äußerlich wahrnehmbar zu machen, mir die Lust an diesem Spiel verdarb. »Philipp!«, sagte ich, »komm her.« Philipp kam, wenn auch widerstrebend, als schwante ihm Unheil. Ich schlug ihn sorgfältig in braunes Packpapier ein und ging spazieren. Aber niemand der Vorübergehenden wollte mich fragen, was in dem kleinen braunen Paket enthalten sei. Und ich hatte doch schon eine kleine Rede vorbereitet: »Meine Damen und Herren! Hier sehen sie durchaus nichts Gewöhnliches! Ein sprechender Stiefelzieher! Er stammt ab von dem Stiefelknechte seiner asiatischen Majestät, des Königs Mithridates von Pontus ... demnächst wird er dem I. Internationalen Stiefelzieherkongresse präsidieren. Roosevelt selbst ...« Niemand war neugierig und aufdrängen wollte ich mich nicht ... daß ich unbefragt blieb, wäre möglicherweise noch zu ertragen gewesen, doch seitdem ich so treulos an ihm gehandelt, seine Geheimnisse zu profanieren gesucht, verstummte Philipp ... seine Seele war wohl für ständig nach Amerika ausgewandert ... ich war wieder allein ...

Früher träumte ich vom Ruhm. Er wurde mir nicht zugestellt. Und was blieb, waren Sarkasmen gegen die Glücklicheren. Darin war ich seit jeher groß. Als ich nichts mehr in mir zu zerfressen hatte, zerfraß ich andere. Nun bin ich schwächer, milder geworden. Wie gesagt, ich schreibe mit Bleistift. Meine Nahrung ist zart wie die eines Kranken. Einen ganzen Vormittag brachte ich unlängst damit hin, einem General zuzuschauen, der auf der Mariahilferstraße vor jeder Auslage stehen blieb, ob es nun ein Wäschegeschäft war oder ein Friseurladen. Es war nach den Manövern. Ich fühlte weder Schadenfreude noch Mitleid; stand bloß und sah zu, solang bis ich der General war und mich fähig fühlte, die Rolle zu übernehmen, die er des Weiteren durchzuführen hatte. Die Art, wie er den Säbel hob, um nicht das Pflaster zu streifen, sonst eine Reflexbewegung, war unsäglich traurig ... Am nächsten Tag vertiefte ich mich ebensolang in eine Dohle, die vor einem Blumengeschäft in der Weihburggasse auf und ab, rastlos auf und ab trippelte. Die gestutzten Flügel, gebrochen, streiften den Schmutz der Pflastersteine. Und hatte einige Tage vorher noch den Stephansturm umkreist oder eine Brigade kommandiert ... Ich hätte sehr gern eine Zusammenkunft zwischen dem General und der Dohle vermittelt. An so große Unternehmungen aber wage ich mich nicht mehr, seitdem mir die letzte so mißglückt ist ...

Ich kam auf meinen Fahrten häufig an einem Gasthaus vorbei, dessen Wirt mit dem Vornamen Dominik heißt. Nun ist der Vorname Dominik unter Wirten kein seltener, warum? Das ist unergründlich; dadurch jedoch, daß ich so oft an dem Schild dieser Weinstube vorüber mußte, spannen sich nach und nach Beziehungen zwischen mir und seinem Inhaber. Nicht, daß ich den Wirt je gesehen hätte, Gott bewahre! derart realer Vorbedingungen bedarf es bei mir nicht ... Aber als ich eines Tages in den Kalender sah, da fand ich, daß es sein Namenstag war. »Heute solltest du aber doch einmal zu ihm hineinschauen«, dachte ich und zog mir die roten Glacéhandschuhe an. Ich trat ein. Es geschah nichts von dem, was ich erwartet hatte. Ein Mann in einer blauen Schürze, das Abwischtuch auf der Schulter, der Hausknecht, bediente mich. Ich warte und warte, um des Geehrten ansichtig zu werden. Er kommt nicht. Überhaupt nichts dergleichen. Ich werde ungeduldig und will schon bald gehen und frage den Hausknecht, wo sein Herr bleibt. Der Kerl zögert mit der Antwort, ich sage es ihm auf den Kopf zu, der Wirt habe vermutlich Brauereizahlungstag und sei ausgerückt. So kam es ans Licht: der Gastwirt war verräterischerweise zu einem Heurigen gefahren, hatte an seinem Ehrentage sich entfernt, um bei einem anderen Wirte, also sozusagen bei sich, zu zechen. Die Vorstellung ist gewiß urkomisch und das Sujet eines Niederländers würdig: ein Wirt, der bei einem andern Einkehr hält; aber ich hatte Zeit und Geld geopfert und war doch nicht zu jener Erfüllung gekommen, die ich ersehnt hatte. Als wollte mich das höhnende Schicksal, das so gern dem Kleinen alles nimmt, um dem Großen noch mehr zu geben, meiner geringen Erlebnisse, des ungeheueren Anblickes eines seinen Namenstag feiernden Wirtes, berauben. Komisch, doch typisch, denn derartige Vorfälle wurden wiederholt gegen mich ausgespielt. Vielleicht, um mich des Lebens Unfähigen durch solch »feines Positionsspiel« herauszuekeln. Ich rede nicht davon, daß ich früher, als ich noch Bekannte hatte, sie oft Monate lang nicht sah, dann wieder eines Tages sie sich offenbar zu dem Zwecke zusammengetan zu haben schienen, mir durch eifriges Grüßen zumindest eine Armlähmung zu verursachen. Es gibt bessere Beispiele.

Vor Jahren, da ich etwas lebenslustiger war, der erschütternde Tod der zwei Fliegen Pollak sich noch nicht zugetragen hatte und also auch noch nicht mir zum Mahnwort geworden war, mich vor dem Fatum ruhiger zu verhalten, damals hatte ich über alle Bedenken hinweg einen Anlauf genommen und einen Spazierstock erstanden. Um auf Abenteuer auszuziehen. Ohne Spazierstock geht das nicht. Ebensowenig wie ein Ritter seine um Jungfrauen geführten Kämpfe mit Riesen, Zwergen und Drachen ohne Tartsche unternommen hätte oder mit einem Sattel, der noch keinen Namen hatte.

Ich knüpfte eines Sonntags zum ersten- und letztenmale die Krawatte mit jener Sorgfalt, wie sie vergleichsweise höchstens die Propheten auf das Gürten ihrer Lenden verwendet haben dürften und fuhr mit der Tramway nach Sievring hinaus. Keine kleine Wollust, an den Haltestellen vorbei zu sausen, während andere starr bei ihnen stehen bleiben mußten. Bei der Billrothstraße stieg leider ein entfernter Bekannter ein, Snob durch und durch, aus der Tasche protzte ihm ein Band Balzac. Ich verwies es ihm scherzend, in die freie Natur gebundene Bücher hinauszuschleppen, noch dazu solche, die bald allgemein getragen würden, machte ihn darauf aufmerksam, daß nur das noch nicht Moderne wahrhaft wert sei, von ihm kolportiert zu werden, er jedoch mißverstand meine Absicht und zerrte mich in ein längeres Gespräch. Über das Ende Balzacs, wie die Sand Musset, Friederike den Goethe betrogen haben solle, und o Idylle von Sesenheim! als Pfarrerstochter selbstredend ein Kind von einem Theologen zur Welt gebracht hätte – das heißt, wenn man Lenz und einige französische Grenzoffiziere vernachlässigt ... Wahrheit und Dichtung! Wir sprachen über das Weib, wie jedes mit Vernunft oder Phantasie geschlagene männliche oder weibliche Wesen an sich eifersüchtig sein und außerdem notwendig von den tierischen Ahnen ererbte Eifersucht leiden müsse ... kamen vom Hundertsten ins Tausendste und erst als es zu spät war, der Wald uns bereits aufgenommen hatte, tat der Unselige den Mund auf, um mir mitzuteilen, daß ich das Wichtigste versäumt habe. In der Tramway hätte ein fesches, junges Mädchen meinen Witzeleien gelauscht, die ganze Zeit hindurch vorläufig ihre Blicke auf mir ruhen lassen, sei auch nachher uns noch ein hübsches Stück gefolgt, schließlich aber, da sie nicht gut mich ansprechen konnte, abgefallen. Vom Weibe – sprach ich, bis, zwei Schritte entfernt, lachend, sich wiegend und tänzelnd und blühend in seiner Pracht das Leben davonging! ... Als sollte es daran nicht genug sein, da wir auf engem Pfade einer entgegenkommenden Liebeseinheit ausweichen wollten, stieg mir das Weibchen davon auf den Spazierstock, den ich elegisch nachschleifen ließ: der Stock brach – ein deutlich warnender Wink von oben, den kaum betretenen Steig allsogleich zu verlassen ... Auf einer Wiese nicht weit davon konnte ein sechzehnjähriges schlankes Fräulein, von der Mama begleitet, nichts tun als Herbstzeitlose pflücken. Ich folgte ihrem Beispiele ...

Ich lebe immer in der Erwartung eines Ungeheuerlichen, das da kommen soll, eintreten, einbrechen soll bei mir. Ein Orang-Utan etwa, ein Auerhahn mit glühenden Augen, oder am besten ein wütender Stier. Dann aber fällt mir ein, daß der ja gar nicht durch die Tür könnte, und ich lasse meine übergroßen Hoffnungen sinken ... Wenn jemand läutet, erscheinen alle Nachbarn bei den Türen, auch ich gehe sofort an die Pforte meines Kabinetts mit separiertem Eingang ... falls mich einer meiner alten Freunde aufsuchen sollte, bereit, den Überzieher umzunehmen und mit ihm spazieren zu gehen, oder aber, wenn er es wünscht, ihm die Sehenswürdigkeiten meiner Wohnung zu weisen: meinen Stiefelknecht Philipp und – mit umflorter Stimme – die zwei Fliegen Pollak ... Ungeheures oder doch Angenehmes erwarte ich: wenn ich öffne, hat es meistens nebenan geläutet. Oder aber es ist ein Bettler. Denen gebe ich nichts. Erstens habe ich selber nichts, zweitens, wenn man ihnen etwas gibt, gehen sie sofort weg und lassen einen stehen. Und das ist durchaus nicht meine Absicht ... Auch andere Leute sind leider so rücksichtslos, läuten an, und dann, wenn sie ihre Auskunft haben, gehen sie fort. So letzthin ... Klingelt es in aller Früh, ich ziehe mich hastig und unvollständig an, mache auf, stehe im Zug: ein Mann ist draußen, der fragt, ob ich der Herr sei, der das Kristallöl bestellt habe? Ein anderer hätte fluchend die Türe zugeschlagen, ich bin höflich, antworte unvorsichtigerweise: »Nein!«, gebe aber nichtsdestoweniger meine Absicht zu erkennen, mich mit ihm in ein Gespräch einzulassen ... schon wegen der Seltsamkeit seines Metiers. Kristallölausträger ... er jedoch dreht sich brüsk um, wendet mir den Rücken zu und schreitet die Stiege hinauf ... und ich muß mich zusammennehmen, daß ich nicht bei dieser

Gelegenheit infolge all der erlittenen Enttäuschungen zusammenbreche ...

Jehangir Mirza sagt: »Wie ein unkörperlicher Schatten schwanke ich hin und her, und wenn mich nicht eine Wand unterstützt, falle ich platt zur Erde.« Eine Wand stützt mich nicht. Mir scheint, mir wird auch so etwas passieren wie ein Fall zu Boden ... Nein, ich halte es nicht mehr aus! Was fesselt mich noch? Schnudi, der kleine Zwergbulldogg ist nicht mehr. Ein alter Mann mit stechendem Bart, einem Pinkel auf den Schultern ... Ahasver ... ist in den Hof gekommen, hat sein »Handlê« gerufen, die Ankunft des Fremden scheint den Hund irritiert zu haben, er fuhr los. Der Hausierer ruft ein-, zweimal »Marschierst?«, der Hund hört nicht, schnappt nach den Beinen des Eindringlings. Der spuckt ihm dämonisch zwischen die Augen und der Hund dreht sich wie wahnsinnig im Kreise herum, mit der kurzen Zunge bemüht, den Fremdkörper über der Nase zu entfernen. Es gelingt ihm nicht, der Hausierer geht weg, der Hund dreht sich weiter, seine Augen sehen nichts mehr, sind blind von der rasenden Jagd, Schnudi, Schnudi mit dem Rosamascherl dreht sich weiter, weiter ... bis er erschossen werden muß ... Nun habe ich niemand mehr. Einen Einspännergaul sah ich an, ob er nicht mit mir reden mag ...
Ich wette: er wollte nur nicht mit mir im Gespräche gesehen werden. Mit andern, glaub' ich, hätte er nach einiger Anstrengung reden können ...

Was hält mich ab, dem allen ein Ende zu machen, in irgend einem See oder Tintenfaß zur ewigen Ruhe einzugehen oder die Frage zu lösen, welchem irrsinnig gewordenem Gott oder Dämon das Tintenfaß gehört, in dem wir leben und sterben, und wem wieder dieser irrsinnige Gott gehört? Zu irgend einer Marischa, und sei sie wer sie sei, jedenfalls zu einer Dirne, Unreinen oder Ehebrecherin zu schleichen, dabei sich in Acht nehmen vor Allerhand ... dem Düngerhaufen rechts und der Jauche links ... um dann daheim die leidvolle Liebe zwischen Jehangir Mirza und der Maasumeh Sultan Begum zu besingen ... wäre das wirklich ein so großes Vergnügen, Ambrosia zu fabrizieren, während man selbst Kot schlingen muß? Und wenn man ein Dichter wäre, man ist noch immer nicht mehr als ein geborener Tierstimmenimitator. Und bist du ein Meister des Wortes, der Worte fand voll wie das Brüllen des Stieres: ein Bettler bist du und läßt nachahmend aus dir erschallen die Stimme des über Pferde herrschenden Fürsten, und jene des aus einer schwarzen Puppe sich aufwärts, lichtwärts schwingenden Schmetterlings, wenn es nicht gar die Stimme eines andern Dichters ist – alle Stimmen läßt du aus dir erschallen, o Tierstimmenimitator, um die eigene Leere zu übertönen, deinen Mangel an einer eigenen Stimme ... Was weile ich noch? Ab! bevor ich noch zum gichtbrüchigen Schuster werde ... Wozu noch weiter den entnervenden Widerstreit kleinlicher Schicksale mit ungeheuren Gefühlen und Vorstellungen herunterwürgen?

Das Leben. Was für ein großes Wort! Ich stelle mir das Leben als eine Kellnerin vor, die mich fragt, was ich zu den Würsteln dazu wolle, Senf, Krenn oder Gurken ... die Kellnerin heißt Thekla ... Beschränkt sind die Möglichkeiten, immer aber die großen Worte ... Eine Diskrepanz für viele. Einst war ich zur Simultanvorstellung eines berühmten Schachspielers geladen. Der Produktionssaal ein dumpfer stickiger Raum voll von Tabakdampf. Plötzlich erschallt der Ruf: »Der Meister naht!« Wer tritt ein? Wegstehende, dünnschalige Ohren, ein beschränkt aussehender Mensch in einem abgetragenen Anzug. Das kurze, blaue Röckchen war aber gewiß nicht abgetragener als sein Gesicht. Haha! der Meister naht ...
Was erübrigt denn noch zu tun? Nicht viel. Ich hatte früher einmal einen Bekannten, der besaß seinerseits wiederum einen Kollegen, mit dem er in die Tertia gegangen war.

Dann wurde dieser Kollege meines gewesenen Bekannten seines geringen Bestrebens wegen, ein Ochs zu werden wie die anderen und dadurch Wohlgefallen zu finden in den Augen der Professoren, aus der Schule genommen und in eine Fleischbank oder Schusterwerkstätte gesteckt? nein, zufällig in ein Weingeschäft. Er traf einige Wochen nachher am Kai meinen Bekannten – Waldemar Tibitanzel hieß der und machte ungedruckte Gedichte – und berühmte sich vor ihm, nach so kurzer Lehrzeit schon binnen weniger Minuten hundert Jahre alten Bordeaux herstellen zu können. Es ist gewiß zu bedauern, daß der hoffnungsvolle Jüngling traumschnell auch aus dieser Laufbahn glitt. Bei seinem Genie hätte er uns gewiß in Bälde mit einem Bordeaux zu bedienen vermocht, der aus der Ewigkeit stammte, wenn nicht gar aus dem Cambrium. Das tat er aber keineswegs. Der Wandlungsfähige tauchte als Erzengel im Burgtheater auf. Mein Bekannter sah ihn knapp hernach auf dem Graben wieder. Waldemar Tibitanzels Barttracht hielt künstlerisch zwischen Christusbart und Mädchenkinn gleicherweise die Mitte, und ein genauer Beobachter hätte die der Wahrheit nahekommende Vermutung ausgesprochen, er sei nicht rasiert. Von den Schnallen seiner Schuhe war die schwarze Politur abgefallen, gelbes Messing kam zum Vorschein und so auch in der geringfügigsten Kleinigkeit offenbarte sich der desolate Zustand seiner Finanzen und sein Österreichertum. Der Erzengel, scheinbar vertieft in sein eigenes glattrasiertes Gesicht, ignorierte den Ungedruckten, der sich tags darauf bei mir bitter beklagte. Und ehe noch eine Woche ins Land gegangen war, starb Waldemar Tibitanzel, mitten in einem Trauerspiel in fünf Aufzügen. Wenn ich morgen den mir unbekannten Weinpantscher und Mimen zur Rechenschaft ziehen werde für längst vergangene Sachen, so tu ich das aus sowas wie Solidarität, kurz es handelt sich hier um rein prinzipielle Dinge ... und nicht bloß um derartige Velleitäten ... Denn ich, mein Gott, selbst früher, als ich noch König war und viele Leute auf meinen Gruß lauerten, grüßte ich für meine

Person nicht regelmäßig. Ich grüßte einmal doppelt, mit tiefer Verbeugung, das anderemal in einer Art Willenslähmung garnicht und wenn sich die Leute nicht damit zufrieden gaben, die doppelte Portion und die nicht erhaltene zusammenzulegen und auf zweimal zu verteilen, sondern über mein ungeschlachtes Benehmen brummten, kümmerte ich mich blutwenig um diese Fliegen. Wenn ich morgen meine Sekundanten – und sollte ich keine anderen finden: meine Schicksalsgenossen und Wahlbrüder: den alten Schuster und den Huterer zu dem Erzengel hinaufschicken werde, liegt da ein ganz anderer Fall vor. Ich will sterben und bei dieser Gelegenheit einen zweiten Menschen, den ich in seiner Nichtigkeit erkannt habe, abdrehen, wie man einen giftigen Gashahn abdreht, wie Ahasver den inferioren Zwergbulldogg Schnudi abdrehte ... Sollte ich am Leben bleiben, was ich nicht hoffe, so vermache ich trotzdem meinen Stiefelknecht Philipp und ein gewisses Tintenfaß demjenigen, der sich darum meldet; unter mehreren Bewerbern sollen bei sonst gleicher Qualifikation parfümierte Wachleute den Vorzug haben. Bevor ich aber die Kurbeldrehung setze und mich aus der Kurve hinaustragen lasse, an einem Meilenstein zu zerschellen, bevor ich mich aufmache in jenes ferne Land ... die Rouleaux endgültig fallen und mir die Aussicht auf die Linzerstraße entziehen werden, will ich noch einen Anlauf nehmen und dem auf der Plattform eines Wagens ängstlich herumlaufenden Pintscher Antwort bellen, mit den sechs Kindern um den Straßenarbeiter herumsitzen, den Schuster Engelbert Kokoschnigg fragen, warum er das Schild »Zu den zwei Löwen« führt, die Grünzeugfrau, ob sie Witwe ist und wenn nicht, warum sie den erbsenpickenden Spatzen duldet – ich neide ihm sein sorgenloses Dasein – ich werde des Wirtes Dominik ansichtig zu werden versuchen, mich in dem flügellahmen Raben in der Weihburggasse betrachten, und wenn ich in der dazugehörigen Stimmung sein sollte, in einem speziellen Falle eigenohrig die Frage lösen, ob die Lyrikerinnen wirklich »Tandaradei« sagen. Mehr

Freuden gewährt ja das Leben nicht... Man glaubt, ich sei lustig? Ja! Herzzerreißend lustig! Dies alles ist nichts als Galgenhumor. Und Furcht. Scheint mir nämlich das Leben aus derartigen Nichtigkeiten, wie ich sie vorhabe, zusammengesetzt zu sein, wie wenn der Tod mir zum Possen eine adäquate Rolle spielen wollte? Mich enttäuschte. Der Tod, vormals der Bauer mit der Sense, ein grober Flegel immerhin, aber als solcher eine respektable, durch zahllose Bilder sehenswerter Maler akkreditierte Persönlichkeit, er nimmt in meiner Vorstellung immer komischere Gestalten an. Ich sehe ihn nicht als schwarzen Ritter, er kommt als nahender Meister oder ein Clown tritt auf, steckt die Zunge heraus, sie wächst ins Unendliche und durchsticht mich... ich sehe ihn als Kondukteur, der meinen Fahrschein einzwickt, für ausgenützt erklärt, nicht warten will bis zur nächsten Haltestelle, mich zum Aussteigen drängt... mit eines tschechischen Akzentes nicht entbehrenden Worten... ich sehe ihn als rohen Jungen, Fledermäuse annagelnd, als Laternen auslöschenden Studenten, Reichstag auflösenden Minister und jüngst sah ich ihn gar als Motorführer. »Dem Wagenführer ist es verboten, mit den Fahrgästen zu sprechen.« Die Übereinstimmung ist auffallend...

Ich glaube, ich würde es nicht ertragen, wenn mich auch noch der Tod mit einer Enttäuschung abspeist...

Eine tiefe Apathie und Gleichgültigkeit hat mich befallen, meine Seele ist jedes höheren Aufschwunges unfähig, seit Langem vermied ich es, Goethe zu lesen, weil ich mich im tiefsten Innern seiner unwürdig fühlte. Und nun soll mir ein strahlender Tod entgehen, Freund Hein mir zusammenschrumpfen zum Spottbild? Wäre das gerecht? Mag dem sein wie ihm wolle, mir bleibt nichts anderes übrig, ich werde von dannen gehen, die Erde, dieses Kabinett mit separiertem Ausgang! verlassen, verlassen... Was ist denn so viel dabei? Rouleaux fallen... man sieht nichts von der Straße... Wie ich mich darauf freue! Wozu sich fürchten? Ich werde einen Anlauf nehmen und hinüberspringen. Oder sollte ich doch bleiben? Allen Leuten geht es gut. In den Auslagen der Greißler stehen Dalmatinerweine. Das war früher nicht. Ich aber besitze ja so garnichts, nichts was mich im Innersten froh machen könnte. Ich besitze nichts als wie gesagt – mein Name ist Tubutsch, Karl Tubutsch …

ALFRED DÖBLIN

Die Ermordung einer Butterblume

Der schwarzgekleidete Herr hatte erst seine Schritte gezählt, eins, zwei, drei, bis hundert und rückwärts, als er den breiten Fichtenweg nach St. Ottilien hinanstieg, und sich bei jeder Bewegung mit den Hüften stark nach rechts und links gewiegt, so daß er manchmal taumelte; dann vergaß er es.
Die hellbraunen Augen, die freundlich hervorquollen, starrten auf den Erdboden, der unter den Füßen fortzog, und die Arme schlenkerten an den Schultern, daß die weißen Manschetten halb über die Hände fielen. Wenn ein gelbrotes Abendlicht zwischen den Stämmen die Augen zum Zwinkern brachte, zuckte der Kopf, machten die Hände entrüstete hastige Abwehrbewegungen. Das dünne Spazierstöckchen wippte in der Rechten über Gräser und Blumen am Wegrand und vergnügte sich mit den Blüten.
Es blieb, als der Herr immer ruhig und achtlos seines Weges zog, an dem spärlichen Unkraut hängen. Da hielt der ernste Herr nicht inne, sondern ruckte, weiter schlendernd, nur leicht am Griff, schaute sich dann, am Arm festgehalten, verletzt um, riß erst vergebens, dann erfolgreich mit beiden Fäusten das Stöckchen los und trat atemlos mit zwei raschen Blicken auf den Stock und den Rasen zurück, so daß die Goldkette auf der schwarzen Weste hochsprang.
Außer sich stand der Dicke einen Augenblick da. Der steife Hut saß ihm im Nacken. Er fixierte die verwachsenen Blu-

men, um dann mit erhobenem Stock auf sie zu stürzen und blutroten Gesichts auf das stumme Gewächs loszuschlagen. Die Hiebe sausten rechts und links. Über den Weg flogen Stiele und Blätter.

Die Luft laut von sich blasend, mit blitzenden Augen ging der Herr weiter. Die Bäume schritten rasch an ihm vorbei; der Herr achtete auf nichts. Er hatte eine aufgestellte Nase und ein plattes bartloses Gesicht, ein ältliches Kindergesicht mit süßem Mündchen.

Bei einer scharfen Biegung des Weges nach oben galt es aufzuachten. Als er ruhiger marschierte und sich mit der Hand gereizt den Schweiß von der Nase wischte, tastete er, daß sein Gesicht sich ganz verzerrt hatte, daß seine Brust heftig keuchte. Er erschrak bei dem Gedanken, daß ihn jemand sehen könnte, etwa von seinen Geschäftsfreunden oder eine Dame. Er strich sein Gesicht und überzeugte sich mit einer verstohlenen Handbewegung, daß es glatt war.

Er ging ruhig. Warum keuchte er? Er lächelte verschämt. Vor die Blumen war er gesprungen und hatte mit dem Spazierstöckchen gemetzelt, ja, mit jenen heftigen aber wohlgezielten Handbewegungen geschlagen, mit denen er seine Lehrlinge zu ohrfeigen gewohnt war, wenn sie nicht gewandt genug die Fliegen im Kontor fingen und nach der Größe sortiert ihm vorzeigten.

Häufig schüttelte der ernste Mann den Kopf über das sonderbare Vorkommnis. »Man wird nervös in der Stadt. Die Stadt macht mich nervös«, wiegte sich nachdenklich in den Hüften, nahm den steifen englischen Hut und fächelte die Tannenluft auf seinen Schopf.

Nach kurzer Zeit war er wieder dabei, seine Schritte zu zählen, eins, zwei, drei. Fuß trat vor Fuß, die Arme schlenkerten an den Schultern. Plötzlich sah Herr Michael Fischer, während sein Blick leer über den Wegrand strich, wie eine untersetzte Gestalt, er selbst, von dem Rasen zurücktrat, auf die Blumen stürzte und einer Butterblume den Kopf glatt abschlug. Greifbar geschah vor ihm, was sich vorhin begeben

hatte an dem dunklen Weg. Diese Blume dort glich den andern auf ein Haar. Diese eine lockte seinen Blick, seine Hand, seinen Stock. Sein Arm hob sich, das Stöckchen sauste, wupp, flog der Kopf ab. Der Kopf überstürzte sich in der Luft, verschwand im Gras. Wild schlug das Herz des Kaufmanns. Plump sank jetzt der gelöste Pflanzenkopf und wühlte sich in das Gras. Tiefer, immer tiefer, durch die Grasdecke hindurch, in den Boden hinein. Jetzt fing er an zu sausen, in das Erdinnere, daß keine Hände ihn mehr halten konnten. Und von oben, aus dem Körperstumpf, tropfte es, quoll aus dem Halse weißes Blut, nach in das Loch, erst wenig, wie einem Gelähmten, dem der Speichel aus dem Mundwinkel läuft, dann in dickem Strom, rann schleimig, mit gelbem Schaum auf Herrn Michael zu, der vergeblich zu entfliehen suchte, nach rechts hüpfte, nach links hüpfte, der drüber wegspringen wollte, gegen dessen Füße es schon anbrandete.
Mechanisch setzte Herr Michael den Hut auf den schweißbedeckten Kopf, preßte die Hände mit dem Stöckchen gegen die Brust. »Was ist geschehen?« fragte er nach einer Weile. »Ich bin nicht berauscht. Der Kopf darf nicht fallen, er muß liegen bleiben, er muß im Gras liegen bleiben. Ich bin überzeugt, daß er jetzt ruhig im Gras liegt. Und das Blut – –. Ich erinnere mich dieser Blume nicht, ich bin mir absolut nichts bewußt.«
Er staunte, verstört, mißtrauisch gegen sich selbst. In ihm starrte alles auf die wilde Erregung, sann entsetzt über die Blume, den gesunkenen Kopf, den blutenden Stiel. Er sprang noch immer über den schleimigen Fluß. Wenn ihn jemand sähe, von seinen Geschäftsfreunden oder eine Dame.
In die Brust warf sich Herr Michael Fischer, umklammerte den Stock mit der Rechten. Er blickte auf seinen Rock und stärkte sich an seiner Haltung. Die eigenwilligen Gedanken wollte er schon unterkriegen: Selbstbeherrschung. Diesem Mangel an Gehorsam würde er, der Chef, energisch steuern. Man muß diesem Volk bestimmt entgegentreten: »Was steht

zu Diensten? In meiner Firma ist solch Benehmen nicht üblich. Hausdiener, raus mit dem Kerl.« Dabei fuchtelte er, stehen bleibend, mit dem Stöckchen in der Luft herum. Eine kühle, ablehnende Miene hatte Herr Fischer aufgesetzt; nun wollte er einmal sehen. Seine Überlegenheit ging sogar soweit, daß er oben auf der breiten Fahrstraße seine Furchtsamkeit bespöttelte. Wie würde es sich komisch machen, wenn an allen Anschlagsäulen Freiburgs am nächsten Morgen ein rotes Plakat hinge: »Mord begangen an einer erwachsenen Butterblume, auf dem Wege vom Immental nach St. Ottilien, zwischen sieben und neun Uhr abends. Des Mordes verdächtig« et cetera. So spöttelte der schlaffe Herr in Schwarz und freute sich über die kühle Abendluft. Da unten würden die Kindermädchen, die Pärchen finden, was von seiner Hand geschehen war. Geschrei wird es geben und entsetztes Nachhauselaufen. An ihn würden die Kriminalbeamten denken, an den Mörder, der sich schlau ins Fäustchen lachte. Herr Michael erschauerte wüst über seine eigne Tollkühnheit, er hätte sich nie für so verworfen gehalten. Da unten lag aber sichtbar für die ganze Stadt ein Beweis seiner raschen Energie.

Der Rumpf ragt starr in die Luft, weißes Blut sickert aus dem Hals.

Herr Michael streckte leicht abwehrend die Hände vor.

Es gerinnt oben ganz dick und klebrig, so daß die Ameisen hängen bleiben.

Herr Michael strich sich die Schläfen und blies laut die Luft von sich.

Und daneben im Rasen fault der Kopf. Er wird zerquetscht, aufgelöst vom Regen, verwest. Ein gelber stinkender Matsch wird aus ihm, grünlich, gelblich schillernd, schleimartig wie Erbrochenes. Das hebt sich lebendig, rinnt auf ihn zu, gerade auf Herrn Michael zu, will ihn ersäufen, strömt klatschend gegen seinen Leib an, spritzt an seine Nase. Er springt, hüpft nur noch auf den Zehen.

Der feinfühlige Herr fuhr zusammen. Einen scheußlichen

Geschmack fühlte er im Munde. Er konnte nicht schlucken vor Ekel, spie unaufhörlich. Häufig stolperte er, hüpfte unruhig, mit blaubleichen Lippen weiter.

»Ich weigere mich, ich weigere mich auf das entschiedenste, mit Ihrer Firma irgendwelche Beziehung anzuknüpfen.«

Das Taschentuch drückte er an die Nase. Der Kopf mußte fort, der Stiel zugedeckt werden, eingestampft, verscharrt. Der Wald roch nach der Pflanzenleiche. Der Geruch ging neben Herrn Michael einher, wurde immer intensiver. Eine andere Blume mußte an jene Stelle gepflanzt werden, eine wohlriechende, ein Nelkengarten. Der Kadaver mitten im Walde mußte fort. Fort.

Im Augenblick, als Herr Fischer stehen bleiben wollte, fuhr es ihm durch den Kopf, daß es ja lächerlich war, umzukehren, mehr als lächerlich. Was ging ihn die Butterblume an? Bittere Wut lohte in ihm bei dem Gedanken, daß er fast überrumpelt war. Er hatte sich nicht zusammengenommen, biß sich in den Zeigefinger: »Paß auf, du, ich sag dir's, paß auf, Lump, verfluchter.« Zugleich warf sich hinterrücks Angst riesengroß über ihn.

Der finstere Dicke sah scheu um sich, griff in seine Hosentasche, zog ein kleines Taschenmesser heraus und klappte es auf.

Inzwischen gingen seine Füße weiter. Die Füße begannen ihn zu grimmen. Auch sie wollten sich zum Herrn aufwerfen; ihn empörte ihr eigenwilliges Vorwärtsdrängen. Diese Pferdchen wollte er bald kirren. Sie sollten es spüren. Ein scharfer Stich in die Flanken würde sie schon zähmen. Sie trugen ihn immer weiter fort. Es sah fast aus, als ob er von der Mordstelle fortliefe. Das sollte niemand glauben. Ein Rauschen von Vögeln, ein fernes Wimmern lag in der Luft und kam von unten herauf. »Halt, halt!« schrie er den Füßen zu. Da stieß er das Messer in einen Baum.

Mit beiden Armen umschlang er den Stamm und rieb die Wangen an der Borke. Seine Hände fingerten in der Luft, als ob sie etwas kneteten: »Nach Kanossa gehn wir nicht.«

Mit angestrengt gerunzelter Stirn studierte der totblasse Herr die Risse des Baumes, duckte den Rücken, als ob von hinten etwas über ihn wegspringen sollte. Die Telegrafenverbindung zwischen sich und der Stelle hörte er immer wieder klirren, trotzdem er mit Fußstößen die Drähte verwirren und zudrücken wollte. Er suchte es sich zu verbergen, daß seine Wut schon gelähmt war, daß in ihm eine sachte Lüsternheit aufzuckte, eine Lüsternheit nachzugeben. Ganz hinten lüsterte ihn nach der Blume und der Mordstelle.

Herr Michael wippte versuchend mit den Knieen, schnupperte in die Luft, horchte nach allen Seiten, flüsterte ängstlich: »Nur einscharren will ich den Kopf, weiter nichts. Dann ist alles gut. Rasch, bitte, bitte.« Er schloß unglücklich die Augen, drehte sich wie versehentlich auf den Hacken um. Dann schlenderte er, als wäre nichts geschehen, geradeaus abwärts, in gleichgültigem Spaziergängerschritt, mit leisem Pfeifen, in das er einen sorglosen Ton legte, und streichelte, während er befreit aufatmete, die Baumstämme am Wege. Dabei lächelte er, und sein Mäulchen wurde rund wie ein Loch. Laut sang er ein Lied, das ihm plötzlich einfiel: »Häschen in der Grube saß und schlief.« Das frühere Tänzeln, Wiegen der Hüften, Armschlenkern machte er nach. Das Stöckchen hatte er schuldbewußt hoch in den Ärmel hinaufgeschoben. Manchmal schlich er bei der Biegung des Weges rasch zurück, ob ihn jemand beobachte.

Vielleicht lebte sie überhaupt noch; ja woher wußte er denn, daß sie schon tot war? Ihm huschte durch den Kopf, daß er die Verletzte wieder heilen könnte, wenn er sie mit Hölzchen stützte und etwa ringsherum um Kopf und Stiel einen Klebeverband anlegte. Er fing an schneller zu gehen, seine Haltung zu vergessen, zu rennen. Mit einmal zitterte er vor Erwartung. Und stürzte lang an einer Biegung hin gegen einen abgeholzten Stamm, schlug sich Brust und Kinn, so daß er laut ächzte. Als er sich aufraffte, vergaß er den Hut im Gras; das zerbrochene Stöckchen zerriß ihm den Ärmel von innen; er merkte nichts. Hoho, man wollte ihn aufhalten, ihn sollte nichts aufhalten; er würde sie schon finden. Er kletterte wieder zurück. Wo war die Stelle? Er mußte die Stelle finden. Wenn er die Blume nur rufen könnte. Aber wie hieß sie denn? Er wußte nicht einmal, wie sie hieß. Ellen? Sie hieß vielleicht Ellen, gewiß Ellen. Er flüsterte ins Gras, bückte sich, um die Blumen mit der Hand anzustoßen.

»Ist Ellen hier? Wo liegt Ellen? Ihr, nun? Sie ist verwundet, am Kopf, etwas unterhalb des Kopfes. Ihr wißt es vielleicht noch nicht. Ich will ihr helfen; ich bin Arzt, Samariter. Nun, wo liegt sie? Ihr könnt es mir ruhig anvertrauen, sag ich euch.«

Aber wie sollte er, die er zerbrochen hatte, erkennen? Vielleicht faßte er sie gerade mit der Hand, vielleicht seufzte sie dicht neben ihm den letzten Atemzug aus.

Das durfte nicht sein.

Er brüllte: »Gebt sie heraus. Macht mich nicht unglücklich, ihr Hunde. Ich bin Samariter. Versteht ihr kein Deutsch?«

Ganz legte er sich auf die Erde, suchte, wühlte schließlich blind im Gras, zerknäulte und zerkratzte die Blumen, während sein Mund offen stand und seine Augen gradaus flakkerten. Er dumpfte lange vor sich hin.

»Herausgeben. Es müssen Bedingungen gestellt werden. Präliminarien. Der Arzt hat ein Recht auf den Kranken. Gesetze müssen eingebracht werden.«

Die Bäume standen tiefschwarz in der grauen Luft am Wege und überall herum. Es war auch zu spät, der Kopf gewiß schon vertrocknet. Ihn entsetzte der endgültige Todesgedanke und schüttelte ihm die Schultern.

Die schwarze runde Gestalt stand aus dem Grase auf und torkelte am Wegrand entlang abwärts.

Sie war tot. Von seiner Hand.

Er seufzte und rieb sich sinnend die Stirn.

Man würde über ihn herfallen, von allen Seiten. Man sollte nur, ihn kümmerte nichts mehr. Ihm war alles gleichgültig. Sie würden ihm den Kopf abschlagen, die Ohren abreißen, die Hände in glühende Kohlen legen. Er konnte nichts mehr tun. Er wußte, es würde ihnen allen einen Spaß machen, doch er würde keinen Laut von sich geben, um die gemeinen Henkersknechte zu ergötzen. Sie hatten kein Recht, ihn zu strafen, waren selbst verworfen. Ja, er hatte die Blume getötet, und das ging sie garnichts an, und das war sein gutes Recht, woran er festhielte gegen sie alle. Es war sein Recht, Blumen zu töten, und er fühlte sich nicht verpflichtet, das näher zu begründen. Soviel Blumen, wie er wollte, könnte er umbringen, im Umkreise von tausend Meilen, nach Norden, Süden, Westen, Osten, wenn sie auch darüber grinsten. Und wenn sie weiter so lachten, würde er ihnen an die Kehle springen.

Stehen blieb er; seine Blicke gifteten in das schwere Dunkel der Fichten. Seine Lippen waren prall mit Blut gefüllt. Dann hastete er weiter.

Er mußte wohl hier im Wald kondolieren, den Schwestern der Toten. Er wies darauf hin, daß das Unglück geschehen sei, fast ohne sein Zutun, erinnerte an die traurige Erschöpfung, in der er aufgestiegen war. Und an die Hitze. Im Grunde seien ihm allerdings alle Butterblumen gleichgültig.

Verzweifelt zuckte er wieder mit den Schultern: »Was werden sie noch mit mir machen?« Er strich sich mit den schmutzigen Fingern die Wangen; er fand sich nicht mehr zurecht. Was sollte das alles; um Gotteswillen, was suchte er hier!

Auf dem kürzesten Wege wollte er davonschleichen, querabwärts durch die Bäume, sich einmal ganz klar und ruhig besinnen. Ganz langsam, Punkt für Punkt.

Um nicht auf dem glatten Boden auszugleiten, tastet er sich von Baum zu Baum. Die Blume, denkt er hinterlistig, kann ja auf dem Wege stehen bleiben, wo sie steht. Es gibt genug solch toten Unkrauts in der Welt.

Entsetzen packt ihn aber, als er sieht, wie aus einem Stamm, den er berührt, ein runder blaßheller Harztropfen tritt; der Baum weint. Im Dunkeln auf einen Pfad flüchtend, merkt er bald, daß sich der Weg sonderbar verengt, als ob der Wald ihn in eine Falle locken wolle. Die Bäume treten zum Gericht zusammen.

Er muß hinaus.

Wieder rennt er hart gegen eine niedrige Tanne; die schlägt mit aufgehobenen Händen auf ihn nieder. Da bricht er sich mit Gewalt Bahn, während ihm das Blut stromweise über das Gesicht fließt. Er speit, schlägt um sich, stößt laut schreiend mit den Füßen gegen die Bäume, rutscht sitzend und kollernd abwärts, läuft schließlich Hals über Kopf den letzten Abhang am Rand des Waldes herunter, den Dorflichtern zu, den zerfetzten Gehrock über den Kopf geschlagen, während hinter ihm der Berg drohsam rauscht, die Fäuste schüttelt und überall ein Bersten und Brechen von Bäumen sich hören läßt, die ihm nachlaufen und schimpfen.

Regungslos stand der dicke Herr an der Gaslaterne vor der kleinen Dorfkirche. Er trug keinen Hut auf dem Kopf, in seinem zerzausten Haarschopf war schwarze Erde und Tannennadeln, die er nicht abschüttelte. Er seufzte schwer. Als ihm warmes Blut den Nasenrücken entlang auf die Stiefel tropfte, nahm er langsam mit beiden Händen einen Rockschoß hoch und drückte ihn gegen das Gesicht. Dann hob er die Hände an das Licht und wunderte sich über die dicken blauen Adern auf dem Handrücken. Er strich an den dicken Knollen und konnte sie nicht wegstreichen. Beim Ansingen und Aufheulen der Elektrischen trollte er weiter, auf engen Gäßchen, nach Hause.

Nun saß er ganz blöde in seinem Schlafzimmer, sagte laut vor sich hin: »Da sitz ich, da sitz ich«, und sah sich verzweifelt im Zimmer um. Auf und ab ging er, zog seine Sachen aus und versteckte sie in einer Ecke des Kleiderspindes. Er zog einen andern schwarzen Anzug an und las auf seiner Chaiselongue das Tagblatt. Er zerknäulte es im Lesen; es war etwas geschehen, es war etwas geschehen. Und ganz spürte er es am nächsten Tage, als er an seinem Pulte saß. Er war versteinert, konnte nicht fluchen, und mit ihm ging eine sonderbare Stille herum.

Mit krampfhaftem Eifer sprach er sich vor, daß alles wohl geträumt sein müsse; aber die Risse an seiner Stirn waren echt. Dann muß es Dinge geben, die unglaublich sind. Die Bäume hatten nach ihm geschlagen, ein Geheul war um die Tote gewesen. Er saß versunken da und kümmerte sich zum Erstaunen des Personals nicht einmal um die brummenden Fliegen. Dann schikanierte er die Lehrlinge mit finsterer Miene, vernachlässigte seine Arbeit und ging auf und ab. Man sah ihn oft, wie er mit der Faust auf den Tisch schlug, die Backen aufblies, schrie, er würde einmal aufräumen im Geschäft und überall. Man würde es sehen. Er lasse sich nicht auf der Nase herumtanzen, von niemandem.

Als er rechnete, bestand aber am nächsten Vormittag unerwartet etwas darauf, daß er der Butterblume zehn Mark gutschrieb. Er erschrak, verfiel in bitteres Sinnen über seine Ohnmacht und bat den Prokuristen, die Rechnung weiterzuführen. Am Nachmittag legte er selbst das Geld in einen besonderen Kasten mit stummer Kälte; er wurde sogar veranlaßt, ein eigenes Konto für sie anzulegen; er war müde geworden, wollte seine Ruhe haben. Bald drängte es ihn, ihr von Speise und Trank zu opfern. Ein kleines Näpfchen wurde jeden Tag für sie neben Herrn Michaels Platz gestellt. Die Wirtschafterin hatte die Hände zusammengeschlagen, als er ihr dies Gedeck befahl; aber der Herr hatte sich mit einem unerhörten Zornesausbruch jede Kritik verbeten.

Er büßte, büßte für seine geheimnisvolle Schuld. Er trieb Gottesdienst mit der Butterblume, und der ruhige Kaufmann behauptete jetzt, jeder Mensch habe seine eigene Religion; man müsse eine persönliche Stellung zu einem unaussprechlichen Gott einnehmen. Es gebe Dinge, die nicht jeder begreift. In den Ernst seines Äffchengesichts war ein leidender Zug gekommen; auch seine Körperfülle hatte abgenommen, seine Augen lagen tief. Wie ein Gewissen sah die Blume in seine Handlungen, streng, von den größten bis zu den kleinsten alltäglichen.

Die Sonne schien in diesen Tagen oft auf die Stadt, das Münster und den Schloßberg, schien mit aller Lebensfülle. Da weinte der Verhärtete eines Morgens am Fenster auf, zum ersten Male seit seiner Kindheit. Urplötzlich, weinte, daß ihm fast das Herz brach. All diese Schönheit raubte ihm Ellen, die verhaßte Blume, mit jeder Schönheit der Welt klagte sie ihn jetzt an. Der Sonnenschein leuchtet, sie sieht ihn nicht; sie darf den Duft des weißen Jasmins nicht atmen. Niemand wird die Stelle ihres schmählichen Todes betrachten, keine Gebete wird man dort sprechen: das durfte sie ihm alles zwischen die Zähne werfen, wie lachhaft es auch war und er die Hände rang. Ihr ist alles versagt: das Mondlicht, das Brautglück des Sommers, das ruhige Zusammenleben mit dem Kuckuck, den Spaziergängern, den Kinderwagen. Er preßte das Mündchen zusammen; er wollte die Menschen zurückhalten, als sie den Berg hinaufzogen. Wenn doch die Welt mit einem Seufzer untergegangen wäre, damit der Blume das Maul gestopft sei. Ja, an Selbstmord dachte er, um diese Not endlich zu stillen.

Zwischendurch behandelte er sie erbittert, wegwerfend, drängte sie mit einem raschen Anlauf an die Wand. Er betrog sie in kleinen Dingen, stieß hastig, wie unabsichtlich, ihren Napf um, verrechnete sich zu ihrem Nachteil, behandelte sie manchmal listig wie einen Geschäftskonkurrenten. An dem Jahrestag ihres Todes stellte er sich, als ob er sich an nichts erinnerte. Erst als sie dringender auf eine stille Feier zu bestehen schien, widmete er ihrem Andenken einen halben Tag.

In einer Gesellschaft ging einmal die Frage nach dem Leibgericht herum. Als man Herrn Michael fragte, was er am liebsten esse, fuhr er mit kalter Überlegung heraus: »Butterblumen; Butterblumen sind mein Leibgericht.« Worauf alles in Gelächter ausbrach, Herr Michael aber sich zusammenduckte auf seinem Stuhl, mit verbissenen Zähnen das Lachen

hörte und die Wut der Butterblume genoß. Er fühlte sich als scheusäliger Drache, der geruhsam Lebendiges herunterschluckt, dachte an wirr Japanisches und Harakiri. Wenngleich er heimlich eine schwere Strafe von ihr erwartete.
Einen solchen Guerillakrieg führte er ununterbrochen mit ihr; ununterbrochen schwebte er zwischen Todespein und Entzücken; er labte sich ängstlich an ihrem wütenden Schreien, das er manchmal zu hören glaubte. Täglich sann er auf neue Tücken; oft zog er sich, hoch aufgeregt, aus dem Kontor in sein Zimmer zurück, um ungestört Pläne zu schmieden. Und so heimlich verlief dieser Krieg, und niemand wußte darum.
Die Blume gehörte zu ihm, zum Komfort seines Lebens. Er dachte mit Verwunderung an die Zeit, in der er ohne die Blume gelebt hatte. Nun ging er oft mit trotziger Miene in den Wald nach St. Ottilien spazieren. Und während er sich eines sonnigen Abends auf einem gefallenen Baumstamm ausruhte, blitzte ihm der Gedanke: hier an der Stelle, wo er jetzt saß, hatte seine Butterblume, Ellen, gestanden. Hier mußte es gewesen sein. Wehmut und ängstliche Andacht ergriff den dicken Herrn. Wie hatte sich alles gewendet! Seit jenem Abend bis heute. Er ließ versunken die freundlichen, leicht verfinsterten Augen über das Unkraut gehen, die Schwestern, vielleicht Töchter Ellens. Nach langem Sinnen zuckte es spitzbübisch über sein glattes Gesicht. Oh, sollte seine liebe Blume jetzt eins bekommen. Wenn er eine Butterblume ausgrübe, eine Tochter der Toten, sie zu Hause einpflanzte, hegte und pflegte, so hatte die Alte eine junge Nebenbuhlerin. Ja, wenn er es recht überlegte, konnte er den Tod der Alten überhaupt sühnen. Denn er rettete dieser Blume das Leben und kompensierte den Tod der Mutter; diese Tochter verdarb doch sehr wahrscheinlich hier. Oh, würde er die Alte ärgern, sie ganz kaltstellen. Der gesetzkundige Kaufmann erinnerte sich eines Paragraphen über Kompensation der Schuld. Er grub ein nahes Pflänzchen mit dem Taschenmesser aus, trug es behutsam in der bloßen

Hand heim und pflanzte es in einen goldprunkenden Porzellantopf, den er auf einem Mosaiktischchen seines Schlafzimmers postierte. Auf den Boden des Topfes schrieb er mit Kohle: »§ 2403 Absatz 5.«

Täglich begoß der Glückliche die Pflanze mit boshafter Andacht und opferte der Toten, Ellen. Sie war gesetzlich, eventuell unter polizeilichen Maßregeln zur Resignation gezwungen, bekam keinen Napf mehr, keine Speise, kein Geld. Oft glaubte er, auf dem Sofa liegend, ihr Winseln, ihr langgezogenes Stöhnen zu hören. Das Selbstbewußtsein des Herrn Michael stieg in ungeahnter Weise. Er hatte manchmal fast Anwandlungen von Größenwahn. Niemals verfloß sein Leben so heiter.

Als er eines Abends vergnügt aus seinem Kontor in seine Wohnung geschlendert war, erklärte ihm seine Wirtschafterin gleich an der Tür gelassen, daß das Tischchen beim Reinemachen umgestürzt, der Topf zerbrochen sei. Sie hätte die Pflanze, das gemeine Mistzeug, mit allen Scherben in den Mülleimer werfen lassen. Der nüchterne, leicht verächtliche Ton, in dem die Person von dem Unfall berichtete, ließ erkennen, daß sie mit dem Ereignis lebhaft sympathisiere.

Der runde Herr Michael warf die Tür ins Schloß, schlug die kurzen Hände zusammen, quiekte laut vor Glück und hob die überraschte Weibsperson an den Hüften in die Höhe, so weit es seine Kräfte und die Deckenlänge der Person erlaubten. Dann schwänzelte er aus dem Korridor in sein Schlafzimmer, mit flackernden Augen, aufs höchste erregt; laut schnaufte er und stampften seine Beine; seine Lippen zitterten.

Es konnte ihm niemand etwas nachsagen; er hatte nicht mit dem geheimsten Gedanken den Tod dieser Blume gewünscht, nicht die Fingerspitze eines Gedankens dazu geboten. Die Alte, die Schwiegermutter, konnte jetzt fluchen und sagen, was sie wollte. Er hatte mit ihr nichts zu schaffen. Sie waren geschiedene Leute. Nun war er die ganze Butterblumensipp-

schaft los. Das Recht und das Glück standen auf seiner Seite. Es war keine Frage. Er hatte den Wald übertölpelt.
Gleich wollte er nach St. Ottilien, in diesen brummigen, dummen Wald hinauf. In Gedanken schwang er schon sein schwarzes Stöckchen. Blumen, Kaulquappen, auch Kröten sollten daran glauben. Er konnte morden, so viel er wollte. Er pfiff auf sämtliche Butterblumen.
Vor Schadenfreude und Lachen wälzte sich der dicke, korrekt gekleidete Kaufmann Herr Michael Fischer auf seiner Chaiselongue.
Dann sprang er auf, stülpte seinen Hut auf den Schädel und stürmte an der verblüfften Haushälterin vorbei aus dem Hause auf die Straße.
Laut lachte und prustete er. Und so verschwand er in dem Dunkel des Bergwaldes.

MAX BROD

Notwehr

Das kleine tschechische Örtchen Wlaschim hat in seiner Mitte ein gutsherrliches Schloß mit einem schönen Park, und obwohl alle Rechte der Herrschaft seit Jahrzehnten abgelöst sind, ist doch ein guter Teil des alten Respekts in der Landbevölkerung noch zurückgeblieben, der sich in wunderlichen Sitten ausdrückt, beispielsweise in dem hartnäckig fortgeerbten Gerücht, der Schloßherr habe es streng verboten, den in der Mitte des Parkes stehenden chinesischen Pavillon jemals zu betreten. Der Schloßherr lebte jahraus jahrein in Wien und kümmerte sich wenig um seine Besitzungen in Böhmen, die ihn höchstwahrscheinlich nur der Einkünfte wegen interessierten. Aber das volkstümliche Märchen, das aus ihm etwas wie den lieben Gott und aus seinem Park einen zweiten Garten Eden machte, wurde in Wlaschim schon den kleinen

Kindern eingeschärft. Alle sollten den strengen gnädigen Herrn fürchten, den sie nie gesehen hatten. Erschien einmal eine weltmännisch gekleidete Person aus dem nahegelegenen Städtchen Beneschau oder sonstwoher – denn Beneschau liegt an der Bahnstrecke Wien–Prag, somit steht von dieser Seite her die Welt offen –, so traf sie überall im Dorf auf gebückte Rücken und andächtige »Küß-die-Hand«-Grüße, was man leicht für das Zeichen besonders unmännlicher, schmeichlerischer Gesinnung nehmen konnte, indes es nur eine Huldigung an den unbekannten Fürsten war. Denn die Bauern hatten die Scheu vor ihm aus ihren Kinderjahren weitergehegt, auch als Erwachsene machten sie einen Bogen um den geheimnisvollen Pavillon und betraten überhaupt den Park nur dann, wenn sie Geschäfte mit dem Verwalter oder den Gärtnern hatten; es war allgemeine Übereinkunft, daß man sich dort unbehaglich fühlte.

An den Chinesenturm knüpft sich die erste starke Erinnerung Viktor Kantureks, der seine glückliche Kindheit in Wlaschim verlebte. Dem wilden Jungen, schrankenlos und gesund, der die höchsten Bäume nicht anders als Leitern erkletterte, stach das Verbot gewaltig in den Sinn. Das Innere des Turmes nicht sehen, dessen Spitze man so harmlos verlockend über die Bäume hinausragen fand, wenn man an gewissen Beeten und Gebüschen vorbeikam – warum? Zudem war es gar nicht sicher, daß irgend jemand den Zutritt verboten hatte; denn auf derartige Befragung erwiderte meist nur ein mürrisches Kopfschütteln und Achselzucken. Über diesen Punkt wenigstens, ob ein solcher Bann überhaupt bestand, wollte Viktor durch kühnen Versuch sich Gewißheit verschaffen. Oder war etwa schon die Neugierde unerlaubt und bös? ... Von Phantasien geplagt, schlich er oft durch die umgebenden Baumgruppen nahe heran, wenn auch nicht ganz dicht ans Geländer des Pavillons, der übrigens nichts als eine offene Halle mit einer Wendeltreppe hindurch bis ans goldverschnörkelte Dach war. Gerade dieses Scheinbar-Offenstehn erhöhte den Schauer des Geheimnisses. Gott weiß, welche Dinge man zu sehen bekam, etwa oben am Plafond, wenn man den durch zwei Stufen erhöhten Estrich betrat; denn nur das Betreten war ja verboten, nicht die Betrachtung von außen. Spähend verdrehte das Kind seinen Kopf, legte sich auf die Erde nieder, guckte empor und in alle Winkel, ohne etwas Erhebliches zu bemerken ... Da kam es einmal auf den Einfall, sich in den Sträuchern zu verstecken und erst spät abends die Stufen zu besserer Kundschaftung hinauf- und sogleich wieder wegzurennen, dann sollte diese Sache abgetan sein. So geschah es denn auch; nur empfing den Kehrtmachenden der Herr Obergärtner, der eben von seinem letzten Rundgang hier vorbeispazierte, das Kerlchen bei den Ohren schüttelte, nach dem Namen fragte und sofort vor seinen Vater als den obersten Richter schleppte. Noch in späteren Jahren wußte Viktor, daß er bei diesem Gang durch das Dorf an der Hand des Aufsehers keine Angst verspürt hatte: denn was war denn Böses geschehen, nichts! Als aber der Obergärtner dem strengen Vater zu berichten anfing und mit fürchterlich drohenden Augen erwähnte, er habe in der Nähe des Pavillons überall Fußangeln gegen Wilddiebe gelegt, denn wer anders als solche Schufte, die nichts heilig achten, konnte die seit alter Zeit der Pagode gewidmete Scheu verletzen, – als Viktor bei diesen Worten das Gesicht des Vaters sich ängstlich verfinstern und die Mutter gar weinen sah, – da erst begann er sein Unrecht zu fühlen und ahnte zum erstenmal, daß dem übereinstimmenden Willen einer Gemeinschaft, auch wenn man ihn unverständlich findet, irgendeine heilige, unverletzliche Bekräftigung anhafte, welcher man sich nicht erwehren dürfe ... Er mußte die ganze Nacht über auf Erbsen knien, eine Woche lang an einem niedrigen Nebentischchen seine Mahlzeiten, mit schimpflichen Tränen vermischt, einnehmen. Aber alle Strafen nahm er geduldig hin. Es geschieht mir ganz recht, dachte er, so muß es sein.

Der einzige Schatten dieser wenigen Tage verschwand übrigens schnell aus seiner Jugend und wurde hundertfach überstrahlt auf offener Landstraße, im Wald von den lärmenden Spielen der Bauernjungen, von ihrem wortlosen Dastehen und Gaffen, wenn es heiß war, von ihrem Waten im strudelnden Bach nach schnell überstandenen Schulstunden, – Viktor immer mitten unter ihnen. Das waren Jagden, Überfälle, manchmal auch nur ein schreiendes Marschlied, wenn man abends den Vätern in die Ziegelei entgegenzog und nur um Gottes willen hinter dem Hauptmann mit dem Papierhelm im Schritt bleiben mußte. In diesem Soldatenspiel lag eine selbstaufgelegte, freudig ertragene Disziplin, gleichsam ein notwendiges Gegengewicht zur Freiheit des Tages. Nur aus dem Schritt kommen durfte man nicht, sonst alles, alles. Aber wieviel das war, wie weit von jedem noch so niedrigen Hügel der Ausblick über das flache Land, das wußte Viktor ebensowenig wie seine Freunde, denn etwas anderes kannten sie gar nicht. Abgewendet von der Unendlichkeit des Himmels, vergnügte er sich vielmehr damit, aus grünen Weidenzweigen den passendsten zu wählen, durch kunstgerechtes Beklopfen mit dem Taschenmesser die Rinde abzulösen und mittels eines eingeschobenen Teiles des weißen, glatten Holzes eine gute Pfeife herzustellen. Oft schüttelte der Vater den Kopf über den heranwachsenden Burschen, den er leichtsinnig und verspielt schalt; aber Viktor verstand ihn nicht, was anderes hätte er denn machen sollen? Trat man einmal mit ernsten Anforderungen an ihn heran, so wußte er stets auch diesen mit derselben Lust zu entsprechen, ohne daß sich ihm ein eigentlicher Unterschied zwischen Arbeit und Vergnügen aufdrängte. Schickte ihn die Mutter in den Garten, Raupen vom Kohl abzusammeln, so lag es ohne besondere Absicht in seinem Sinn, dies möglichst schnell und gründlich zu tun, und er hatte Freude, wenn der Kübel gefüllter war als neulich. Manchmal weckte ihn der Vater mitten in der Nacht, er hatte Lärm unten im Stall gehört: »Eine Kuh hat sich losgerissen, schau nach.« Dann setzte Viktor seinen Stolz darein, möglichst plötzlich sich vom Schlafe aufzurütteln, ohne das geringste Zeichen seiner Mühe dabei zu geben, jeden Schmerz zu verbeißen. Die Schuhe mußten geschont werden, also eilte er barfuß, wenig bekleidet, die Stiegen hinunter, über den Hof, oft durch hohen Schnee, drang in den Stall, und in der ihn dort anhauchenden feuchtwarmen Luft verrichtete er ohne jede Erinnerung an sein Bett die aufgetragene Arbeit, indem er das Tier sorgsam wieder an die Kette legte. Er liebte solche Kraftproben, ja seine Gesundheit reizte ihn förmlich zu Gewaltstücken, Nachtmärschen, Raufereien, die aber unschädlich blieben, denn sie waren nichts als Ausbrüche der großen, unbeirrbaren Natur, welche ihn wie alles ringsum in gleichem Maße aufregte und richtig wieder milderte. In jedem Winter mehrmals lief er nachts zum Dorfteich, hackte eine Stelle mit der Holzaxt auf, stieg in das eiskalte Wasser, und nach fünf Minuten langem Prusten und Untertauchen warf er wieder Vaters Pelz um, lief nach Hause und legte sich, ohne sich abzutrocknen, ins Bett, wo er ruhig bis zum Morgen schlief. Im Sommer trieb er schon um drei Uhr früh die Kühe auf die Weide. Vom grauen, unbewölkten Himmel sauste ein Frostwind in die weißen Nebeldämpfe, die über die Wiese hinliefen, wie angespornt von den zitternden Grashalmen unter ihnen. Dann drängte sich Viktor manchmal einer Kuh an die Seite wie an einen Ofen, vergrub seine Hände an ihren Hals und, wenn er seine Lektion für die Schule noch nicht zu Ende gelernt hatte, legte er wohl dem Vieh eines der Bücher auf den Rücken. Der langsame Schritt und das Grasrupfen störten ihn nicht, er blieb an den mächtigen Leib angepreßt, wandelte langsam als Anhängsel mit, und sein Blick war ebenso fest auf die Buchstaben gerichtet wie die großen, glänzenden Augen der Kuh ihrem Futter zu. Im Dorfe aber scherzte man: Kantureks Kühe seien alle studiert, ob das denn der Milch sonderlich nütze . . .

Sechzehn Jahre alt, war Viktor ein mächtiger Junge mit abstehenden Ohren, dichten, schwarzen Kraushaaren und riesigen, schwärzlichroten Händen. Er sprach wenig und schon recht tief, die Oberlippe war vom ersten Schnurrbart wie schmutzig. Grob wie sein Auftreten war seine Kost, am liebsten hatte er Knödel, die zum Ersticken dick sein mußten. Und stets hungrig, träumte er von der sauren Milch, die in großen Krügen im Keller stand, so fest, daß man ganze Stücke von ihr in die Hand nehmen und ausschlürfen konnte.

Alles änderte sich, als Vater Kanturek den Sohn nach beendeter Wlaschimer Bürgerschule nach Beneschau zu Verwandten brachte und dort in einen Handelskurs einschreiben ließ, denn er wollte, daß Viktor der harten Landarbeit überhoben und etwas Besseres werden sollte. Ein Jahr der Mißerfolge, der Unzufriedenheit, des Zweifels und der festen Hoffnung, daß nun alles bald wieder besser kommen müsse, verging, nach dessen Ablauf Viktor zur Freude seiner Eltern eine Anstellung bei der »Tschechischen Gewerbebank« in Prag erhielt.
Viktor war von der riesigen Stadt nicht überrascht, er kannte sie schon von Eintagsbesuchen, sie regte ihn nicht auf und sie interessierte ihn nicht. Freilich war es etwas anderes, sie als Fremder hochnäsig zu durchwandern, als jetzt in ihr festen Fuß zu fassen; als ihm daher die Mutter eine Wohnung gefunden hatte und abgereist war, versuchte Viktor guten Mutes sich zurechtzufinden, es mußte ja sein. Manches gefiel ihm, zum Beispiel: knapp vor einer heransausenden Elektrischen über die Schienen zu schlüpfen, das erinnerte ihn an die Gefahren zu Hause beim Kirschenstehlen.
Am nächsten Morgen aber, als er sich vor dem mächtigen Institut einfand, dem er jetzt angehörte, und zuerst vom Portier, dann von vielen Dienern über Korridore und Treppen in das ihm bestimmte Bureau gewiesen wurde, fühlte er sich verloren in dem kleinen, wie mit Dämmerung von vielen Menschen erfüllten Raum, welche vor hohen Pulten teils standen, teils ihre Beine von beinahe ebenso hohen Bocksesseln herunterbaumeln ließen. Ratlos sah er von einem zum andern, niemand kümmerte sich um ihn, denn alle

waren schon in ihre Schreibarbeit vertieft. Endlich bewegte er sich vorwärts. – Ein junger Mann, der, wie sich nachher herausstellte, den Titel »Adlatus« führte, hatte ihn angesprochen, brachte ihn nun zu einem älter Aussehenden, dem Saldokontisten, und stellte ihn als den neuen Beamten vor. Jetzt wurde ihm bedeutet, er sei »Hauptbuchführer«, das seien nämlich alle Anfänger trotz der pompös klingenden Benennung, deren Bestandteil »Haupt« eben zu »Buch« als unerläßliche Zusammensetzung gehöre und, wie man scherzte, nicht etwa einen Haupt- und Obermacher bezeichnen sollte. Er wurde vor sein Stehpult, ziemlich ins Dunkel, gebracht, davor mochte er nun sitzen oder stehen nach Herzenslust wie alle anderen. Der Adlatus, der ihn in den Gang der Geschäfte einzuführen hatte, reichte ihm das Materialienbuch: »Da, tragen Sie ein, was Sie brauchen!« Viktor wußte nicht, was man von ihm wollte, am liebsten hätte er hineingeschrieben: »Frische Luft, Licht!« Dann fragte er lieber und erfuhr, daß er seinen voraussichtlichen Bedarf an Federn, Bleistiften, Löschblättern und ähnlichem verzeichnen solle, sonst nichts. Das Buch ging hierauf an einen Diener. Inzwischen reichte ihm schon der Adlatus ein zweites Buch, einen »Springer«, so genannt nach der Feder, welche die Mappendeckel um den kostbaren Inhalt, die Kopien der am Vortage ausgegangenen Briefe, zusammenhielt. Nun war es Viktors Pflicht, für das vor ihm schräg hingebreitete riesige Hauptbuch die erforderlichen Daten herauszuziehen. Er sah sofort, daß ihm hierzu alle in der Schule wie im bisherigen Leben erworbenen Kenntnisse unnütz seien, willenlos überließ er sich somit den Weisungen des Adlatus, ließ sich jedesmal Punkt für Punkt die richtige Rubrik in der roten und blauen Rastrierung von seinem Helfer herausfinden, schrieb wie gelähmt bis Mittag, um nach kurzer Pause nachmittags dasselbe Spiel fortzusetzen.

Ein scharfer Strich, das fühlte er, war unter seine Jugend gezogen, etwas Neues, nie Geahntes hatte er begonnen. Aber nachdem er im Bureau seine Kollegen, den Diener, jeden

Schrank kennen gelernt hatte, überfiel ihn schon eine unmäßige Langeweile. Zu Hause auf dem Lande war er gewohnt gewesen, daß jede Tätigkeit, mit der er sich befaßte, in sich rund und abgeschlossen, mit dem deutlichen Siegel ihres Nutzens versehen war. Hier reichten ihm unsichtbare Hände aus unsichtbaren Etagen des großen Gebäudes herauf Schriftstücke, deren Bedeutung er nicht faßte, und die er, nachdem er einen gleichgültigen, und, wie ihn dünkte, unwesentlichen Handgriff mit ihnen vorgenommen hatte, wieder weitergab, an andere, die sie in wiederum unsichtbare Zimmer entgleiten ließen. Konnte es einen Menschen unterhalten, durch ein Hantieren, das man nicht verstand, Geld zu verdienen, noch dazu für fremde Leute, die man nicht kannte? Dazu kam, daß er eigentlich wenig zu tun hatte, denn er machte seine Arbeit rasch ab; dieses rasche Erledigen war das einzige, worin er noch seine persönliche Wirkung spürte und das ihn deshalb interessierte. Um sich über die vielen leeren Stunden hinwegzutrösten (denn an den Gesprächen über Theater und ähnliches, was ihn nichts anging, beteiligte er sich nicht), kaufte er sich, durch die Reklame in einem Spielwarengeschäft angezogen, das Geduldspiel, »Pythagoras«, welches die Aufgabe stellte, aus acht einfachen Steinen die komplizierten Figuren eines beigegebenen Büchleins zusammenzusetzen. Die Steine konnte er natürlich nicht ins Bureau mitnehmen, aber das Aufgabebuch verbarg er zwischen zwei Seiten des Hauptbuchfolianten, und indem er sich mit in die Hände gestütztem Schädel den Anschein gab, als denke er über ein kaufmännisches Problem der vor ihm ausgebreiteten Korrespondenz nach, wetzte er seinen Scharfsinn an den Rätseln. Hatte er eine Lösung gefunden, so zeichnete er sie in das Büchlein ein ... Der Bleistift in seiner Hand brachte ihn auf die Idee, auch anderes zu zeichnen, etwa die Fassade der Sparkasse gegenüber mit ihren geschwärzten allegorischen Figuren und Ornamenten, die so leer aussahen, wenn die grauen Tauben einmal aufflogen, welche sonst immer wie ebenfalls dazugehörige Ornamente zwischen ihnen saßen. Sein scharfer Blick, von Jugend an unbewußt auf das Beobachten natürlicher Dinge eingestellt, erleichterte ihm diese Arbeit und, durfte er so in angelegentlicher Bemühung zum Fenster hinausstarren, dann erschien ihm sein Los nicht mehr ganz trostlos, dann kehrte ihm eine glückliche Kinderstimmung wieder, ein Liegen im Wald, den Rücken im Moos, mit den Augen einem Eichhörnchen von Baum zu Baum folgend, die beim Sprung des Tieres in ein zartes, kurzes Schütteln gerieten ... Es wurde Winter, einmal schneite es. Mit aufrichtiger Verwunderung sah Viktor die großen, reinen Flocken hier zwischen dunkle Mauern hereinfallen, es war ihm, als solle es in der Stadt, wo alles so widernatürlich und abgesperrt zuging, nicht schneien, als sei es schade um den schönen Schnee. Dann aber erblickte er oben das graue Fleckchen Himmel und, indem er es in Gedanken erweiterte, fand er es bis über seine Heimat hin ausgespannt, machte diesen Himmel gleichsam zu einer Verbindung zwischen Wlaschim und Prag, zeichnete, dieses Einfalls froh, den Schneefall in eines der Aussichtsbilder.

Mit seinem bescheidenen, kindlichen Tupfvergnügen war er so innig beschäftigt, daß ihn der Adlatus anstoßen mußte: »Sie, der Chef sieht Ihnen zu.« Wirklich war in diesem Moment der Buchhalter Bjelousch vorbeigegangen. Viktor erwartete, in das Zimmer des Mächtigen vorgerufen zu werden. Doch es geschah nichts. Am nächsten Tage aber sagte ihm der Saldokontist als sein unmittelbarer Vorgesetzter, der Buchhalter habe sich zu ihm geäußert, er habe schon wiederholt mit Mißvergnügen Viktors geringen Eifer konstatiert, und wenn es so fortgehe, werde er ihn der Direktion zur Verfügung stellen müssen ... Das war Bjelouschs Art, er tadelte nie direkt, sondern ließ seinen Unwillen stets nur auf Umwegen an den Schuldigen gelangen, so daß dieser außer der Kritik noch das Geheimnisvolle, Entfernte, hoch über ihn Erhabene zu spüren bekam. Am nächsten Tage aber, bei einem geringfügigen Fehleranlaß, pflegte er den Sünder so heftig anzufahren, daß dieser auch ohne besonderen Scharfsinn den Zusammenhang des diesmal nicht gerechtfertigten, mindestens übertriebenen Zornes mit jener Verschuldung wohl fühlte, ohne sich jedoch verteidigen zu können. Durch diesen Kunstgriff erreichte er, was er wollte, und ersparte sich überdies die Aufregung persönlicher Auseinandersetzungen. Die Kollegen nannten die unmotivierten Wutausbrüche des Chefs »Solferino«, nach der bekannten Unglückswalstatt der österreichischen Armee. Auch Viktor erlebte also sein Solferino, beschloß jedoch, da er sich keines Unrechts bewußt war, seine Spielereien nicht aufzugeben. Er hatte nie Rückstand, hatte stets noch die letzteingetragenen Posten mit Bleistift aufaddiert, so daß ihm nicht einmal bei Monatsabschluß die Arbeit über den Kopf wuchs. Immerhin versteckte er jetzt seine Kritzeleien, auch die Zeitung, die er sich manchmal kommen ließ, indem er stets ein Löschblatt bereit hielt oder die Bureauarbeit wie einen Wall ringsum aufschichtete. Oder er legte das Papier in die Schublade, die er, sobald sich Schritte näherten, mit harmloser Miene zuschob. Im Ernstfall war er darauf vorbereitet, dem Chef die vollständig beendete Arbeit zu zeigen und zu erklären, daß es doch in niemandes Interesse läge, wenn er seine freien Minuten in die Luft verstiere. So wohlüberlegt dieser Plan war, mit etwas hatte Viktor nicht gerechnet: mit diesen Angstanfällen, die ihn jetzt bei jeder Bewegung im Nebenzimmer befielen und seinen Herzschlag sekundenweis absetzen machten. Sei es, daß der Buchhalter das Versteckenspiel merkte, sei es, daß er einen Spion angeworben hatte: von nun an sah er nur mit wütenden Blicken auf Viktor, seine Befehle waren Flüche, seine Auskünfte klangen wie Drohungen. »Er sitzt Ihnen halt auf«, das war die allgemeine Ansicht des Bureaus. Von nun an war zu der Sinnlosigkeit des Banklebens für Viktor noch die Pein des Hasses hinzugetreten, denn er fühlte sich gehaßt und begann mit aller Kraft seinen Plagegeist wiederzuhassen, wie in eine schwarze Wolke von Stickluft trat er jeden Morgen in das unleidliche Arbeitszimmer, und nachts folgte ihm der Buchhalter noch

in seine Träume, der alte Mann mit dem schwarzen, in lange Enden ausgezogenen Schnurrbart, verzerrten Gesichts brüllend, ein Hussit.
Es hielt ihn nicht länger, er wandte sich offen an ihn mit der Anfrage, ob er etwas gegen ihn habe. Mit unvermutetem Schmeicheln lächelte ihm der Chef entgegen: O nein, nur treibe er so Nebengeschäfte, das gehe nicht, das wirke demoralisierend auf die anderen. »Aber bitte, was soll ich machen, wenn ich mit meiner Arbeit à jour bin?« »Ein tüchtiger Beamter hat immer zu tun, lesen Sie die Korrespondenz genauer, da können Sie etwas lernen, lassen Sie sich alte Faszikel bringen. Hören Sie zu, was um Sie herum gesprochen wird. Man soll von allem wissen. Ich rate Ihnen nur zu Ihrem Besten. Ich war ja auch einmal jung. Später werden Sie einsehen, daß das Bankwesen viel wichtiger und interessanter ist als alles, was Sie sonst anfangen können. Man muß eben rechtzeitig seine Nebeninteressen einem Hauptzweck unterordnen lernen. Übrigens werde ich Ihnen von jetzt an etwas mehr zuerteilen.« Viktor stammelte etwas von Dank, im Herzen aber sah er unverhohlene Bosheit in den Worten des ausgemergelten Glatzkopfes, der so offenbar Unnützes ihm anriet und anbefahl, nur um ihn um seine ohnedies so anspruchslose Muße zu bringen. Den Heuchler hätte er in diesem Augenblick kaltblütig ermorden können.
Überdies änderte diese Unterredung nichts an Viktors Leben. Er erwartete, daß man sein Ressort, das bisher die Firmen von O bis Z umfaßte, zur Entlastung der anderen Hauptbuchführer vergrößern würde. Aber nicht einmal das geschah, da Bjelousch seinerseits schon die Mehrarbeit einer neuen Einteilung scheute. Er selbst verbrachte nämlich an seinem enormen Schreibtisch die Zeit mit Faulenzen, Romanlesen und Rauchen, und nur wenn etwas wie von ungefähr seiner Bequemlichkeit in die Quere kam, benützte er seine Solferino-Methode, um sich durch eine Zone von kaltem Grauen alles vom Leibe zu halten. So schoß er auch weiterhin, wie dem Trägheitsgesetze zufolge, giftige Blicke auf

Viktor, tadelte ihn hinterrücks, machte ihm bei der geringsten dienstlichen Sache Auftritte, wurde aber sofort süß und feige, wenn man ihm mit einer persönlicheren Miene auf den Leib rückte. Viktor fühlte seinen Druck, dem man keinen Gegendruck entgegensetzen konnte, schwer auf sich lasten, er flüchtete auf die Korridore, die er, verzweifelt vor Untätigkeit, durchirrte, oder gar hinaus an einen stillen Ort, in dem er übermäßig lange verweilte und sich in der ganzen Kläglichkeit seiner Existenz fühlte, wenn er sich so vorstellte, Gottes Auge könne einmal dieses Gebäude zerspalten und ihn, den Unschuldigen, hier im innersten Winkel würdelos und einsam mit seinem Elend entdecken.

So war er von acht Uhr früh bis zwölf Uhr mittags und von zwei bis sieben Uhr, oft länger, in die Bank wie in ein Gefängnis eingesperrt. Was hätte er in dieser Zeit alles zu seiner Freude machen können, wieviel gab es täglich zu schauen! Er aber hatte seit Monaten die Straßen an einem Wochentage nicht anders gesehen als in Morgen- oder Mittagseile und finster im Abendverkehr. Die freie Zeit war offenbar nur so bemessen, daß man sich abends ein wenig erholen konnte, um am nächsten Tage wieder frisch zu sein. Und dazu lebte man? Auf diesen Zweck also hatte sich die sorgsame und oft so überschwängliche Vorbereitung der Jugendjahre bezogen? Ging er einmal abends ins Kaffeehaus oder in einen Garten, so rächte sich das morgen gewiß schon durch Müdigkeit, Unausgeschlafenheit im Bureau. Die Sonntage verbrachte er trotzig zu Hause, allein und eingesperrt, vor der kommenden Woche sich ängstigend oder in wirren Träumen auf dem Kanapee. Unversehens trat ihm eine Biegung der heimischen Landstraße vor Augen, Schotterhaufen, Wagenspuren im Kot, umhergestreute Strohhalme, wie sie von den Wagen gefallen waren, ein bestimmter, niedriger Pflaumenbaum, – ach, warum war er nicht dort, wodurch hatte er es verschuldet? Er wollte an seine Eltern schreiben, er sehnte sich nach Hause, nach den jüngeren Geschwistern. Aber wie das in Worte fassen, da ihm doch nichts Außergewöhnliches zugestoßen war, da alle Menschen doch arbeiten mußten und auch wirklich rings um ihn mit Eifer und Selbstvertrauen arbeiteten. Wollte er etwa unserem lieben Herrgott den Tag abstehlen? Was denn eigentlich? ... So wie es ist, so muß es sein, sagte er sich dann oft mit Resignation, die Welt tut mir zwar Weh' und Leid an, aber es geschieht mir nur ganz recht, anders geht es ja gar nicht. Mit seinem alten Wlaschimer Respekt vor einem unbekannten Fürsten sah er sich bindenden Regeln gegenübergestellt und ergab sich. Die dunklen Gefühle aber in ihm, zurückgedrängt, schwollen nur desto mächtiger, klagten ihn an, daß er geschändet sei, sündhaft, wenn er nichts tat, sündhafter bei Fleiß, und so nahm er das Gehalt von sechzig Kronen monatlich stets mit bösem Gewissen, fast wie eine Bestechung, nicht wie verdientes Geld entgegen, und wenn er die stets neuen Banknoten vierfach faltete, so daß die rote 10 an den Rand kam, schien ihm das Häufchen, von der Seite angeblickt, wie gerötet von seinem Herzblut. Sündengeld war es, Blutgeld.

Ein Halbjahr des Schmachtens verfloß: da ging überraschenderweise Bjelousch in Pension. Das ganze Bureau atmete erleichtert auf, denn bei jedem hatte der Heimtückische sich unbeliebt gemacht. Als der neue Buchhalter Dubsky erschien, ein noch ganz junger Mann, von schlanker, hoher, eleganter Gestalt, blond, mit nachlässig-feinen Gesichtszügen, dem man Humanität und Tüchtigkeit nachsagte, erwartete besonders Viktor eine neue Zeit und Rettung mit jener schönen Zuversicht, die man gleichaltrigen Menschen von Natur aus entgegenbringt. Viktor fühlte sich zu dem hübschen Herrn hingezogen, förmlich geborgen bei ihm ... Sein Irrtum war vollkommen. Der neue Chef zeigte sich zwar allgemein freundlich, bat in einer humoristischen Antrittsrede alle, ihn nur als älteren Kollegen, nicht als »Wauwau« anzusehen, bei ihm gebe es keine blinde Autorität, nur offene Aussprache und Zusammenarbeiten: »Denn ich bin geradesogut auf Sie alle angewiesen wie Sie auf mich«, er hielt auch in der Folge sein Wort und sagte jedem, was er von ihm wollte, offen ins Gesicht, so daß das unheimliche Spitzel- und Anschwärzesystem schnell in Verfall geriet; aber es war bald klar, daß mit dem neuen Geist auch neue Anforderungen gekommen waren. Dubsky bezeichnete es selbst als seine Hauptfreude, »alte Zöpfe abzuschneiden«, so gab es immerfort Neueinführungen und Verbesserungen, die im wesentlichen auf eine bessere Ausnützung des Personals und in der Folge auf eine Reduktion desselben hinausliefen, wodurch sich Dubsky bei der Direktion ins beste Licht setzte. Aber auch bei den Beamten mochte er nicht unbeliebt sein, er war nie launenhaft, nie schrie er, vielmehr bevorzugte er, trotz seiner noblen, nasalen Stimme, populäre Redensarten, wie »Das ist günstig« oder »So was können Sie Ihrer Schwiegermutter einreden«. Er übte eine scharfe Kontrolle über die Leistungen des einzelnen, aber er verbarg nichts, er zeigte allen mit ehrlichem Lachen, wie er das anstellte. Er schimpfte nicht wie der frühere Chef über Mißstände, die er zufällig im Vorbeigehen antraf, sondern nahm die Sache systematisch, blieb nächtelang im Bureau. Da er selbst fleißig war, konnte man es ihm nicht übelnehmen, daß er auch die Untergebenen nicht schonte. Übrigens schaffte er nutzlose Arbeiten ab, mit denen Bjelousch, nur um sich selbst einen Federzug oder ein kleines Nachdenken zu ersparen, das ganze Bureau nach alter Sitte wochenlang in Atem gehalten hatte. Natürlich sorgte er für neue Arbeit, blieb aber immer gerecht, ein Musterchef, der sich auch in privaten Gesprächen nicht verblüffen ließ, sondern immer allen überlegen blieb, alle durchschaute, auch diejenigen, die sich durch Gschaftlhuberei das Ansehen von Eifer geben wollten. Wie es vorauszusehen war, ließ er sich gar bald auch die geringe Mühe nicht verdrießen, Viktors Bereich um die Firmen J bis O zu erweitern, wobei er an seine Intelligenz und an seinen Ehrgeiz appellierte. Nun brach für Viktor eine Zeit des Robotens an, er mußte oft bis zehn Uhr nachts dableiben (worin der Buchhalter nichts Besonderes sah), sekiert fühlte er sich

nicht mehr, alles ging vernünftig zu, aber blutlos war er, ausgesaugt und krank, zum erstenmal in seinem Leben bekam er Kopfschmerzen ... Einmal ließ ihn der Chef rufen: »Nun, wie sind Sie mit Ihrer Arbeit zufrieden?« fragte er mit seinem wohlwollend-ironischen, gescheiten Lächeln. Viktor war zufrieden. »So? Ich nicht. Das ist nicht genug, daß ein junger Mann seine Pflicht tut. Das kann mir jeder Bureaukrat. Wir sind ein junges Institut, wir verlangen Initiative« ... Viktor ging heim, dieses neue Wort wie einen Peitschenschlag um den Kopf. Was wollte man von ihm? In Verwirrung fiel ihm ein, daß Dubsky neulich auch die päpstliche Enzyklika so gelobt hatte, welche die Feiertage abschaffen wollte! ... Aber während er sich von ihm zurückgestoßen und beleidigt fühlte, in demselben Moment sagte er sich, daß das alles eben der Lauf unserer Zeit sei, für die Dubsky nichts könne, so müsse es jetzt kommen, und immer noch ärger. Die eigene Auflehnung schalt er kurzsichtig und blöde, verbiß den Haß, den er, stärker als je gegen den wilden Chef, nun gegen den »braven« in sich trug.
An einem Aprilnachmittag wurde er nach Sterbohol zum Inkasso eines größeren Wechsels an die dortige Gutspacht abgeschickt. Mißmutig machte er sich auf den Weg, die unappetitlichen Stöße angehäufter Arbeit bedenkend, die er bei seiner Rückkehr antreffen würde ... Als er jedoch unterhalb des Friedhofes von der Endstation der Elektrischen aus ins offene Land schritt, hatte er plötzlich die Augen voll Tränen. Seit dem Herbst des vorigen Jahres war er nicht im Freien gewesen, jetzt jagte ihm der Frühling Stöße urgesunder Luft und alle Nässe des aufkeimenden Erdreichs entgegen mit schrägen Streifen eines Aprilschneegestöbers, das an den hellergrünenden Büschen ganz anders lustig als zwischen öde Mauern einsauste. O, da war es ja wieder, die Jugend, alle guten Geister, diese Weite von Hügeln und über ihnen, bis an die Tiefe seiner Augen niederreichend – wie lange hatte er's nicht gesehen –, der Himmel mit seinen Wolken, die einen eisenfarbig, dünn-hingestrichen über das Blau,

irgendwo ohne Kontur aufhörend, andere als weißlich-braune Lockenköpfe erhoben, schwebende massige Kugeln oder helle Fetzen; da war auch der halbe Mond, selbst ein solcher Fetzen, eher wie das Skelett eines Mondes, blaß und löcherig, während die Sonne aus einer finsteren Zusammenballung wie aus einem Krater hervor ihre Strahlen weithin schräg und schräger zur Erde sandte, Strahlen, die man, wie etwas Körperloses und doch wie Metall, hell an Wolken, regnerisch-dunkel am freien Blau vorbeigleiten sah. »Aha, die Sonne zieht Wasser«, sagte sich Viktor, nichts mehr als diese Redensart, wie man sie ihm auf dem Dorfe zu Hause oft vorgesagt hatte; in seinem Herzen aber war ihm zumute, als ginge all der Wolkenschwall noch tiefer, in das Erdreich und unter seinen Füßen vorbei, ja als sei er völlig in ein großes, majestätisches Tuch aus Wolken eingeschlagen und in die Luft gehoben. – Hätte er in diesem Augenblick klare Gedanken und gar Worte gefunden, so hätte er seine Rührung wahrscheinlich auf zweierlei zurückgeführt: auf dieses Lichte, Luftige, das er in seiner Phantasie nicht mehr hätte wiederherstellen können, und welches nicht nur den grünen Feldern eigen war: auch den braunen, die ebenso viele Schattierungen hatten wie die grünen und überhaupt in einer geheimen, gleichen Abstimmung mit ihnen standen, indes nur ferne, blaue Waldsäume als das einzige Dunkle und Fremde in das Bild hereinsahen – ferner auf diesen Wechsel in der Beleuchtung, die bald grell, doch ohne Gewitterhitze, junge Pappeln wie einen gelblichen, durchsichtigen Flor durchstrahlte, bald die Hügel verfinsterte und mit kurzen Wolkenschatten falsch modellierte. Viktor aber war solchen Überlegungen fremd; dumpf ergriffen nur blieb er vor einem jungen Felde stehen, dessen grüne, noch ganz kurze Halme wie Gras aussahen, eine schüttere Wiese, aber in sorgfältigen, langen Reihen angepflanzt, – o, wie die freien Halme wohlig kribbelten, wie das alles im Wind spielte! Der hellviolette Schatten eines Obstbaumes war deutlich über das Feld hin gezeichnet, nun fauchte der Wind stärker, eine

Wolke machte das Grün dunkel und verwischte den Schatten; Viktor aber hatte Augen, Ohren und Mund so voll von Wind, daß es ihm vorkam, als habe er selbst den Schatten weggeblasen. Durch ihn hindurch schien die Sonne, wehte Luft, wuchs Korn. Da wurde ihm übermütig zu Sinne, er übersprang den Straßengraben und war mit zwei Schritten auf die Landstraße, dann wieder die Böschung zum Feldweg emporgeklettert. Bei allem Jubel aber war auch sein Kopf tätiger als je in der Stadt. Nichts entging ihm, er prüfte den Stand der Saat und überschlug die voraussichtliche Ernte jedes Feldes, an seiner ruhevollen Beobachtung hatten noch die fern zusammengedrängten Kalkmauern eines Dorfes, ja ein Häuschen Anteil, das mit dem halben rosa Dach irgendwo hinter einem Hügel hervorguckte. Und die blühenden Bäume an der Straße, andere noch nackt wie Stangen, an andere Stangen gebunden, oder wie Fäden gar, die alten dagegen mit schlanken, silbernen Ästen an knorrigen Stämmen, viele schon mit kleinen, hellgrünen Blättchen, all dies Versprengte, Punktierte, Nicht-Zusammengeschlossene, Unentwickelte, fast Unkörperliche, Durchlässige führte seinen Geist wieder zu den weißen Wolken zurück, die da oben selig im Sturmwind prangten und unter dem Kriegsruf aufsteigender Lerchen in Stücke zerstäubt wurden.
Lustig, unter heimlichen Grimassen, machte er sein Geschäft ab. Auf dem Heimwege blies er in seine geballte Faust wie in eine Trompete. – Da sperrte ihm, als er den Hügel zum Friedhof emporstieg, ein Mann ohne Überrock den Weg, ein rotes Tuch um den Hals, legte die Hand an die Mütze wie zum Gruße, aber mit bösem Grinsen. Viktor, alle Sinne erwacht in der frischen Frühlingsluft, erkannte in ihm sofort den gefährlichen Burschen, der ihn beim Aussteigen aus der Elektrischen, als er den Wechsel aus dem Portefeuille nahm, um sich seiner Adresse zu versichern, scharf beobachtet hatte. Nun war es Abend; hatte der Kerl an dieser menschenleeren Stelle auf seine Rückkehr gelauert? ... Und schon riß er einen Revolver aus der Tasche, aber Viktor war ihm zuvor-

gekommen und hatte ihm, ohne den Oberkörper zu bewegen, mit vorgestrecktem Fuß einen tüchtigen Stoß in den Bauch versetzt, so daß er wie tot hinstürzte. Viktor beugte sich über den Gefallenen, suchte ihm den Revolver aus den Fingern zu winden, sie blieben krampfhaft zugekrallt. Aber die Brust atmete, und schon begannen die geschlossenen Augen wieder emporzublinzeln. Da fuhr es Viktor blitzschnell durch den Kopf, daß der Betäubte binnen weniger Sekunden wieder zur Besinnung kommen und seinen Revolver gebrauchen würde, ohne daß die Chance, ihn mit einem Hieb niederzustrecken, sich wiederholen mußte. Ein furchtbarer Ringkampf mit ungewissem Ausgang stand bevor. Was tun? Fliehen? Damit böte er seinen Rücken ohne weiteres als Zielscheibe. Er war wehrlos, trotzdem spürte er keine Angst – im Gegenteil, die Sicherheit, daß er diesen Menschen, auf dessen Brust er kniete, jetzt ermorden müsse, um sich selbst zu retten, daß ihn also die Umstände zu einer grauenvollen Handlung zwangen, diese immer deutlicher werdende Sicherheit erfüllte ihn mit wachsender Freude. Jetzt schlug der Überwältigte die Augen auf, hob schon den Kopf, immer noch wie im Halbschlaf, jetzt aber rückte sein ganzer Körper, da war keine Zeit mehr zu verlieren. Viktor legte ihm beide Hände fest um den Hals und begann zunächst mit den aneinanderliegenden Daumen hart ins Fleisch zuzudrücken. Der Kopf des Gegners fiel ohnmächtig zurück. Wie der nun mit erbarmungswürdigem Laut plump an einen Stein schmetterte, schoß Viktor gleichsam in unvermuteter Erkenntnis alles Blut zu Kopf, wie Frage und Antwort: Was tue ich da? – ich erwürge einen. Aber zornige Vernünftigkeit überwog sofort und flüsterte ihm zu, daß er ja (glücklicherweise) würgen *müsse*, daß es sich nicht um sein Leben allein handle, auch um zehntausend Kronen der Bank, die er jetzt in seinem Portefeuille trug und verteidigte, und in seiner Brust regte sich nun alle Qual und Ironie: »Ich arbeite ja für die Bank, ich muß ja arbeiten« ... Aber während er nun mit aller Kraft seine Finger unter dem Kinn des

Gegners zusammenschloß, mit wechselnden Griffen, so daß er bald die Knorpel der Luftröhre, bald die Nackenhaare an ihnen vorbeigleiten fühlte, stiegen andere Bilder in ihm auf, begleitet von einer vagen Neugier, die ihm aus seiner ersten Jugend bekannt war, ja, jetzt wußte er es, von der Neugier, wie es da innen aussehen müsse, in diesem geplagten, verengten Hals, nein, in etwas anderem Engen, Schlanken – ha, in der Pagode, das war es: ehemalige Lüsternheit mit der Mordlust von heute seltsam gemischt, – und da tauchte auch alsbald aus dem Antlitz des Gewürgten, das schon im Todeskampfe sich zu verzerren begann, ein anderes, fernes Antlitz verwaschen hervor, er erkannte es, das Gesicht des Obergärtners, der ihn damals im herrschaftlichen Park gefaßt und der Strafe ausgeliefert hatte, des ersten Feindes in seinem Leben. O, aber jetzt konnte er sich rächen, jetzt griff er zu und erwürgte den Herrn Obergärtner, den bösen. Mehr als das: er mußte ihn erwürgen. Und in einem ungeheuren Umschwung all seiner Gedanken (da drückte er noch fester, mit aller Energie) fand er plötzlich, wie den Schlüssel zu seinem ganzen Dasein, daß ihn in diesem Augenblick das Schicksal eingesetzt hatte, um nun auch seinerseits jemandem wehe zu tun nach ebendem Gesetz, das er solange erlitten hatte, um die Gerechtigkeit der Welt so bitter auszuüben, wie sie ihm zuteil geworden war. Ja, wie er bis heute nur Leiden von der Gemeinschaft empfangen hatte und sich doch nicht beklagen und auflehnen durfte, weil er wußte, daß das alles der natürliche Lauf der Dinge war, so war ihm wie zum Lohn für alles heute einer in seine Hand gegeben, dem er das Äußerste, was Menschen einander antun können, den Tod, mit Fug und Recht antun durfte und mußte ... Viktor hatte jetzt den richtigen Griff gefunden, seine Umschnürung war eisern, seine Hände zerrten, als wollten sie den Kopf vom Rumpf reißen, diesen durch Krämpfe und hervorbrechendes Blut schon unkenntlichen Kopf. O, Viktor ließ nicht nach, er kannte ihn wohl, den Unbekannten, Namenlosen, mit dem er Brust an Brust rang;

dieser vom Augenblick Zugeführte, vom Augenblick Niedergeworfene war ihm urplötzlich nicht fremd, nein, näher als alles, und wohlvertrauter als alles dünkte er ihn, als habe er alle die Jahre mit ihm, dicht neben ihm gelebt, als sei er nur im Schatten gestanden und habe auf den Moment gewartet, um hervorzutreten und heute sich zu melden. Und wie der Strolch nun in Todesangst noch einmal aufbrüllte, zog sich sein Gesicht wieder zusammen und entfaltete sich neu als das des Buchhalters Bjelousch, dessen Zanken aus dem atemlosen Schnarchen Viktor herauszuhören glaubte, und wie es nun schon erschlaffte, waren es die weichen, friedlichen Züge seines jetzigen Chefs, und wie die Augen nun halb gebrochen, verglast, blaugrün herausquollen, erkannte Viktor auch sie, es waren die Augen eines Mädchens, das er täglich morgens auf dem Wege ins Bureau sah und dessen Anblick (aber so mußte es ja sein) ihn tief beunruhigte. Nun ging es schneller, kaum mehr deutlich, zahllose, kleine, schattenhafte Gesichter gebar das eine fruchtbare, künftige Gegner und halb vergessene, und alle erwürgte Viktor, einen nach dem andern, mit allen wurde er fertig – und diese flammende Henkerslust, nur die eigene, nackte Hand zu gebrauchen als einziges Werkzeug! Ihm war, als morde er die ganze Welt, als wache aus Nebeln neue Feindschaft hervor, und auch diese rottete er aus, als klängen Seufzer von den Sternen gar und der Mondsichel herab. Es war ganz dunkel geworden. Er wußte nicht, wie lange das gedauert hatte, vielleicht eine Minute, vielleicht zwei Stunden. Der Hals in seinen Händen, die nicht mehr geschlossen waren, hing faltig und schlapp, kein Puls schlug, er war kalt, das Leben hatte ihn verlassen.

Nun erhob sich Viktor aus der beinahe liegenden Stellung, in der er dem letzten Röcheln des Sterbenden nachgelauscht hatte wie einer sich entfernenden Musik. Er war froh gestimmt, ja, in einem Anflug von Hohn führte er die Hand an seine Kehle, o, er atmete, er konnte tief und schön atmen, nichts war versperrt, er lebte. Alles, was ihn in diesem Jahre der Schmerzen belastet hatte, fühlte er von sich abfallen, er war erfüllt von Befreiungswohlbehagen, das nur einen Augenblick lang, da er auf dem Hügel über sich die weiße Friedhofsmauer erblickte, unvermittelt von dem wie aus anderen Gegenden auftauchenden, doch ruhigen Gedanken abgelöst wurde, ob es nicht besser wäre, sofort da oben zur Ruhe zu gehen, als dieses Ziel erst nach einer langen Jahresreihe von Kränkungen und Qualen mühbeladen zu erreichen. Dieser Anflug verging, und nun trieb es ihn, die Arme auszubreiten, den Kopf ins Genick zu werfen, und nun zu laufen, was ihn die Beine trugen, in der brausenden, hellen Nacht, die dem stürmischen Tage ohne Beruhigung gefolgt war, mit großen Schritten – nach Hause, nach Wlaschim. Ja, dorthin gehörte er, und plötzlich war es ihm, als dürfe er nun auch dorthin zurückkehren, als habe man ihn gegen seinen Willen, wenn auch mit einer gewissen Berechtigung, in der Fremde zurückgehalten, nun aber habe er gewisse Hindernisse besiegt, die Erlaubnis zur Rückkehr mutig erkämpft, alle würden sein Kommen billigen, alle ihn gut aufnehmen. O, wie er sich freute, wieder zu Hause zu sein, bald, sofort, nur eine gewisse Zeit lag noch dazwischen, ein tüchtiges Laufen, sonst aber widerstand nichts, nichts mehr, o, das unfaßbare, große Glück! Jetzt ist alles wieder gut, sagte er leise, alles wieder gut. Nur heimkehren, an der Schwelle knien, irgend etwas schnell erzählen, damit es abgetan sei, ein für allemal, dann aber beginnt die gute Arbeit und das gute Leben wie ehemals ... Er merkte kaum, daß er lief, so regelmäßig fielen seine Schritte, so bequem hatte er jetzt die Arme an die Brust gezogen, die Fäuste vorn an die Rockränder geklemmt. Und ohne Überlegung folgte er der Straße längs der Bahnstrecke, sah die Fabriken nicht, deren immer noch rauchende Schlöte die Nacht verfinsterten, wußte nicht, daß er jetzt aus den freien Feldern wieder durch ein Dorf kam, dessen Wirtshausschilder über seinem Kopf knarrten und dessen Pflasterung an seinen Schuhen riß, daß er nun wieder ins Offene, einen Berg hinan entlassen war und jetzt in Straßenkrümmungen verloren, die mit ihren weißen Steinen wie Drachenkiefer übereinander lagen. Da schwoll ein Lärm und brach als Lokomotive mit vielen, scheinbar sehr leichten Wagen daran, aus dem Dunkel hervor. Viktor starrte einen Augenblick lang dem Zuge nach, dann erklomm er den Fahrdamm und lief nun den Schienen entlang, ohne sich über einen dumpfen Instinkt, daß das wohl der nächste Weg nach Hause sei, mehr als unklare Rechenschaft zu geben. Bis ins Unendliche geradeaus waren die vier erhöhten Eisenlinien seiner Strecke gezogen, er glaubte wenigstens, sie bis an den Horizont hin verfolgen zu können, wie er auch rechts und links das ganze flache Land, über das er auf seinem Damm erhaben war, sich vorbeidrehen und in seinem Rücken langsam verschwinden fühlte. Zuerst rannte er innerhalb eines Geleises, wobei er über jede Holzschwelle stolperte; dann aber fand er zwischen den beiden Strecken einen festgetretenen Boden, geradezu einen Weg, wie ihn wohl auch die Wächter bei ihren Begehungen benützen, auf dem lief es sich nun ohne jede Hemmung, Kopf voran, den sausenden Wind im Nacken, dieser leichte, gerade Pfad war förmlich für ihn vorbereitet. So kam er an den beiden Dörfern Mecholup vorbei, an Ourinoves mit seiner Zuckerfabrik, an Kolowrat und Rican. Niemand sah ihn; nur einem Kind vielleicht, das hinter dem Fensterchen eines Wärterhauses, von Träumen geschreckt, aufgewacht war, spukte er im fahlen Mond wie der leibhaftige Raraschek mit seinen im Sturm geblähten Kleidern vorbei. Und so hielten ihn auch die Signallichter und die Stationen nicht auf, nein, er rannte, bis die Schienen, die gespannten Telegraphendrähte und die Stangen, die mit fürchterlichem Gebrumm immer wieder auftauchten, bis all dies Gleichmäßige, eben weil er so schnell lief, gar nicht mehr von der Stelle zu rücken schien, so daß er sich wie in einem Käfig hinter langen Gittern zu jeder Seite gefangen sah und kaum mehr den Himmel über sich frei. Da fühlte er erst, daß er müde war, zum Sterben müde, in der offenen Halle des Bahnhofs

Stranschic brach er zusammen. Es war drei Uhr nachts, er hatte etwa die Hälfte des Heimwegs zurückgelegt.
Allmählich kam er aus seinem ekstatischen Zustand in gewöhnlichere Denkart. Man mußte die Leiche gefunden haben, fiel ihm ein. Was nun? Sah seine Handlungsweise nicht wie Flucht aus? Jetzt erst erinnerte er sich auch, daß er das Geld der Bank noch bei sich trug. Am Ende würde man ihn nun zu Hause in Wlaschim verhaften, bei den Eltern, unter Mordverdacht ... Nein, das durfte nicht sein.
Er wartete daher den ersten Wiener Frühzug ab, fuhr in die Stadt zurück und meldete den Vorfall gleich im nächsten Kommissariat. Dann begab er sich mit freudiger Ruhe ins Bureau, nachdem er in einem Kaffeehause sich gewaschen und gefrühstückt hatte. Er lieferte das Geld ab und ging an seine Arbeit, ohne ein unnützes Wort zu verlieren, bis der Chef und die Kollegen im Nachmittagsblatt die erstaunliche Begebenheit gelesen hatten und nun, alle zugleich, mit Fragen und Rufen sich auf ihn warfen.
Sein Zustand von nie zuvor verspürter Elastizität und Selbstzufriedenheit hielt auch bei der Einleitung des Prozesses an, während dessen er übrigens auf freiem Fuße blieb, so deutlich sprachen die Tatsachen für seine Unschuld. Die einsame Gegend, in der der Kampf stattgefunden hatte, der geladene Revolver in der Hand des Erwürgten, der überdies als entsprungener und seit langem gesuchter Zuchthäusler agnosziert wurde, der Zehntausendkronenwechsel: alles lag offen zutage. Zudem fand sich ganz unverhofft noch ein Zeuge für Viktor, der Kondukteur, in dessen Wagen er bis an die Endstation gefahren war und der das verdächtige Spionieren eines mitfahrenden Vagabunden, welchen er im Toten wiedererkannte, bemerkt haben wollte. Überhaupt schien im Leben Viktors, der sich bisher mit einigem Recht für einen Pechvogel gehalten hatte, vom Moment des Überfalls an eine gänzliche Wandlung zum Besseren einzutreten. Der Buchhalter fand in der Tat ein nicht zu übersehendes Zeichen der von ihm so sehnlich gewünschten »Tatkraft und

Initiative« seiner Beamtenschaft, er stellte ihm Avancement in Aussicht. Die Kollegen, die bisher den ungeschlachten Bauernjungen sich vom Leibe gehalten hatten, suchten seine Gesellschaft und bewunderten ihn. Alle Zeitungen lobten seinen Mannesmut, brachten sein Bild und eine Lebensbeschreibung. Auf der Gasse grüßte man, fremde Leute sprachen ihn an. Eine hohe Remuneration der Bank sowie der Polizeibehörde war ihm sicher, man redete von einer allerhöchsten Auszeichnung. Die Eltern, erschreckt und gerührt durch die Lebensgefahr, der er so knapp entronnen war, kamen sofort nach Prag und überhäuften ihn mit Beweisen ihrer Zärtlichkeit, die ihn ganz überraschten, denn er hatte die beiden stets nur als zurückhaltende, harte, schweigsame Menschen gekannt.

Vor all diesen Gunstbezeigungen des Schicksals empfand Viktor jedoch ein heimliches, von Tag zu Tag sich steigerndes Grauen. Anfangs zwar hatte er bei seiner Prozeßverteidigung dieselbe Rauflust und Wahrhaftigkeit wie beim Kampfe selbst bewiesen: der Feind sollte auch im Tode nicht triumphieren. In demselben Maße jedoch, in dem die Protokolle und die Reden seines für ihn sich erhitzenden Anwalts alle Einzelheiten des Auftritts ihm wieder vor Augen stellten – er hatte bisher nur eine unklare, freudige Erinnerung daran gehabt –, in demselben Maße sah er seine Seele enthüllt, vor der er wie vor einem Haufen Gestank sich abkehren mußte. »Gerechte und erlaubte Notwehr«, schrie der Anwalt, »Notwehr« hieß es im einstimmigen Verdikt der Geschworenen – sein Gewissen aber sprach anders. Die Richter konnten freilich nicht ahnen, was während des Erwürgens in seinem Kopf und Herzen vorgegangen war; er aber erinnerte sich nun daran, Zug um Zug, daß er zwar zum Morde gezwungen gewesen war, daß er aber an diesem Zwange nebenbei – eine ungeheure *Lust* gefunden hatte, daß er mit Vorbedacht, mit kaltem Genießen gemordet hatte, o, nicht nur den einen ... viele, viele, ohne eine Spur von Erbarmen, einzig der maßlosen Rachgier seiner Seele hingegeben. Und alle die Gemordeten, obwohl sie in Ruhe lebten, ihm traten sie als Gemordete entgegen, mit feurigen Gesichtern, reueheischenden, er sah nun in jeder Falte eines fremden Gesichtes diese verzerrten auf ihn lauern ... Mit schlotternden Beinen, gebrochen, verließ er den Gerichtssaal, in dem kaum eben zum Applaus der Zuhörer sein Freispruch verhallt war.

Wer das Böse im eigenen Herzen mit solcher Deutlichkeit sich hat entgegengrinsen sehen, für den ist jede Hoffnung verloren. So war denn das einzige, worauf von nun an alle Gedanken Viktors sich richteten, der Tod. Nur besorgte er, daß ein dem Prozeß zu schnell nachfolgender Selbstmord als Schuldbekenntnis und Selbstjustiz gedeutet werden und einen Makel auf seinem und seiner Eltern Namen zurücklassen würde. Peinlich war er daher darauf bedacht, obwohl sein tiefstes Ich nach Erlösung vom Dasein drängte, diesem Trieb nicht zur Unzeit nachzugeben, eine angemessene Frist verstreichen zu lassen. Bis zu dem erwählten Tage verbot er sich jede Freude, ja jeden Gedanken an eine Freude, mit selbstquälerischer Aufmerksamkeit gab er sich von nun an ganz seiner eintönigen Arbeit hin, in deren Langeweile und reizloser Trockenheit er eine Art von Askese und Strafe für sich erblickte. Jetzt aber wurde er – was alle Standreden seiner Chefs nicht erzielt hatten – zum gewissenhaften, gründlichen Beamten, pedantisch hielt er die Stunden ein, kam als erster, ging als letzter, ließ keine Sekunde der Bureauzeit unbenützt, wurde berühmt als Schnüffler und Bohrer, der in jedem Brief immer noch einen Fehler oder eine bessere Wendung zu entdecken hatte. So verging ein Jahr, zur Gänze dem ungeliebten, fremden Zwecke wie ein Sühnopfer für die Zügellosigkeit seines Herzens dargebracht. Als nun aber nach Ablauf dieser Zeit der Tag heranrückte, den er zu seinem Ende bestimmt hatte, da zeigte es sich, daß dieses Jahr der stupiden und pflichtgetreuen Ermüdung nicht wirkungslos an seinem Geiste vorbeigegangen war. Statt eines Helden ergriff eine Memme das Rasiermesser und ließ es zitternd fallen ... So war mit seinen großen Ansprüchen an das Leben unmerklich auch sein hoher Sinn, sein Ehrgefühl geschwunden; in der eingefallenen Brust, hinter gebleichten Wangen lebte nicht mehr jener sich selbst unbewußte, edle Wille, der begehrlich, ja anmaßend, scheinbar ohne zureichende Berechtigung sich gegen eine allgebilligte, allanerkannte Lebensordnung gewehrt hatte, in dem aber vielleicht doch, ohne daß der Knabe es ahnte, etwas durchgebrochen war, was wir als die Schönheit und den Urquell dieser Welt verehren ... Doch das war nun vorbei. Seine restlichen Jahre – es waren noch viele, fünfzig und darüber – verbrachte Viktor Kanturek fleißig im Alltag, ameisenhaft, kläglich zufrieden, allmählich eintrocknend, ohne Freund und ohne Frau, mit einer etwas sonderlich anmutenden Scheu vor Zugluft und frischem Wind, die besonders zur Zeit des Vorfrühlings den kümmerlichen Pinsel regelmäßig heimsuchte.

GEORG HEYM

Der Irre

Der Wärter gab ihm seine Sachen, der Kassierer händigte ihm sein Geld aus, der Türsteher schloß vor ihm die große eiserne Tür auf. Er war im Vorgarten, er klinkte die Gartenpforte auf, und er war draußen.
So, und nun sollte die Welt etwas erleben.
Er ging die Straßenbahnschienen entlang, zwischen den niedern Häusern der Vorstadt durch. Er kam an einem Feld vorbei und warf sich an seinem Rande in die dicken Mohnblumen und den Schierling. Er verkroch sich ganz darein, wie in einen dicken grünen Teppich. Nur sein Gesicht schien daraus hervor wie ein weißer aufgehender Mond. So, nun saß er erst einmal.

Er war also frei. Es war aber auch höchste Zeit, daß sie ihn herausgelassen hatten, denn sonst hätte er alle umgebracht, alle miteinander. Den dicken Direktor, den hätte er an seinem roten Spitzbart gekriegt und ihn unter die Wurstmaschine gezogen. Ach, was war das für ein widerlicher Kerl. Wie der immer lachte, wenn er durch die Fleischerei kam.
Teufel, das war ein ganz widerwärtiger Kerl.
Und der Assistenzarzt, dieses bucklige Schwein, dem hätte er noch mal das Gehirn zertreten. Und die Wärter in ihren weiß gestreiften Kitteln, die aussahen wie eine Bande Zuchthäusler, diese Schufte, die die Männer bestahlen und die Frauen auf den Klosetts vergewaltigten. Das war ja rein zum Verrücktwerden.
Und er wußte wirklich nicht, wie er da seine Zeit ausgehalten hatte. Drei Jahre oder vier Jahre, wie lange hatte er da eigentlich gesessen, dahinten in diesem weißen Loch, in diesem großen Kasten, mitten unter Verrückten. Wenn er da morgens in die Fleischerei ging, über den großen Hof, wie sie da herumlagen und die Zähne fletschten, manche halbnackt. Dann kamen die Wärter und schleppten die fort, die sich besonders schlecht aufführten. Sie wurden in heiße Bäder gesteckt. Da war mehr wie einer verbrüht worden, mit Absicht, das wußte er. Einmal wollten die Wärter einen Toten in die Fleischerei bringen, daraus sollte Wurst gemacht werden. Das sollten sie dann zu essen bekommen. Er hatte es dem Arzt gesagt, aber der hatte es ihm ausgeredet. So, der hatte also mit unter der Decke gesteckt. Dieser verfluchte Hund. Wenn er ihn jetzt hier hätte. Den würde er in das Korn schmeißen und ihm die Gurgel abreißen, diesem verfluchten Schwein, diesem Sauhund, verfluchten.
Überhaupt, warum hatten sie ihn eigentlich in die Anstalt gebracht? Doch nur aus Schikane. Was hatte er denn weiter gemacht? Er hatte seine Frau ein paarmal verhauen, das war doch sein gutes Recht, er war doch verheiratet. Auf der Polizei hätte man seine Frau rausschmeißen sollen, das wäre viel

richtiger gewesen. Statt dessen hatten sie ihn vorgeladen, verhört, lauter Theater mit ihm aufgestellt. Und eines Morgens war er überhaupt nicht mehr fortgelassen worden. Sie hatten ihn in einen Wagen gepackt, hier draußen war er abgeladen worden. So eine Ungerechtigkeit, so eine Unverschämtheit.

Und wem hatte er das alles zu verdanken? Doch nur seiner Frau. So, und mit der würde er jetzt abrechnen. Die stand noch hoch im Konto.

Er riß in seiner Wut von dem Feldrande ein Büschel Kornähren ab und schwenkte es wie einen Stock in der Hand. Dann stand er auf, und nun wehe ihr.

Er nahm das Bündel mit seinen Sachen über seine Schultern, dann setzte er sich wieder in Marsch. Aber er wußte nicht recht, wo er hingehen sollte. Ganz hinten über den Feldern rauchte ein Schornstein. Den kannte er, der war nicht weit von seiner Wohnung.

Er verließ die Straße und bog in die Felder ab, mitten hinein in die Halme. Geradeswegs auf sein Ziel zu. Was das für ein Vergnügen war, so in die dicken Halme zu treten, die unter seinem Fuß knackten und barsten.

Er machte die Augen zu, und ein seliges Lächeln flog über sein Gesicht.

Es war ihm, als wenn er über einen weiten Platz ginge. Da lagen viele, viele Menschen, alle mit dem Kopf auf der Erde. Es war so, wie auf dem Bild in der Wohnung des Direktors, wo viele tausend Leute in weißen Mänteln und Kapuzen vor einem großen Stein lagen, den sie anbeteten. Und dies Bild hieß Kaaba. »Kaaba, Kaaba«, wiederholte er bei jedem Schritt. Er sagte das wie eine mächtige Beschwörungsformel, und jedesmal trat er dann rechts und links um sich, auf die vielen weißen Köpfe. Und dann knackten die Schädel; es gab einen Ton, wie wenn jemand eine Nuß mit einem Hammer entzweihaut.

Manche klangen ganz zart, das waren die dünnen, das waren die Kinderschädel. Da gab es einen Ton, wie Silber, leicht, duftig wie eine kleine Wolke. Manche wieder schnarrten, wenn man auf sie trat, ähnlich wie Waldteufel. Und dann kamen ihre roten, flatternden Zungen aus dem Munde heraus, wie es bei den Gummibällen war. Ach, es war wunderschön.

Manche waren so weich, daß man gleichsam einsank. Sie blieben an den Füßen kleben. Und so ging er mit zwei Schädeln an den Beinen dahin, als wäre er eben aus zwei Eierschalen ausgekrochen, die er noch nicht ganz abgeschüttelt hatte.

Am meisten freute es ihn aber, wenn er irgendwo den Kopf von einem alten Manne sah, kahl und blank, wie eine marmorne Kugel. Da setzte er erst ganz vorsichtig auf und wippte erst ein paarmal zur Probe, so, so, so. Und dann trat er zu, knacks, daß das Gehirn ordentlich spritzte, wie ein kleiner goldener Springbrunnen. Allmählich wurde er müde. Er erinnerte sich plötzlich an den Verrückten, der glaubte, er hätte gläserne Beine, und er könnte nicht laufen. Er hatte den ganzen Tag auf seinem Schneidertisch gesessen, aber die Wärter hatten ihn immer erst hintragen müssen. Allein war er keinen Schritt gegangen. Wenn sie ihn auf seine Beine stellten, ging er einfach nicht weiter. Dabei waren seine Beine ganz gesund, das sah doch jeder. Sogar auf das Klosett war er nicht einmal allein gegangen, nein, wie einer doch so verrückt sein konnte. Das war ja zum Lachen.

Neulich war der Pfarrer zu Besuch gewesen, und da hatte er mit ihm über den Verrückten gesprochen: »Sehen Sie mal, Herr Pastor, der da, der Schneider, der ist doch zu verrückt. So ein dämliches Aas!« Und da hatte der Pastor gelacht, daß die Wände gewackelt hatten.

Er trat aus den Halmen heraus, allenthalben klebte Stroh an seinem Anzug und an seinem Haar. Sein Kleiderbündel hatte er unterwegs verloren. Die Ähren trug er noch in seiner Hand, und er schwenkte sie vor sich her wie eine goldene Fahne. Er marschierte stramm aus. »Rechten, Linken, Speck und Schinken«, summte er vor sich hin. Und die Kletten, die an seiner Hose saßen, flogen in weiten Bögen ab.

»Abteilung halt«, kommandierte er. Er steckte seine Fahne in den Sand des Feldwegs und warf sich in den Graben.
Plötzlich bekam er vor der Sonne Angst, die auf seine Schläfe brannte. Er glaubte, sie wollte über ihn herfallen, und steckte sein Gesicht tief in das Gras hinein. Dann schlief er ein.
Kinderstimmen weckten ihn auf. Neben ihm standen ein kleiner Junge und ein kleines Mädchen. Als sie sahen, daß der Mann aufgewacht war, liefen sie weg.
Er bekam eine furchtbare Wut auf diese beiden Kinder, er wurde im Gesicht rot wie ein Krebs.
Mit einem Satze sprang er auf und lief den Kindern nach. Als die seine Schritte hörten, fingen sie an zu schreien und liefen schneller. Der kleine Junge zog sein Schwesterchen hinter sich her. Das stolperte, fiel hin und fing an zu weinen.
Und weinen konnte er überhaupt nicht vertragen.
Er holte die Kinder ein und riß das kleine Mädchen aus dem Sande auf. Es sah das verzerrte Gesicht über sich und schrie laut auf. Auch der Junge schrie und wollte fortlaufen. Da bekam er ihn mit der andern Hand zu packen. Er schlug die Köpfe der beiden Kinder gegeneinander. Eins, zwei, drei, eins, zwei, drei, zählte er, und bei drei krachten die beiden kleinen Schädel immer zusammen wie das reine Donnerwetter. Jetzt kam schon das Blut. Das berauschte ihn, machte ihn zu einem Gott. Er mußte singen. Ihm fiel ein Choral ein. Und er sang:

»Ein feste Burg ist unser Gott,
Ein gute Wehr und Waffen.
Er hilft uns frei aus aller Not,
Die uns jetzt hat betroffen.
Der alt-böse Feind,
Mit Ernst er's jetzt meint,
Groß Macht und viel List
Sein grausam Rüstung ist,
Auf Erd ist nicht sein'sgleichen.«

Er akzentuierte die einzelnen Takte laut, und bei jedem ließ er die beiden kleinen Köpfe aufeinanderstoßen, wie ein Musiker, der seine Becken zusammenhaut.

Als der Choral zu Ende war, ließ er die beiden zerschmetterten Schädel aus seinen Händen fallen. Er begann wie in einer Verzückung um die beiden Leichen herumzutanzen. Dabei schwang er seine Arme wie ein großer Vogel, und das Blut daran sprang um ihn herum wie ein feuriger Regen.

Mit einem Male schlug seine Stimmung um. Ein unbezwingliches Mitleid mit den beiden armen Kindern schnürte ihm von innen heraus fast den Hals ab. Er hob ihre Leichname aus dem Staub des Weges und schleppte sie in das Korn hinüber. Er wischte mit einer Handvoll Unkraut das Blut, das Gehirn und den Schmutz aus dem Gesicht und setzte sich zwischen die beiden kleinen Leichen. Dann nahm er ihre Händchen in seine Faust und streichelte sie mit blutigen Fingern.

Er mußte weinen, große Tränen liefen langsam über seine Backen hinunter.

Ihm kam der Gedanke, daß er vielleicht die Kinder wieder zum Leben bringen könnte. Er kniete sich über ihre Gesichter und blies seinen Atem in die Löcher ihrer Schädel. Aber die Kinder rührten sich nicht. Da dachte er, es wäre vielleicht noch nicht genug, und wiederholte den Versuch. Aber auch dieses Mal war es nichts. »Na denn eben nicht«, sagte er, »tot ist tot.«

Nach und nach kamen unzählige Mengen von Fliegen, Mükken und anderem Ungeziefer aus den Feldern heraus, hinter dem Blutgeruch her. Sie schwebten wie eine dichte Wolke über den Wunden. Ein paar Mal machte er den Versuch, sie fortzutreiben. Als er aber selbst gestochen wurde, wurde ihm die Sache zu unbequem. Er stand auf und ging fort, während sich die Insekten in einem dicken schwarzen Schwarm auf die blutigen Löcher der Schädel stürzten.

Ja, wo nun hin?

Da fiel ihm seine Aufgabe wieder ein. Er hatte ja mit seiner

Frau abzurechnen. Und im Vorgefühl seiner Rache leuchtete sein Gesicht wie eine purpurne Sonne.

Er bog in eine Landstraße ein, die auf die Vorstadt zuführte.

Er sah sich um.

Die Straße war leer. In der Ferne verlor sich der Weg. Oben auf einem Hügel hinter ihm saß ein Mann vor einem Leierkasten. Jetzt kam über den Hügel eine Frau herauf, die einen kleinen Handwagen hinter sich herzog.

Er wartete, bis sie heran war, ließ sie an sich vorbei und ging ihr nach.

Er glaubte, sie zu kennen. War das nicht die Grünkramfritzen von der Ecke? Er wollte sie ansprechen, aber er schämte sich. Ach, die denkt, ich bin ja der Verrückte aus Nr. 17. Wenn die mich wiedererkennt, die lacht mich ja aus. Und ich lasse mich nicht auslachen, zum Donnerwetter. Eher schlage ich ihr den Schädel ein.

Er fühlte, daß in ihm wieder die Wut aufkommen wollte. Er fürchtete sich vor dieser dunklen Tollheit. Pfui, jetzt wird sie mich gleich wieder haben, dachte er. Ihn schwindelte, er hielt sich an einem Baum und schloß die Augen.

Plötzlich sah er das Tier wieder, das in ihm saß. Unten zwischen dem Magen, wie eine große Hyäne. Hatte die einen Rachen. Und das Aas wollte raus. Ja, ja, du mußt raus.

Jetzt war er selber das Tier, und auf allen vieren kroch er die Straße entlang. Schnell, schnell, sonst läuft sie weg. Wie die laufen kann, aber so eine Hyäne ist noch schneller.

Er bellte laut wie ein Schakal. Die Frau sah sich um. Als sie da einen Mann auf Händen und Füßen hinter sich herlaufen sah, das wirre Haar in dem dicken Gesicht, weiß von Staub, da ließ sie ihren Wagen stehen und laut schreiend rannte sie die Straße hinunter.

Da sprang das Tier auf. Wie ein Wilder war es hinter ihr her. Seine lange Mähne flog, seine Krallen schlugen in die Luft, und aus seinem Rachen hing seine Zunge heraus.

Jetzt hörte es schon den Atem der Frau. Die keuchte, schrie

und jagte davon, was sie konnte. So, noch ein, zwei Sätze. Nun springt das Tier ihr auf den Hals mitten hinauf.
Die Frau wälzt sich im Sand, das Tier schmeißt sie herum. Hier ist die Kehle, da ist das beste Blut; man trinkt immer aus der Kehle. Es haut seinen Rachen in ihre Gurgel und saugt das Blut aus ihrem Leibe. Pfui Teufel, ist das aber schön.
Das Tier läßt die Frau liegen und springt auf. Da oben kommt noch einer. Ist der aber dumm. Der merkt ja gar nicht, daß hier Hyänen sitzen. So ein Idiot, na.
Der alte Mann kam heran. Als er nahe war, sah er aus seiner großen Brille die Frau, die im Sande lag mit ihren verrutschten Röcken und ihren Knien, die sie im Todeskampf auf den Leib gezogen hatte. Auch um ihren Kopf war eine große Blutlache.
Er blieb neben der Frau stehen, starr vor Bestürzung. Da teilten sich die hohen Kornblumen, und heraus kam ein Mann, verwüstet und zerrissen. Sein Mund war ganz voll Blut.
»Das ist sicher der Mörder«, dachte der alte Mann.
In seiner Angst wußte er nicht recht, was er machen sollte. Sollte er fortlaufen oder sollte er stehenbleiben?
Am Ende wollte er es zuerst einmal mit Freundlichkeit versuchen. Denn mit dem da war es doch nicht ganz richtig, das sah man ja.
»Guten Tag«, sagte der Verrückte.
»Guten Tag«, antwortete der alte Mann, »das ist ja ein schreckliches Unglück.«
»Ja, ja, das ist ein schreckliches Unglück, da haben Sie ganz recht«, sagte der Verrückte. Seine Stimme zitterte.
»Aber ich muß weitergehen. Entschuldigen Sie nur.«
Und der alte Mann ging zuerst ein paar Schritte langsam. Als er etwas weiter fort war und merkte, daß der Mörder ihm nicht nachlief, ging er schneller. Und endlich fing er an zu rennen wie ein kleiner Junge.
»Nein, sieht der komisch aus, wie der da rennt. Ist das ein

verrücktes Haus.« Und der Irre lachte über das ganze Gesicht, das Blut zog sich in den Falten zusammen. Er sah aus wie ein furchtbarer Teufel.

Aber schließlich, mochte der laufen. Der hatte ja ganz recht. Er würde es auch so machen. Denn hier konnten gleich wieder die Hyänen aus dem Korn kommen.

»Aber pfui, bin ich schmutzig.« Er besah sich. »Wo kommt denn das viele Blut her?«

Und er riß der Frau ihre Schürze ab und wischte sich das Blut ab, so gut es ging.

Sein Gedächtnis verlor sich. Er wußte zuletzt nicht mehr, wo er war. Er ging wieder querfeldein, über Feldwege, durch Felder, im brennenden Mittag. Er erschien sich wie eine große Blume, die durch die Felder wandert. Etwa eine Sonnenrose. Genau konnte er es nicht erkennen.

Er fühlte Hunger.

Später fand er einen Rübenacker, er riß ein paar Rüben heraus und aß sie.

In einem Felde stieß er auf einen Weiher.

Der lag da wie ein großes schwarzes Tuch mitten in dem Gold des Kornes.

Er bekam Lust, zu baden, zog sich aus und stieg in das Wasser. Wie das gut tat, wie das ruhig machte. Er atmete den Duft des Wassers, über dem die Würze der weiten sommerlichen Felder lag. »Ach, Wasser, Wasser«, sagte er leise, als wenn er jemand rufen wollte. Und nun schwamm er wie ein großer weißer Fisch in dem zitternden Teich.

Am Ufer flocht er sich eine Krone aus dem Schilf und besah sich im Wasser. Dann sprang er am Ufer herum und tanzte nackt in der weißen Sonne, groß, stark und schön wie ein Satyr.

Plötzlich kam ihm der Gedanke, daß er etwas Unanständiges täte. Er zog sich schnell an, machte sich klein und kroch in das Korn.

»Wenn jetzt der Wärter kommt und mich hier findet, der wird schön schimpfen, der zeigt das dem Direktor an«,

dachte er. Als aber niemand kam, faßte er wieder Mut und setzte seinen Weg fort.
Mit einem Male stand er vor einem Gartenzaun. Dahinter waren Obstbäume. Wäsche war daran zum Trocknen aufgehängt, Kinder schliefen dazwischen. Er ging daran entlang und trat auf eine Straße.
Da waren ziemlich viele Menschen, die an ihm vorübergingen, ohne auf ihn zu achten. Eine elektrische Bahn fuhr vorbei.
Ihn überkam das Gefühl einer grenzenlosen Verlassenheit, das Heimweh packte ihn mit aller Gewalt. Am liebsten wäre er auf der Stelle nach der Anstalt zurückgelaufen. Aber er wußte nicht, wo er war. Und wen sollte er fragen? Er konnte doch nicht sagen: »Sie, wo ist denn die Irrenanstalt?« Dann würde er sicher für einen Verrückten gehalten werden, und das ging denn doch nicht.
Und er wußte ja auch, was er wollte. Er hatte ja noch viel zu erledigen.
An der Ecke der Straße stand ein Schutzmann. Der Irre beschloß, den nach seiner Straße zu fragen, traute sich aber nicht recht. Schließlich konnte er aber doch nicht ewig hier stehenbleiben. Er ging also auf den Schutzmann los. Plötzlich merkte er, daß auf seiner Weste noch ein großer Blutfleck war. Na, den durfte der Schutzmann aber nicht zu sehen kriegen. Und er knöpfte seinen Rock zu. Er überlegte, was er sagen wollte, Wort für Wort, wiederholte es sich ein paarmal.
Es lief alles gut ab. Er nahm den Hut ab, fragte nach seiner Straße, der Schutzmann wies ihn hin.
Das ist ja gar nicht einmal weit, dachte er. Und nun kannte er auch die Straßen wieder. Hatten die sich aber verändert, jetzt fuhr hier sogar schon die Elektrische.
Er machte sich auf den Weg, er schlich an den Häusern entlang; wenn ihm jemand begegnete, kehrte er sein Gesicht nach der Wand. Er schämte sich.
So kam er vor sein Haus. Vor der Türe spielten Kinder, die

ihn neugierig ansahen. Er ging die Stiege hinauf. Überall roch es nach Essen. Er schlich auf den Zehenspitzen weiter. Als er unter sich eine Tür gehen hörte, zog er auch noch die Schuhe aus.

Nun war er vor seiner Tür. Er setzte sich einen Augenblick auf die Treppe und überlegte. Denn jetzt war der große Moment da. Und was geschehen mußte, mußte geschehen, das war gar keine Frage.

Er stand auf und klingelte. Alles blieb still. Er ging ein paarmal auf dem Treppenflur hin und her. Er las das Schild gegenüber. Da wohnten nun auch andere Leute. Und nun ging er wieder zurück und klingelte noch einmal. Aber es kam wieder niemand. Er bückte sich, um durch das Schlüsselloch zu sehen, da war aber alles schwarz. Er legte sein Ohr an die Tür, um irgend etwas zu hören, vielleicht einen Schritt, ein Geflüster, es blieb aber alles stumm.

Und nun kam ihm ein Gedanke. Mit einem Male wußte er, warum ihm niemand aufmachte. Seine Frau hatte Angst vor ihm, seine Frau, die hatte keine Traute. Das Aas, das wußte schon, was los war. Na, nu aber.

Er trat ein paar Schritte zurück. Seine Augen wurden ganz klein, wie rote Punkte. Seine niedere Stirn lief noch mehr zusammen. Er krümmte sich zusammen. Und nun sprang er in einem großen Satz gegen die Tür. Die krachte laut, hielt aber den Stoß aus. Da schrie er aus allen Kräften und sprang noch einmal. Und dieses Mal gab die Tür nach. Ihre Bretter krachten, das Schloß sprang aus, sie ging auf, und er stürzte hinein.

Da sah er eine leere Wohnung. Links war die Küche, rechts die Stube. Die Tapete war abgerissen. Überall auf der Diele lag Staub und abgefallene Farbe.

So, seine Frau hatte sich also verkrochen. Er rannte die vier Wände der leeren Stube ab, den kleinen Korridor, das Klosett, die Kammer. Nirgends war etwas, alles leer. In der Küche auch nichts. Da sprang er mit einem Satze auf den Kochherd.

Aber da war sie ja, da lief sie ja herum. Sie sah aus wie eine große graue Ratte. So also sah sie aus. Sie lief immer an der Küchenwand entlang, immer herum, und er riß eine eiserne Platte von dem Ofen und warf sie nach der Ratte. Aber die war viel flinker. Aber jetzt, jetzt wird er sie treffen. Und er warf noch einmal. Aber jetzt. Und das Bombardement der eisernen Herdringe krachte gegen die Wände, daß der Staub überall herunterrasselte.

Er fing an zu schreien. Er brüllte wie besessen: »Du Schlafburschenhure, du Sau, du ...« Er brüllte, daß das ganze Haus zitterte.

Überall klapperten die Türen, überall entstand Lärm. Jetzt kam es schon die Treppe herauf.

Da standen schon zwei Männer in der Tür und dahinter ein Haufen von Frauen, die an ihren Schürzen ein ganzes Bataillon kleiner Kinder nachzogen.

Sie sahen den Tobenden oben auf seinem Herd. Die beiden Männer sprachen sich gegenseitig Mut zu. Da flog dem einen ein Feuerhaken gegen den Schädel, der andere wurde zu Boden geschmissen, und mit ein paar großen Sätzen sprang der Irrsinnige wie ein riesiger Orang-Utan mitten über das Volk hinweg. Er raste die Treppen hinauf, kam an die Bodenleiter, schwang sich auf das Dach, kroch über ein paar Mauern, um Schornsteine, verschwand in einer Luke, stürzte eine Treppe hinunter und befand sich plötzlich auf einem grünen Platz. Eine leere Bank stand vor ihm. Er ließ sich auf sie niederfallen, steckte das Gesicht in seine Hände und begann, leise vor sich hin zu weinen.

Er hatte das Bedürfnis, zu schlafen. Als er sich auf der Bank langlegen wollte, sah er aus einer Straße, geführt von ein paar Schutzleuten wie von Generälen, einen großen Haufen Menschen kommen.

»Die wollen mich wohl suchen, ich soll wieder raus nach der Anstalt. Sie denken wohl, ich weiß nicht allein, was ich zu tun habe«, dachte er.

Er verließ schnell den Park. Seine Mütze blieb auf der Bank

liegen. Und von fern sah er noch, wie sie einer der Männer gleich einer Trophäe in der Luft herumschwenkte.
Er kam durch ein paar volle Straßen, über einen Platz, wieder durch Straßen. Ihm wurde unbehaglich in den Menschenmassen. Er fühlte sich beengt, er suchte nach einem stillen Winkel, wo er sich hinlegen konnte. In einem Hause war ein großes Hoftor. Davor stand ein Mann in einer braunen Livree mit goldenen Knöpfen. Sonst schien da aber niemand zu sein. Er ging an dem Diener vorbei, der ihn auch ruhig passieren ließ. Das wunderte ihn eigentlich. Kennt er mich denn nicht, fragte er sich. Und er fühlte sich eigentlich beleidigt.
Er kam an eine Tür, die sich fortwährend drehte. Auf einmal wurde er von einem Türflügel erfaßt, bekam einen Stoß und war plötzlich in einer weiten Halle.
Da waren unzählige Tische, voll Spitzen, Kleidern. Alles schwamm in einem goldigen Lichte, das sich durch hohe Fenster in der Dämmerung des riesigen Raumes verteilte. Von der Decke hing ein riesiger Kronleuchter, glitzerten zahllose Diamanten.
An der Seite der Halle führten große Freitreppen hinauf, über die einzelne Menschen hinauf- und heruntersliegen.
»Donnerwetter, ist das eine feine Kirche«, dachte er. An den Gängen standen Herren in schwarzen Anzügen, Mädchen in schwarzen Kleidern. Hinter einem Pulte saß eine Frau, vor ihr zählte jemand Geld auf. Ein Stück fiel hinunter und klapperte auf die Erde.
Er stieg die Treppe hinauf, kam durch viele große Gemächer voll allerhand Möbeln, Geräten, Bildern. In einem waren viele Uhren aufgestellt, die alle mit einem Male schlugen. Hinter einem großen Vorhang ertönte ein Harmonium, eine schwermütige Musik, die sich langsam in der Ferne zu verlieren schien. Er schlug den Vorhang verstohlen zurück, da sah er viele Menschen, die einer Spielerin zuhörten. Alle sahen ernst und andächtig aus, und ihm wurde ganz feierlich zu Mute. Aber er wagte sich nicht hinein.

Er kam an eine vergitterte Tür. Dahinter war ein großer Schacht, in dem einige Seile herauf und herunter zu laufen schienen. Ein großer Kasten kam von unten herauf, das Gitter wurde zurückgezogen. Jemand sagte: »Bitte aufwärts«, er war in dem Kasten und schwebte wie ein Vogel in die Höhe hinauf.

Oben begegnete er vielen Menschen, die um große Tische voll von Tellern, Vasen, Gläsern, Gefäßen herumstanden oder sich in den Gängen zwischen einer Reihe von Podien bewegten, auf denen wie ein Feld gläserner Blumen schlanke Kristalle, Leuchter oder bunte Lampen aus gemaltem Porzellan prangten. An der Wand, entlang an diesen Kostbarkeiten, lief, um eine kurze Treppe erhöht, eine schmale Galerie hin.

Er wand sich durch die Massen hindurch, er kam über die Treppe auf die Galerie hinauf. Er lehnte sich an das Geländer, unten sah er die Menschen hinströmen, die wie unzählige schwarze Fliegen mit ihren Köpfen, Beinen und Armen in ewiger Bewegung ein ewiges Summen hervorzubringen schienen. Und eingeschläfert von der Monotonie dieser Geräusche, betäubt von der Schwüle des Nachmittags, krank von den Exaltationen dieses Tages schloß er seine Augen.

Er war ein großer weißer Vogel über einem großen einsamen Meer, gewiegt von einer ewigen Helle, hoch im Blauen. Sein Haupt stieß an die weißen Wolken, er war Nachbar der Sonne, die über seinem Haupte den Himmel füllte, eine große goldene Schale, die gewaltig zu dröhnen begann.

Seine Schwingen, weißer als ein Schneemeer, stark, mit Achsen wie Baumstämme klafterten über den Horizont, unten tief in der Flut schienen purpurne Inseln zu schwimmen, großen, rosigen Muscheln gleich. Ein unendlicher Friede, eine ewige Ruhe zitterte unter diesem ewigen Himmel.

Er wußte nicht, flog er so schnell, oder wurde das Meer unter ihm fortgezogen. Das war also das Meer.

Wenn er das den andern erzählen würde in der Anstalt,

heute abend in den Schlafsälen, die würden schön neidisch sein. Darüber freute er sich eigentlich am meisten. Aber dem Doktor wollte er lieber gar nichts erzählen, der würde wieder sagen: »So, so.« Aber der glaubte doch nichts. Das war so ein Halunke. Wenn er auch immer sagte, er glaubte alles.

Unten im Meere schwamm ein großer weißer Kahn mit langsamen Segeln. »Wie einer aus dem Humboldthafen«, dachte er, »aber größer.«

Teufel, was war es doch schön, ein Vogel zu sein. Warum war er nicht schon lange ein Vogel geworden? Und er rollte seine Arme in der Luft herum.

Unter ihm wurden ein paar Frauen auf ihn aufmerksam. Sie lachten. Andere kamen, es entstand ein Gedränge, Ladenmädchen rannten nach dem Geschäftsführer.

Er stieg auf die Brüstung, richtete sich auf und schien oben über der Menge zu schweben.

Unter ihm in dem Ozean war ein riesiges Licht. Er mußte jetzt herabtauchen, jetzt war es Zeit, auf das Meer zu sinken.

Aber da war etwas Schwarzes, etwas Feindliches, das störte ihn, das wollte ihn nicht hinunterlassen. Aber er wird das schon kriegen, er ist ja so stark.

Und er holt aus und springt von der Balustrade mitten in die japanischen Gläser, in die chinesischen Lackmalereien, in die Kristalle von Tiffany. Da ist das Schwarze, da ist das, – und er reißt ein Ladenmädchen zu sich herauf, legt ihr die Hände um die Kehle und drückt zu.

Und die Menge flieht durch die Gänge, stürzt die Treppen übereinander herab, gellendes Geschrei erfüllt das ganze Haus. »Feuer, Feuer«, wird geschrien. In einem Augenblicke ist die ganze Etage leer. Nur ein paar kleine Kinder liegen vor der Treppentür, totgetreten oder erdrückt.

Er kniet auf seinem Opfer und drückt es langsam zu Tode.

Um ihn herum ist das große, goldene Meer, das seine Wogen zu beiden Seiten wie gewaltige schimmernde Dächer türmt.

Er reitet auf einem schwarzen Fisch, er umarmt seinen Kopf mit den Armen. Ist der aber dick, denkt er. Tief unter ihm sieht er in der grünen Tiefe, verloren in ein paar zitternden Sonnenstrahlen, grüne Schlösser, grüne Gärten in einer ewigen Tiefe. Wie weit mögen die sein? Wenn er doch einmal da hinunter könnte, dort unten.
Die Schlösser rücken immer tiefer, die Gärten scheinen immer tiefer zu sinken.
Er weint, er wird ja niemals dahinkommen. Er ist nur ein armes Aas. Und der Fisch unter ihm wird auch frech, der zappelt noch, dem Biest wird er es schon besorgen, und er drückt ihm den Hals ab.
Hinter der Tür erschien ein Mann, legte ein Gewehr an die Backe, zielte. Der Schuß traf den Wahnsinnigen in den Hinterkopf. Er schwankte ein paarmal hin und her, dann fiel er schwer über sein letztes Opfer, unter die klirrenden Gläser.
Und während das Blut aus der Wunde schoß, war es ihm, als sänke er nun in die Tiefe, immer tiefer, leise wie eine Flaumfeder. Eine ewige Musik stieg von unten herauf und sein sterbendes Herz tat sich auf, zitternd in einer unermeßlichen Seligkeit.

ALFRED WOLFENSTEIN

Über allen Zaubern

Das dicke kleine Buch trieb das Auge des Lernenden im Zickzack hinab – und hinauf in die neue fremde Seite. Aber er machte plötzlich ein Ende – sprang träumend hoch hinaus wie durch die Dachluke ein Verbrecher – über die schwindlige Höhe hetzte die Verfolgung aller Wirklichkeit hinter ihm her, Hunde pfiffen über die Gipfel der Schornsteine, er sprang durch die Luft, aber das Gesetzbuch in seiner Hand lehrte laut immer weiter –

Franz schüttelte sich und schlug mit den Knöcheln auf die Blätter, er sah wieder hinein, – es ging nicht. Diese Sätze packten ihn nicht. Diese hackenden Sätze wollten gepackt sein – Er aber dachte bei ihnen nur – an seine Gedanken – Er fühlte sich leidenschaftlich durch die Welt sausend – bewußt und teilnahmslos im Stuhle sitzen und die Wanduhr laut wie sein Herz klopfen. Seine Handflächen wurden so trocken, daß es ihn quälte, unaufhörlich hineinzuhauchen.
Aber dennoch –: Wüste! schrie er und starrte das Buch an, ich will, ich will über dich herrschen –! Du ziehst durch mein Gehirn – und bleibst gesiebter Sand darin – ich will dich – muß dich – Tränen in den Augen lehnte er sich zurück, warf sich wieder vor, die Stirn in der Hand, und stieß mit dem Ellenbogen auf den Tisch. O – selbst wenn er weiterkommt, lernt er nur Verzweiflung, denn nicht sein Verstand, sondern sein Gefühl stellt sich ihm entgegen, die unausrottbare Form seiner Kindheit. Er ist weich, er ist menschenfreundlich, er ist unsicher, sehnsüchtig, er ist aus einer kleinen Stadt. Darum bezwingt er dies Reich der Macht nicht, das Gesetzbuch kommt aus der großen Stadt –
Er starrte in die Luft – gespenstische Fäden schlängelten sich vor seinen Augen, Paragraphen verwickelten sich – Über dem Buche kämpften die langen Geister des Rechts, durchflogen sich leer, tauschten anteillos ihre Plätze für und wider und ihre gellenden Reden – verrannen unhörbar, fruchtlos wie Sand. In ihrer Mitte erhob sich besetzt mit immer spitzeren Gewalten die unnahbare Pyramide, wo sie in schwarzem Staat mit Messerlippen auf steifen Sesseln emporsaßen und das Recht befahlen, bis zu Einem hinauf, der von ihnen Allen angeschwollen gewaltig wie die Basis auf dem Gipfel balancierte und flüsterte: Über allen Gesetzen ist Ruh –
Franz, ärgerlich, daß er immer wieder versank, stand auf und sein Stuhl fuhr heftig ins Zimmer zurück wie ein Horcher am Schlüsselloch. Aus dem Fenster in die Dämmerung gelehnt, fühlte er das Haus von dröhnender Stadt erzittern, das Pflaster schwankte zwischen unterirdischem Rollen und

schwarz sichtbarem Gewimmel. Aber eine scharfe Straße für sich baute krachend der Autoomnibus hindurch, ganz frei tobte die Kraft des gigantischen Kastens heran und Franz sah bewundernd den kühlen Lenker vorbeiziehn – Von der anderen Seite erschien ein anderer im Donner, mit regungslosem Statuenumriß entschwand er auf seinem zitternden Sitz. So herrschten sie durch die Stadt, ihre Linie durchzog wie ein Stahltau ihr klammerndes Auge und ließ unbeirrbar im Schlucken und Speien ihres rennenden Hauses die Riesenstadt sich abrollen.

Das war die Stadt der Gewalt, die menschenschlingenden Türme besetzt mit Gesetzen, das war die Stadt, in die er noch nicht eingedrungen war –: Wie wollte er da die Gesetze bewältigen, ihres steinernen Körpers Urzeugungen! Seelen, aufgemauert wie Berge von Leichen, Automatenhäupter, Schienennervennetz, Ordnung über Ordnung, das war die erste Treppe gegenseitiger Herrschaft. Hinaufgetreten, wer weiterkommen wollte!

Er aber versteckte sich noch immer. Er war die kleine Stadt. In ihren kindlichen Umrissen zirkte sich sein Geist ab. Idyllisch wie Fachwerkhäuserchen reihten sich die Schritte, es verging sein Gesicht in den Massen, wie wenn jemand klein aus dem Kasernenfenster sieht und alles erblickt, doch nicht erblickt wird. Der grenzenlose Wille, mit dem er hierher kam, war grenzenloser Nebel über Wiesen und Feldern. Da bestaunte er die Nacktheit der Gewalt und schmückte sie doch immer mit Schleiern. Dann wieder breitete er wütend die Brust aus – Aber die *Kindheit* wie ein kleingezackter Stern legte an die Wölbungen aller Pläne ihr Maß an.

Zerstöre sie! war sein Gedanke jetzt immer – Mache die Vergangenheit zu einem Zufall, wirble hinaus in die Luft und schüttele ab, was nicht zum wurzellosen Flug gehört!

Er warf sich in den Stuhl und sah nach dem grünen Buch hinüber. Er trug den Stuhl am Gesäß wieder zum Tisch. Müde stützte er die Schläfen in die Hände und blickte hinab, wo das Buch langsam wie zufallende Lider weiß wurde –

Es war still – – bis er plötzlich von fern Klavier spielen hörte, kühles Spielen – ein neuer Nachbar – Die oberen Töne stiegen in rasendem Lauf nach jedem Sinken höher – begruben mit tanzender Stimme die schwere Arbeit der Baßtöne – griffen immer weiter von ihnen fort über die Tasten hinaus in eisigschönem Flammenklang wie auf höhere Klaviere über – und griffen dennoch immer näher – bis in ihrem Schwung eine Stimme weiter sprach:

Ich helfe gern.

Franz sah auf, und glaubte, ein Spiegel stehe vor ihm: ein weißes Gesicht mit dunklem Haar starrte ihn nahe an, doch hohl und langgezehrt mit schneidenden Lippen. Darunter aber wuchtete quadratisch wie ein Buch ein grüner Rumpf, mit großen Worten bedruckt, der schräg auf seinen tischkurzen Beinen lehnte. Ohne Hals stak der Kopf wie ein beinernes Lesezeichen darin. Grinsende Mundwinkel schlitzten das dünne Gesicht bis in die Luft hinaus, daß die Furche sich erst fern zu verlieren schien – Und Franz fühlte sich unter den Achseln gefaßt – hinweggehoben – Wind sauste um ihn, er fuhr auf etwas endlos Breitem – Ohrenbetäubendes Klingeln, kalt melodisch wie hohe Klaviertöne, hörte er vorn –:

Der Mond kam heraus und Franz sah sich die Landstraße entlang auf einer Dampfwalze reiten. Zuerst schien es ein Autoomnibus, dann schwoll eine Eisenwandung paukend und schmetternd unter ihm an – Er aber wuchs mit, ausgreifend umringten seine Beine wie Gewölbegurte die vor Größe fast regungslos brausende Walze. Hoch aufgerichtet saß er da, vom Lenker wehte Zuversicht zu ihm zurück, vom kühlen Beherrscher des ungeheuren Steuers, der die menschenlosen Straßen des Reiches wie eine stündliche Linie durchfuhr – auf wohlbekannte kleine Häuser zu –:

In die schlafende Heimatstadt zog tutend die Maschine ein. In frische Luft voll Sterne und Gärten wühlten sich auf beiden Bürgersteigen die Räder vorwärts – Erker sprangen vor, zerschmettert, Haufen Nähkörbchen stürzten heraus –

Schaufenster schnellten auf den Damm, mit allen Vorräten zerbarst das Warenhaus, daß die Luft erfüllt wurde von glitzernden Geschenken, Kalendern, Pantoffeln, Attrappen, Heringen, Plüschmöbeln. Kreuz und quer überwirbelt von abrasierten Laternen und Bäumen stießen sie auf den Platz hinaus, der erzitterte bei ihrem furchtbaren Anblick – Jedes Fenster war ihm hier vertraut – Alle Scheiben zersprangen, wegpolterte die Limonadenbude aus der Schulzeit. Über Wackersteinpflaster um die einstürzende Ecke – ein Ehebett entblößt hing im Gerippe der Balken. Schon platzten neue Ecken von der bremsenlosen Fahrt, aus einem Heer hochgestapelter Betten stoben die Schlafmützen, nirgends ein Liebespaar.

Da begannen die Kirchenglocken zu stürmen, während es rosig dämmerte – Der Lenker zwinkerte zurück, sein lachender Mund zerschnitt seinen Kopf – Und er hielt sich nicht mehr an die zarte Linie der Straßen, schwenkte die Walze nach rechts und nach links und rannte in die Wände. Kästchenleicht kippten die Häuser auf das Pflaster, gute Stuben mit Überzügen, leiterdünne Treppen mit Barrieren, Kochgruden, Plumpen, Hofaborte mit Herztüren. Dazwischen stieg das Feuerwerk der seltenen Dinge, beim geringsten Gang immer von neuem groß eingeprägt – die er niemals bisher aus der Erinnerung verjagt hatte: In Sekunden fielen jetzt Denkmal mit Schwert und Palmenzweig, Anschlagsäule, Droschkenhalteplatz, Bankfiliale, Villa, deren Neubau beim Sonntagspaziergang immer wieder überraschte, ein Dorf knüpft sich da einmal als Vorstadt an –

Aber mit höchster Lust nun in die Leute hinein – die kreischend in den Ruinen irrten, einst Hände in den Hosentaschen vor manchmal klingelnden Läden, vor Kaffeedecken, auf Haustürbänken, in ihrem mühelosen Klatsch hübsch nah bei einander und giftig entfernt von Welten der Anderen –: Da flogen sie endlich gebrochen durch die Luft, in ungeheuren Bögen – kleinlich nachschnüffelnder Vormund, dummstolzer Bürgermeister, seit frühestem Gedächtnis unauslöschlich bestaunt, ahnungslose Oberlehrer, die an Schläfenhaaren zogen oder feig auf Finger schlugen oder die Armmuskeln kniffen, Gymnasiasten mit unaufhörlichem Gruß ohne sich zu ekeln die Kavalierstraße auf und ab, Jugendfreunde mit rasch väterlich entjungten Gesichtern, Mädchen rasch verlobt und beleibt –:

Ein Brei von Schutt und Fleisch war die kleine Stadt. Nur zwischen Umrissen huschten noch entsetzte Gespenster. Da stiegen sie ab, die Walze versank unter Donner, sie schleuderten Flammen in die Trümmerstätte, die im Feuer ganz zerschmolz – der Wind schnitt hindurch – eine leere Ebene lag da.

O herrliche Leere! Dankend sank Franz auf die Knie – Freiheit, Erleichterung, gewaltiger Platz war in seiner Seele! Aber nun – neue Fülle komme! anderes Leben in den freien Raum seines Innern! – Sie flogen schon auf hellsurrenden Tönen zurück, die aus immer höheren Explosionen in den Äther übersprangen – bis das blendende Licht der Stadt den Himmel bedeckte – Franz lehnte sich wieder in seinem Sessel zurück, Herden von Riesenwalzen weideten unter den Fenstern erschütternd vorbei – Er sah erwartungsvoll auf den Mund – der sprach:

Ja – jetzt lehre ich dich Macht – Und wie Nachklang summte es noch langsam aus: Mühelos – Dort liegt die Stadt der Macht – Du aber brauchst dich nicht zu rühren – ich verleihe dir ihren Extrakt – und du herrschst –

Er zog die Brauen lachend hoch, sie schwangen sich über die glashelle Stirn hin, durch die Zimmerwände bis an den Horizont zog sich ihre Spur. Er verschwand. Dann kam von fern perlende Musik herein, eine schattenhafte Hand fingerte durch die Tür und zog ihn über finstere Korridore. Hinten leuchtete opalen eine Öffnung ihm entgegen, und eine Stimme schrie, als er die Schwelle überschritt: *Lerne Bewußtsein!*

Er schloß die Augen, aber das blendende Licht drang durch die Lider – er sah sich in einem steilen Saal mit einer Decke von blinden Scheiben – Tropfen fielen aus ihnen, sie waren Eis und tropften, wohin er trat. Zugleich kam ein unaufhörliches Zischen – auf die brennenden Fliesen des Bodens, rot von unsichtbarem Feuer, fiel der Frost der Tropfen. Es dampfte nicht, nur ein Lichthauch schien davon zu einer Gestalt zusammen, die durch den Raum schlingerte und in wütendem Kampf sich die steinern vortretenden Zähne von oben ins Herz schlug. An horizontweiten Wänden entlang starrten wie aus bauchigen Zellen herein zahllose nackte Gesichter. Ihre furchtbaren Kinne, von Vorhängen abgeschnitten, sprangen hart in den Saal vor. Darüber wuchsen blutig kokosdicke Münder, während ihre Stirnen tief in den Vorhang zurückwichen. Zwischen den Kinnriffen, die sich mitten im Saal kreuzten, bewegte sich auf dem Boden ein schaumweißes Lager:

Davor stand der Andere. Der breite Foliant seines Rumpfes verdeckte es finstergrün –

er flüsterte: mach die Augen auf!

er gellte: und sieh meiner Lust zu!!

Franz fuhr zusammen –: Zwischen dem krummen knorpeligen Dreieck der Beine sah er dort ein Auge erglänzen – einen zarten Blick – und jetzt mit rührendem Schimmer einen nackten Leib – Herab regneten die Blicke, die Vorhänge hoben sich steil gebläht vor den Gestalten rings und krochen heran. Der Andere wies mit grinsend geöffneter Hand auf das Weib, und indem er umherblickte, wie in der Menge einer Zauberbude, flogen seine Kleider von ihm ab. Seine scheußliche Entblößung zeigte auf Franz und im Kreise herumdrehend auf die aufgerichteten Männer – als reihe er Franz unter sie ein – – und ließ sich langsam niederknickend auf die Liegende hinab – Sein Gesicht aber schien durch seinen Kopf zurück und stierte mit züngelndem Munde Franz nach wie vor an.

Und Franz in beginnendem Banne sah die Zuschauer: Wie unter Wintersonnen hingen aus ihren sinkenden Lefzen Eiszapfen, ihre Lippen, zwei in Nichts sich aufhebende Fragezeichen, küßten sich selbst mit einsamem Kuß, zu einem Schlangenparagraphen verschlungen. Gläsern, blau und leer blies sich um ihren Kopf eine Kugel auf, und wie sie alles Leben rings in sich abfing, erschien jetzt in ihrem kalten Spiegel der dicke grüne Rumpf, der sich von flatternden Nerven wie aufgeblättert in das Lager hinabließ. Und Franz fühlte die grauenhafte Gewalt der einsamen unfruchtbaren eisfeuerspeienden steifen Anschwellung rings, den schweigenden Chor der Lust, die Gipfel der letzten kahlsten Lieblosigkeit: – Noch liebloser als nicht lieben: der Liebe zusehen! Und er fühlte mit letzten Funken, wer das vermag, ist der Liebe für ewig entrückt – hat die schneidendste Waffe, hat nur Waffen, sonst nichts, und kann mit der Welt machen, was er will – stärker als Napoleon –

Jetzt mußte der letzte weiße Abstand vom Lager erlöschen – Da sich schüttelnd hob er seine Arme empor, packte das Eislicht – und schmetterte durch das grinsende Gesicht des Hinterkopfes hindurch bis in die Luft – –

Und fühlte sich selbst seinem Hiebe nachsinken – und einen wunderbaren Menschenleib berühren – – ein Funke schlug hervor und zerschmolz mit Getöse die eisige Hölle. Die Augen schließend sah er des Abgrunds klaffende Ränder zusammenfahren – Und öffnete die Arme, dicht ein Herz zu empfangen, er fühlte das Feuer der Nähe, das Feuer der Nähe tausendfach flammen, er fühlte, wie alle Wege teuflische Umwege, Irrwege, Irrwillen, als leere Formen rings vergingen und nur ein Weg zum Menschen leuchtete – Ein Menschenmund nahte und plötzlich in der Haut seiner Brust sah er rot geschwungen ein Herz aufglühn – Bis ins Haupt drang ein glühendes Herz und besiegte starrende Gewalten. Ein Menschenmund gebar neu sein Herz, damit es nun herrsche!

Noch ein Mal hoben sich, um mit heftigerem Schwung in die Seligkeit der Nähe hinabzusinken, seine Schultern zurück –

Er sah auf – – in eine blasse Lampe, die auf dem hell be-

sonnten Tisch vor ihm mit schwachen Fäden brannte. Mit starrem Nacken blickte er aus den Winkeln der schmerzenden Augen seitwärts und sah sich am Rande des blauen Himmels sitzen in dem der Tag schallte.
Es war Morgen. Er war erwacht.
Seine Arme lagen steinhart vor dem Buch auf der Tischkante – Aber mit allen Gelenken griff er danach, sprang jubelnd auf und warf es zum Fenster hinaus – –:
Liebe!
Über allen Zaubern: Liebe!
Die Kindheit ist zerstört – aber nun ist die Jugend! Durch den gelichteten Raum wälze sich nicht Gewalt weiter – Gefühl erblühe! Aber groß nun, frei für die Welt!
Dies Buch für den, der alt oder blind ist –! Traum sah ihn aus Nacht, aus Morgenanfang und ewig an – Gott, die Dämmerung aller unfruchtbaren Qual sah ihn an – und schenkte ihm das Wissen –!
Er dehnte die Brust in die Strahlen: O Menschen, euch tötet, kaum daß ihr entstanden seid, die Qual, wie ihr lernt, lehrt, leert! Vom Pflaster zaubern Stufen und Geländer euren Straßengang herauf – bis zum Dach, nicht höher. Aber Liebe ist darüber, sie schwebt über dem Lernen, mit rauschendem Flügel, von Menschlichkeit rauschend.
Zu Menschen – in die Welt – zur Liebe! Werde Gärtner – was du willst! – werde nichts! – und aller Raum bleibe für sie.

CARL STERNHEIM

Busekow

Bei Anbruch des Tages Epiphanias hielt der Schutzmann im sechsten Revier, Christof Busekow, Posten am Schnittpunkt der Hauptstraßen seit vier Stunden. Anfangs hatte ihn wie sonst das Bewußtsein, Ordnung und Sicherheit hier hingen

von seiner einzigen Person ab, zu höchster Dienstbereitwilligkeit aufgestählt; allmählich aber, da alles friedlich sich schickte, verlor seine Aufmerksamkeit das Gespannte und schwang zustimmend mit der Masse der Bewegenden und Bewegten.
Je näher die Ablösung rückte, überwogen in ihm zwei Empfindungen. Es schien alsbald regnen zu sollen, und er fühlte vor, wie mit eingezogenen Schultern, auf dem Heimweg sacht auftretend, er die Pfützen auf den Steinen vermeiden würde; mehr als diese Vorstellung beglückte ihn der Duft des Kaffees, der beim Eintritt in die Wohnung auf dem Tisch hergerichtet sein mußte. Nur noch von Zeit zu Zeit flog seine gesamte Energie in die Brille zurück und riß in flüchtiger Empörung Löcher in Gegenüberstehendes.
Dieser bewaffnete Blick packte nicht allein Passanten in Zivil, wie er aufflammend vorwärtsschoß, zwang er auch Kameraden Busekows zur Bewunderung, und sie empfanden: der schaut durch Tuch und Haube, er ist der geborene Polizist.
Von einem tüchtigen Menschen war also die Schlappe der Geburt, Kurzsichtigkeit, zu einem Vorteil für sich umgebogen worden, wenn er, seiner Nichteignung für eine Aufsichtsstellung im Urteil zuständiger Instanzen gewiß, alle gesunden Kräfte von anderen Organen her ins Auge hochziehend, diesem hinter Gläsern einen so schneidigen Ausdruck verliehen hatte, daß die befugten Personen erklärten, sie erwarteten Besonderes von seinem scharfen Hinsehn. Er wiederum besorgt, er möchte solche Hoffnung enttäuschen, wandelte, den Körper immer mehr vergewaltigend, im Lauf der Zeiten die gesamte Barschaft an praller Muskelkraft und Fett in lauter Späh- und Spürvermögen um, bis seine Schenkel, die ehedem unter dem Sergeanten des fünfzigsten Infanterieregimentes gewaltige Tagemärsche zurückgelegt hatten, saftlos und schlapp ihn auf dem Posten kaum mehr hielten, und die einst vom Gewehrstrecken geschwellten Arme die Lust leidenschaftlichen Zugreifens verloren. Da er

aber für gewöhnlich unbewegt auf einer Steininsel zwischen zwei Fahrdämmen stand, und an dieser vom Verkehr belebten Stelle selten außer dem Auge auch der Arm des Gesetzes gefordert wurde, blieb ihm dieser leibliche Mißstand verborgen.
Andererseits hatte er in letzter Zeit begonnen, das Kapital der Sehkraft, das er im Bewußtsein reicher Mittel ursprünglich an die umgebende Welt vergeudet hatte, sachgemäß anzulegen. Er lieh den Vorübergehenden nur noch insoweit einen Kredit auf seine Aufmerksamkeit, als er den einzelnen nicht kannte. Denn da der Platz in nächster Nähe einiger Großkaufhäuser und Banken lag, war der größere Teil des Publikums tagaus tagein der gleiche, und nachdem Busekow in jahrelanger, unwillkürlicher Anteilnahme an jedem einzelnen dessen Erscheinung in sich aufgenommen, erwogen und beurteilt hatte, prägte er von ihm jetzt wissentlich nur mehr einen neuen Hut, Wechsel von Sommer- und Wintermode sich ein.
Er stand dabei aber in einem umgekehrten Verhältnis zu seiner Kundschaft wie der Bankier schlechthin, als er dem Kunden, je länger er ihn kannte, und je mehr Beweise einer unbedingten Zuverlässigkeit ihm dieser gegeben hatte, um so weniger vorschoß, während er an einen, der zum erstenmal in seinem Gesichtsfelde erschien, die ganze Barschaft des Blickes wandte, und je unverläßlicher der Neuling sich darstellte, ihn um so bereitwilliger bediente. Dank dieser Maßnahmen war es ihm letzthin einige Male gelungen, an Leuten, die andere Schutzmannsposten als harmlose Schlendriane passiert hatten, Merkmale einer versteckten Aufregung zu erkennen, sie durch Winke patrouillierenden Kameraden zu bezeichnen und zu erleben, daß sich die Betroffenen bei Prüfung als gesuchte Übeltäter herausstellten. Und so geschah es an diesem Morgen vor seiner Ablösung um sechs Uhr nur noch zweimal, daß er scharf zusehn mußte, erst, als ein Omnibus gegen einen Milchwagen stieß – glücklicherweise konnte ein bloßer Wink Busekows die Lage ent-

wirren – und dann, da in der Schar jener Frauen, die nächtlicherweise auf demselben Straßenstrich ihr Brot suchen und deren jede ihm bis in den Saum des Unterrocks bekannt war, eine neue auftauchte: hochblond, aufgedonnert, mit einem Blutmal auf der linken Backe dicht am Mundwinkel.

Wie sie zu einer unwahrscheinlichen Zeit mit der Morgenröte zum ersten Male unangemeldet vor ihn getreten war, beschäftigte sie den Heimkehrenden, der, das innere Auge auf sie gerichtet, nicht spürte, wie es zu regnen begonnen, und er stapfend Pfütze auf Pfütze trat. War es denn möglich, er hätte alle jene Zeichen, die das Eindringen einer Konkurrentin in den Ring der auf jener Straße Privilegierten sonst ankündigten, übersehen, oder waren sie am Ende nicht gegeben worden? Und warum nicht? Galt sie ihren Schwestern wenig, erschien sie zum Wettkampf nicht gerüstet und durfte man mit Verachtung sie übersehen? Rief er sich ihre Erscheinung zurück, verneinte er die Annahme. Dem flüchtigen Blick – ein anderer würde ihr in ihrem Gewerbe kaum gegönnt werden – dünkte sie gefällig und wohlbereitet. Busekow, der sich über den Grund ihres lautlosen Auftretens auf seiner Weltbühne keine Rechenschaft geben konnte, ward befangen und kleinlaut vor sich selbst und betrat mit dem peinlichen Gefühl seine Wohnung, in dieser Nacht habe er dem Staat unzureichend gedient, den Platz, der ihm anvertraut, nicht in völliger Ordnung verlassen. Irgendetwas treibe dort ein ungerechtfertigtes, den beschlossenen Gang der Dinge störendes Wesen.
Er schlürfte verdrießlich den Kaffee und legte sich dann zu seiner Frau ins Bett. Zaghaft lüpfte er die Decke, und sich hinstreckend, nahm er eine Rückenlage ein; denn da auf den Seiten liegend er gewöhnlich zu röcheln und zu schnarchen begann, war ihm diese anbefohlen worden. Wie in allen Dingen, die das Weib anordnete, suchte er den Befehl genau zu befolgen und aus Furcht, er möchte im Schlafe seine Stellung wechseln, hatte er sich gewöhnt, beide Hände in die

seitlichen Ritzen zwischen Bettlade und Matratze einzukrallen, durch welches Manöver wirklich erreicht wurde, daß er in gleicher Lage aufwachte, wie er eingeschlafen war. Auf welche Weise die Frau bald nach Beginn ihrer nun zwölfjährigen Ehe seine Unterwerfung unter ihren Willen durchgesetzt hatte, darüber hatte er nie nachgedacht. Er wußte nur, die Abhängigkeit war bodenlos, ohne den leisesten Trieb zum Widerstand. Selbst bei den ihm unliebsamsten Geheißen erschien sie ihm noch eine milde Gebieterin, da er in sich die Neigung ahnte, auch ihrem zügellosen Verlangen nachzugeben.

Es war aber einzig sein bedingungsloser Gehorsam, der die an sich Schüchterne allmählich fähig gemacht, Wünsche ihm gegenüber zu äußern, später zu fordern. Und so entfernt blieb sie innerlich der Überzeugung wirklicher Macht, daß sie noch stündlich und bei jedem Anlaß erwartete, er möchte es endlich satt haben und mit ihr kurzen Prozeß machen. Denn sie war sich wohl bewußt, das einzig wirkliche Guthaben, das sie bei ihm besaß, – jene kleine Summe, die die Sechsundzwanzigjährige dem Vermögenslosen einst in die Ehe gebracht – mußte längst aufgezehrt sein, und weder geistig noch körperlich fühlte sie sich vor ihm begnadet.

Was den Leib anging, verbarg sie sogar seit Jahren schwere Schäden. Ohne daß sie Mutter geworden, hatte die Zeit ihr mitgespielt. Das einst volle Haar war zu einer winzigen Schnecke auf dem Hinterkopf zusammengeschrumpft, ihr Gesicht, das straffe Haut wohltuend gegliedert, hatte durch deren Nachlassen Löcher und Vorsprünge bekommen; heftiger aber bewegten sie ihre Brüste, die zwei flachen Tellern gleich, mit kaum noch gefärbter Warze von den bergenden Händen beim Auskleiden nicht mehr bedeckt werden konnten. Die zarte Scham, mit der Busekow über diesen Umstand abends und morgens hinwegsah, vergrößerte ihren Kummer und bewirkte, daß sie ihm einen harten Anruf zum Bett hinschickte, etwa: setz Wasser auf den Herd! oder: scher dich zum Kohlenholen!

Bei solchen Aufforderungen hatte den Mann oft verlangt, sie möchte ihre Empörung über die Unbill der Natur durch eine furchtbare Forderung an ihn etwa für sich ausgleichen. Wie sie zur ärmsten Magd Gottes herabgesunken war, dichtete er königliche Befehle in ihren Mund, sah sich in hündischer Demut in den Ecken stehen, die Pfoten aufwartend gekrümmt. Und fürchtete, er habe sie um ein Großes betrogen, meinte das Kind, das sie von ihm nicht hatte, seufzte und fand sich vor ihr schuldig. Oft lagen sie sprachlos nebeneinander, mit nach oben gedrehten Gesichtern, geschlossenen Lides, daß keiner dem anderen das Wachen anmerkte. Ihre Herzen klopften laut: Warum konnte ich sie nicht erfüllen? Was tönten meine Rippen nicht von ihm? Und wehmütig griff sie ihre Brüste; er fuhr die mageren Lenden herab; beide fühlten sich dürftig.

Den Betten gegenüber hing in Öldruck Martin Luther. Die Hand auf ein Buch geballt, machte er eine ausladende Gebärde. Beide Gatten hatten Anfangs aus dieser Geste einen großen Mut zu holen gesucht, wollten sich erklärend anreden und die Kluft überspringen. Aber es gab zwischen jenem und ihnen keine Zusammenhänge. Schon begann alles in eine hoffnungslose Gewohnheit beschlossen zu werden. Man sparte an Blick und Ton füreinander, rief sich und antwortete in Hauptworten, denen die verbindenden Verben und Partikeln fehlten, um schließlich bei Begriffen, die man als bekannt und erwartet voraussetzen konnte, auch an den Endsilben zu sparen. Die Augen wichen sich aus, man sah gegen Wände; Berührung wurde gefürchtet. Streiften bei einer Begegnung sich die Kleider, schoß beiden panischer Schreck ins Gebein, als hätten sie Allerheiligstes betastet. Die weibliche Seele war so voll Vorwürfen für ihn, er so voll Angst vor ihr, daß sie wußten, ein wohlgebildeter Satz jetzt, Gleichnis freundlicheren Lebens, hätte sie bis ins Mark erschüttert und vernichtet.

Also scheuten sie ihre Güte, erzogen Hartes und Kantiges in sich und schlossen am Ende auf Grund rauher Regeln einen letzten Frieden, er, der Hingeschmissene, Unwürdige, Besiegte, sie die Beleidigte, mulier virgo.

Wie er nun lag und ruhen wollte, brach Sonne schräg durchs Fenster und verwirrte seine Augen. Da er sich nicht wenden durfte, bedeckte er das Gesicht mit der Hand; doch Licht schien rot durchs Blut der Finger. Diese Wahrnehmung verwirrte ihn, als hätte er des Umstandes seines lebendigen Blutes vergessen. In einer Aufwallung streckte er das eine Bein gegen die Decke, daß eine Wölbung über seinem Leibe entstand und lächelte. Es schien ihm aber gleich darauf, als sie neben ihm im Schlaf stöhnte, Gebärde und Lachen infam, und er begann, in die Strahlen blinzelnd, alle Züge einer stetigen und zunehmenden Niedrigkeit aus seinem Leben zum Bilde eines verworfenen und vergeblichen Geschöpfes zu dichten. Wie er in der Schule seines Dorfes schlecht gelernt, zum Hofdienst untauglich gewesen war und einst am Reformationstage in der Kirche, während die Gemeinde im Liede: Ein feste Burg ist unser Gott himmlische Andacht einte, den Zopf des vor ihm singenden Mädchens ergriffen und an seine Lippen geführt hatte. Die Kleine hatte aufgeschrien, Nachbarn den Frevel bemerkt, und er war dem Pastor zur Bestrafung angezeigt. Der hatte ihn mit Wortschwall überwältigt und Mut der Jugend und Selbstbewußtsein für lange Zeit in Grund und Boden geschlagen. Eine Spur davon war erst nach Jahren wiedererstanden, als ihm, dem Unteroffizier, eine Dekade junger Burschen auf Gnade und Ungnade überantwortet wurde. Da hatte er den Schnurrbart hochgezwirbelt und sich einiger Flüche bemächtigt, die ihn vor sich selbst martialisch machten. Doch gelang es über ein geringes Maß nicht, da die Wichtigkeit vom Kasernenhof in den Stuben bei Instruktion und Unterricht verblich, merkte er, wie er im Auffassen des Vorgetragenen hinter den Kameraden zurückblieb. Im Verlauf von zehn Jahren hatte der Hauptmann einige Male zu ihm gesagt: Sie sind in Herz und Nieren königstreu, Busekow. Das ist eine Sache. Aber haben keine Verstehste. So wurde Königstreue, die man ihm öffentlich zugestanden, fortan Richtschnur seines Lebens. Und als er einsah, eine Feldwebelstelle war ihm nicht erreichbar, er aber nur im Staatsdienst für seine positive Eigenschaft Verwendung hatte, gab er sich als Schutzmann ein. Bedenken gegen seine zunehmende Kurzsichtigkeit zerstreute er auf die geschilderte Art.

Da ihm seine Tugend jetzt einfiel, wurde die Seele einen Augenblick freier, schnell erleuchtete ihn jedoch Erkenntnis, wie wenig offiziell sie in seinem heutigen Dasein sei. Im Gegensatz zu jenem Hauptmann hatte seine Frau sie nie anerkannt, in ihren Reden war sie nie erwähnt worden.

Ein elendes, nutzloses Schwein bin ich, dachte Busekow. Diese Frau weiht mir ihr junges Leben, ihren einst blühenden Leib, schöne Gaben. Alles habe ich vernichtet, nicht fähig, das mir Anvertraute zu pflegen. Was aber meine Königstreue anlangt (mit einem letzten Versuch, sich zu erheben, flüchtete er noch einmal zu diesem Gedanken), meine Hingabe an den Dienst – vor seinem Geist stand ein blondes aufgedonnertes Frauenzimmer, ein Blutmal im befremdenden Gesicht. Da ergriff namenlose Trauer um sich selbst unseren Helden, und einschlafend verstand er die Größe seines Weibes nicht mehr, die es vermochte, bei ihm auszuhalten.

Er träumte, in leerem Raum stünden sie sich gegenüber, nackt. Wie ihre Augen sich sengend ihm ins Gesicht bohrten, war er gezwungen, sie anzusehen. Einen schauerlichen Leib erblickte er, wie Stöcke die Beine, von Hautrunzeln bedeckt. Erbärmlich das übrige. Nirgends aber war noch der leiseste hüllende Flaum zu erspähen, und der Kopf glich einer polierten Kugel. Mit ausgestreckter Hand, die wie eine Kastagnette knackte, klopfte sie abwechselnd gegen sein gepolstertes Bäuchchen, den Schädel und krächzte dazu: Heuwanst, Heukopf! Und alsbald begann er aus der Öffnung seines Mundes Stroh zu speien, bündelweis, ohne Aufhören meterweis. Sie lächelte giftig dazu, klopfte und knatterte: Heukopf, Heuwanst, Heukopf. In Schweiß gebadet er-

wachte er, war mit einem Ruck aus den Federn, und im Hemd ins Nebenzimmer stürzend, rief er mit dröhnender, übernatürlicher Stimme ihr zu: Ja, ja Elisa, ich bin ein Elender; wirklich ein Unfruchtbarer! Sie war nicht im Raum. Neben Butterbroten und einer Flasche Bier lag auf dem Tisch ein Zettel mit den Worten: Ich bin zum Kientopp. Wundre dich nicht. Geburtstag.
Und nun stellte er sich, während er zu kauen begann, ihre Freude im Lichtspieltheater vor und spürte, die tröstliche Stärkung, die er mit dem Zugeständnis seiner Wertlosigkeit hatte gewähren wollen, mußte ihr draußen stärker zuteil werden durch Bilder aus der Menschenkomödie, die sie mit Lachen und Weinen ergreifen würden.

Gegen sieben, seine Frau war noch nicht zurück, begab er sich zur Polizeiwache in den Dienst. Um Mitternacht bezog er Posten am Schnittpunkt der Hauptstraßen. Aber da es in Strömen regnete, gelang es ihm von allem Anfang nicht, die heroische Haltung, die er sonst besonders während der ersten Minuten seiner Wache vor einem vierarmigen Gaskandelaber einnahm, zu markieren. Im Gummiumhang, die Schultern eingezogen, das Haupt gesenkt, sah er vielmehr, während Wasser an ihm niedertroff, recht kläglich aus. Zudem verwirrten ihn hinter nassen Scheiben seiner Brille rote, grüne und weiße Lichter der Fahrzeuge. Um sich überhaupt bemerkbar zu machen, hob er von Zeit zu Zeit einen Arm und ließ ihn, ohne des Eindrucks inne zu werden, wieder sinken. Nur mit Mühe unterschied er den Aufmarsch bekannter Gestalten, die Frauen der Kaffeekellner, die ihre Männer abholten, Stammgäste der in der Nähe befindlichen Wirtschaften, den Mann mit dem fliegenden Streichholzhandel und eine nach der anderen die Nymphen der Straße. Dicht an die Häuser gedrängt, hüpften sie Schutz suchend an ihm vorüber, mit eingezogenen Flügeln Vögeln gleich, die, Land gewöhnt, ins Wasser gefallen sind und sich retten möchten. Sie schritten auf ihren bis zu den Knien freien

Ständern über den Fahrdamm und teilten ihre Aufmerksamkeit zwischen den Wassertiefen, die sie durchqueren und dem Wild, das, diesen Abend spärlich genug, sie jagen mußten.
Beim Anblick ihres namenlosen Elends hob Busekow am heutigen Tag zum erstenmal selbstbewußt den Kopf. Diesen da war er, wie man den Maßstab auch anlegte, doch tausendmal überlegen. Er dachte an seinen Traum und meinte, produziere er als letzte Formel von sich auch Heu und Stroh, so sei das schließlich eine saubere Sache. Wie aber würde sich diesen in Träumen das Gleichnis ihrer ausgespeiten Eingeweide darstellen? Und anderen, weniger verächtlichen, aber dennoch tief unter ihm stehenden Klassen, all diesem männlichen Gelichter, das an ihm vorüberstrich. Stand er hier nicht – Donner und Doria – doch am Ende für Kaiser und Reich und sah alle Welt in ihm nicht einen tüchtigen Beamten? Als es aber noch heftiger vom Himmel goß, und er tiefer in sich hineinkriechen mußte, erschien vor ihm wieder der Leib seiner Frau, wie er ihn heute im Schlaf gesehen, und die Erde ward abermals wüst und leer.
Mit gedunsenem Auge stierte er in die Luft, einmal rechts, links einmal und geradeaus, als aus dem Gewissen plötzlich die Frage nach dem Verbleib jenes Weibes sich hob, das er am Morgen zum erstenmal erblickt. Gehörte sie von nun an für immer zu den Figuren, die vor ihm spielen würden, oder war sie nur wie zu einem Gastspiel auf dieser Straße erschienen? Dafür sprach das Verhalten der Kolleginnen, die ein einmaliges Kommen und Gehen zur Not dulden durften, eine dauernde Etablierung jedoch, wie er es in anderen Fällen erlebt, mit Hohn und Gewalttat zurückgewiesen hätten.
Es schlug zwei Uhr morgens, als sie hinter einem jungen Menschen in aufgeweichten Lackstiefeln auftauchte. Zugleich aber bemerkte Busekow eine lange Schwarzhaarige sie an die Schultern greifen und hörte, wie sie ihr zuzischte: Nicht an meinen Kleinen heran! und die Antwort der Neuen: Nur sachte!

Schon sammelte sich auch ein Kreis erregter Frauenzimmer um die beiden und fiel mit schnatterndem Schwall im Chore ein. Man sah drohend aufgehobene Arme und Schirme. Da aber schleuderte Busekow allen Regen von sich, war mit zwei Schritten bei den Streitenden und Gewitter aus empörten Augen blitzend, herrschte er mit erzener Stimme die Auseinanderstiebenden an: »Keinen Streit, meine Damen. Weitergehen!«

Nur sie blieb ihm gegenüber. Sekundenlang sah er in ein erschrockenes Gesicht und trat dann an seinen Platz zurück. Irgendwo straffte sich eine Sehne an ihm. Der Blick, den sie von jetzt ab bei ihrem allnächtlichen Erscheinen ihm zuwarf, strahlte vor Dankbarkeit. Er entzog sich ihm nicht, empfing ihn als seines öden Lebens Zuckerbrot. Und als er Nacht- mit Tagdienst tauschte, war das Gefühl des Bedauerns, diesen Blick in Zukunft entbehren zu sollen, groß. Doch kam sie schon am zweiten Tag die Straße herauf an ihm vorüber, und da geschah es, daß er, ihren Gruß erwidernd, ein wenig das Haupt neigte.

Schnell spannen sich zwischen ihnen die Fäden schlichter Vertraulichkeit. »Mir geht es immer so, bin immer die gleiche«, sagte etwa ihr Blick. »Stehe hier für Kaiser und Reich«, rief er zurück. Monatelang. Bis eines Tages, vom Dienst heimkehrend, er sie streifte, die in einem Haustor stand.

»Keinen Auflauf bilden, Fräulein«, meinte er witzig und lächelte sie an. Sie senkte den Blick vor ihm. Meinte er, Samtenes schlage Flügel und verwirrte sich bedeutend.

Ein andermal, da er an einem Urlaubstag gegen Abend spazierte, traf er sie und ging ihr nach. Sie trat in einen Flur, sah sich nicht um. Er folgte, stieg die Treppen hinter ihr hinauf, schlüpfte in einen Korridor, den sie aufschloß, und dort im Dunkeln standen sie sich gegenüber, ohne daß ein Wort fiel. Nur ihr Atem blies, die Augen glühten sich an. Berührung wurde nicht gewagt. Schließlich lehnte sie sich Halt suchend gegen die Wand, er schräg an sie gebeugt, schlang in

alle Öffnungen den Hauch ihres Leibes. Beide wankten. Sie fiel zuerst. In schmerzlich süßer Lähmung blieb ihr das eine Knie erhoben und reckte ihren Schoß auf. Wie ein stürzender Felsblock senkte er sich ein.
Auch späterhin war kein Wort gefallen; da er losgebunden von ihr schwand, blieb sie am Boden hingenagelt. Geschlossenen Auges lächelte sie; ihr Atem ging wie eine feine Musik aus ihr, und in rhythmischen Abständen zitterte der Leib.

Acht Tage später wieder frei, begab er sich unter dem Schutz der Dämmerung zu ihr. Da er an die Tür klopfte, öffnete sie und zog ihn gegen ein erleuchtetes Zimmer, in dessen Mitte, dem Klavier genüber, ein gedeckter Tisch stand. Busekow hörte das Summen des Wasserkessels, roch den Duft eines Kuchens und sah in weiß und gelben Farben Blumen gebunden.
Sie blieb aufrecht vor ihm, legte einen Arm um seinen Hals und strich mit der anderen Hand ihm Haar aus der Stirn. Dabei hing ihr Blick in seinem. Ein Wort wollte er sagen und vermochte nichts; lächelte sie und bewegte verneinend den Kopf. Plötzlich lief zischend der Kessel über. Sie ließ den Mann und war mit zwei Schritten am Tisch, hob das kupferne Gefäß, schwang es gegen die Kanne und ließ heißes Wasser in sie stürzen. Verharrend folgte er der Bewegung. Wie sie goß, zuteilte, zurechtstrich und schließlich winkte. Da setzte er sich zu ihr ins Sofa.
Überstürzte Frage und Antwort schwirrte. Alles Wie und Was ihres heutigen Lebens saugten sie in sich hinein, stürmisch verständigten sie sich über Gelände und äußere Grenzen ihres Glücks. Und als nirgends jählings der Abgrund auftauchte, der ein augenblickliches Halt rief, war mit ihnen ein einziges Glück. Sie hatte beide Arme erhoben und saß mit aufgerissenen Augen stumm wie eine Schreiende. Er hieb die geballte Faust in den Tisch.
Da später Dunkelheit und die Decke des Bettes schützend über ihnen ruhte, nahm sie zuvor plötzlich seine Hände, fal-

tete sie ihm auf die Brust und hauchte an sein Ohr: »Vater unser, der Du bist im Himmel« und murmelte weiter. Er aber erschrak heftig und schämte sich, weil heute und sonst Gebet ihm fern und fremd war. Doch bewegte er die Lippen und stellte sich, als folge er ihr in jeder Silbe. Trotz seiner Lüge wurde auch der Sinn des Gebetes in ihm erreicht, denn Ruhe war an Stelle brennenden Verlangens getreten, als er jetzt seinen Arm um sie legte, Glied an Glied zart fügte und reinen Atem aus seinem Munde auf sie herabwehte. Sie hielten sich erst schwebend und wie aus Erz gegossen. Noch spürte jeder den eigenen festen Umriß und die verhaltene fremde Person.

Da rief sie »Christof«, und zugleich sah er das Blau ihres Auges sich verschleiern und verschwinden; rund quoll Weißes über den ganzen Ball. Und zum andernmal erschrak er vor ihr und wußte nicht, wie sich in Einklang mit ihr bringen. Bebend stieg er in sein Innerstes nieder und brachte Konfirmationstag und seiner Mutter Sterbestunde herauf. Aber auch so versehen, holte er die Seele der vor ihm Ausgebreiteten nicht ein, und seine Anker griffen nicht ins Mutterland der Hingegebenen.

Doch schmolz viel harte Schale an ihm. Schon wurde mancher Zelle Kern erweckt und goß sich in den Kreislauf der Säfte. Und jede Welle Leben, die er in sie schickte, kam als brausende Sturmflut in sein Blut zurück, die Schutt und Asche fortriß, bis schließlich an des Lebens Nerve donnernd, sie ihm den Mund zu einem hellen Ruf aufspreizte. Da, während er gegen die andere Wand des Bettes zurückwich, verklärte himmlischer Schein des Weibes Gesicht.

Er erfuhr von Gesine, Vater und Mutter habe sie früh verloren und Ernährerin ihrer jüngeren Geschwister sein müssen. Emsig verglichen sie ihr Kinderleben, freuten sich, dieselben Spiele gespielt zu haben, und als beide ihr Vorliebe für die gleichen Speisen in jener Zeit entdeckten, waren sie noch glücklicher. An diesem Tag blieben sie ganz närrisch ihrer Jugend hingegeben. Die Eltern, Brüder und Schwestern lernten sie gegenseitig kennen, Haus und Hof und Knecht und Vieh. Vom Getreide sprachen sie, von Saat und Frucht; wie der Dung am besten in die Scholle gebracht würde, und was es der Freuden und Verlegenheiten bäurischen Volkes mehr gibt. Erst als sie auf ihren Glauben zu sprechen kamen, und Gesine ihm ihre katholische Religion bekannte, ergriff beide Scheu voreinander und Fremdes stieg zwischen ihnen auf. Der märkische Protestant brachte aus der Kindheit einen so feindseligen Begriff dieser Lehre, die er nicht kannte, mit, sie war ihm als etwas so Götzendienerisches, deutschem Wesen Fremdes hingestellt worden, daß er die junge Frau neben sich plötzlich mit der Neugier, die man an ein wildes Tier wendet, besah. In diesen Augenblicken war von dem fanatischen Haß seiner Mutter gegen andersgläubige Christen in ihm, seiner Mutter, die vor der katholischen Magd des Nachbarn ausgespuckt und behauptet hatte, diese verhexe dem Armen Familie und Gesinde.

Als Gesine wieder nach ihm griff, wich er beiseite, trat ins Zimmer zurück und schickte sich eilig zum Gehen. Und da ihr Antlitz mit den weißen Augäpfeln wieder vor ihm erschien und manches Seltsame, das er sich nicht hatte deuten können, brachte er's mit ihrem verdächtigten Bekenntnis in Zusammenhang und entfloh mehr, als daß er ging.

Doch war ihres Leibes Eindruck schon zu bedeutend gewesen; von Stund an, wo er stand und ging, verließ ihn das Gefühl ihrer Liebkosung nicht mehr.

Den nächsten Urlaubtag verlebte er mit seiner Frau. Schuldbewußtsein hielt ihn an ihrer Seite. Doch vergrößerte er es tagsüber nur, kam ihm bei keiner ihrer Bewegungen die entsprechende der Geliebten aus dem Sinn. Da er sich aber abends niederlegte, und sie, sich entkleidend, ein Päckchen Wolle unter dem Haarknoten hervorzog und auf den Tisch legte, war plötzlich alles Mitleid, das ihn bis dahin stets um sie bewegt hatte, dahin, und er lächelte spöttisch. Ihr Körper, den er beim Schein der Lampe durch das Hemdtuch umrissen sah, erregte tolle Lachlust in ihm. Wie sie mit ihren mageren, ein wenig nach innen gekrümmten Beinen von einer Tür zur anderen trat, er nicht eine gefällige Linie an ihrem Leib sah, schlug stürmische Scham über sie ihm in die Stirn. Zum erstenmal in seiner Ehe stand Trotz in ihm auf, und aus ihrer Dürftigkeit gewann er eine große Rechtfertigung für sich. So blieb auch ihr heute schon oft wiederholter Vorwurf, die Kameraden im Revier sprächen von einer Zunahme seiner Kurzsichtigkeit, sie aber glaube nur an gesteigerte Teilnahmslosigkeit und Faulheit, so gut wie ungehört. Im Gegenteil trat er am anderen Morgen mit wuchtigerem Schritt als sonst beim Barbier ein, hatte hier schon unter der Serviette das Gefühl gesteigerter Bedeutung und empfand sein Bild, wie er heute im Sonnenglanz im Rock von Blau und Silber prangen würde, als eine körperliche Wohltat. Und wer ihn an dem Tag auf Posten gesehen hat, muß das Gefühl mitgenommen haben, in dem Manne geht Veränderung vor sich. Unablässig trat er auf seiner Insel hin und her, ließ es nicht beim Insaugefassen Vorübergehender, sondern bewegte sich einige Male hilfebringend auf eine geängstigte Frau, ein verwirrtes Kind zu. Er hob auch seine Stimme zum Kommandoton, schob die eingesunkene Brust in die Luft, rührte fast unablässig weisend und richtend beide Arme. Kurz, er war ein froher, zugreifender Schutzmann und gab dem Leben an dieser Stelle der Erde etwas munter Bewegtes. Wäre es angegangen, hätte er für einen Bettler, der vorbeischlich, in die Tasche gegriffen. So mußte er sich begnügen, für den Hinkenden einen Augenblick den gesamten Fahrverkehr zum Stehen zu bringen und ihm einen Übergang über den Straßendamm zu schaffen, wie ihn sonst nur die höchsten Personen genossen. Der Bettler grinste und winkte mit der Hand einen Gruß, Busekow lachte fröhlich auf. Als Gesine erschien, erhielt seine Haltung vollends etwas Heldisches. Er flog und wippte auf Draht, schlug mit der Linken einen mächtigen Bogen gegen nahendes Vehikel, und der Platz hallte von seiner Stimme. Gleich darauf riß er vor

einem passierenden General die Hände stramm an die Hosennaht, rührte den Kopf so jugendlich auf, daß die Exzellenz wohlwollend nickte. Von ihm fort aber sandte er Gesine über alle Köpfe einen strahlenden Blick zu, der ihr kündete: Du mein geliebtes, du mein angebetetes Leben.
Er kam wieder zu ihr, und sie wurden von Mal zu Mal mehr eins. Mit gelassenem Behagen gaben sich die Körper dem Gefallen aneinander hin, als sei ihnen gegenseitiges Begehren für alle Zukunft gewiß. Mit immer frischem Appetit setzten sie sich an den Tisch ihrer Sehnsucht, aßen und standen erst leicht gesättigt, das Herz von Dank für den Schöpfer gefüllt, auf. Auch in Gesprächen vermieden sie die Grenze des ihnen Faßbaren, sondern gaben sich Rechenschaft nur über ihr täglich Leben. Insbesondere drang Gesine in das Wesen seines Dienstes völlig ein. Bald war ihr Reglement und Praxis innig vertraut, und sie erörterten manche Möglichkeit an Hand eines älteren Rapportbuches, in das er Vorfälle und Schuldige aufgezeichnet, und das er ihr zum Geschenk gemacht hatte. Mit scharfem Instinkt griff sie menschlich besonders packende Dinge aus ihm heraus und führte sie, Herz und Überlegung an sie hingegeben, aus dem Bereich des Zufälligen zum symbolisch überhaupt Gültigen auf; erfüllte ihn allmählich mit der Überzeugung, wie er an seinem Platz mit tausend Fäden ins innerste Menschentum verflochten stehe und gab ihm ein bedeutendes Bewußtsein von der Wichtigkeit seines Amtes im allgemeinen. Darüber hinaus aber suchte sie ihn auf jede Weise von seiner besonderen Eignung für seine Stellung zu überzeugen. Wie ihre Schwestern auf der Straße niemandem so unbedingte Achtung zollten wie ihm, die Kameraden, das wisse sie aus manchem Mund, seiner Laufbahn gewiß seien. So daß er, von ihr erhoben und süß geschwellt, gelobte, Säbel und Revolver demnächst mitzubringen und ihr sämtliche Griffe und Manöver an ihnen zu zeigen.
Er hielt das Versprechen. Unter dem Mantel brachte er beides, und während sie vom Sofa aus ihm zusah, übte er vor

ihr mit so machtvollen Tritten und Ausfällen, daß der Boden des Zimmers dröhnte, alle Gläser klirrten und die Gardine flatterte. Ihr aber war der Blick verklärt, und als er zwei Angreifer mit einer glänzenden Säbelparade in die Schrankecke, aus der sie nicht entweichen konnten, geschlagen hatte, flog sie ihm grenzenlos hingegeben an den Hals. Da hatte Busekow zum erstenmal im Leben das Gefühl seiner Notwendigkeit zur Evidenz.

Dies Bewußtsein äußerte sich sogleich im Dienst. Mit Sicherheit den Gang der Ereignisse gewissermaßen voraussehend, griff er auf der Straße in die Speichen des Geschehens. Im Revierdienst begann er sachkundige Vorschläge zu machen. Zu einer wichtigen Frage gab er so einleuchtenden Rat, daß der Polizeileutnant ausrief: dieser Busekow – einfach fabelhaft!

Und man begann, ihn mit wichtigen Posten zu betrauen. Bei Fürstenbesuchen gehörte er zur Bahnhofsmannschaft. So sah er manch außerordentliche Szene, durch Anschauung wurde sein Leben reicher, er überlegen. Sie hörte nicht auf, das von ihm Mitgeteilte sinngemäß in den Gang seines Daseins einzuordnen.

An Kaisers Geburtstag hatte einer für den anderen wichtige Mitteilung. Er war zum Wachtmeister ernannt. An sein Ohr hinsinkend, gestand sie Mutterschaft.

Von Erspartem lebend, war sie schon seit Wochen ihrem Berufe fremd. Da die Überraschungen an den Tag waren, faßten sie sich bei Händen und ließen das Glück des Einverständnisses in Blicken sprechen. Dann aber, über alles bisher gemeinsam Erlebte hinausgehend, griff er selbsttätig in ihr Persönliches und forschte nach ihrer Innerlichkeit. Welche Hoffnungen und Entwürfe für das Zukünftige sie bewegten, ob sie es nur mit ihm oder mit Höherem verknüpft glaube, wie das Göttliche denn ihr vorschwebe; kurz, alle Fragen stellte er, die sie, die Frau, einst angerührt und schnell verlassen hatte, da sie den Zustand seiner Seele erkannt.

Sie jedoch leicht fröstelnd, auch leicht erhitzt, bebte jetzt in ihren Gliedern über seine Fieber und schwieg. Tiefer drückten sich seine Finger in ihr Fleisch, dringender wurde seine Rede, und leichter Schaum erschien auf seinen Lippen. Doch während rote Sonnen in ihrer Stirnhöhle drehten, kam kein Laut Antwort von ihr. Sie ließ ihn sich erschöpfen und diesen Abend ohne Aufschluß von ihr gehen.

Nun aber klopfte ihm auf dem Heimweg stürmisch das Herz vor dem Wiedersehen mit seiner Frau. Da durch Gesines Eröffnung seine Manneskraft bewiesen stand, wurde dieses Weibes Hauptbuchseite ihm gegenüber zu einem Blatt der Schuld. Gelogen die Überlegenheit ihres Daseins, ins Gegenteil verkehrt. Eine Handvoll Sand war sie, kein Gott machte sie trächtig; er aber, wohin er seinen Finger legte, mußte erschaffend sich beweisen.

Ein prachtvoll großer Haß blies durch den Mann und ließ ihn wie ein schreitendes Denkmal sein. Wäre sie ihm da gegenübergewesen, wie ein Föhn hätte ein Hauch von ihm ihre Eingeweide bloßgefegt, die zarteste Handlung sie zertrümmert.

Doch starb Erbitterung an ihrer eigenen Kraft und Überzeugung. Da nicht der geringste Einwand ihr gegenüberstand, von seiten des Weibes kein Aber zu erdenken blieb, war Elisa aus der Wirklichkeit, in der sie bis heute einzig durch die Kraft eines zu Unrecht vorgetäuschten Zornes gelebt hatte, plötzlich ausgelöscht, und es begann von ihr Erinnerung nur noch in ihm zu leben. Je näher Busekow seinem Hause kam, wurden die Gefühle der also in ihm Hingeschiedenen gegenüber, wie für Tote überhaupt, weicher, und als er ein Amen über das Grab ihres Lebens sprach, erschien sogar ihr Bild, wie sie im Hochzeitskleid, eine Rose auf der Brust, einmal jung in seinen Arm gekommen, freundliche Erinnerung heischend vor ihm.

Er hob die Hand und winkte einen Abschiedsgruß. Trat bei sich ein, entkleidete sich halbgeschlossenen Auges, legte sich

neben sie und nahm ihrem in ihm nun vollendeten Abscheiden zu Ehren im Bett die gewohnte Rückenlage ein.
Sie aber fühlte, in diesem Manne habe höhere Einsicht gegen sie entschieden, zog unter der Decke das Knie an die Brust und fürchtete sich sehr.
Und wie sie das klare Bewußtsein ihrer Schuld verabscheute, mußte sie doch in dieser Nacht schon einige Male ihm in die Augen sehen, wie es laut kündete, was sie heimlich oft schon aus sich selbst empfunden: In allem Wesentlichen, von Gott Gegebenem und Hinzuerrungenem, ihm hintangestellt, wagtest du frecher Stirn eure Ansprüche aneinander derart zu fälschen, daß in betrügerischer Untreue du aus seinen Mitteln zu deinen Gunsten schöpftest und es dennoch so darzustellen wußtest, als bliebe er dir schuldig. Und in der Zukunft ward ihr auch bewußt, wie ihr Verbrechen an ihm größer war, als daß es auf dieser Erde noch getilgt werden konnte.
Immerhin kann dies zu ihrer Entlastung berichtet werden. Entschlossen zog sie aus der Erkenntnis jede Folge. Demütigte, unterwarf sich und hörte fortan auf seinen Atemzug als einzigen Laut in der Welt; lag seinem Antlitz nächtens zugewandt in bewundernder und gerührter Unterwürfigkeit. Seine gekrallten Hände aus den Bettritzen hochzuziehen, wagte sie ehrfürchtig nicht. Seufzer, Geständnisse, Versprechen und scheue Küsse hauchte sie viel gegen ihn hin, doch blieb ihm alles, Leid und Geste, verborgen.
Für ihn – und es kam auch die Nacht, in der Elisa es begriff – war sie nur noch die Kunde von sich selbst. Andenken, Leichenstein.

Gesine empfand alsbald, nun sei ihr mit Christof das letzte Heil gekommen. Da er wieder zu ihr trat, war aus seiner Gebärde alles menschlich Befangene geschwunden, er griff Gegenstände und sie mit großer Machtvollkommenheit und wußte aus befreiter Natur Allerselbständigstes. Die Stimme fand aus den Ecken größeren Widerhall, ihr selbst schlug

jedes Wort von ihm durchs Trommelfell an die Herzwand. So zögerte sie nicht länger und legte sich frei. Entschleierte ihr Gewissen und ließ seinen Blick in innere Kanäle. Er las berauschte Frömmigkeit. Vom Schöpfungstage angefangen lag Gott mit allen Wundern in dieses Weibes Leib. Zu den Bildern, die aus ihr strahlten, begannen die Lippen, ihm herrliche Gleichnisse zu stammeln. Alle Texte der Schrift hatte sie aufgefangen, mit Blut genährt und lebendig gehalten. Es stiegen aus ihr Adam und Abraham zu ergreifendem Licht. Als sie von Saul und David zu sprechen begann, begriff sie, von Gnade beweht, die männlichste Tragik, und da ihre Stimme pathetisch heulte, trieb es sie beide von der Matratze hoch. Auf den Knien gegen das Fenster gewendet, parallel beieinander hochgerichtet, tranken sie jedes schallende Wort. Ihr waren die Brüste beseligt aufgestanden, auf seinen Schenkeln spreizte sich jedes Haar. Die Brille fiel ihm vom Ohr und hing quer über das lefzende Maul.
Nasse Wärme quoll aus den Körpern, ganz eng hämmerten Atome sich aneinander, und die Glieder waren geballt. Gesines Scheitel schien feucht und hell beleuchtet.
Schon hub Christof mit Rede in die ihre hinein. Wie glühende Stahltropfen fielen Silben auf ihre Satzenden. Gebell blieb es mehr als das Verständnis zustande kam; doch half es ihr zu voller Ekstase. Rasend alsbald schrie das Weib die biblischen Namen und so befeuerte sie des Geliebten Hingabe, daß ihre Glaubensmacht die Wände der Beschränkung brach, und sie den letzten Sinn alles Geschriebenen bloßlegte.
Wie in starker Musik, im Spiel vermischter Themen der musikalische Leitgedanke nicht verloren geht, so übertönte in ihrer Darstellung Davids Name alle Harmonien des Alten Testaments. Und es gelang Gesine, das Vermächtnis hingegangener Judengenerationen in auferstehender Gestalt als Jesus in Marias Schoß zu pflanzen, daß Christof, von Davids heldischem Reiz befangen, ihr willig in den Kult folgte, den sie um den fleischlichen Leib der Mutter als der

Erhalterin und Wiedergebärerin erlauchten messianischen Samens exekutierte.
Ihre aufgesperrten Finger hatten sich verflochten. Die Schädel, Knochen an Knochen sanken als das gleiche Gebein in die Kissengrube.
In jenen Augenblicken, da sie Marias Begegnung mit Elisabeth erzählte, bei diesem Satze: und es begab sich, als Elisabeth den Gruß Marias hörte, hüpfte das Kind in ihrem Leibe – als unter ihnen das Lager rollte, und ein Sausen in den Lüften war – brach sie die schließlich geflüsterte Rede ab, zog des Mannes Finger auf ihren Bauch, und sie fühlten beide, siehe – es hüpfte das Kind in ihrem Leibe.
Und die Blicke flogen auf über das rhythmische Spiel der Glieder, und von Himmeln fernher mit Stolz sich anstrahlend, beteuerte jedes und stellte fest das hocheigne Teil, sich selbst zu diesem Wunder. Dann warf es sie Rippe zu Rippe.
Moses und David, Jesus und alle Helden des Buches war Christof in dieser Nacht. Es strömte aus ihm heroische Männlichkeit von Jahrtausenden. Sie nahm hin und schmeichelte ihm hold, daß keine Kraft aus seinen Lenden wich, und er übermütig und hochgemut blieb bis zum Morgen, als sie in leichtem Schlummer verzaubert hinsank. Da riß er sich von ihr, reckte die Brust in den Tag und fand sich ans Klavier. Hingezogen von Gefühlen, suchend und hochreißend aus der Erinnerung, drückte er mit einem Finger in die Tasten: Heil dir im Siegerkranz. Und alsbald mit Stimme folgend, mächtig und mächtiger anschwellend, variierte er über beiden Pedalen vom Baß bis in den höchsten Diskant – da erklang es ihm selig:

Heil dir im Siegerkranz,
Fühl in des Thrones Glanz
Die hohe Wonne ganz,
Heil Kaiser dir.

Gesine spürte im Schlaf: So ist mir's recht, Christof. Wohl recht – wohl.

Am Abend dieses Tages, man schrieb den fünfzehnten Februar, leitete Busekow vor dem königlichen Theater die Auffahrt der Wagen. Aus seinem Glück war er nicht erwacht. Durch das dichte Netz von Klang und Taktreizen, das aus der letzten Nacht noch um ihn hing, drang Gegenwart nicht in sein Bewußtsein. Es schüttelte ihn eine liebliche Erinnerung um die andere; auf den Fersen hob er sich, das Ausmaß seines Körpers zu verlängern und stammelte vor sich hin. Dann plötzlich, als ein Rufen in der Menge scholl, hob Begeisterung ihn gegen die Wolken. Er weitete, füllte sich und schwebte auf. Er wollte rechts und links mit sich nehmen und mußte aus einem Jauchzen heraus, das ihn mit Entzücken aufspannte, stürmisch vorwärtsschießen. Man sah, wie er die Arme mit herrlicher Gebärde gen Osten rundete, hörte aus seinem Munde einen siegreichen Schrei – und hob ihn unter einem Automobil herauf, das sanft anfahrend, ihn schnell getötet hatte.

GEORG TRAKL

Traum und Umnachtung

Am Abend ward zum Greis der Vater; in dunklen Zimmern versteinerte das Antlitz der Mutter und auf dem Knaben lastete der Fluch des entarteten Geschlechts. Manchmal erinnerte er sich seiner Kindheit, erfüllt von Krankheit, Schrecken und Finsternis, verschwiegener Spiele im Sternengarten, oder daß er die Ratten fütterte im dämmernden Hof. Aus blauem Spiegel trat die schmale Gestalt der Schwester und er stürzte wie tot ins Dunkel. Nachts brach sein Mund gleich einer roten Frucht auf und die Sterne erglänzten über seiner sprachlosen Trauer. Seine Träume erfüllten das alte Haus der Väter. Am Abend ging er gerne über den verfallenen Friedhof, oder er besah in dämmernder Totenkammer die Leichen, die grünen Flecken der Verwesung auf ihren schönen Händen. An der Pforte des Klosters bat er um ein Stück Brot; der Schatten eines Rappen sprang aus dem Dunkel und erschreckte ihn. Wenn er in seinem kühlen Bette lag, überkamen ihn unsägliche Tränen. Aber es war niemand, der die Hand auf seine Stirne gelegt hätte. Wenn der Herbst kam, ging er ein Hellseher in brauner Au. O, die Stunden wilder Verzückung, die Abende am grünen Fluß, die Jagden. O, die Seele, die leise das Lied des vergilbten Rohrs sang; feurige Frömmigkeit. Stille sah er und lang in die Sternenaugen der Kröte, befühlte mit erschauernden Händen die Kühle des alten Steins und besprach die ehrwürdige Sage des blauen Quells. O, die silbernen Fische und die Früchte, die von verkrüppelten Bäumen fielen. Die Akkorde seiner Schritte erfüllten ihn mit Stolz und Menschenverachtung. Am Heimweg traf er ein unbewohntes Schloß. Verfallene Götter standen im Garten, hintrauernd am Abend. Ihm aber schien: hier lebte ich vergessene Jahre. Ein Orgelchoral erfüllte ihn mit Gottes Schauern. Aber in dunkler Höhle verbrachte er seine Tage, log und stahl und verbarg sich, ein flammender Wolf, vor dem weißen Antlitz der Mutter. O, die Stunde, da er mit steinernem Munde im Sterngarten hinsank, der Schatten des Mörders über ihn kam. Mit purpurner Stirne ging er ins Moor und Gottes Zorn züchtigte seine metallenen Schultern; o, die Birken im Sturm, das dunkle Getier, das seine umnachteten Pfade mied. Haß verbrannte sein Herz, Wollust, da er im grünenden Sommergarten dem schweigenden Kind Gewalt tat, in dem strahlenden sein umnachtetes Antlitz erkannte. Weh, des Abends am Fenster, da aus purpurnen Blumen, ein gräulich Gerippe, der Tod trat. O, ihr Türme und Glocken; und die Schatten der Nacht fielen steinern auf ihn.

Niemand liebte ihn. Sein Haupt verbrannte Lüge und Unzucht in dämmernden Zimmern. Das blaue Rauschen eines Frauengewandes ließ ihn zur Säule erstarren und in der Tür stand die nächtige Gestalt seiner Mutter. Zu seinen Häupten erhob sich der Schatten des Bösen. O, ihr Nächte und Sterne. Am Abend ging er mit dem Krüppel am Berge hin; auf eisigem Gipfel lag der rosige Glanz der Abendröte und sein Herz läutete leise in der Dämmerung. Schwer sanken die stürmischen Tannen über sie und der rote Jäger trat aus dem Wald. Da es Nacht ward, zerbrach kristallen sein Herz und die Finsternis schlug seine Stirne. Unter kahlen Eichbäumen erwürgte er mit eisigen Händen eine wilde Katze. Klagend zur Rechten erschien die weiße Gestalt eines Engels, und es wuchs im Dunkel der Schatten des Krüppels. Er aber hob einen Stein und warf ihn nach jenem, daß er heulend floh, und seufzend verging im Schatten des Baums das sanfte Antlitz des Engels. Lange lag er auf steinigem Acker und sah staunend das goldene Zelt der Sterne. Von Fledermäusen gejagt, stürzte er fort ins Dunkel. Atemlos trat er ins verfallene Haus. Im Hof trank er, ein wildes Tier, von den blauen Wassern des Brunnens, bis ihn fror. Fiebernd saß er auf der eisigen Stiege, rasend gen Gott, daß er stürbe. O, das graue Antlitz des Schreckens, da er die runden Augen über einer Taube zerschnittene Kehle aufhob. Huschend über fremde Stiegen begegnete er einem Judenmädchen und er griff nach ihrem schwarzen Haar und er nahm ihren Mund. Feindliches folgte ihm durch finstere Gassen und sein Ohr zerriß ein eisernes Klirren. An herbstlichen Mauern folgte er, ein Mesnerknabe, stille dem schweigenden Priester; unter verdorrten Bäumen atmete er trunken den Scharlach jenes ehrwürdigen Gewands. O die verfallene Scheibe der Sonne. Süße Martern verzehrten sein Fleisch. In einem verödeten Durchhaus erschien ihm starrend von Unrat seine blutende Gestalt. Tiefer liebte er die erhabenen Werke des Steins; den Turm, der mit höllischen Fratzen nächtlich den blauen Sternenhimmel stürmt; das kühle Grab, darin des Menschen feuriges Herz bewahrt ist. Weh, der unsäglichen Schuld, die jenes kundtut. Aber da er Glühendes sinnend den herbstlichen Fluß hinabging unter kahlen Bäumen hin, erschien in härenem Mantel ihm, ein flammender Dämon, die Schwester. Beim Erwachen erloschen zu ihren Häuptern die Sterne.

O des verfluchten Geschlechts. Wenn in befleckten Zimmern jegliches Schicksal vollendet ist, tritt mit modernden Schritten der Tod in das Haus. O, daß draußen Frühling wäre und im blühenden Baum ein lieblicher Vogel sänge. Aber gräulich verdorrt das spärliche Grün an den Fenstern der Nächtlichen und es sinnen die blutenden Herzen noch Böses. O, die dämmernden Frühlingswege des Sinnenden. Gerechter erfreut ihn die blühende Hecke, die junge Saat des Landmanns und der singende Vogel, Gottes sanftes Geschöpf; die Abendglocke und die schöne Gemeine der Menschen. Daß er seines Schicksals vergäße und des dornigen Stachels. Frei ergrünt der Bach, wo silbern wandelt sein Fuß, und ein sagender Baum rauscht über dem umnachteten Haupt ihm. Also hebt er mit schmächtiger Hand die Schlange, und in feurigen Tränen schmolz ihm das Herz hin. Erhaben ist das Schweigen des Walds, ergrüntes Dunkel und das moosige Getier, aufflatternd wenn es Nacht wird. O der Schauer, da jegliches seine Schuld weiß, dornige Pfade geht. Also fand er im Dornenbusch die weiße Gestalt des Kindes, blutend nach dem Mantel seines Bräutigams. Er aber stand vergraben in sein stählernes Haar stumm und leidend vor ihr. O die strahlenden Engel, die der purpurne Nachtwind zerstreute. Nachtlang wohnte er in kristallener Höhle und der Aussatz wuchs silbern auf seiner Stirne. Ein Schatten ging er den Saumpfad hinab unter herbstlichen Sternen. Schnee fiel, und blaue Finsternis erfüllte das Haus. Eines Blinden klang die harte Stimme des Vaters und beschwor das Grauen. Weh der gebeugten Erscheinung der Frauen. Unter knöchernen Händen verfielen Frucht und Gerät dem entsetzten Geschlecht. Ein Wolf zerriß das Erstgeborene und die Schwestern flohen in dunkle Gärten zu knöchernen Greisen. Ein umnachteter Seher sang jener an verfallenen Mauern und seine Stimme verschlang Gottes Wind. O die Wollust des Todes. O ihr Kinder eines dunklen Geschlechts. Silbern schimmern die bösen Blumen des Bluts an jenes Schläfe, der kalte Mond in seinen zerbrochenen Augen. O, der Nächtlichen; o, der Verfluchten.

Tief ist der Schlummer in dunklen Giften, erfüllt von Sternen und dem weißen Antlitz der Mutter, dem steinernen. Bitter ist der Tod, die Kost der Schuldbeladenen; in dem braunen Geäst des Stamms zerfielen grinsend die irdenen Gesichter. Aber leise sang jener im grünen Schatten des Hollunders, da er aus bösen Träumen erwachte; süßer Gespiele nahte ihm ein rosiger Engel, daß er, ein sanftes Wild, zur Nacht hinschlummerte; und er sah das Sternenantlitz der Reinheit. Golden sanken die Sonnenblumen über den Zaun des Gartens, da es Sommer ward. O, der Fleiß der Bienen und das grüne Laub des Nußbaums; die vorüberziehenden Gewitter. Silbern blühte der Mohn auch, trug in grüner Kapsel unsere nächtigen Sternenträume. O, wie stille war das Haus, als der Vater ins Dunkel hinging. Purpurn reifte die Frucht am Baum und der Gärtner rührte die harten Hände; o die härenen Zeichen in strahlender Sonne. Aber stille trat am Abend der Schatten des Toten in den trauernden Kreis der Seinen und es klang kristallen sein Schritt über die grünende Wiese vorm Wald. Schweigende versammelten sich jene am Tisch; Sterbende brachen sie mit wächsernen Händen das Brot, das blutende. Weh der steinernen Augen der Schwester, da beim Mahle ihr Wahnsinn auf die nächtige Stirne des Bruders trat, der Mutter unter leidenden Händen das Brot zu Stein ward. O der Verwesten, da sie mit silbernen Zungen die Hölle schwiegen. Also erloschen die Lampen im kühlen Gemach und aus purpurnen Masken sahen schweigend sich die leidenden Menschen an. Die Nacht lang rauschte ein Regen und erquickte die Flur. In dorniger Wildnis folgte der Dunkle den vergilbten Pfaden im Korn, dem Lied der Lerche und der sanften Stille des grünen Gezweigs, daß er Frieden fände. O, ihr Dörfer und moosigen Stufen, glühender Anblick. Aber beinern schwanken die Schritte über schlafende Schlangen am Waldsaum und das Ohr folgt immer dem rasenden Schrei des Geiers. Steinige Öde fand er am Abend, Geleite eines Toten in das dunkle Haus des Vaters. Purpurne Wolke umwölkte sein Haupt, daß er schweigend über sein eigenes Blut und Bildnis herfiel, ein mondenes Antlitz; steinern ins Leere hinsank, da in zerbrochenem Spiegel, ein sterbender Jüngling, die Schwester erschien; die Nacht das verfluchte Geschlecht verschlang.

PAUL ZECH

Auf der Terrasse am Pol

Pol habe ich den Potsdamer Platz getauft. Man wird lächeln. Diesen Namen belächeln. Mich belächeln. Aus einem Defekt aber Normen herzustellen, ist bitterernst. Darum deutbarer: Aus den Ursachen der Erscheinungen und ihrer Magie, die sichtbar gestaltet sind als Zentrum eines Kreises, drin alle Ströme des Lebens münden, entkernt sich zuweilen eine Synthese. Auch Synthesen strömen Hochspannungen breit hinaus.

Pol aber als ein Neuelementares, ist gleich Hochspannung.

Was sind Bezeichnungen von Energien, die jeder anders riecht, schmeckt, schaut und dem Gefühl einverleibt? Spannungen aber sind Medien, die zu unterst pochen, als sei von einer geheimnisvollen Hand ein neuer Mechanismus auf die Blutquelle gelegt.

Ich lebe alle Dinge so zu meiner Art herzu, daß sie sich weitet wie eine trostlose Ebene: so wird mir Empfängnis aus Materien, die Urklänge sind.

Urklänge aber sind Wissende. Sie wissen von Energien, in denen Tore sind. Sie fluten ihnen zu und beben darin, füllen

Klüfte aus, die Seelen lange von einander schieden. Kein Geschehnis bleibt unberührt vom Streicheln ihrer Kühlen. Alles Dunkel hellen sie auf. Aller Glanz schimmert ihnen zu. Berge bersten klafterweit. Das Entkernte bezwingt die feuchtgraue Furcht vor der traumfreien Wachheit: Ich bin. Worte sind dies, die jedes Geschehene wie ein Brandmal auf der Stirn sichtbar tragen. Worte, die den Andern gespenstische Schatten werfen des Ursinns ihrer Zukünfte, Seinsmöglichkeiten und Endungen. Aus einer Strähne dieses Schattens aber ward ein wissender Urklang: Ich bin! Bin einer dieses Kreises, welcher Wagen hat, Schlachten, Taumel und Kindergeschrei.

Und eine Insel ist diese Terrasse; von Geräuschen umschattet, von Erscheinungen umblitzt, von Urklängen umspült. Und von hier aus ist Gehn zu Zielen, die alle ahnen, bestaunen, und die niemand deutet. Und doch wird alles, was hier ward, Weg zu seinem Ende. Die Gefäße des Lebens fluten über.

Eine Insel ist diese Terrasse am Pol. Alle vier Winde, die wo zusammentrafen, breiten ihren Raub sichtbar vor mir aus. Da lärmen Wagen, die den Geruch der Vorstädte wie schlechten Atem ausspein. Sie sind bunt beladen mit Rot, Blond und Gold, Schwarz, Braun und Blau. Abgekühltes und Erhitztes, Lächler und Belachte, Krüppel und Heile ... viel, vielerlei Masken, die schmale Fenster bewohnen im Sekundenblitz. Geläut ihrer Siedelungen weht an mir vorüber wie Summen von Insekten.

Ich fühle den Puls von Motoren und weiß aus dem Rhythmus seiner Schläge das Woher und Wohin zu deuten. Wer wird von Unglück reden, wenn ein Wille, der Schwung von Rädern ward, Schwächeres hinfegt, wo alles Schwache endet? Und Wille ist ein Tönen von Jagd, Amt, Schwurgericht, Liebesnacht. Lustreise im Aeroplan. Im Schein der Freiheit rollt der Wille über alle Strahlenzacken des Sterns.

Und Einer steht wie ein Baum und beschattet den Stern mit

zwei Ästen, die Hände sind. Wegweiserhände. Ich sehe lange das Zucken dieser Hände. In jeder neuen Minute reißt es das Haupt des Menschen, der Baum ist, herum. Bald wird es auf die rechte Schulter gestellt, bald auf die linke, schwächere. Aber eine Stimme geht von ihm aus, die wie von Jericho her ist.

Ich sehe Wimmeln von Furchtsamen und Stelzen von Gleichgültigen. Sie haben alle ihren Beruf und auf ihren Bekleidungen lagern Reste von Garküchen, Weißbierkellern, Konditoreien und Milchschenken. Was gaukelt den einen Furcht vor? Wer impfte den anderen Fatalismus in die erdigen Säfte? Viele sind Fetischisten aus Gewohnheit: dieses Leben durch ein Prisma zu sehen. Und ich bestaune die weltlich Frisierten, die Uniformierten, die Sportgestählten. Und dann die flinken weißen Falter, die gefleckten Hyänen, die schwarzen Panther aus Dschungeln der Unzucht entsprungen. Reflex des nahen Untergangs auf Schritt und Tritt, der viele verbrennt, viele erschreckt – tötet die Kraft ihrer Muskeln nicht ab und dörrt nicht der Nerven Mark zu Schlacke und Staub. Sie wallen, stampfen und tänzeln mit geschlossenen Augen über die Falltüren des Verkehrs. Sie, die neuen Frommen, die neuen Starken, die neuen Wühler und Unterminierer.

Nachmittagskühle weht und ein Wirbel von Ost schart welkes Laub aus nahen Alleen zusammen am Wall der Bordsteine. Farben von Astern und Nelken brennen herüber aus den Lücken der Wagenflucht. Viele sind, die den Scheidegruß des Sommers, den paar arme Weiblein feilbieten, in zwielichtdunkle Wohnungen schleppen. Und der gewählte Helfer, als Farbengeber, wird er Graues der Zwietracht, Schwärze der Trauer und Weiß verhaltener Leere überblühn? Brücke sein: die aussöhnt, verschönt bändigt oder heilt?

Die Hunde, an Lederriemen oder Zierketten geseilt, tragen noch immer Maulkörbe. Atem ihrer unterdrückten Lüste wird zu Schaum, der wie Kreide steht. Mitleidumwogte und Fröstler des Alleinseins banden seidenen Flitter oder Silberfiligran um die ruppigen, geschwollenen Hälse. Und diese Tiere sind Sklaven eines Wohllebens, das Horizonte ihres Jenseits schon übertrumpft.

Und diese Frierende da, mit dem weißgebrochnen Blick der Blinden, ist ein Requisit. Ein Fleck auf der Kulissenwand. Der Skeptiker riecht und schmeckt ihn mit der Stupidität des Übersättigten, da er die Ursache ihres Wesens als dessen Ergründer anzusehen glaubt. Anders aber der Wissende. Vielleicht läßt er den Automaten springen und verwandelt Mechanoplastisches zu Brunnen, die rinnen. Scheidet aus Gemurmeltem Töne, die alle Fasern der Seele bloßlegen und zerschneiden. Und ein Gesicht wird. Der Ausdruck ist ruhiges Warten. Ein irgendwie gewordener Sonnenkringel blüht auf dem zerrunzelten Kinn. Hebt es in eine ungewisse Welt hinaus, die weit ist. Und der Fleck wird Planet und hat Sonne und Monde und Untergänge.

Und ein Zerlumpter taucht an der Brüstung der Terrasse auf. Das Gewirr blendender Toiletten und gebügelter Anzüge heben das Elend seines buntgeflickten Mantels, die bemoosten Rillen vergrämter Jahre ins Grellabstoßende. Seine zitternde Hand, die frisch aus der Presse gewalzte Zeitungen spießt, verdunkelt den Zweck seines Daseins. Er ist nichts als ein Papier, das man für einen Nickel ersteht. Der ganze, nach Gottes Ebenbild Geschaffene: Gegengabe eines runden Metallplättchens.

Die Niederen sollten nicht mehr erniedrigt werden! Jene, die sie zu Flecken auf Wänden der Umwelt erniedern, werden durch die Erscheinung dieser Umwelt hinaufgereizt in ihren höchsten Dünkel.

Und Dünkel ist Bild der kaum mehr tönenden Gefühle.

Feiner Regen rinnt verstört. Lichterketten schaukeln. Weiße Kugeln rauschen empor wie geworfene Falken. Aus gesteilten Mauern quellen Augen gelb und weiß. Zackige Giebel und schräge Dachflächen beginnen zu tanzen. Funkelschnüre schlingen sich um den Rhythmus ihrer Wendungen. Feuerräder umkreisen die leblose Starre ihrer Stirnen und gieren Gedanken von Findigen, die ihr Publikum kennen, neu berennen und umbrennen. Anruf ihrer Triebe lenkt die Musik: zu mir! Und wirft sich ins Dunkel.

Nichts klingt wider.

Schatten, die Wahnsinn gespenstisch längen, kommen und verschwinden; sicher und wie geschmiert. Ein Gewirr von Müdigkeit, Abenteurerlust, Haß, Lüge, Diebstahl, Unzucht und Mordgier. Spiegelhaftes der Straßengründe wirft Meerleuchten um die Vorüberjagd der Erscheinungen. Im Tempo der Schritte liegen ihre Ursachen und ein wollüstig auf- und niederatmender Traum.

In Grüften aber mahlen die Maschinen und spannen Drahtseile durch Tunnels. Energieen vom Jenseits durchzucken die geflochtenen Kupferfäden. Verebben ihrer Magie würde namenloses Dunkel, Feuer und Schwefel, Wahnsinn und räuberische Zusammenrottung gieren. Signale des Umsturzes pochen im Blut aller Waller. Schwälen im Hirn der Massenversammlung. Ostrazismus ist das Einzige, das Agitatoren von Hellas stahlen. Der Gedanke ist rücksichtslos und erwürgt seine Gebärer. Alles Geistige heißt Fanatismus. Aller Wandel Boykott. Endung ist ein Tor, das auf Irrgängen, die Lustbäume süß belauben, ins Mittelherz der Zuchthäuser führt. Und jeder Führer ist Wärter dem lebenslänglich Abgesonderten. Fern aber schallt schon Scharrn der Gäule von Hunnen. Heere wie Sand am Meer aus Ost und Norden. Und die Aufgedunsenen, die mit giftgrünen Augen der Fischverwesung durch Gitterfenster des Schauhauses starren, wie Eingeringte von Mondkratern, enträtseln den Stimmwirrwarr vom Turmbau zu Babel, der nie endet.

Maschinen aber, die weitermahlen im Unterirdischen, stäuben weißen Aschenregen herauf. Wie Samen. Und Kerne sind darin, die haben alles Genügende. Und zeugen Munde. Die springen, kaum hinausgeboren, über- und untereinander, fliehen und kreuzen sich. Stoßen sich ab, jeden Ekel überekelnd. Und rauschen zusammen wie tausend Küsse, die Meer sind.

Meine Nachbarn an den runden Tischen wappnen sich mit sensations-astralen Geschehnissen. Sie brechen in biblische Gärten und sonnen an kalten Feuern ihre Launen. Schöne Damen entzünden ihr Haar. Und die Brüste tragen alle ein waches Geheimnis, das vorüberspringt und Männergedanken anspornt.
O, Augen begegnen Dir, die wie Kometen rasen: hinüber und herüber.
Würde und Behaglichkeit spiegeln die Mienen umschwärmter Kellner. Sie dürfen ein Herz haben und tauschen Gold dafür und gehn tanzen, wenn die Lichtbogen dunkeln.
Welche Weltsicherheit!
Und nun diese Bewegung der hundert Schädel. Die Musik der Atemzüge. Das Donnern der Stimmbänder. Jede Geste hat praktische Ursache. Jedes Scharren mit kleinen Füßen endet imaginär. Dem Tun ist sein Zweck vorweggenommen und einer Folge, dem Werben und Erwerben, angezettelt: Versachlichung des äußeren Lebens. Und die Sache ist selbstherrlich und trägt nicht mehr die wirklich frierende Farbe des Einzelnen.
Ich aber mag nicht verarmen. Wohl ahne ich die letzte Armut. Ich ahne die Art ihrer Geschwister und will mein Leben hindern, in das familiäre Blutmeer zu fließen. Es spricht laut zu mir heran und antwortet nie.
Das Leben aber dort unten ist jenes vielfältige Leben nicht mehr.
Nichts klingt wider!
Die Strahlen des zackigen Sternes löschte wer aus. Der Fleck auf der Kulisse gebar tausend andere. Ihr Dasein ist nunmehr ein Geschäft, das vorzüglich funktioniert. Die schwarzen Panther laufen zahm wie Haustiere. Man kann sie einfangen und eine süße Stunde lang streicheln.

Die Terrasse aber spricht ihre Frage nicht zuende. Sie hängt wie erwürgt. Weiße Scherben gähnen gelangweilt. Aus zerknitterten Papieren röhren Trümmer bunter Verlockungen. Und die Sitzreihen zehren noch von einer Wärme, die Gier heißt. Der Stoff aber, dem man sie enthöbe, fehlt.
Und der Merker, der den Griffel lange führte, verflucht seine Hand und verspricht sich ihr Sein zu vergessen. Verkrüppelt denkt er sich heim, indes der Geist zu neuen Formen antreibt. Nie war sein Zorn strahlender. Denn sein Blut sah nun, solange es von einer Ursache geregt, fühlen konnte, das Seiende und Transcendente mit der Kraft der Synthese aus Gefühl und Defekten zur Norm.
Ein Lächler und ein Verlachter. Ein brennend Angezogener. Ein Abgestoßener, der vereist, wie die Welt vereist.

GOTTFRIED BENN

Der Geburtstag

Allmählich war ein Arzt über neunundzwanzig Jahre geworden, und sein Gesamteindruck war nicht darnach, Empfindungen besonderer Art zu erwecken.
Aber so alt er war, er fragte sich dies und das. Ein Drängen nach dem Sinn des Daseins warf sich ihm wiederholt entgegen: wer erfüllte ihn: der Herr, der rüstig schritt, den Schirm im Arm; die Höckerin, die vor dem Flieder saß, der Markt war aus, im Abendwehn; der Gärtner, der alle Namen wußte: Kirschlorbeer und Kakteen, und dem die rote Beere im toten Busch vorjährig war?
Aus der norddeutschen Ebene stammte er. In südlichen Ländern natürlich war der Sand leicht und lose; ein Wind konnte – das war nachgewiesen – Körner um die ganze Erde tragen; hier war das Staubkorn, groß und schwer.
Was hatte er erlebt: Liebe, Armut und Röntgenröhren; Kaninchenställe und kürzlich einen schwarzen Hund, der stand

auf einem freien Platz, bemüht um ein großes rotes Organ zwischen den Hinterbeinen hin und her, beruhigend und gewinnend; herum standen Kinder, Blicke von Damen suchten das Tier, halbwüchsige Jugend wechselte die Stellung, den Vorgang im Profil zu sehen.
Wie hatte er das alles erlebt: er hatte Gerste eingefahren von den Feldern, auf Erntewagen, und das groß: Mandel, Kober und Kimme vom Pferd. Dann war der Leib eines Fräuleins voll Wasser, und es galt Abfluß und Drainage. Aber über allem schwebte ein leises zweifelndes Als ob: als ob Ihr wirklich wäret Raum und Sterne.
Und nun? Ein grauer nichtssagender Tag würde es sein, wenn man ihn begrub. Die Frau war tot; das Kind weinte ein paar Tränen. Er hatte sich nie viel um es gekümmert, es war Lehrerin und mußte abends noch in Hefte sehen. Dann war es aus. Beeinflussung von Gehirnen durch und über ihn zu Ende. Es trat in ihr Recht die Erhaltung der Kraft.
Wie hieß er mit Vornamen? Werff.
Wie hieß er überhaupt? Werff Rönne.
Was war er? Arzt in einem Hurenhaus.
Was schlug die Uhr? Zwölf. Es war Mitternacht. Er wurde dreißig Jahre. In der Ferne rauschte ein Gewitter. In Maiwälder brach die Wolke auf.
Nun ist es Zeit, sagte er sich, daß ich beginne. In der Ferne rauscht ein Gewitter, aber ich geschehe. In Maiwälder bricht die Wolke auf, aber *meine* Nacht. Ich habe nördliches Blut, das will ich nie vergessen. Meine Väter fraßen alles, aus Trögen und Stall. Aber ich will mich, sprach er sich Mut zu, auch nur ergehen. Dann wollte er sich etwas Bildhaftes zurufen, aber es mißlang. Dies wieder fand er bedeutungsvoll und zukunftsträchtig: vielleicht sei schon die Metapher ein Fluchtversuch, eine Art Vision und ein Mangel an Treue.

Durch stille blaue Nebel, vom nahen Meer in das Land getrieben, schritt Rönne, als er am nächsten Morgen in sein Krankenhaus ging.

Das lag außerhalb der Stadt und aller Pflasterwege. Er mußte über Boden gehen, der war weich, der ließ Veilchen durch; gelöst und durchronnen schwankte er um den Fuß.
Da aus Gärten warf sich ihm der Krokus entgegen, die Kerze der Frühmett des Dichtermunds, und zwar gerade die gelbe Art, die Griechen und Römern der Inbegriff alles Lieblichen gewesen, was Wunder, daß sie ihn in das Reich der Himmlischen versetzten? In Teichen von Krokussäften badete der Gott. Ein Kranz von Blüten wehrte dem Rausch. Am Mittelmeer die Safranfelder: die dreiteilige Narbe; flache Pfannen; Roßhaarsiebe über Feuern, leicht und offen.
Er trieb sich an: arabisches Za-fara, griechisches Kroké. Es stellte sich ein Korvinius, König der Ungarn, der es verstanden hatte, beim Speisen Safranflecke zu vermeiden. Mühelos nahte sich der Färbestoff, das Gewürze, die Blütenmatte und das Alpental.
Noch hingegeben der Befriedigung, so ausgiebig zu assoziieren, stieß er auf ein Glasschild mit der Aufschrift: Cigarette Maita, beleuchtet von einem Sonnenstrahl. Und nun vollzog sich über Maita – Malta – Strände – leuchtend – Fähre – Hafen – Muschelfressen – Verkommenheiten – der helle klingende Ton einer leisen Zersplitterung, und Rönne schwankte in einem Glück. Dann aber betrat er das Hospital: ein unnachgiebiger Blick, ein unerschütterlicher Wille: die heute ihm entgegentretenden Reize und Empfindungen anzuknüpfen an den bisherigen Bestand, keine auszulassen, jede zu verbinden. Ein geheimer Aufbau schwebte ihm vor, etwas von Panzerung und Adlerflug, eine Art Napoleonischen Gelüstes, etwa die Eroberung einer Hecke, hinter der er ruhte, Werff Rönne, dreißigjährig, gefestigt, ein Arzt.

Ha, heute nicht einfach, Beine breit und herab vom Stuhl, mein Fräulein, die feine blaue Ader von der Hüfte in das Haar, die wollen wir uns merken! Ich kenne Schläfen mit diesen Adern, es sind schmale weiße Schläfen, müde Gebilde, aber diese will ich mir merken, geschlängelt, ein Ästchen

Veilchenblut? Wie? Wenn nun das Gespräch auf Äderchen kommt – gepanzert stehe ich da, in Sonderheit auf Hautäderchen: An der Schläfe?? O meine Herren!! Ich sah sie auch an anderen Organen, fein geschlängelt, ein Ästchen Veilchenblut. Vielleicht eine Skizze gefällig? So verlief sie –, soll ich aufsteigen? Die Einmündung? Die große Hohlvene? Die Herzkammer? Die Entdeckung des Blutkreislaufes – – –? Nicht wahr, eine Fülle von Eindrücken steht Ihnen gegenüber? Sie tuscheln, wer ist der Herr? Gesammelt steht er da? Rönne ist mein Name, meine Herren. Ich sammle hin und wieder so kleine Beobachtungen; nicht uninteressant, aber natürlich gänzlich belanglos, kleiner Beitrag zum großen Aufbau des Wissens und Erkennens des Wirklichen, ha! ha!
Und Sie, meine Damen, wir kennen uns doch! Gestatten Sie, daß ich Sie erschaffe, umkleide mit Ihren Wesenheiten, mit Ihren Eindrücken in mir, unzerfallen ist das Leitorgan, es wird sich erweisen, wie es sich erinnert, schon steigen Sie auf.
Sie sprechen den Teil an, den Sie lieben. In sein Auge sehen Sie, geben Seele und Hauch. – Sie haben die Narben zwischen den Schenkeln, ein Araberbey: große Wunden müssen es gewesen sein, gerissen von der lasterhaften Lippe Afrikas. – Sie aber schlafen mit der weißen ägyptischen Ratte, Ihre Augen sind rosarot; Sie schlafen auf der Seite, an der Hüfte das Tier. Seine Augen sind gläsern und klein wie zwei rote Kaviarkörner. In der Nacht befällt sie der Hunger. Über die Schlafende steigt das Tier. Auf dem Nachttisch steht ein Teller mit Mandeln. Leise steigt es zurück an die Hüfte, schnuppernd und stutzend. Oft erwachen Sie, wenn sich der Schwanz über die Oberlippe schlängelt, kühl und hager.
Einen Augenblick prüft er in sich hinein. Aber machtvoll stand er da. Erinnerungsbild an Erinnerungsbild gereiht, dazwischen rauschten die Fäden hin und her.
Und Sie aus dem Freudenhaus in Aden, brütend an Wüste und Rotem Meer. Über die Marmorwände rinnt alle Stunde

bläuliches Wasser. Aus Gittern am Boden steigen Wolken aus räucherndem Kraut. Alle Völker der Erde kennen Sie nach der Liebe. Ihre Sehnsucht ist ein bescheidenes Haus am dänischen Sund. Kommen letzte Wallungen, ein Billard, vor dem Knaben im leichten Anzug spielen. – Und Sie, in dem Bordell, durch das der Krieg gezogen, zwischen Geschirr und Leder täglich hundertfach zerborsten unter unbekannten Gliedern oder auch unter Ballen aus Blutungen und Kot.

Verklärt stand er vor sich selbst. Wie er es hervorspielte, ach, spielte! regenbogente! grünte! eine Mainacht ganz unnennbar! Er kannte sie alle. Gegenüber stand er ihnen, sauber und ursprünglich. Er war nicht schwach gewesen. Starkes Leben blutete durch sein Haupt.

Er kannte sie alle; aber er wollte mehr. An ein sehr gewagtes Gebiet wollte er heran; es gab wohl ein Bewußtseinsleben ohne Gefühle oder hatte es gegeben, aber unsere Neigungen – dieses Satzes entsann er sich deutlichst – sind unser Erbteil. In ihnen erleben wir, was uns beschieden ist: nun wollte er eine lieben.

Er sah den Gang entlang, und da stand sie. Sie hatte ein Muttermal, erdbeerfarben, vom Hals über eine Schulter bis zur Hüfte und in den Augen, blumenhaft, eine Reinheit ohne Ende und um die Lider eine Anemone, still und glücklich im Licht.

Wie sollte sie heißen? Edmée, das war hinreißend. Wie weiter? Edmée Denso, das war überirdisch; das war wie der Ruf der neuen sich vorbereitenden Frau, der kommenden, der ersehnten, die der Mann sich zu schaffen im Gange war: blond, und Lust und Skepsis aus ernüchterten Gehirnen.

Also: nun liebte er. Er spürte in sich hinein: Das Gefühl. Den Überschwang galt es zu erschaffen gegen das Nichts. Lust und Qual zu treiben in den Mittag, in ein kahles graues Licht. Aber nun mußte es auch flirren! Es waren starke Empfindungen, denen er gegenüberstand. Er konnte in diesem Land nicht bleiben. –: Südlichkeiten! Überhöhung!

Edmée, in Luxor ein flaches weißes Haus oder in Kairo den

Palast? Das Leben in der Stadt ist heiter und offen, berühmt ist das Licht, klar vor Glut, und plötzlich kommt die Nacht. Du hast unzählige Fellachenfrauen zu deiner Bedienung, zu Gesang und Tänzen. Du wirst zu Isis beten, die Stirn an Säulen lehnen, deren Kapitäle an den Ecken die platten Köpfe mit den langen Ohren tragen; zwischen Stelzvögeln in Schluchten von Sykomoren stehen.

Einen Augenblick suchte er. Es war etwas wie Kopthe aufgestiegen, aber er vermochte es nicht zu fördern. Nun sang er wieder, der Weiche im Glück.

Der Winter kommt, und die Felder grünen; einige Blätter des Granatstrauchs fallen, aber das Korn schießt auf vor deinen Augen. Was willst du haben: Narzissen oder Veilchen das Jahr hindurch in dein Bad geschüttet morgens, wenn du dich spät erhebst, willst du nachts durch kleine Nildörfer streichen, wenn auf die krummen Straßen die großen klaren Schatten fallen durch den hellen südlichen Mond? Ibiskäfige oder Reiherhäuser? Orangengärten, gelbflammend und Saft und Dunst über die Stadt wölkend in der Mittagsstunde; von Ptolomäertempeln einen geschnittenen Fries?

Er hielt inne. War das Ägypten? War das Afrika um einen Frauenleib, Golf und Liane um der Schultern Flut? Er suchte hin und her. War etwas zurückgeblieben?? War Hinzufügbares vorhanden? Hatte er es erschaffen: Glut, Wehmut und Traum?

Aber was für ein eigentümliches Wehen in seiner Brust! Eine Erregung, als ströme er hin. Er verließ das Untersuchungszimmer, durchschritt die Halle in den Park. Es zog ihn nieder, auf den Rasen zog es ihn, leichthingemäht.

Wie hat es mich müde gemacht, dachte er, mit welcher Stärke! Da durchschlug ihn, daß Erblassen die Frucht sei und die Träne der Schmerz –: Erschütterungen! Klaffende Ferne!

Üppig glühte der Park. Ein Busch auf dem Rasen trug Blattwerk wie Farren, jeder Fächer groß und fleischig wie ein Reh. Um jeden Baum, der blühte, lag die Erde, geschlossen,

ein Kübel, ihn tränkend und ihm völlig preisgegeben. Himmel und Blüten: weich, aus Augen, kamen Bläue und Schnee.
– Schluchzender, Edmée, dir immer näher! Eine Marmorbrüstung beschlägt das Meer. Südlich versammelt Lilien und Barken. Eine Geige eröffnet dich bis in dein Schweigendes hinein. –
Er blinzelte empor. Er zitterte: Gegen den Rasen stürmte der Glanz, feucht aus einer goldenen Hüfte; und Erde, die den Himmel bestieg. Am Ranft gegen die Schatten rang gebreitet das Licht. Hin und her war die Zunge einer Lockung: aus ihrem Gefieder Blütengüsse entwichen der Magnolie in ein Wehen, das vorüberrieb.
Edmée lachte: Rosen und helles Wasser.
Edmée ging: Durch Steige, zwischen Veilchen, in einem Licht von Inseln, aus osmiumblauen Meeren, kurz von Quader und Stern; Tauben, Feldflüchter, hackten Silber mit den Schwingen.
Edmée bräunte sich, ein bläuliches Oval. Vor Palmen spielte sie, sie hatte viel geliebt. Wie eine Schale trug sie ihre Scham kühl durch die Beugung des erwärmten Schritts, auf der Hüfte die Hand schwer, erntegelb, unter Korn und Samen.
Im Garten wurde Vermischung. Nicht mehr von Farben hallte das Beet, Bienengesumm nicht mehr bräunte die Hecke. Erloschen war Richtung und Gefälle: Eine Blüte, die trieb, hielt inne und stand im Blauen, Angel der Welt. Kronen lösten sich weich, Kelche sanken ein, der Park ging unter im Blute des Entformten. Edmée breitete sich hin. Ihre Schultern glätteten sich, zwei warme Teiche. Nun schloß sie die Hand, langsam, um einen Schaft, die Reife in ihrer Fülle, bräunlich abgemäht an den Fingern, unter großen Garben verklärter Lust – –:
Nun war ein Strömen in ihm, nun ein laues Entweichen. Und nun verwirrte sich das Gefüge, es entsank fleischlich sein Ich –:
– Es hallten Schritte über das Gefälle eines Tals durch eine

flache weiße Stadt; dunkle Gärten schlossen die Gassen. Auf Simsen und Architraven, die zerfallend Götter und Mysterien herhielten, verteilt durch ein florentinisches Land, lagen Tropfen hellen Bluts. Ein Schatten taumelte zwischen Gliedern, die stumm waren, zwischen Trauben und einer Herde; ein Brunnen rann, ein splitterndes Spiel.
Im Rasen lag ein Leib. Aus Kellern spülte ein Dunst; es war Essenszeit, Pfeifen und Grieben, der schlechte Atem eines Sterbenden.
Aufsah der Leib: Fleisch, Ordnung und Erhaltung riefen. Er lächelte und schloß sich wieder; schon vergehend sah er auf das Haus: was war geschehen? Welches war der Weg der Menschheit gewesen bis hierher? Sie hatte Ordnung herstellen wollen in etwas, das hätte Spiel bleiben sollen. Aber schließlich war es doch Spiel geblieben, denn nichts war wirklich. War er wirklich? Nein; nur alles möglich, das war er.
Tiefer bettete er den Nacken in das Maikraut, das roch nach Thyrsos und Walpurgen. Schmelzend durch den Mittag kieselte bächern das Haupt.
Er bot es hin: das Licht, die starke Sonne rann unaufhaltsam zwischen das Hirn. Da lag es: kaum ein Maulwurfshügel, mürbe, darin scharrend das Tier.

Was aber ist mit dem Morellenviertel, fragte er sich bald darauf? Hinter dem Palast, um dessen Pfeiler Lorbeer steht, brechen Gassen in die Tiefe, den Hang hinunter steht Haus bei Haus klein herab.
Einäugige lungern um Schneckenwagen. Sie legen Geld hin. Frauen kerben die Schale auf. Ein Schnitt im Kreis, und das Fleisch hängt rosa aus der Muschel. Sie tauchen es in eine Tasse mit Brühe und beißen. Die Frau hustet, und sie müssen weiter.
Wahrsager mit Hilfe von Ideenübertragung klingeln unaufhörlich schrill, namentlich an Damen gewandt, und haben Batterien.
Zigeunerinnen vor Karren, Rochen, flacher, violett und sil-

bern, mit abgehackten Köpfen; welche zur Hälfte gespalten, eingekerbt und zum Trocknen gehangen; dazwischen krumme, dürre Fische, kupfern und schillernd.
Es riecht nach Brand und alten Fetten. Unzählige Kinder verrichten ihre Notdurft, ihre Sprache ist fremd.
Was ist es mit dem Morellenviertel, fragte sich Rönne. Ich muß es bestehen! Auf! Hinab! Ich schwor mir, nie will ich dieses Bild vergessen: des Sommers, der eine Mauer schlug mit Büschen, flammend von Gefieder, mit Strauchgerten, beißend von dichten, blauen Fleischen, gegen eine Mauer, die nicht strömte, die feuchte, blaue Ranke!
Er jagte herunter. Um die hohe Gasse rann es zusammen: kleine Häuser, unterwühlt von langen, schmalen Höhlen, die spien Gebein aus, Junges strotzend, Altes mürbe, hochgegürtet die Scham.
Was wurde verkauft: Holzpantoffeln für die Notdurft, grüne Klöße für das Ich, Ankerschnäpse für die Lust, Nötigstes des Leibes und der Seele, Salbenbüchsen und Madonnen.
Was ging vor sich: kleine Kinder vor Knienden, dicht, eben ihrer Brust entsprungen; rauhe Stimmen, verkommen über verbranntes Gestein; tiefer als denkbar grub ein Herr in die Tasche; Schädel, eine Wüste, Leiber, eine Gosse, tretend Erde, kauend: Ich und du.
Auge, fernevolles, Blut, traumrauschend, rief er sich zu, deine Mittagsflüge, wehe sie! muß Rönne schon vergehen, unverschanzt?:
Große Woge ist die Frau, gute Mutter, die die Fische wendet hin und her, auf dem Rücken sind sie braun gefleckt, Bröckel Blütenstaub und Samenpulver?
Eines Rahmens wert erschien das schlichte Bild: Einbrecher, böser Mann am Kassentisch, die brave Besitzerin niedergeschlagen, letzter Blick vom Boden gilt dem Hund??:
Und du ins Gras gelümmelt, Mittagshengst – und jetzt schon Überwölkung??? Dreißigjährig – und Kahlkropf ungefiedert??
Er floh tiefer in die Gasse. Aber da: ein kleines Denkmal:

dem Gründer eines Jugendstifts: die Menschenseele, das Gemeinsystem, die Lebensverlängerung und der Stadtrat strotzten Vollbart und Vermehrung. Der Aufbau tat sich auf: Proben der Tüchtigkeit wurden abgelegt, und zwar dies wiederholt, Untersuchungen vorgenommen, die zu Feststellungen führten.

Wo war sein Süden hin? Der Efeufelsen? Der Eukalyptos, wo am Meer? Ponente, Küste des Niedergangs, silberblaue die Woge her!

Er hetzte in eine Kaschemme; er schlug sich mit Getränken heißen, braunen. Er legte sich auf die Bank, damit der Kopf nach unten hinge wegen der Schwerkraft und des Bluts. Hilfe, schrie er! Überhöhung!

Stühle, Gegenstände für Herren, die bei nach vorn gebogenen Knien einen Stützpunkt unter der Hinterfläche der Beine haben wollten, trockneten dumpf und nördlich. Tische für Gespräche wie diese: Na, wie geht's, schelmisch und männlich und um die Schenkel herum liefen ehrbar durch die Zeit. Kein Tod schleuderte die triefäugige Mamsell stündlich, wenn die Uhr schlug, vor das Nichts. Krämer scharrten; keine Lava über den toten Schotter!

Und er? Was war er? Da saß er zwischen seinen Reizen, das Pack geschah mit ihm. Sein Mittag war Hohn.

Wieder quoll das Gehirn herauf, der dumpfe Ablauf des ersten Tages. Immer noch zwischen seiner Mutter Schenkel – so geschah er. Wie der Vater stieß, so rollte er ab. Die Gasse hatte ihn gebrochen, zurück: die Hure schrie.

Schon wollte er gehen, da geschah ein Ton. Eine Flöte schlug auf der grauen Gasse, zwischen den Hütten blau ein Lied. Es mußte ein Mann gehen, der sie blies. Ein Mund war tätig an dem Klang, der aufstieg und verhallte. Nun hub er wieder an.

Von Ohngefähr. Wer hieß ihn blasen? Keiner dankte ihm. Wer hätte denn gefragt, wo die Flöte bliebe? Doch wie Gewölke zog er ein: wehend seinen weißen Augenblick und schon verwehend in alle Schluchten der Bläue.

Rönne sah sich um: verklärt, doch nichts hatte sich verändert. Aber ihm: bis an die Lippen stand das Glück. Sturz auf Sturz, Donner um Donner; rauschend das Segel, lohend der Mast: Zwischen kleinen Becken dröhnte gestreckt das Dock: Groß glühte heran der Hafenkomplex:
Über die Felsen steigt das Licht, schon nimmt es Schatten an, die Villen schimmern, und der Hintergrund ist bergerfüllt. Eine schwarze Rauchpinne verfinstert die Mole, indes mit der gekräuselten Welle das winzige Lokalboot kämpft. Über die Landungsbrücke, die schwankt, eilt der geschäftige Facchini; Hojo – tirra – Hoy –, klingt es; es flutet der volle Lebensstrom. Gegen tropische und subtropische Striche, Salzminen und Lotosflüsse, Berberkarawanen, ja gegen den Antipoden selbst steht der Schiffsbauch gerichtet; eine Ebene, die die Mimose säumt, entleert rötliches Harz, ein Abhang zwischen Kalkmergel, den fetten Ton. Europa, Asien, Afrika: Bisse, tödliche Wirkungen, gehörnte Vipern; am Kai das Freudenhaus tritt dem Ankömmling entgegen, in der Wüste schweigend steht das Sultanhuhn. –
Noch stand es schweigend, schon geschah ihm die Olive.
Auch die Agave war schön, aber die Taggiaska kam, feinölig, die blauschwarze, schwermütig vor dem Ligurischen Meer.
Himmel, selten bewölkt; Rosen ein Gefälle; durch alle Büsche der blaue Golf, aber die endlosen lichten Wälder, welch ein schattenschwerer Hain!
Wurde um den Stamm das Tuch gebreitet, lag Arbeit vor. Gemisch von Hörnern, Klauen, Ledern und wollenen Lumpen, jedes vierte Jahr war Speisung gewesen. Jetzt aber schlugen Männer, sonst dem Kegelspiel mit spannungsvollem Eifer hingegeben, die Kronen, jäh den Früchten zugewandt.
In der Mulme der Rüsselkäfer. Eine Zygäne flackernd aus der Myrte. Kleine Presse wird gedreht, schieferner Keller still durchgangen. Ernte naht sich, Blut der Hügel, um den Hain, bacchantisch, die Stadt. –
Kam Venedig, rann er über den Tisch. Er fühlte Lagune,

und ein Lösen, schluchzend. Scholl dumpf das Lied aus alten Tagen des Dogen Dandolo, stäubte er in ein warmes Wehn.
Ein Ruderschlag: Ein Eratmen; eine Barke: Stütze des Haupts.
Fünf eherne Rosse, die Asien gab, und um die Säulen sang es: manchmal eine Stunde, da bist Du; der Rest ist das Geschehen. Manchmal die beiden Fluten schlagen hoch zu einem Traum. Manchmal rauscht es: wenn Du zerbrochen bist.
Rönne lauschte. Tieferes mußte es noch geben. Aber der Abend kam schnell vom Meer.
Blute, rausche, dulde, sagte er vor sich hin. Männer sahen ihn an. Jawohl, sagte er, ihre Sommersprossen, ihr kahler Hals, über dessen Adamsapfel das Haar stachelt – unter meine Kreuzigung, ich will zur Rüste gehen.
Er bezahlte rasch und erhob sich. Aber an der Tür nahm er den Blick noch einmal zurück an das Dunkel der Taverne, an die Tische und Stühle, an denen er so gelitten hatte und immer wieder leiden würde. Aber da, aus dem gerippten Schaft des Tafelaufsatzes neben der leckäugigen Frau glühte aus großem, sagenhaftem Mohn das Schweigen unantastbaren Landes, rötlichen, toten, den Göttern geweiht. Dahin ging, das fühlte er tief, nun für immer sein Weg. Eine Hingebung trat in ihn, ein Verlust von letzten Rechten, still bot er die Stirn, laut klaffte ihr Blut.
Es war dunkel geworden. Die Straße nahm ihn auf, darüber der Himmel, grüner Nil der Nacht.
Über das Morellenviertel aber klang noch einmal der Ton der Flöte: manchmal die beiden Fluten schlagen hoch zu einem Traum.
Da enteilte ein Mann. Da schwang sich einer in seine Ernte, Schnitter banden ihn, gaben Kränze und Spruch. Da trieb einer, glühend aus seinen Feldern, unter Krone und Gefieder, unsehbar: er, Rönne.

JOHANNES R. BECHER

Der Dragoner

Vor ihr her lief immer, wie ein Licht, ein weißer Spitz.
Der hieß Kony.
Sie hieß Beate.
Und Beate bewegte sich prustend, unermüdlich den Mauern der Infanteriekaserne entlang. (... vom »General Finkenkeller« bis »Zu unserem lieben Kronprinz« ...) Hier standen sie, Wally und Mizzl, und um sie herum ein Haufen Lärm-Infanteristen, betrunken. Bis endlich zwei aus der Masse losbröckelten. Die übrigen trollten sich schreiend weiter.
Die Werthergasse war entleert. Sie war staubig, ein ausgetrocknetes Flußbett. Trotzdem es Samstag war. –
Und Wally und Mizzl standen, das zweitemal, beim »Zu unserem lieben Kronprinz«, und um sie herum ein Haufen Lärm-Infanteristen, betrunken. Bis zwei aus der Masse losbröckelten.
Die Laternen wurden gelöscht. Die einzige Helligkeit verbreiteten Leucht-Wolken am Himmel, und Kony, der wie ein Licht vor Beate herlief. Und das Dunkel stürzte sich wie ein böses Raubtier, plötzlich, laut gähnend, offenen Rachens über den »General Finkenkeller« und »Zu unserem lieben Kronprinz« und fraß die. Das polterte, tobte, schrie, flakkerte rot und feucht, hier einige Male, dort einige Male, dann war auf einmal Schluß.
Da mußte Beate heiß an ihren Kony denken. Der war Athlet. Drei Preise hatte er errungen, zwei zweite, einen ersten, Eichenkränze, ganz grün, mit schwarz-weißen Seidenschleifen und Goldschrift. Und alles schrie »Hoch!« und laut »Hurra!«, und die Musik blies furchtbar, als der Vorstand der »Stämmigen Brüder«, der Gerichtssekretär Huber (der graue, der mit dem Bismarck auf dem Bauch!) sie ihm aufs Haupt setzte. Und Kony war ganz rot vor Freude, sein

großer aufgedrehter Schnurrbart glänzte. Und er betrank sich diesen Abend, den Siegeskranz um das Haupt.
Und sie entsann sich, wie ihm jene glänzende Medaille angesteckt ward (– und das war auf der Siegesfeier des »Freideutschen Stemmklubs von 1893« –) und sie ihm der Schiller, der Oberbaurat Schiller, höchst eigenhändig auf die Brust heftete. Und alles schrie »Hoch!« und laut »Hurra!«
Und die Musik blies furchtbar. Und Kony, vor Freude ganz rot, aufgedrehten, glänzenden Schnurrbarts, kam an ihren Tisch, setzte sich zu ihr und er tätschelte ihr (– die Medaille auf der Brust! –) auf den Hintern.
Und sie lächelte. Ihr Spitz hieß Kony.
Der schnupperte.
Beim »General Finkenkeller« aber stand stramm, hochaufgerichtet ein Soldat, ein Riesenkerl. Der stieß den langen Schleppsäbel immer eigensinnig klirrend auf das Pflaster. Er sang dazu und kommandierte laut. Plötzlich war er an Beatens Seite, hatte den Arm um sie gelegt, der kalt war und eisern, wie eine Klammer. Und Kony, der Spitz, lief ganz unbeirrt den beiden wie ein Licht voran, doch immer, wenn der Säbel klirrend ins Pflaster fuhr, ruckte er aufgeschreckt, mechanisch vor.
Es war ein Dragoner.
Und beim »Zu unserem lieben Kronprinz« standen sie, Wally und Mizzl, zum drittenmal, und um sie herum ein Haufen Lärm-Infanteristen, betrunken. Und sie stiegen daher, Arm in Arm, die Beate heiß, unermüdlich, prustend, gereckt, der Dragoner enorm, ganz gelb, eine ungeheuere Zigarre mitten ins Gesicht gesteckt, glänzenden, aufgedrehten Schnurrbarts, von Rauchwolken umhüllt. Und Wally: »Nacht, Beate . . .«
Doch die Mizzl: »Nacht, Frau Major . . .«
Und die Beate ganz glücklich bei sich: »So ghört sichs.«
Doch da bemerkte sie plötzlich, daß sich Kony, der Spitz, und der Dragoner verwundert anschauten. Die beiden blinzelten einander vertraulichst zu und der Dragoner sagte dem

Kony etwas ins Ohr. Die beiden hatten scheinbar etwas miteinander. *Und der Kony lachte wie ein Mensch, antwortete und nickte.*
Da brach die Masse der Lärm-Infanteristen in schallendes Gelächter aus: »Nacht, Frau Major! ... Nacht, Frau Major! ... Nacht, Frau Major! ...« Aber standen dabei gar nicht stramm und das empörte sie. –
Sie zündete das Licht an.
Sie betrachtete ihren Dragoner lange. Der aber sah sich sehr genau in ihrem Zimmer um. Er war wirklich ungeheuer und ganz gelb. Und die Beate fragte sich, an wen erinnert mich der nur. Und sie mußte sofort an das Café Krenkel in der Madenstraße denken. Das war auch ganz gelb. Gelbe Vorhänge, gelbes Licht, und die Musik war gelb. Und sie entsann sich, daß sie dort den letzten Samstag auf einen kleinen runden Marmortisch gestiegen war, (– auch die Wally und die Mizzl waren dabei! –) den Fuß in den Aschenbecher setzte ... schrie, das seien Steigbügel ... und gleich davonreiten wollte, – wohin, das wußte sie selber nicht, durch die Luft! Ach, sie war ja so oft schon dort betrunken. Und sann weiter nach: Man hatte sie ja dort auch schon so oft hinausgeschmissen. Doch plötzlich auffahrend, ganz unvermittelt: »Mein Eisschrank ... und Wachs ...«
Nur der glänzende aufgedrehte Schnurrbart, das rote Gesicht, die ungeheuere, immer noch glimmende Zigarre mitten drin, die waren ja ganz lebendig. Und sie bemerkte auch, daß er große und sehr feuchte Hände hatte. Und sie dachte sehr versonnen, mechanisch weiter: »Wasser ist genug da, die zu waschen, auch Sandseife ... auch ein großes frisches Handtuch ist da ... *er kann sie darnach daran abtrocknen* ...«
Er schnallte den Säbel ab, der sehr groß war. Viel größer als die Seitengewehre der windigen Infanteristen, stellte sie zufrieden fest. »Die Schmierer, die schiachen ...«
Aber er sprach auch so gar nichts.
Was tat er denn? Hatte er sich nicht bei ihr einfach eingeschmuggelt? Kümmerte er sich denn überhaupt um sie?

Und unermeßlich erdehnte er sich plötzlich, ragte durch die Decke, die blitzende Helmspitze hartnäckig in den tiefblauen Nachthimmel bohrend. Das flimmerte. Es tropfte. Ein dichter Goldregen stieb prasselnd nieder. Und der Säbel, plötzlich ein endloses Seil, an dem die Erde schwebte, das Himmel und Erde verband ... und plötzlich ein eiskalter Wasserstrahl, der jäh niederfuhr, mitten durch, ein Blitz.
Sie bat: »Geh, Schatz, leg deinen Helm ab!« Und sie dachte plötzlich wieder heiß an Kony, ihren Athleten. Der wollte sie einmal erstechen. Im Rausch ... Und sie flüsterte selig, emporschauend: »Kony!« ... Und da hing er an der Wand, ein photographisches Brustbild mit Medaille und Eichenkranz, die Arme nach hinten verschränkt, aufgedrehten Schnurrbarts, von Postkarten, Fächern, Tanzschleifen umgeben: Kony.
Da knurrte der Spitz.
Und da erinnerte sich die Beate: auch der ist also noch da.
Und stand hilflos zwischen dem gelben Dragoner, dem Spitz und dem photographischen Brustbild.
Und sie steckte dem gelben Dragoner eine Blume ins Knopfloch, wie es damals Schiller, der Oberbaurat Schiller, getan, und band ihm eine grüne Samtschleife um den Kopf und drückte sie ihm sorgfältig zurecht, wie seinerzeit der Huber, der Gerichtssekretär Huber auf dem Fest der »Stämmigen Brüder«. Da der Dragoner wehrte, bat sie. Und endlich, unsinnig lachend: »Nun kannst du dich wieder besaufen, Kony ...« Ja! Hatte er nicht eine glänzende Medaille im Knopfloch, schmückte sein Haupt nicht ein Eichenkranz, ganz grün?! ... Und er kam an den Tisch, setzte sich zu ihr und tätschelte ihr auf den Hintern. Und irgendwer schrie: »Hoch!« und laut »Hurra!« Und eine Musik blies irgendwo furchtbar.
Und die Beate (das war ja zu närrisch!) –: sie lachte unsinnig.
Sie brachte Bier in Flaschen. Das trank er.
Aber sein Aussehen änderte sich, denn als er aus dem Schat-

ten nach vorn plötzlich unter das Licht trat, sah sie, er war blau, blau sein Gesicht, ganz blau. Doch als er wieder sich schwankend nach rückwärts verzog, sah sie: er war grün, grün sein Gesicht, ganz grün. Doch als er bald darauf wieder rülpsend hervorkam, sah sie, er war wieder gelb geworden, ja wieder ganz gelb. Sein Gesicht, die Hände rot, und der aufgedrehte Schnurrbart glänzte.

Auch sang er wieder und kommandierte laut: »Ich hab es mir ja gleich gedacht, daß du schon wieder besoffen bist ...«

Kony knurrte.

Der Dragoner blickte ihn nur an. Da schwieg er. Die beiden verstanden sich scheinbar gut.

Da aber Kony plötzlich laut aufbellte, fuhr der gelbe Dragoner mit seinem langen Säbel nach ihm. Da wand er sich sogleich verröchelnd.

Da die Beate laut aufheulte, warf er sie nieder. Sie kreischte auf. Er aber setzte den Fuß auf ihre Brust. Da schwieg sie.

Sie lag auf dem Rücken. Versuchte wieder hochzukommen. Wälzte sich, krümmte sich. Sie konnte nicht.

Er nahm die Schlüssel an sich. Die Handtasche öffnete er. Zählte: drei Mark und fünfzig ...

Sie versuchte sich am Bett hochzuziehen. Los riß er sie, hob sie empor, unendlich hoch empor und mit beiden Armen niederschleuderte er sie. Er schmetterte sie alle Stockwerke durch. Daß sie tief vergraben in der Erde stak. Den Körper voll Splitter. Sie wimmerte.

Da kommandierte er laut: »Achtung!« und zog den Säbel.

Sie dachte wieder an Kony.

Ja –: da stand er, die Medaille auf der Brust, den Eichenkranz ums Haupt, ein wenig in die Stirn gerutscht, ganz grün. Der aufgedrehte Schnurrbart glänzte ... und jemand schrie »Hoch!« und laut »Hurra!« ... und eine Musik blies furchtbar. Sie lachte unsinnig.

Und wieder: »Achtung!« ... und er war ganz gelb ...

Sie lachte unsinnig. »Wie närrisch!«

Doch plötzlich flehentlich: »Herr Schmetterling! Herr Schmetterling!«
Der aber lachte wild auf.
Sie erstarrte. Ward zur Puppe. Haftete. Zerbrochen. In die Knie geknickt. Schon vorher durchbohrt. Und weit zum Stoß ausholend: »Achtung! Liebste! Achtung!«
Und er stieß zu, aber nur ein ganz klein wenig, zog wieder zurück, zielte, prüfte. Er spielte mit ihr.
Beate prustete, arbeitete mit Händen und Füßen, unermüdlich. Umschlang zärtlich den Stahl. Zerrte. Als wollte sie: »O, gellten alle Himmel der Welt jetzt! . . .« Und laut: »Zu Hilfe, Frau Wadenklee! Zu Hilfe!« Ihre Hände bluteten.
Doch –: sie *stand!*
Und jubelnd ihm entgegen: »O, dich kenn ich . . .«
Und er: »Kröte! . . . Verfluchtes!«
Und stieß durch.

KASIMIR EDSCHMID

Der tödliche Mai

Als es nun am Ende der Woche kam, daß der Tod ihm (dem Maler und Offizier) die Eingeweide zerriß und er brüllend lag zwei Stunden lang, geschah es, daß die Pflegende erstaunte, denn das Geschrei bog sich langsam um in eine Stille, und aus der plötzlich sanften Ruhe seines Mundes stiegen jauchzende Rufe wie bunte Kugeln mählich in die Höhe und ketteten sich ineinander zu Jodlern, wie sie im Sommer der Schweiz tagelang von Berg zu Berg hinüberschweben.
Sie trat dicht an ihn heran und wusch ihm mit einem getränkten Lappen den Schweiß, der um den Mund herum austrat, aber er sang durch ihre kreisenden Handbewegungen weiter, verdrehte die Augen, streckte sich scharf in die Länge, legte sich dann auf die Seite und schwieg.

Nach einer halben Stunde rief er die Pflegende.
Seine Augen lagen tief in den Deckeln der Lider begraben, ein rötliches Weiß schimmerte heraus und der halbe Abschnitt der Pupille. Der Mund und das Kinn glänzten in leiser Seligkeit, die Stirn war rein und hell trotz der Bräune. Die Schläfen waren eingefallen, die Nase angespannt und an den Nüstern unbewegt wie über eine Pauke gezogenes Pergament.
»Die Bäume« ... sagte er. »Die Bäume« ... und jubelte mit der Hand. Die Pflegende schauderte. Sie sah, wie der Tod seinen Leib aufwirbelte und blähte, und empfand zugleich, wie der Raum sich furchtbar unter seiner Heiterkeit anfüllte.
Er sang das Wort »Die Bäume« im wechselnden Umschwung aller Melodien. Er hielt mitten in den Buchstaben ein, ließ den Ton verrollen und schob zwischen den bläulichen Lippen rasch und lachend den Rest nach. Er knickte die Silben wie Weidengerten, warf die schwachen Vokale glitzernd hoch und duckte die saftigen. Manchmal schien das Wort ein explosiver Ton, andersmal eine verwirrende Skala. Oft bog und verengte er die Laute, ließ sie wie Brandblasen aufglühn und zerplatzen und schrie sie plötzlich in gleicher Folge wütend hinaus. Er spielte mit dem Wort wie mit einer Beute, katzenhaft, tückisch, selig, feig, lind und grenzenlos erbost.
Er klomm die letzte Krisis der Krankheit hinauf, das Wort wie einen Säbel zwischen den Lippen.
Manchmal warf sich ein Lächeln über sein Gesicht. Trunken spannte er die Nasenflügel und sog. Die letzten Stunden der Nacht waren höllisch.
Das Fieber kurbelte an die äußerste Grenze. Der Bauch sackte ein und wand sich in Zuckungen. Das Weiß des Auges war über Gelb zu dickem Grün geworden.
Er brach blutigen Kot, schüttelte die Hand und sang das Wort.
Das Herz war im Brechen. Der Puls lief lächerlich dünn.

Seine Zähne stießen kleinen Schaum auf den Lippenrand, der sich unmerklich ründete: es war das Wort.
Er hing an ihm zäh wie ein Affe verbissen an einem Trapez.
Und es riß ihn heraus.
Schlank wie ein Tänzer lief er auf ihm durch die Nacht, das Fieber und den blutigen Auswurf.
Segelte dumpf genesend durch das Aufundabgehen der Gestirne, der tödlichen schweren Sonne und den leichteren Aufflug des glänzenderen Mondes wie durch ein Spiel mit wechselnd bunten Ballonen hin mit unsäglicher und berauschend linder Bewegung.
Schwamm mit beruhigendem Opium in den Adern durch die breite Schwermut der ersten Abende und sehr frühen Morgen und das harte massive Dunkel der Wolkendämmerungen mit einem Weiß auf der Stirn, das alle erstaunte, und einem unmerklichen Flüstern auf den Lippen, die stets bewegt waren gleich der Brust einer weich Schlafenden.
Eines Morgens stieß die Sonne in einem langen und schönen Streifen durch sein Fenster und fiel hart unter sein Kinn. Da lief eine schwache Erregung über ihn, er verdrehte die Augen nach links, warf sie dann nach rechts hinüber, starr, daß die Pupillen, nach oben gestemmt und aus den Höhlen getreten, in das Innere des Kopfs hinein zu bohren drohten, ließ sie dann sanft zurücksinken, schüttelte sich, machte den Mund auf, groß und weit und schloß ihn wieder.
Schloß ihn hart und fest, lag nach diesem Signal noch zwei Tage und war darauf völlig durch die Gefahr hindurch.
Er war mimosenhaft zart und sehr scheu in den Stunden des genesenden Körpers und des kommenden Bewußtseins. Seine Soldaten kamen zu ihm und gratulierten ihm zu dem Sieg gegen den Tod. Er winkte mit der Hand hinauszugehen, erkannte sie kaum. Die Pflegende sagte ihm, sie seien traurig, wo sie unter ihm in tausend überschwemmenden tödlichen Minuten gestanden hätten, nun, wie er krank, nicht von ihm geliebt zu sein. »So ...« sagte er. Assistenten, Ärzte kamen.

Sie versicherten ihm alle, daß er ihr Kopfschütteln ignoriert und stramm und siegreich über ihren Unglauben in die Gesundung hineingesprungen sei, zweibeinig, und massiv. Er sah sie verwirrt an.
Apathische Wochen folgten. Der Vorsteher des Genesungsheims erzählte ihm. Krieg ... ja ... gewiß ... er freue sich. Er legte den Kopf herum.
»Bücher?«
»Danke ... nein.« – –
»Palette ... Wollen Sie wieder malen ... Bedenken der Überanstrengung zwar. Allein ... ich wäre stolz – –«
Er schüttelte langsam den Kopf.
Das Gewicht des Körpers nahm geringfügig nur zu. Wenig Interesse füllte ihn für den Umkreis der Dinge, noch weniger für sich selbst. Lag eine Schwebe zwischen Lebenwollen und Lebenmüssen, der Funktion aller Physis fähig, ein Fragezeichen der Bejahung, jeden Möglichkeiten neuen Lebens ausgesetzt ... aber ohne Schwung.
Oft trat er abends auf den Balkon des Hauses, der verwachsen und kühl war. Die Ebene betäubte ihn anfangs mit ihrer Grenzenlosigkeit, langsam empfand er sie aber – um ein an das Endliche stoßendes Bild zu haben – als eine riesige Kreisbewegung, die um ihn herum, zuerst stark, dann sich im Silber der Ferne verzehrend, gegen den Horizont schwinge. An einer Seite hingen ein paar Wellenschläge ferner Gebirge, runde Hügel, gleich nach unten gekehrten Wolken, zittrig in der Luft. Diese Gegend aus Fläche, Gras und Steppe, von brüchiger Luft überstanden, gab ihm das Gefühl, Mittelpunkt einer gläsernen Glocke zu sein. Sonne schlief reglos auf Bach und Moos und kleinem Gestrüpp. Die Tage hatten katzenhaften Ablauf, stumpf und aufreizend in dem währenden Gespanntsein dieser Leblosigkeit.
Da warf ihn eine Wagenfahrt, zu der der Arzt ihn zwang, in die unmittelbare Nähe einer wenig entfernten Königsstadt in eine Schloßanlage. Der große Dogcart mit den po-

lierten roten Rädern schaukelte einen Nachmittag lang über geschwungene Wege und über Brücken. Er erlebte dichtes Dunkel des Parks, unendliche Stille um pagodenhafte Pavillons, den raschen Vorbeisprung weißer Nebenschlösser. Dann befanden sie sich mitten im Gewühl weiter Auffahrten, auf die ganz am Ende der Alleen die Kaskaden fesselloser Terrassen herabstürzten. Hier empfand er Weite und Herrlichkeit der Welt an sich vorüberziehn. Der Wagen schwamm an dem langen Wasserspielwerk, das von der Fassade bis in den blauen Horizont hinunterlief, entlang zwischen Hunderten spazierender Menschen, zwischen farbigen Jacken, weichgelben Handschuhen und der Orgie aufgeblasen roter Sonnenschirme.

Er kehrte nachdenklich nach Hause zurück.

Am Morgen erwartete er den Anfang der Sonne von seinem Balkon. Er sah den Aufstieg über die schmalen Hügel und die langsame Belichtung der Ebene, die sich sinnlos und schwer mit dem Rot anfüllte. Da ging eine unfaßbare Sehnsucht nach Glühendem, Rasendem in ihm auf, er bog sich vor Gier nach der Stadt. Der Arzt war dafür, er brach auf, durchstreifte Straßen, die voll Anmut, Gärten, die voll Jugend waren. Am Abend landete er in einem Lokal, das mit jubelnden Tapeten überzogen war. Es war gefüllt mit schönen weißen Tischen und Stühlen. Viele bunte Laternen glühten darüber. Der Wind bewegte sie leicht. Alle Gesichter waren von schwankendem Rot überströmt. Feine Frauen saßen in den Sesseln, zurückgelehnt, lässig und mit Herren plaudernd. Es gab Musik. Manchmal lief der Wind heftig durch die ausgehängten Fenster und es gab ein Gewoge von Licht, das alle überstürmte. Dann hoben sich die Geigen aus der Musik in die Höhe und übergitterten mit namenlosen Spitzen den Raum.

Da ergriff ihn das Gewühl des Daseins mit einer tobenden Berauschtheit. Er fühlte sich von heißester Erregung in starre Kälte geschleudert und dann von neuem beißender Hitze entgegengeworfen. In seiner Brust wütete ein Orchester,

Orgeln brannten auf, und in langen grausamen Voluten hoben sich die Bläser zu einem furchtbaren Stoß.
Es war zuviel: Man sah einen Offizier die Arme dehnen, die Brust herauspressen, einen seltsamen Jodler über das Lokal hinfeuern und die Hände auf den Tisch zurückhauen.
Er zerschlug die Lampe und einiges Geschirr.
Der Kellner tat sehr ruhig. Fernsitzende dachten an Zufall und Mißgeschick. Er gab dem Kellner märchenhaftes Trinkgeld, nahm die Mütze und ging breitspurig, säbelschleifend hinaus.
Draußen begann er sofort zu weinen. Toll tanzten die wunderbaren Frauen, die er wie zum erstenmal wieder sah (wieviele er gemalt hatte, wußte er nicht mehr, denn Dasein dünkte ihm noch neues Leben nach halbem Tod), vor seinen Augen, die Seiden, die Funken der Lichter. Unbegreiflich schluchzend empfand er die Wärme der Nacht, flüsternd ... »le ...... ben ...« ...
Dann ballte er die Fäuste und als er von der kleinen Station zu dem Landhaus fuhr, stand sein Kopf scharf und sehr entschlossen auf seinem Körper.
Es kamen rasche Tage. Er rieb sich den Buckel an der blitzenden Scheibe der Stadt. Freude umgab ihn lind. Trieb und Wonne füllten golden seine Adern. Säfte rannen über seine Haut. Leben umspielte ihn reich. Es war die Rede, daß er zur Front zurückkehre. Er nickte.
Er nickte. Es war gut.
Der Mond kam abends aus der Ebene durchsichtig und schön wie aus dem weichen Munde eines Glasbläsers gebildet und gleichsam von seinem Atem gehoben, so schlank und zart überflog er die stumme und dunkle Festlichkeit des Himmels.
Bald gab es tagelangen Sturm. Böen überschütteten die Steppe. Wolken schlugen übereinander mit Geheul. Schwere Regen knallten an den Fenstern. Geduckt sprang brüllender Wind in jede Spalte und zersprang dort in Fetzen von niederreißendem Radau. Nachts, wenn die Regenschwaden vom

Sturm schräg herabgehauen auf die Ebene knatterten, schien es, Tausende von Eskadronen überritten die Steppe und die Bäuche aller Pferde schlügen langgestreckt zwischen den rasenden Sprüngen in einem Takt gegen die Erde.

Da zog er rocklos durch das Haus, probte die Muskeln, steckte Lichter an und sang mit jubelnd gesteigerter Stimme.

Er sagte (als der Wind eine Pause einschob): »Sehen Sie die Kassiopeia?«, zur Pflegenden, zog sie in die Fensternische, hob die Flügel, deutete nach oben und lachte, als der Staunenden ein Nebelstreifen glitzernden Regen ins Haar schmiß.

Später einmal kam, heiß und verstaubt, ein schmaler Zug die Ebene herunter. Er tauchte grau und wie ein Punkt auf und wurde ein dünnes Gerinnsel durch das vergilbte Gras. Sie defilierten am Haus auf die Entfernung von zwanzig Metern.

Zuerst ging ein großer Mann, braun mit Narben von Hieben durch das Gesicht. Sein Kleid war Polichinell. Enganliegend mit Dreiecken gemustert zitronengelb und weiches Blau. Der Hals war unbedeckt und gefurcht. Seine Beine traten wie ein Pferd einen nach vorne ausbiegenden Trab, der stets Silhouetten vor den vergrauten Horizont spannte und von trauriger Müdigkeit war.

Hinter ihm kam ein Elefant, ein Dromedar und ein Wagen voll von farbigen Kindern.

Er trug zwei Stangen über der Schulter, um deren Spitzen ein Netz geknotet war, in dessen Maschen ein kläffender Hund saß und ein perlweißer Fasan. Es war so süß langweilig in diesen Tagen, daß die Insassen des Hauses alle staunend und lachend hinausliefen, die Taschen umwandten, Geld über die Menschen warfen und in Eile Stühle aufschlugen. O Rausch eines unerwarteten Zirkus!

Es gab eine glänzende Vorstellung.

Der lange Führer wirbelte in die heiße Luft, mit Fahnen in der Hand, Sprünge und Verrenkungen, strahlend und bunt.

Alle Soldaten suchten auf dem Dromedar zu reiten. Die farbigen Kinder warteten gespannt, bis ein zufälliger Blick auf ihnen zu ruhen begann, sprangen in die Höhe, überschlugen sich grotesk, setzten sich fest auf die Hintern und streckten bettelnd die Hand vor.

Der Elefant rückte verlegen auf seinen Beinen, verengte den Raum unter sich und ließ sich endlich mit seiner Rückseite auf einem Fünfzigliterfaß nieder und zog die Vorderbeine hoch wie ein Pudel.

Der Führer gab ihm eine Mandoline in den Rüssel und band ihm ein rosa Band an die Spitze des Ohrs. Sein Gesicht blieb unbewegt und verächtlich wie bei seinen Sprüngen.

Indem fuhr auf der anderen Seite des Hauses ein Wagen an. Der Maler sprang heraus mit zwei geschossenen Lapins und die Augen voll Träumerei von Frauen, mit denen ihn die Einsamkeit der Heide überfallen hatte. Er trat in das Haus und schaute durch das Fenster.

Da schwoll sein Gesicht hochrot, er blies die Backen auf vor Zorn, und einen dumpfen Laut ausschreiend sprang er heraus. In seiner Hand lag ein Säbel. Er machte einige Sätze und schlug dann die flache Klinge mit einem sirrenden Ton dem Elefanten ausgestreckten Arms klatschend auf das Blatt.

Das Tier sprang auf. Es stand. Es spreizte langsam die Beine, schob die Ohren zurück und hob den langen Rüssel ganz wagrecht.

Da ließ er, während alle anderen starr gebannt steif zuschauten, den Stahl fallen und strich andächtig und bewundernd den Rüssel mit der Hand entlang und hob ihn hoch, daß das weißliche Rosa des Mauls, das gleich einer fremden von Überreife angefaulten Frucht zwischen der harten Seltsamkeit der elfenbeinernen Hauer lag, aufklaffte. Dahinein legte er die Hand.

Der Polichinell brachte unter Bücklingen Zucker und legte sie in den untersten Rüssel. Der Elefant bog sie mit schlangenhafter Windung in das Maul.

Dann warf er wie einen Springbrunn den Rüssel hoch und schoß überraschend und plötzlich einen so ungeheuer dunklen und wilden Schrei gegen die Menschen, daß sie einen Augenblick alle schwiegen.

»So ... gefällst du«, sagte der Maler und steckte den Säbel ein.

Das Gesicht des Führers blieb über den Verbeugungen unbewegt und verächtlich wie bei seinen Sprüngen.

Es lag den Abend ein gewaltiger Druck auf der Landschaft. Sie waren, als die Sonne sank, heiß und verstaubt, ein schmaler Zug die Ebene hinuntergezogen. Sie flossen ein dünnes Gerinnsel durch das vergilbte Gras und verschwanden grau und wie ein Punkt.

Am späten Mittag saß die Pflegende bei dem Maler, der auf einem Schaukelstuhl lang lag und rauchte. Sie schwiegen lange Zeit.

»Können Sie sich den Urwald vorstellen?« fragte er.

Sie lächelte: »Nein –«

»... den Rand des Urwalds, Schwester. Ein Elefant reißt Lianen auseinander, erscheint. Die Sonne schwingt auf, rot. Er schreit ihr entgegen ...... Und hier: o Müdigkeit ...... o Müdigkeit ......«

Sie sah nachdenkend auf ihn. Dann stach sie eine Nadel durch ein Fliederblatt und sagte langsam: »Es ist Ihre Sehnsucht, Wald, ich weiß es. Ich weiß, daß Sie sich stets daran klammerten, als Ihre Krise war. Sie wissen nichts?«

Er wußte es nicht.

Er schüttelte den Kopf, lächelte und verneinte.

Da sagte sie leis: »Die Bäu–me.«

Wieder kam das Lächeln über sein Gesicht. Aber ihr war, als ob es Gewalt bekomme über den Inhalt des Gesichts und als ob es sich einforme wie eine fressende Säure. Seine gespannten Muskeln waren einem sekundenhaften Verfall unterworfen. Sie schwanden unter der Haut.

Ganz weiß hob er den Kopf: »Habe ich ... ha – – – be ich ...«

Von schwerem Entsetzen geschüttelt, wand er die Arme durch die Luft. Seine Augen wurden rund, kugelhaft und fast wie Glas und starrten über die Ebene. Er keuchte und deutete vor sich: »Geben Sie mir diesen Stein.«
Ihm schien die Schwelle eines seltsamen Unterbewußtseins durchstoßen. Er hatte alle die Wochen nur ein Leben gehabt, das seine Wurzeln hatte in seiner letzten Krankheit. Wohl wußte er die Dinge und Vorgänge der Zeit und seines Lebens auch vorher. Aber in diesem Augenblick schien es ihm, daß eine dünne Haut darüber gewesen sei und daß ihm die Erkenntnis nach deren Platzen nun erst neu, groß und unendlich furchtbar wieder zuströme.
Er nahm den Stein, den ihm die Pflegende reichte. Er war sehr schwer und kantig. Er drückte seine Hände hinein, hielt ihn an die Stirn, hob und prüfte ihn und legte ihn fest auf das Knie. Er empfand, wie die Angst vor der plötzlichen Leere um ihn herum schwinde und wie das Gewicht dieses realen Steins ihn wieder an das natürliche Leben und die geliebte Erde (prometheisch) zurückriß.
Dann warf er den Stein weg und sagte:
»Schwester, Sie kennen das nicht. Sie kennen das nicht, daß der Himmel plötzlich ein Abgrund scheint und entflieht und die Erde unter Ihnen sanft entweicht und am Horizont ein Strudel unermeßlich aufgeht und beginnt Sie aufzusaugen, der Sie schon langsam sich zu drehen scheinen. Schwester, bleiben Sie sitzen. Es könnte mich sehr stören, wenn Sie sich bewegten. Hören Sie: ich war niemals feig ... nie ...«
Sie bewegte ihr stilles Gesicht hin und her.
»Sie denken an meine Auszeichnungen«, schrie er sie an. »Nein. Sagen Sie nichts. Daran sollen Sie nicht denken. Das liegt außerhalb meiner Betrachtung. Bleiben Sie sitzen. Sie sollen an meine Seele und ihren Mut denken. Können Sie das. He – – –«
Sie sagte, ihr sei das Leben keine so besondere Sache, daß sie nicht auch dies vermöge.

Da fing er an zu weinen, wurde sehr still und flüsterte: »Sie haben unrecht, Schwester ... es ist alles ... al ... les – –«
Er schluchzte mit einem zerreißend stillen Laut.
Darauf begann er wieder zu sprechen kalt und hart.
Seine Stimme flog aus seinem Munde, als sei sie durch ihn, beziehungslos zu den Lippen, die sie formten, aus irgendeiner dunklen Ferne geflossen. Sein Kopf hob sich bleich und edel über der Kante des Stuhls, und die Haut der Schläfen zitterte über dem blauen Geäder.
»Mitteldeutschland ... Schwester, beim zweiten Rücktransport von der Front nach der Passion von fünf durchlegenen Lazaretten ... Mitteldeutschland im Westen ... und es war Mai ... das ist fabelhaft. Der Rhein war nicht fern. Himmel seidig und bebte vor Blau.
Wir waren da fast alles Offiziere im letzten Stadium des Genesens aus böser Erkrankung wie hier fast ... nur anders, süßer – unbeschreiblicher. Es war ein modernes Schloß mit säuligen Bögen und Wiener Keramik, mein Gott. Dahinter Wälder und überall herum schweifige Hügel und Täler, leicht gesenkt. Es gab eine phantastische Hygiene. Marmor, weißes Gemöbel, Staubsektoren, Sonnenfenster, Duschen von oben, Duschen von unten. Es gab einen unendlichen von Weite ausgedehnten blauen Tanzsaal mit einem großen glänzenden Flügel. Pariser Millionäre hatten diesen strenglinigen Tempel gebaut und ihn einer südamerikanischen Tänzerin gegeben, die da die schönsten Mädchen Europas in die gleitende Form körperlicher Musik hinein erzog. Die Mädchen waren in einer nahen Stadt damals.
Die Kirschblüte kam. Die unzähligen Bäume beschwebten sich weiß, es flaggte drei Tage. Dann ging das flaumige Strahlen in einem wahnsinnigen Wind zum Teufel. Ich liebe diese Blüte nicht. Sie ist zu weich. Kennen Sie worpswedische Maler? Nein, – ja, Schwester, was soll Ihnen Kunst, was soll Ihnen Bildnis. O Nebensache, o Nebensache! Leben ist hundsföttisch mehr, ich weiß.
Nun eben so schwach, so zag, ekelhaft überfein ist diese

Blüte wie Zweige gemalt von diesen Menschen, hypertrophierte Empfindungsdestillatoren des Seins. Leben ist breiter, saftiger, spritzender, Schwester: Weinernte am Rhein, Heringsfang in Holland, bürgerliches Schmausen im Elsaß . . .

Dann brachen alle Apfelbäume aus. Unten die Blüten ein wenig rot, oben kräftig weiß. Die Hügelkette war zum Platzen voll von ihnen. Manchmal standen sie wie Haine zusammen. – – – Ich liebe sie.

Es roch, Schwester – – –«

Er warf das Gesicht zurück in einer wahnsinnigen Spannung: »Ich fürchte mich«, flüsterte er.

Sie legte ihre Hand auf seine.

Aber er schüttelte sie ab: »Lassen Sie das –.«

Sie ließ es. Sie setzte sich näher zu ihm. Seine Stimme fing wieder an:

»Abends sanken Herden von Nachtigallen in die Bäume und verwüsteten die Nacht mit Süßigkeit – –.

Niemand weiß das, der es nicht sah: Sie werfen ihren Hals hoch, daß er plötzlich mit Gesang (der noch nicht Ton wurde) rasend gefüllt steht gleich einer runden Trommel, eine glühende Blase größer schier als ihr Leib, an der sie wie an Mongolfieren in die weiche Unendlichkeit verschweben könnten – – – und dann werfen sie die stählerne Wärme der langen aufblitzenden Laute ergreifendsten Verzücktseins in die entzündete Dunkelheit.

Wir hatten einen blonden Kameraden aus Bornholm. Er wurde verrückt, als nach einem Gewitter aus einem nassen Fliederbusch ein Dutzend Nachtigallen plötzlich mit Gesang aufklirrend sein Gleichgewicht zu schwer erschütterten.

Ja daß Schönheit tausendfach mehr tötet als Haß und Wut, Sie sollen es wissen. Was sage ich Ihnen, Schwester. Wo will ich hin . . . hören – hören Sie mich? . . .«

»Sie erzählen die Verzücktheit des Lebens . . .« sagte die Schwester innig und unbewegt.

»Ich erzähle die Verzücktheit des Lebens. Ja. O Rausch, o

Sonne, o Ruhm, o Süßigkeit ...« Er stemmte die Fäuste im äußersten Schmerz und schwärmerisch gegen die Brust.

»An einem Abend kamen dreißig Damen, ein Fürst und viele Herren. Es hatte eine märchenhafte Art. Sie trugen seidige Kleider, Schwester, o von so feinen Firmen, die Sie nicht kennen. Und es gab wie Glas schimmernde Namen und schwermütige Profile.

Es gab Lampione.

Es gab Mond.

Unter den Apfelbäumen war eine Lichtung. Der Hügel schob sich leicht und schräg gegen den Horizont.

Wir saßen alle auf Stühlen, die auf der Wiese standen. Der Fürst hatte einen Säbel in einer Hand, in der anderen Blüten.

Da kamen die Mädchen, Jungfrauen bis gegen Zwanzig, die kein Mann berührt hatte und die nur wenige sahen, die sich, weibliche Narzisse, nur in der entrollten Geschmeidigkeit sälelang ins Uferlose gestellter Spiegel in ihren Körpern empfanden. Sie trugen kleine Tuniken, die wie nichts waren, und tanzten auf dieser schrägen Ebene uns gegenüber zwischen den Bäumen, tanzten mit Hüften, fließend wie die glatten Sprünge der Leoparden, Beinen ... stumm vor Berauschtheit, und Armen, die sie im wilden Entsetzen der Schönheit in den Mond hinein schwangen.

Alle gingen dann zurück zum Schloß, ich stieg zum höchsten Hügel ...« Er hielt ein. Sein Blick tauchte verschleiert in die Tiefe des späten Mittags. Seine Worte fielen dann, als er wieder anhub, heftig, immer schärfer und in monotoner Geschwindigkeit. Sie fielen, als stünde einer (im Licht in voller Rüstung) und schlüge im riesigen Kreisschwung beider Arme zwei Schwerter pfeifend immer rascher durch die Luft.

Er sagte:

»Es war still geworden, fast tonlos. Manchmal allein in langen brausenden Linien stürzten schwere Hummeln auf die weiße Ebene der Bäume. Es war lau, weich. Wasserdampf schwebte in der Luft. Das ließ die Ferne vibrieren und die

Sterne hatten davon etwas feuchten Schimmer. Hügel schob glatt über Hügel, Linie über Linie schwingend, in die Rheinebene. Bäume sprangen Abhänge hinauf, in der Nacht hin und her, und standen, näher, tänzerisch zueinander geneigt. Oben hing der Mond.

Diese Nacht war ungeheuerlich in ihrer Üppigkeit. In ihrer nassen Glut. In ihrem unheimlich gesteigerten stummen Gebrüll nach Dasein und trunkenster Fülle des Lebens.

Schwester: ich dachte da mit einemmal blitzhaft an die wüstesten und größten Dinge meines Lebens.

Ich wußte um Grate im bayrischen Gebirg, die ich spielerisch als Knabe überrannt hatte. Ich sah den schweren Wahnsinn der afrikanischen Hetzen. Sah den zerschlagenen beuligen Kopf im Dirnenhaus des genuesischen Hafenviertels im Augenblick des Erwachens verzerrt in schmutzigen Kissen. Ich wußte um das aufschreiende Werben fetzender Granaten, die trunkene Explosion der Abendschlacht. Ich sah ein Segelboot kentern im Starnberger See, sah den großen Verzicht eines feinen Mädchenauges (o weinen, weinen), sah den verwesten Leichnam des Freundes aus der Konfirmation im Park erhängt, sah das Sterben Maria Anderssons, die ich geliebt habe, die Schöne und Tanzende, wie einen bunten Vogel. Ich wußte um den Augenblick, der bewegungslos in der Pupille des Persers hing, als er in einer Pariser Spielspelunke den Dolch mir über die Achsel in den Rücken schlug. – – –

Was wissen Sie, Schwester, was einem Mann schwer und Gefahr ist ...

Aber ich wußte in dieser Minute: daß ich lächelnd dies alles wiederholen würde, daß ich singend wie ein Engel van Dycks gegen tausend Mündungen Kanonen gehen könne ... statt dieser Minute ... daß dies alles Erlebte eine kleine Prüfung, ein verächtlicher Vergleich und ein Geringes und Unwirkliches an Schwere sei gegen diesen einen Augenblick des Lebens.

Denn es kam, daß ich vor der tobenden Süßigkeit der Nacht, in der das Leben dunkel rauschte wie ein verschlossener

Schwarm von Bienen, daß ich vor der ungeheuerlichen Berauschtheit des Daseins mich hinwarf und weinte und grenzenlos den Tod zu fürchten begann.
Den Tod, der mir eine gemeine Sache, Oberfläche und sehr gering zu schätzen erschien, wo er mir nahe war wie eine Kugel, ein Gift oder ein Dolch ... und es mir blieb ... in dieser Form ... auch späterhin. In dieser Form ... in dieser Form. Ich weinte.
Und da schwamm aus dem Schloß das hungrige Begehren einer Geige, hob sich, klirrte wie ein scharfer Käfer, raste um die Hügel, hieb sich verzweifelt sehnsuchtsvoll in die starke Brunst der weißen Bäume und kreiste den Horizont ein in zuckende Tiraden.
Und ich spürte die Hand, welche sie führte, fühlte mit einem Gefühl das weiche Fleisch des jungen Mädchens, das sie spielte, die rasche Berührung ihrer Brust, ihres streifenden Beines, das erzitternde weiche Fleisch mit dem silbernen Flaum, die mädchenhafte Weise des wiegenden Gangs, die königliche Süßigkeit ...
und ich brüllte, Schwester. Ich lief in den Hain und brüllte: – nicht sterben – brüllte ich. Riß kleine Zweige und zerkaute sie, bohrte das Gesicht in überschäumte Äste, betete, fluchte, weinte ... es gab keinen Gott, der dies löste.
Ich begriff es nicht: den Tod belächeln, das Leben fürchten ... –
Aber überall war Tod. Die Blüten brannten furchtbar an den unteren Flächen. Tausendfach schwoll Blut in der Luft. Eine riesige Spinne krampfte schnürend das Getanz der Apfelbäume zusammen, sie zitterten unter entsetztem Schrecken. Regenbogen schnellten durch die Nacht. Mord saß dunkel im Geäst. Ich ängstigte auf der Stirn. Der Mond war mild. Aber die Sterne bogen sich herum und blitzten kalt wie die Spitzen unzähliger hingehaltener Schwerter.
Und das Schweigen dehnte sich, als ob es zerreißen müsse und die Stummheit, die volle maßlose Trunkenheit der Nacht kam in Bewegung, drehte einmal um und begann zu

kreisen und ward ganz fern am Himmel ein dunkler Strudel, der sog und sog.
Ich schrie. Hell. Entsetzt und außer mir ... Ich wollte nicht sterben. Wollte nicht sterben. Nein ... schrie. –
Schwester, ich habe nachher noch, eh ich herkam, vor meinem Typhus, den Tod gekannt in vielen Phasen, nahe an mir vorbei oder sich zurückwerfend vor mir im letzten Moment des Anlaufs. Ich stand in ihm wie der Mittelpunkt einer Explosion zahlloser Schrapnells.
Ich lüge nicht. Ich hob die Hand, ihn zu zerdrücken.
Ich hob die Hand, verächtlich, und schlug nach seinem Gesicht.
Aber in jener Nacht, da ... da erkannte ich tiefer den Tod in der ungeheuerlichsten Schwellung des Lebens.
Ich lief ins Schloß, kroch in eine Ecke und fürchtete mich.
Ich wurde verachtet, geschmäht, verlacht. Man tat das Äußerste zur Erklärung des Unbegreiflichen im zivilen Dasein: man zweifelte an meiner Zurechnungsfähigkeit. Man hätte mich anspeien können.
Ich hätte gebettelt: Leben ... leben ...
So ist es.
Schwester – aber ich weiß, ich weiß nun mehr, unerträglich mehr wie alle anderen Menschen. Ich weiß: ungeheuere Taten mögen geschehen, endloser Ruhm errafft werden von Dichtern, Feldherrn und Musikanten und Malern ... im letzten Ziel ist Tod. Andere wissen das nicht, ahnen es, aber haben nicht die Schärfe ewigsekündlichen Wissens und Umsichfühlens.
Wie ist die Welt bunt: Leichte Karussells laufen über die Jahrmärkte. Flieger erschwimmen die betäubende Höhe der Gestirne, gewiegt vom Nichts. Kapellen spielen in Theatern und Gärten. Mädchen tragen Schürzen im Hause und Bänder zum Ball. Und die Pferde ... auch die Hunde sind schön und voll Andacht ... Städte erleuchten sich abends mit sanftem Gas.
Wie kann ich dieses Beschwingte fürder noch spüren, den

feinen Reiz und die breite Schönheit, wenn ich den Tod darin sehe jederzeit? Und muß sie doch lieben grenzenloser als immer und brennender wie jeder, weil ich weiß, daß das Leben so schwer und so gewaltig hoch das Letzte ist. Aber meine glühende Liebe wird stets auf den Tod stoßen und so werde ich hin und her geschleudert sein, ahasverisch und in einem verzehrenden Tosen, zwischen ungeheuerer Anbetung und tödlicher Erkenntnis.

Ich werde in unmenschlichen Spannungen leben müssen (denn das Spannungslose saugt mich auf). Ich werde lächeln und von Gefahr und höchstem Erleben zu anderen springend mich bewegen wie aus dem Arm von unzähligen Frauen in den von neuen Namenlosen. Es ist eine tolle übersinnliche Liebe zum Leben dies, Schwester.

Ich werde nicht mehr ruhen können.

Denn Gefahr ist ein kleiner Augenblick und Sterben darin eine strahlende Sekunde. Schönheit der Welt aber dem Wissenden eine unendliche Qual und Bedrohung und ewige Leere.

Ich möchte nicht, daß Sie an diese Erkenntnis streiften, Schwester, weil Sie ein ruhiges und schönes Gesicht haben.

Ich bin von Freude geschwellt für den Augenblick, wo ich hier abziehe. Denn alles da ist trostlos und müd und ohne Heroischkeit.

Sehen Sie, es ist furchtbar, wenn ich müßig in die Ferne schaue ... Schwester, liebe Schwester ... wie der Horizont sich dann zusammenzieht, wie Hügel hineinschwanken und gleichsam in einem Rachen verschwinden. Manchmal blinkt es silbern. Nun hebt sich die Ebene. Taumelnd gurgelt die Welt in den Strudel. Die Leere ... die Leere – –

Glauben Sie nichts. Ich weiß, daß das eine Vision ist, daß wir fest stehen und unerschütterlich, wie wir es glauben. Aber ich empfinde alles im Gleichnis, und oft ist Gleichnis uns die nächste und verwirrend deutlichste Realität. Ich sehe vieles im Bilde, weil ich in einer übersteigerten Sekunde über das Leben und gewöhnte Maß hinaus *erkannt* habe.«

Er schwieg und schloß die Augen.
Er sagte noch: »Wo ich das Grauen vor dem Tod am zerschmetterndsten empfunden habe, an dieser Stelle, meine ich, muß die ungeheuerlichste Kraft des Lebens sitzen.
Darum rief ich, wie ich sterben sollte, nach diesen Bäumen.«
Er sann nach und plötzlich schien Furchtbares auf ihn zu stürzen.
Aber bald formte sich sein verzerrter Mund in lächelnde Ruhe und er flüsterte halb singend, somnambul: »Die Bäu ... me –.«
Dann schüttelte er kurz den Kopf, lächelte rasch und sagte »... Liebe Schwester – müssen Sie nicht bei all diesem auch dem Tode näher sein als dem Leben?«
»Nein«, sagte die Pflegende unendlich mild und fest, »es ist das Gegenteil.« Er sah sie staunend an.
Dann aber war es, als rase das entsetzliche Erleben in einer letzten grauenhaften Spannung noch einmal in ihm hoch.
Er warf die Hände in die Luft und rannte hinaus.
Die Pflegende ging ans Fenster und lehnte sich ruhig hinaus. Sie sah ihn eilig hinauslaufen und in den Hof einbiegen.
Dort stolperte er über eine Gießkanne, schwebte kurz in der Luft und taumelte dann zur Seite. Er fiel, die Hände vorgestreckt, in einen Hügel und bohrte auch sein Gesicht hinein.
Es war Kuhdünger aus den Ställen vom Morgen her.
Der Hügel dampfte in einer weißen Wolke warm und schön.
Er aber tat den Kopf nicht gleich zurück, sondern ließ ihn wenige Herzschläge lang da noch liegen, denn er fühlte in einem wunderbaren Gefühl, daß diese Lage unschön sei und schmutzig vielleicht und auch wohl Manchem großen Ekel machend, aber (was vieles größer sei) tief und warm und so unendlich voll Dasein.
Die Pflegende am Fenster hob ihr Gesicht ein wenig höher und dachte: O diese Hölle in *einer* Brust. Er wird das Leben furchtbar packen wie eine unendliche Geliebte. Wie ich ihn lieben muß.

HEINRICH MANN

Der Vater

Als Färber heiraten konnte, hatte er hinter sich schon achtzehn Jahre der Arbeit, des Suchens, des wechselvollen Kampfes mit der Menschenmasse, durch die man hindurch muß, den Zufällen, die man entwaffnen muß, mit dem Leben. Luise hatte kein Geld; aber mit vierzig Jahren wirst du doch endlich dir und ihr genügen, oder du bist kein Mann. Er genügte, wie jeder, auch noch der kleinen, die kamen. Wie jeder, stand er nach seiner Arbeit über eine Wiege gebeugt, suchte in dem Gesichtchen des Säuglings nach sich selbst, nach seinen Ursprüngen und der von ihm mitgeschaffenen Zukunft, die er nicht mehr sehen sollte; entsann sich bei einem Aufseufzen des kleinen Schlafenden der schweren Stunden, die hinter ihm und vor diesem lagen; sah es den Blick öffnen, der den Vater noch nicht kannte und einsam schien, als wisse er schon alles. Nun aber lächelte es, und alles war gut.

Es wuchs, und der Vater mit ihm. Die Freude, das Brot und einen Anteil am Genuß der Welt beschaffen zu können für zwei Wesen, die nur ihn hatten, machte ihn stärker, als er sich kannte. Er gelangte in der Gesellschaft, die er vertrat, zu einer leitenden Stellung.

Schöne Zeit! Draußen scharf wachen, den Gegnern auf die Schliche kommen, seine Haut ihnen nicht lassen und lieber Riemen schneiden aus der ihren. Zu Hause dann gesicherter Friede, anständiges Menschentum, lauteres Wohlwollen von allen zu allen. Man wechselte den Rock, wusch sich und sah, ein heiteres Zimmer betretend, in Gesichter voll Güte und Zutrauen, voll Erwartung, Wunsch und Dank. Sein eigenes Gesicht – diese beiden sahen es nie anders. Er hielt darauf, es ihnen niemals so zu zeigen, wie es draußen »im Leben« wohl aussehen konnte. Sein Luxus und seine Art von innerer Erhebung war es, das Gesicht des Lebens vor diesen beruhigt und verklärt zu bewahren.

Beide waren so schön in ihrer Unwissenheit, so liebenswert in ihrem Glauben, alles verlaufe rein und klar, erhalten nur wir so unsere Seele. Und hatten sie nicht recht? Die Mutter, als gerade ihre letzte Verwandte gestorben war, blutjung und arm geheiratet vom Fleck weg, gehegt und gepflegt, mit allem beschenkt, was ein Frauenherz reich macht, – und von ihr wie von Rosa, die seit ihrem ersten Atemzug nur Liebe kannte, ward zum Entgelt für alles Glück nicht mehr verlangt, als eben, daß sie glücklich seien. Färber, dessen Werk sie doch waren, näherte sich ihnen oftmals nur mit Ehrfurcht.

Welche tiefe Gefahr ein so lieblicher Betrug barg, hatte er nicht vergessen. Dies alles stand einzig auf seinen Nerven, seinem Kampfwert. Zuweilen quälte es ihn, er habe mehr Verantwortung übernommen, als einem mittleren Manne zukomme. Der Kluge und Mächtige, der die Güte war, dies hieß es bleiben, oder ihr Vertrauen täuschen. Je fester ihr Vertrauen, um so schärfer sah er um sich die Drohungen, überreizt und nur darum nicht mehr sicher. Er beging geschäftliche Fehler, von denen gesagt ward, sie entsprängen einer Überschätzung seiner Kraft und Geltung. Dem Aufsichtsrat, der bereit gewesen wäre, ihm seine früheren Verdienste anzurechnen, begegnete er unverhältnismäßig schroff. Er ward entlassen.

Und eben jetzt nahte die Geburt eines zweiten Kindes. Konnte er der Frau sich offenbaren? Trotz vorhandenen Mitteln zum Weiterleben schien es höchst geboten, stillschweigend und ohne alle Beunruhigung eine andere Stellung anzunehmen, eine der Stellungen, die ihm gelegentlich angeboten waren und zweifellos zur Verfügung standen. Indessen zeigte es sich, daß sie dem, der die seine verloren hatte, keineswegs mehr zur Verfügung standen: nicht die, die größer waren als seine bisherige, höchstens die kleineren. Er lehnte kurzweg ab. Früher oder später fand sich doch alles, die richtige Sache, und die Menschen, die seiner gedachten. Erworbene Kraft ging nie verloren ... Aber sie lag brach.

Jeden Morgen verließ er wie sonst das Haus, und während Frau und Kind ihn geborgen im Amt glaubten, ging er, wie mit zwanzig Jahren, auf der Fährte des Zufalls. Nur daß er sehr litt. Nicht allein die Enttäuschungen setzten ihm zu; er spürte, auch die Unregelmäßigkeit und das Umherirren entsprachen seinem Alter nicht. Der Augenblick kam, da sein Wille plötzlich nachließ. Es war in der Stadtbahn; um ihn her schien jeder gespannt und zielbewußt; nur er, eine sich mit hinstehlende Existenz, fuhr zu den Seinen heim, um sie nochmals zu belügen. Warum eigentlich? Man konnte gestehen, konnte nachgeben und es zulassen, daß auch die Frau ihren Teil der Last trug. War man denn allein? ... Aus seinen Augen drangen langsame, schwere Tränen, er sah kein Getriebe mehr, er dachte: ja, man sei allein. Man habe die Pflicht übernommen, diesen zwei Wesen zu beweisen, das Leben sei gerecht und man selbst unangreifbar. Zu ihnen kam bald nun ein drittes. Auf dem Spiel stand, gab er es auf, sie zu schonen, nicht weniger als ihr Leben.

Darauf begann er zu zweifeln an dem Wert seines eigenen. Das noch übrige Geld konnte ihnen irgendein Dasein begründen, wenn er fort war. Blieb er, ward es von dem uneingeschränkten Haushalt nutzlos verbraucht. Er konnte eine weite Reise vorgeben. Aber auf den Ausflügen, mit denen er jetzt die Tage verbrachte, sah er doch einst in ein Gewässer hinab, durchdrungen, er sei bestimmt, noch gründlicher zu verschwinden.

Ein Dampfer legte an. Er stieg ein und war unter Menschen, die des schönen Tages wegen über den See fuhren. Hatten sie etwa keine Sorgen? Wohl auch sie. Aber selbst die schlimmsten waren bedingt und fielen weg, entzogst du ihnen den Boden. Dort sieht eine Frau her, ganz so, als bemerkte sie, daß du noch stattlich bist, scharfe elegante Züge und den besten Schneider hast. Sie selbst war hübsch, sehr gepflegt, und schien erfahren: eine Anziehung, unter diesen Umständen. Er folgte der unbefangenen Aufforderung ihres Blickes. Alles ging taktvoll und schnell vonstatten. Sie kehrten in einem verschwiegenen Landhotel ein. Färber machte die Entdeckung, daß es andere Ansichten vom Leben gab als die ihm gewohnten. Es war eine Wiederentdeckung; er fühlte sich auf einmal befreit von einem ungeahnten Gewicht und befähigt, alles hinter sich zu lassen. Er telegraphierte, daß er verreist sei, unbestimmt, wie lange.

Erst nach mehreren Tagen veranlaßte seine neue Gefährtin ihn zu größeren Ausgaben – stand aber sofort davon ab, als sie bemerkte, seine Mittel stockten. Eben an dieser Feststellung schien es ihr gelegen zu haben. Sie bewog ihn, sich auszusprechen, und sie selbst ward deutlicher. Er hatte sie halb geahnt, wie sie ihn; jetzt fanden sie einen gedämpfteren Ton, ließen von dem korrekten Idealbild, das sie einander vorgehalten hatten, einiges nach; – und Färber erfuhr, in dem Maß wie er selbst seine Lage preisgab, das Wesen der ihren. Sie lebte von Gelegenheiten auf Reisen, als anerkannte Begleiterin reicher Leute, wenn es sein konnte, sonst aber dennoch auf ihre Kosten. Als sie bis zu dem Geständnis eines Diebstahles ging, vollzog er ungewollt eine jähe innere Rückkehr in sein voriges Leben. So war alles verknüpft, hatte so werden sollen, und hierher führte es. Er sah in sich den natürlichen Gefährten der Hochstaplerin. Sie sah ihn dafür an, nie war es ihr eingefallen, ihn zu schädigen, sie wollte ihn haben und mit sich führen, sie liebte ihn. In einer Wolke von Leidenschaft, war es ihre oder seine, besprachen sie die Flucht.

Was er noch besaß, sollte zurückbleiben für seine ehemalige Familie. Er hatte sich nur das Notwendigste beschafft und ging auf den Bahnhof, sie wartete schon: Da sprach einer ihn an, den er zuletzt vor seiner Entlassung gesehen hatte. »Denken Sie noch an unsere Sache?« Nein, eben an diese hatte Färber nie wieder gedacht. Auch gab sich der andere so unschlüssig noch wie damals, das Geschäft war wieder von der Wurzel ab zu erwägen. Als aber Färber, gehoben und angespannt wie der Augenblick ihn traf, nur eben angriff, war auch schon die Wirkung da. Er sah es vor Augen:

Dies war zu machen. Nur festhalten, und alle Kraft unerbittlich in diese Viertelstunde! Nach ihrem Verlauf hatte er den andern vor einem Tisch mit Berechnungen, und nach zwei Stunden beim Notar. Indes jener den Vertrag unterschrieb, entsann Färber sich, den Blick entspannt, des abgegangenen Zuges, der Frau, die ihn suchte, und einer schon aufgegebenen Vergangenheit, in die er nun wieder Zutritt hatte, ehrbar und erfolgreich. Er erkannte, daß die letzte Zeit, mit der Hochstaplerin, seine Nervenkraft erneuert und ihn zu diesem hier ausgerüstet hatte. Er mußte ihr dankbar sein. Etwas fehlte ihm, hätte er sie versäumt. Aber gut war es, daß er, in einem letzten Gefühl von Zweifel, seinen richtigen Namen für sich behalten hatte. Fahr hin, dachte er, und ging heim.

Dort schlug ihm eine schwere Stille entgegen – und dann ein Aufschrei. Seine Frau lag in den Wehen. Der Arzt, neben dem Bett, ließ ihn herankommen, schien es ihm, wie einen Eindringling. Er wich sogar noch ein Stück zurück vor ihm und sagte erst dann, was hier zu sagen war. Färber neigte sich und nahm die Hand seiner Frau. Ihre Lippen zitterten, aber es sprach nur ihr Blick. »Du allein, wenn es noch möglich wäre, würdest mich retten«, sagte der Blick. »Du warst meine Kraft, mein Leben und mein Glück.« Stumm antwortete er ihr, sie dürfe vertrauen; und durch Hand und Auge schickte er, ohne nachzulassen, seinen Willen in sie hinüber, indes sie verging oder sich bäumte, indes sie irr redete und wie sie Abschied nahm, während sie das Kind hervorbrachte, und noch als sie starb.

Da er nun sah, sein Wille hatte umsonst gekämpft, griff er plötzlich um sich, als wiche der Boden. In Kopf und Herz ein wildes Drunter und Drüber: »Das ist mein Werk, sie büßt für mich. Verraten von mir, ihrem einzigen Glauben, so sterben! Fast war ich schon Verbrecher – mein Gott!« Entsetzen, zusammenschlagend über ihm. Gerade sah er noch, daß der Arzt einen Schritt tat, um ihn aufzufangen, – da riß er sich zusammen. »Nein. Genug an dem. Mann bleiben, was immer geschehen ist.« Wohl wahr, er hatte gedacht, es führte dahin, daß er auf und davon gehen solle mit einer Abenteurerin. Jetzt aber war es so gekommen, daß er hier helfen, retten und seine Pflicht tun sollte. Dies hatte nun die volle Macht des Schicksals, – und an wie wenig war es doch gehangen. Der Zufall regiert uns. Willst du leben, bereue ihn nicht, verantworte ihn! An dir, ihn zu wenden, bis er gut ist. Aus deinem rechtschaffenen Dasein, du weißt nicht wie, wird das Schlimmste. Und gerade dein äußerster Fehltritt macht dich fähig zum neuen Aufschwung.

Hiernach nahm er einen sanfteren Abschied von der Toten. Er versprach ihr zu handeln, als sei sie noch da. Jetzt konnte er weinen, linde Schmerzen des Selbstbedauerns. Sie war dahin, die letzte, die ihn noch jung gesehen hatte, die einzige, die ihn bei seinem Vornamen nannte. Das kam nicht wieder. Sie allein war ihm wahrhaft ergeben gewesen, war sein Geschöpf, weit mehr als die Kinder. Für die Kinder, wuchsen sie heran, war er ein alter Mann, ein Mensch mit Schwächen, die auszunützen, und einem Willen, der vielleicht zu bekämpfen war. Der Kritik seiner Kinder gewachsen bleiben, dies war künftig die Aufgabe. Sich halten. Seine Versprechungen halten.

Damit er nie wieder in die Gefahr komme, die Seinen im Stich zu lassen, schränkte er zuerst seine Lebenshaltung ein. Klein und umsichtig, mit einer inneren Bescheidenheit, die ihm längst nicht mehr bekannt war, ging er in eine Unternehmung hinein, verlor, und ward doch nur entschlossener und in seinem Gewissen fester. Er zwang den Erfolg dorthin, wo es kein Ausweichen mehr gab; – und vergingen auch die Jahre, eines Tages war er bezwungen. Gleichwohl durfte man ihm niemals ganz trauen. Des Erfolges war niemand sicher; sicher, so sagte er seinen Töchtern, müssen wir unser selbst und einander sein.

Er lag vor dem Einschlafen, ein Mann von fünfzig, und dachte an die beiden Kinder, an ihre Namen etwa, Rosa, den der Älteren, und den letzten armen Schönheitstraum der verstorbenen Mutter, den Namen der kleinen Liliane. Er dachte, Laut für Laut, ihre Namen durch und fand darin vorherbestimmt, was sie sein sollten, das besonnte, schön sich entfaltende Dasein der einen, und dann dies schwache, weiße Kind einer Sterbenden, süß und schmerzlich, wie Blumenduft von einem Grabhügel. Er besann ihre Haltung heute, als er eintrat, ihre klugen oder zärtlichen Worte, – und die letzte, angstvolle Vorstellung seines Wachens war es oft, er wäre damals am Scheideweg falsch gegangen, und sie hätten ihn nicht, die beiden, die nur ihn hatten. Waren sie denn jetzt gesichert? Noch immer nicht, falls er an einem Morgen nicht aufwachte. Doch schien es nicht vorgesehen, daß er ihnen verloren gehe. Er hatte nie gefühlt, daß ein Gott ihn ansehe; – vielleicht aber sah er auf einen Vater?

Man rechnet, sorgt, und schließt mit Genugtuung ein Jahr ab, das doch dahin ist; aber es hat die Aussteuer der Älteren abgerundet. Das dir entgleitet, ihr gibt dein Jahr noch Kraft. So fort, wir sind gewöhnt des sicheren Weges. Jedes Vertrauen, das unschuldigste der Kinder, diesmal haben wir es gerechtfertigt. Auf Zwischenfälle war man lange Zeit wohl gefaßt; nachgerade aber hat man so gut wie vergessen, wie sie aussehen könnten.

Färber war in seinem Geschäftszweig führend geworden und seine Tätigkeit ausgebreitet; er bemerkte erst allmählich, wie dies und jenes ihm aus der Hand fiel. Oder ward es genommen? Ein Mitbewerber, von einiger Großzügigkeit gleich anfangs, trat vollends hervor. Ja, immer dieser, und nie anders als gegen mich. War das noch Zufall? Färber kam dahinter, daß seine Kundenlisten durch Verrat an jenen Lanz gelangt waren, – und der nutzte sie aus, als seien sie das, worauf er sein Dasein gründe. Es kam dahin, daß Färber sich fragte, bin ich verfolgungswahnsinnig, oder –. Das Oder, vom Schrecken starr, flüsterte in ihm: Werde ich alt? Und eines Tages, er hatte ein eigenes Unterlassen erkannt, das vor ihm der Gegner erkannt hatte, sank er an seinem Tisch hin, und den Kopf tief auf der Brust erblickte er es zum erstenmal, daß er in Wahrheit alt sei und darum ausersehen von einem jungen Feind, nur Feind weil jung, – aufgespürt von ihm, angeschossen wohl schon, und gehetzt, von nun an immer gehetzt, bis in den Ruin, bis in den Tod.

Eine kurze Spanne hielt sein Atem an, ihm war es, auch sein Herz; und kalt in der Stirn, nahm er ganz still hin, was kam. Er sah in diesen Sekunden das Bild des Feindes, schwarz und bleich, gewandt, gut angezogen, wie es lächelnd vorüberging, – und von drüben nahte Rosa, achtzehnjährig, sanft, gütig und unwissend. Eine Jugend so im Recht wie die andere; aber die eine schlechter beschützt. Waltendes Erdengesetz.

Dann ermannte er sich wohl und gedachte des Kämpfenmüssens. Aber zum erstenmal war er, wo es einen Schlag galt, seiner nicht sicher. Was ihn unsicher machte, war dies. In jener Erscheinung, vorhin am stillen Tisch, hatte nicht nur der Feind gelächelt, auch Rosa. Sie kannten sich, er wußte nicht, ob im Leben, aber ihrer beider Jugend kannte sich – über ihn hinweg, trotz aller Unschuld seiner Tochter. Er sah fort, als dieser Lanz auf der Straße grüßen wollte, und er sagte zu Rosa: »Das ist ein unvornehmer Kaufmann.« – Sie erwiderte: »Ach! Wir hatten Tanzstunden zusammen.« Das war es, was ihn zum Besiegten machte von vornherein! Der, der ihn zur Strecke bringen wollte, mit seinem Kind war er in die Tanzstunde gegangen. Im Gesicht Jugendreinheit, und war doch ein bedenkenloser Mächler. Lebte lustig, ließ Geld springen, genoß sozusagen schon Geltung in einem Alter, wo unsereiner nichts hatte als einen Arbeitskittel – und machte nebenbei süße Augen für die Tochter seines Feindes. Denn Feindschaft wog ihm so leicht wie das übrige. Er war hassenswert, vom Vorteil zu schweigen, durch sein Wesen selbst. Er war aus dem neuen leichten Geschlecht der Erben: Erben auch ohne Geld. Rasch und unsolid kamen die daher, schufen nichts, nutzten nur aus; – aber ihr Kampf, der ein leichtfertiges Spiel war, brachte sie dennoch an die Stelle derer, die gearbeitet hatten, ohne rechts oder links zu sehen ...

Denn der bald Sechzigjährige vergaß vieles beim Anblick des Fünfundzwanzigjährigen.
Was tun? Wenn Rosa den Gruß dennoch erwiderte – heimlich, und wohl mit etwas Selbstüberwindung, aber sie erwiderte ihn, was tun? Sollte der Vater ihr dann eingestehen, wie es stand und daß das Seine und Ihre täglich dahinschwand zu dem da? Ihr eingestehen, daß er schwach war? O doppelte Ohnmacht, nicht aufhalten können das Verderben, und auch nicht sprechen dürfen! Vielleicht war sein Kind schon nicht mehr würdig, daß er sprach; wußte alles und hielt es mit dem Feind. Umsonst würde er es bei ihr aufgenommen haben mit dem Jungen. Er fing an, mißtrauisch Rosa nachzusehen, wenn sie ging, und ihrem Gesicht nicht zu glauben. Ward es davon etwa traurig? Mochte denn auch sie fühlen, wie es tat, verlassen zu werden! Kaum verbarg er ihr noch, wie viel näher ihm seine Jüngste war, Liliane, das leise Kind der Sterbenden. Als sie starb, war sie seine, des Alten, wahre Gefährtin gewesen, und sein wahres Kind war Liliane. Die eine behüten, die ihm noch blieb!
Er sorgte sich um ihr Leben, – und ihre Zukunft sicher zu stellen, war alles was er noch verlangte und unternahm, bevor es denn mit ihm zum Äußersten kam. Kein Zweifel mehr, daß es dahin kam. Noch einmal und in einem Alter, wo es kein Wiederaufstehen gab, sollte er zu Fall kommen. Die Schläge, die ihn trafen, wurden heftiger, wurden unentrinnbar. Keine Gewandtheit und Spannkraft mehr, auf die er pochen durfte. Nur noch stillhalten und vor dem Entsetzen die Augen schließen.
So stand er eines Tages in dem halb dunkeln Vorraum seines Eßzimmers, hatte die Augen geschlossen und nach einem Tisch gegriffen. Das Geschirr darauf klapperte, sie hörten es wohl drinnen. Dennoch verging eine Weile, bis jemand die Tür öffnete. Rosa war es. Er hatte sie nicht erwartet, sein Arm zuckte, als sie ihn nahm. »Du weißt wohl nicht, daß wir schon essen?« sagte sie, und führte ihn hinein. Obwohl sie munter sein wollte, verbarg sie ihren Blick. Schämte sie

sich für ihn? Für sich? Für dies Leben, das nun das ihre war? Plötzlich erinnerte er sich, als sei es gestern gewesen, seines Eintretens in das Eßzimmer, als Rosa klein war und ihre Mutter noch mit am Tisch saß. Er kam durch die große Tür, schnell und freudig, mit einer Miene voll guter Gaben, und sie streckten vertrauend die Hände hin, baten lächelnd und lachten dankbar. »Wohin habe ich es kommen lassen!« dachte er, tief erschrocken. »In so kurzer Zeit!« Er strich der kleinen Liliane über die Haare, und zu Rosa sagte er vertraulich und leichthin: »Du darfst dich nicht wundern. Im Leben eines Mannes, der viel arbeitet, kommen matte Zeiten vor. Ihr werdet mich wieder anders sehen.«

Er fühlte: Ah! Nein! – und als er nachher allein war, immer wieder: Ah! Nein! So sollte dies nicht verlaufen. Die neue Jugend dachte sich die Dinge denn doch zu glatt, ihre Opfer zu widerstandslos. »Ihr kennt mich nicht, ihr sollt mich kennenlernen!« Auf einmal sah er alles unerwartet leicht und klar: denn die Hoffnung war aufgewacht, er könnte sein Kind wieder für sich gewinnen.

Er fand: So war es zu machen. Ein Plan wie dieser rechnete mit allen Eigenschaften des Gegners. Keine Falle, in die er, wie er war, nicht tappen mußte. Färber, am stillen Tisch, lächelte in sich hinein. Er empfand sich als den klugen alten Kriegselephanten, der den Rüssel aufstellt, bevor er die Dschungel betritt. Der junge Tiger pürscht sich heran. Aussehen, als merke man nichts. Springt er? Er springt; – und der Rüssel fällt und zerbricht ihm den Schädel. »Auch wir Alten haben unsere Stärke. Es ist nicht der Ansturm mehr und nicht mehr der leichte Griff. Aber es ist die erfahrene Einsicht und die List.«

Das Geschäft, das ein Schicksal sein sollte, ward langsam angelegt, mit Geduld und Weitblick – scheinbar in großer Furcht vor Mitwissern, aber für Spalten war gesorgt, an denen der Feind horchen und sich aufregen konnte. Was war er denn? Ein Nachtreter, immer auf der Suche nach einträglichen Plagiaten, immer bereit, mit Methoden, die ohne

Selbstachtung waren, der ehrlichen Leistung eines andern seinen schnellfertigen Pofel unterzuschieben. Darum nur zögern, zurückschrecken, schwerfällig tun: den Horcher reizen, bis er dich überrennt und als Halsbrecher in eine Sache hineingeht, die deiner größten Vorsicht wert war. Jetzt noch Ertapptsein heucheln, greisenhafte Wut und kopfloses Nachdrängen, – bis er im Radwerk hängt und nie mehr entrinnt.

Wie verhält sich hier so einer? Er denkt sich ablösen zu lassen von dem andern, er hält ihn für dumm, ihn, der ihn restlos ausgerechnet und Schritt für Schritt gelenkt hat. Diese Art hält alle für dumm; daher ihr früher Sieg wie ihr vorzeitiges Ende ... Er ist fällig nun, sogleich muß er da sein. Färber sah aus dem Fenster: Da kam er. Munter und seiner Sache getrost führte er sich ein und legte los. Reden lassen! Die Stichworte geben, vermittelst kleiner harmloser Fragen, die in dem andern ein Loch aufrissen, eine Lücke in seiner törichten Selbstsicherheit; – und jetzt, seine Samtaugen verrieten es, tat er den ersten Blick in die ganze Tiefe seiner Trostlosigkeit.

Dies war der Zeitpunkt. Färber stand auf. Der erwartete Zeitpunkt der Abrechnung. Zurücktretend sah er zu, wie der dort vollends begriff und erstarrte. Erst als er ihn hilflos bat, doch zu sprechen, sprach er, um ihm zu sagen, daß er verloren sei, und er selbst habe es gewußt und gewollt.

»Sie täuschen sich über das Leben«, sagte er mit einer Stimme, hart vom Richten. »Wie Sie es sich denken, wäre es zu leicht für Menschenverächter ohne Gewissen und für geistlose Gewaltverüber. Ich habe vieles gesehen, vieles erkannt. Die Schamlosigkeit Ihrer Verfolgung hat mich zuletzt noch das Beste erkennen lassen. Eine Sache, die, wie Ihre, auf Enteignung und Vernichtung gestellt ist, bricht endlich zusammen, das ist vorgesehen.«

Aber anstatt jener dort fühlte Färber selbst sich niedergebeugt, wie von großer Vergeblichkeit, und stützte sich auf den Tisch. Nur weil er sie sich vorgenommen hatte, sagte er

noch einige Sätze, aber seine Stimme, schien es ihm, verlor die Tragkraft.
»Um die Jugend wird man sonst beneidet, Sie aber sind, Gott sei Dank, nicht zu beneiden. Sie lernen mit fünfundzwanzig Jahren schon eine Lage kennen, daß Sie mit sechzig sich nicht einmal mehr wundern können, wenn Sie dastehen wie jetzt und flehen. Und um dann, mit sechzig, noch wieder loszukommen«, sagte er und verhielt mühsam ein Aufschluchzen, »muß Einer stärker sein als Sie.«
Der bleiche junge Mensch dort lächelte, betreten und spöttisch, – was Färber plötzlich außer sich brachte. Er wisse noch einen Grund, sagte Lanz, noch einen Grund für Färber zur Nachsicht. Es sei ein außergeschäftlicher ... Da wies Färber ihm die Tür.
Der prüfte ihn leichthin von unten, ob wirklich nichts zu machen sei, und dann wand er sich wohl, einigermaßen auf den Mund geschlagen, durch die Möbel nach der Tür; aber kaum darunter, klapste er sich auf den Cylinder, und seine Hüften schaukelten schon wieder, wie er abging, – indes Färber mit arbeitender Brust es fühlte, daß nichts in der Welt ihn rächen könne an dem da. Denn der war kein Vater, und war kein wirklicher Mann, weil er von Recht und Unrecht nichts wußte. Er ging nur ab, wenn die letzte Frechheit gesagt war – und was für eine! Und auf irgend einer anderen Seite fand er wohl wieder Zutritt in das rohe Vergnügungslokal, das für seinesgleichen das Leben war.
Färber gewann dort, wo jener gescheitert war, eroberte alle Stellungen zurück, die der Geschlagene, Verschwundene hinterließ, und zu Rosa sagte er: »Dein Vater hat gehalten, was er Dir versprochen hatte.« Dabei aber suchte er angstvoll in ihrer Miene. War sie nicht im Einverständnis mit dem Verschwundenen und mit seinem letzten, nicht beendeten Versuch, sich anzuklammern? Er sah nichts. Was ließ sich auch sehen, das er nicht hineinspiegelte, erfüllt wie er war mit der Erinnerung an etwas Unheilvolles, an furchtbare Zusammenhänge und einen ganz vergeblichen Sieg. Sogar die kleine

Liliane blieb unfroh, als er ihnen ankündigte, es sei Zeit, die Koffer zu packen für die Sommerreise.
An der Bahn, gereizt und unbeherrscht, wie man leider nun war, hatte man sogleich einen Streit um die belegten Plätze. Hier lag das Gepäck widerrechtlich entfernt von der Bank, und dort standen die Töchter und warteten, daß man ihnen gegen die Mitreisenden ihr Recht verschaffe. Behaupte dich, du darfst nicht müde sein! Und lachen, wo die Welt nicht mitlacht? Das will viel Kraft. Als sie aber saßen und die Räder sich schon drehten, sagte Liliane: »Herr Lanz kommt;« – und in der Stimme des Kindes dieser Schrecken und dies Geheimnis! Rosa sah aus dem Fenster.
Dann wirklich drang er ein, fuhr, den Hut im Nacken, mit den Augen über den Raum und die vier Bänke hin, mußte doch bemerken, daß auch dahinten ein Platz freistand, – aber gerade neben Rosa setzte er sich. Sie sah weiter aus dem Fenster. Der junge Mann seinerseits hatte keinen Gruß für Färber. Nach einer Weile stand sie auf und trat in den Seitengang. Lanz rückte sofort auf ihren Platz und riß das Fenster herab. Gegenüber der kleinen Liliane warf der Wind den Hut vom Kopf. Färber zog schweigend das Fenster wieder hinauf. Nach einer Minute wiederholte der andere seine Bewegung, und dann Färber die seine, beide schweigend. Als Lanz zum drittenmal den Arm ausstreckte, sagte Färber stark, aber mit Beben: »Ich ersuche Sie, das Kind nicht länger dem Zug auszusetzen. Es ist nicht zu warm hier.«
Das sei Ansichtssache, sagte Lanz hell, – und da die Hand Färbers ihm in den Arm fiel, schlug er nach der Hand. Färber stand auf, umklammerte den Zugriemen des Fensters und zeigte den Mitreisenden sein vergrämtes Gesicht, das verbissenen Zorn preisgab, sein altes Gesicht. Sie murrten. Lanz wendete ihnen sein junges zu und rief hell:
»Der Herr glaubt, alles geht nach ihm.«
»Das hat er schon vorhin geglaubt«, riefen die, die mit ihrem Gepäck hatten abziehen müssen. Ein Unbeteiligter sagte kräftig:

»Nervöse Bureaukraten sollen allein reisen.«
Die kleine Liliane zog sich zusammen auf ihrem Sitz und weinte still. Rosa im Seitengang wandte sich nicht her. Und der Vater stand da, ganz Spannung und Beben: Dein Kind verteidigen und nicht sinken in seiner Achtung! Stand, als gehe, weil er endlich schwach genug sei, das Letzte dahin, stand am Pranger mit seinem Herzen.
Der junge Lanz zuckte die Achseln und setzte sich wieder. Ringsumher besprach man den Zwischenfall, ohne Rücksicht darauf, daß Färber und die Seinen zuhörten. Er sah sich wehrlos und empfand, wie noch nie, unter dieser albernen Niederlage die letzte Nutzlosigkeit der Dinge. Der Mund füllte sich mit Bitterkeit, die Hand am Fensterriemen ward schlaff. Kaum daß sie herabglitt, griff Lanz schon zu und öffnete. Färber nahm Liliane bei der Hand, rief sanft nach Rosa und führte beide in den Speisewagen. Hinter ihnen ward gelacht. Das Lachen des Lanz drang durch, es klang nach einem Automaten, trotz allem Haß.
Die Mittagsstunde kam, im Speisewagen war schon alles besetzt, nur am Tisch Färbers wartete der vierte Platz – auf wen? Lanz fehlte. Färber sah es im Spiegel, wie er eintrat. Er sah auch die gequälten Gesichter seiner Töchter und dachte auffahrend: »Wenn er sich hersetzt –!« Aber dem Menschen stand es zu deutlich in der Miene, was er sich wünschte. Färber bezwang sich. »Ich habe kein Recht, die Kinder auch dies noch sehen zu lassen. Es gab eine Zeit, da stand ich zwischen ihnen und allen Feinden.« Und aufstöhnend im Lärmen der Räder: »Nimmt die Verfolgung denn nie ein Ende?«
Lanz inzwischen hatte Champagner bestellt, trank hastig und schnitt Gesichter, als unterhielte er sich lebhaft mit sich selbst. Einmal, Färber sah es im Spiegel, ließ er einen Blick zu Rosa gleiten und bewegte merklich das Glas gegen sie. Sie sah aus dem Fenster, und Lanz gleich wieder sorglos in die Luft. Nach dem Essen ging er hinüber zu den Rauchern. Färber blieb sitzen und sagte den Mädchen, welche schönen

Wochen sie haben würden im Wald und an den Hügeln. Und öfter dann, sagte er. Denn jetzt, jetzt sehe er freien Weg vor sich und die Aussicht sich zurückzuziehen und ganz mit ihnen zu sein. Er sagte ihnen mehr, als er je gesagt hatte.
Erst als der Zug ihr Ziel erreichte, standen sie auf. Färber ließ sich Zeit mit Trägern und Koffern, schon gefaßt darauf, auch der Verfolger werde aussteigen. Dort sprang er grade hinab, ganz ohne Gepäck, verwunderlicherweise. »Wir gehen durch den Wald, das wird uns erfrischen«, sagte Färber, besorgt wegen eines neuen Zusammentreffens im Omnibus. So betraten sie, indes vom Himmel Tropfen fielen, das niedrige Gewölbe der Buchen.
Moderig roch es in der feuchten Luft, denn der Grund weithin war überhäuft mit altem Laub. Sie gingen auf ihrem Weg, oben zwischen den Hängen, in einer drückenden Stille. Die kleine Liliane, voran, versuchte ein Lied zu singen, brach aber gleich ab und tat eine flüchtende Bewegung zur Schwester. Färber ging hinter ihnen und sann darauf, sie heiter zu machen. Da fiel ein Schuß.
Es war dahinten, dort unten! Auf jener Seite! Nein hier, du siehst doch den Rauch ... Und noch immer standen sie. »Ein Jäger«, sagte Färber und reckte jäh den Arm aus. »Dort läuft ein Reh!« Rosa stieg, ohne zu antworten, vom Weg hinab. Darauf stieg auch Färber und überholte sie. Watend durch Vertiefungen voll fauliger Laubmassen, heraushastend und endlich doch nur als Schleichende kamen sie hin. Färber räumte Laub fort von der Brust des Gefallenen, von seinem Gesicht; so tief war er versunken. »Mußte dies sein!« dachte er. »Wie ein Tier im Dickicht!« Hinter ihm Rosa weinte auf:
»Hätte ich das gewußt!«
Da beugte Färber sein Gesicht bis in seine Hände.
»Ich selbst könnte so daliegen«, murmelte er flehend.
Die kleine Liliane war nachgekommen. Sobald sie sah, blieb sie stehen und schrie, schrie. Rosa nahm sie beim Arm, dann holte sie Färber. »Noch nicht«, bat er und sank auf einen

Baumstumpf. Da war er, jenseits eines letzten Schleiers, der gnädig noch beschönigt hatte was ist, allein mit seiner Wirklichkeit: daß wir vergeblich Unrecht üben, zur eigenen Qual einander Feinde sein und unbekannt jeder jedem, uns töten müssen.

»Was hätte ich tun sollen«, fragte er hilflos. Rosa umarmte seinen Kopf.

»Armer Vater!«

Und seine Hand, die sich trostlos öffnete, ward unversehens liebkost von der ahnungsvollen der kleinen Liliane.

Er stand auf. Er sah noch einmal zu dem jungen Gesicht des Toten hin, – und ihm ins Gesicht, als wären nicht zwischen ihnen das Leben und der Tod, beide mit ihren Verboten, ins Gesicht ihm sagte er:

»Mein Sohn!«

ALFRED LEMM

Weltflucht

Seine Eltern und die wenigen entfernten Verwandten, die ihnen zuliebe zu seinem Begräbnis kamen, wußten sich den Vorfall nicht zu erklären. Henry war erst sechsundzwanzig Jahre alt gewesen. Auch die Zeitungen standen vor einem Rätsel. Die Blätter, welche von den besseren Kreisen gelesen wurden, schrieben hinter den Tatbericht, er hätte eine kleine aber gutbezahlte Stellung als Hilfsarbeiter in der Verwaltung innegehabt, außerdem einen regelmäßigen Zuschuß von seinen im Auslande lebenden Eltern erhalten, über schlechte Gesundheit habe er nicht zu klagen gehabt, und in Gesellschaft von Frauen sei er niemals gesehen worden. So wäre keine andere Annahme möglich, als daß der Jüngling in geistiger Umnachtung Hand an sich gelegt hätte. Ein Großonkel, Professor der Völkerpsychologie an der Universität mit einem kleinen, weißverbrämten Kopf, führte den ihn im

Kreise umgebenden Trauernden aus, daß die Geschehnisse, soweit sie von den Menschen ausgegangen wären – und die meisten Geschehnisse gehen bei exakter Betrachtung von Menschen aus –, den jugendlichen Verwandten mütterlicherseits ja gar nicht hätten erreichen *können*, da keinerlei Beziehungen zwischen ihm und den Menschen vorhanden gewesen wären.

Tatsächlich hatten keine großen Ereignisse oder dramatischen Erlebnisse seinen Lebensgang angehalten. Schon das Wenige, das er als Zuschauer rechts und links von seinem ruhigen Wege sah, kleine aber bedeutsame Proben der Wirklichkeit genügten, in seinem Herzen den Entschluß entstehen zu lassen. Ihn auszuführen schien ihm viel leichter als weiter sich einem Dasein zu verpflichten, das unentwegt das hohe Reich der eigenen Seele herabkorrigieren wollte.

Henry, der einzige Sohn, war mit seinen Eltern, solange er denken konnte, von Stadt zu Stadt gezogen. Seine Eltern hatten früh mit Schrecken erkannt, daß alle höheren Dinge ihre Heiligkeit verlieren, sobald man sich an sie gewöhnt. Sie aber wollten, daß ihre großen Gefühle ewig außerordentliche blieben. Deshalb trennten sie sich in regelmäßigen Abständen auf längere Zeit voneinander. Mit fortschreitendem Alter fühlten sie dann, wie sie allmählich nicht mehr so freudig Neues und Fremdes aufnahmen, sich ein Hang nach ruhigem Glück in ihnen bemerkbar machte. Eine große Angst vor der Bequemlichkeit des Alters überkam sie, und sie beschlossen, um sich geschmeidig zu erhalten, nicht mehr dauernd an einem Ort wohnen zu bleiben. So flohen sie durch die Länder Europas vor der Gewohnheit. Die watschelte ihnen nach, und wenn die Eltern Henrys nur kurze Zeit beieinander und in derselben Umgebung gelebt hatten, stand sie als fette Familienmutter mit einem unangenehm vertraulich lächelnden »ich weiß schon« hinter ihnen. Dann trennten sie sich – Henry blieb abwechselnd bei einem von ihnen – und trafen sich, füreinander neu, an einem neuen Orte. Bei einem solchen Aufenthalte in der großen Stadt

hatte der junge Henry den Wunsch geäußert, dort zu bleiben. Die Eltern ließen ihn zurück. Bei seiner schweigsamen Art konnten sie ihm doch kaum näher kommen.
Als Henry hier und da in Gesellschaften erschien, fiel es auf, daß er trotz seiner Jugend die Armlehnstühle liebte, von deren Seitenlehnen die feinfingrigen Hände wie abgebrochen hingen. Um seine bläulich durchzogenen hohen Schläfen lag ein Schmelz weißer Müdigkeit, durch den das harte Grau seiner prüfenden Augen drang. Den Blick ein wenig zusammengezogen, die Brauen hochgestellt, saß er unter den lebhaft verkehrenden Menschen und neigte kaum hier und da den langen Oberkörper zum Gespräch.
Henry sah bald keinen Zweck mehr, sich mit Menschen zu unterhalten. Die Alltäglichen mied er, weil ihre Gewöhnlichkeit ihn verletzte. Die Besseren kreisten stets um das eigene Selbst. Es blieb jeder bei sich und allein. Er fand keine Freunde. Nachdem er in der ersten Zeit ein paarmal seine Seele Menschen angeboten hatte, die mit Interesse in ihr lasen und sie mit höflichen Worten ihm zurücksandten, verschloß er sie tief.
Er saß die Abende, nach einem Spaziergang am Nachmittag, in einem Café oder Biergarten, die schmalen Beine übereinandergeschlagen. Er hörte an den Nebentischen die Männer ihre Geldverhältnisse ängstlich voreinander verbergen, als wenn es sich um das Intimste und Feinste handelte, und sich breit erzählen, welche Frauen sie besessen hatten, als wenn es sich um eine Geldangelegenheit handelte. Er sah die Väter im allabendlichen Kartenspiel sich die ewigen Sorgen um die Familie herunterspielen und zornig werden, wenn ihre Söhne sie mit idealen Reden stören wollten, hörte die Frauen über die hochfliegenden Worte junger Verwandter lachen. Er vernahm die Unterhaltung junger und alter fortschrittlich gesinnter Kaufleute, die für wahre Freiheit, Sittlichkeit und Volksregierung kämpften, sofern das eigene Einkommen nicht davon berührt wurde.
Henrys Miene wurde strenger. Seine Augen begannen aus

ihrer Zurückgezogenheit feindlich auf die Gegenstände ihrer Beobachtung zu sehen.

In dem dritten Jahre seines Aufenthaltes in der großen Stadt stand Henry eines Sonntags abends auf dem menschengefüllten Perron eines Vorortbahnhofes. Der weithingestreckte Steindrache hatte an dem ungewöhnlich warmen Märztage Hunderttausende in die waldige Umgebung ausgespien und zog sie nun mit seinen langen schmalen Eisenarmen wieder zu sich.

Die vielen schwarzen Stäbe, Platten und Geländer des Bahnhofes glühten rostig. Der feiste Rauch der Maschinen war bis auf die kleinsten Teile durchleuchtet. Auf gleichmäßig tönendem Metall entglitten die Züge der Station. Die Gesichter, die sich aus den Coupés beugten, glänzten feierlich. Selbst das Knirschen der Bremsen schnitt sich milder in die feuerscheinende Luft. In der Ferne aber drohten gleich aufrechtstehenden Keulen die Fabrikschornsteine der Vorstädte. Zwischen ihnen floß Menschenblut.

Der schmale Bahnsteig wurde immer voller. In Scharen, familienweise oder zu zweien fanden sich die Ausflügler zur Rückfahrt hier ein. Viele standen noch von den vorangegangenen Zügen her, mit denen sie nicht mehr mitgekommen waren.

Es wurde dunkel und naß. Die schwarze Menge wurde bei jedem Geräusch unruhig. Der letzte Zug mußte gleich einfahren.

In der Ferne schwoll ein Rasseln und Pfeifen. Eine Welle lief durch die Menge. Die Köpfe reckten sich. Ein Sausen unter der Erde und vom Himmel kam näher. Die Steine des Bahnsteigs zitterten. Die Menge dehnte sich und zog sich zusammen. Dann öffneten sich unter eisernem Brausen weit zwei große gelbe liderlose Augen und betrachteten gemessen und herrschbewußt die Wartenden. Die Vordersten wurden fast auf die Schienen gedrängt.

Das Krachen einstürzender Eisenberge dröhnte. Alle wandten den Blick von den vernichtenden Feueraugen ab.

In dem Moment aber, als der Zug, vor Anstrengung, sich zu beherrschen, fast berstend, stand, stürzten alle ohne Scheu auf ihn, um ihn heiß, wie er gekommen war, zu verschlingen. Gleich einer breitrückigen Schlange wand sich die Menge und wollte, schwanzpeitschend und sich gegenseitig umklammernd, die Coupés in sich hineinwürgen.
Strähnige Nebel, Dunkelheit und Menschenleiber waren zu einer trüben Masse verronnen. Vor jedem Coupé entstanden trichterförmige Strudel, in denen die Schwachen wie Blasen zerdrückt wurden.
Männer und Weiber zerrten einander an den Gliedern um den Vortritt. Sie benutzten die Arme als Hebel, um andere vom Platz zu schieben. Sie stemmten die Knie in die vor ihnen Stehenden und gruben mit den Köpfen wie mit Spaten in die umgebende Menge. Sie schlugen mit den schweren Gesäßen aus, um sich Raum zu schaffen. Sie bohrten mit den Fäusten in die fleischerne Masse der sie Umgebenden oder hieben sich mit ihnen den Weg frei. Kläffende Kinder wurden von schreienden Müttern in die Höhe gehalten. Junge Leute aus den hinteren Reihen sprangen auf die Rücken der Vordermänner und gelangten durch die Fenster in den Zug. Sich quetschend und die Kleineren zertretend schob sich die Masse ineinander und riß sich Kleider und Haut ab.
Die unerbittliche Lokomotive öffnete die gelben, grausamen Augen und pfiff mahnend durch die Zähne.
Die, welche die Trittbretter erklommen hatten, wühlten sich in die dichtgepreßten Coupés hinein. Manche Abteilungen waren so vollgepfropft, daß die Neuhereindrängenden von den zusammengedrückten Menschen wie von Gummi wieder auf den Perron herausgeschnellt wurden. Ein letzter Kampf, in die Wagen zu dringen, entstand. Köpfe wurden gegen die Eisenwand des Zuges geklappt. Von seinen schwarzen Seiten tropfte das schnelle Blut der Nasen. Einem, der die Klinke von innen zuhielt, damit nicht noch mehr einstiegen, wurde mit der Tür ein Stück Hand abgerissen. Glieder rollten sich und knickten. Ein Spazierstock fuhr im Umsichstoßen in ein

Auge. Das heulte auf und tauchte unter. Fußgelenke zerkrachten splitternd in zugeschlagenen Türen. Händefleisch wurde in wütenden Angeln zerquetscht.
In diesem Augenblick beginnen die mörderischen Kiefer der Lokomotive zu kauen. Die gelben Augen gieren nach neuem Fraß. Ein Mann stößt aus einem Fenster ein ankämpfendes Mädchen mit den Fäusten vor die Brüste, daß sie rücklings vom Trittbrett stürzt. Der Bräutigam will ins Coupé springen. Der Zug fährt schon. Der Bräutigam schlägt mit der Faust in das Glasfenster nach dem Lachenden. Eine Flut Blut schießt über den zueilenden Beamten. Der Bräutigam weint vor Wut dem Zug nach, aus dem ihm Spottnamen zugerufen werden. Auf dem nassen Bahnsteig liegt ein vergessener Fetzen Kind.
Henry hatte abseits zugesehen. Halbgeschlossen waren seine Augen. Schweren Schrittes verließ er den Bahnsteig. Schlaff sank er in das Bett eines Gasthofes.
Henry nahm schriftlich einige Zeit Urlaub, um nicht sofort in die Stadt zurückkehren zu müssen. Er erinnerte sich, daß sein Vater ihm einmal von einer kleinen deutschen Stadt erzählt hatte, die, fern von den modernen Industriezentren, sich noch ganz in der ursprünglichen mittelalterlichen Form erhalten hatte. Dorthin wollte er reisen.
Er fühlte sich noch ohne Kraft und fror, als er in seinem dicken Wintermantel vom Bahnhof die Landstraße entlang zu der alten Stadt ging. Er trat durch das graue dreifache Tor, welches die gedrungene Stadtmauer unterbrach; und die Städte seiner Zeit versanken hinter ihm.
Die untersetzten Häuser zu beiden Seiten der breiten Straße waren jedes eigenwillig und für seinen besonderen Zweck einzeln hingestellt. Ein Dach flach und gemütlich, ein anderes spitzfindig und stolz, ein drittes ruhig und mächtig. Die gewölbten kleinen Fensterscheiben waren bunt geschmückt, über den Haustüren der Handwerker hingen in selbstbewußter Ankündigung überlebensgroße Schlüssel, Stiefel und Brezeln. Die Gasthäuser versprachen auf dunkel-

grünen verschnörkelten Schildern, die bis quer über die Straße ragten, einen ruhigen und guten Trunk.
Durch die jenseitigen Tore ging Henry hinaus vor die Stadt, die hoch über dem Flußtal lag. Die Schwere lastete noch auf ihm. Mit seinem Alteleuteschritt ging er dicht an der Mauer entlang, bergab. Er setzte sich auf eine faltige Steinbank. Er hielt seine Glieder wie Krücken von sich in die Sonne. Wenn sein Blick die Turmuhr vor ihm traf, machte der große Goldzeiger einen blitzenden Strich über sein Gesicht. Auf den unbebauten Abhängen von winterlichem Braungrün funkelten noch Schneereste. Henrys Lider schlugen geblendet auf und nieder gleich kranken flatternden Vögeln.
Nachmittags stieg er wieder hinauf. Der warme Rötel der Stadtmauer tat ihm wohl. Er setzte sich in eine alte Schenke mit wuchtigen Tischen. Er sah durch das Fenster den Laternenanstecker die holprige, saubere Straße herunterklappern.
Als Henry sein grobes Bett aufsuchte, waren die Lampen schon wieder gelöscht. Der weite Markt, der fest und selbstsicher im Viereck in die Stadt hineingesetzt war, lag leer. Ein altes Brunnenrohr sang so tönend, wie wenn Wein aus ihm hervorrauschte. Nur auf dem sonderbar gereckten Turm des uralten Rathauses brannte das Licht des Türmers.
Hier blieb Henry viele Tage. Traumwandlerisch ging er immer wieder die breit auslaufenden abschüssigen Straßen, die körnigen Gassen, die sich um sich selbst drehten, entlang. Unbewußt suchte er die Seite auf, wo der schmale Streifen Wintersonne lag. Der legte sich um sein Herz als ungekanntes schwaches Glück. Henry blieb vor den alten Jahreszahlen stehen und entzifferte die kräftigen Sprüche über den aufrechten Eingängen. In den schmalen Torgängen der Häuser standen sorgfältig gekleidete Bürgerfrauen mit scharfen braunen Gesichtern und verkauften hinter einem einfachen Klappbrett Ware. Schmiede und Wagenbauer hämmerten auf der Straße. Fuhrleute in Stulpenstiefeln kamen in der Frühe in die Stadt gefahren, spannten die Pferde bedächtig

aus und ließen die Leiterwagen draußen nebeneinander stehen. Des Abends ging man ein wenig die Abhänge hinunter vor die Tore und kehrte zurück, wenn Giebel und Türme schwarze Silhouetten vor dem bläßlichen Himmel bildeten. Dann wärmten die rötlichen Petroleumlampen jedes Haus.

Henry fühlte die bewunderte Robustheit früherer Zeiten in sich eindringen. Er las die groben Bücher von damals, in denen alles, was es auf der Welt gab, ohne Scham und Beschönigung gesagt wurde. Er zog sich derbe Stulpenstiefel an, band einen einfachen Lederriemen um den Leib und ließ sich ungefüge Anzüge aus derbem Stoff anfertigen, wie man sie zu gefährlichen Bergtouren benutzt. Er kehrte mit wuchtigen Tritten in niedrigen Schenken ein und unterhielt sich mit den Arbeitern wie mit Brüdern, indem er besonderen Wert auf urwüchsige Worte legte. Wenn er Kinder traf, hob er sie in die Höhe.

So ging er denn eines Abends gestärkt mit wohlbeherrschten Schritten, sein Gepäck selbst tragend, auf der Landstraße wieder zur Bahn. Er reckte dem Leben die Schultern entgegen. Mit aufrechtem Kopf saß er die halbe Nacht wach in seinem Coupé.

Wie durch eine schrille Klingel erwachte er gegen Morgen plötzlich aus seinem Schlummer: Durch die breiten Fenster stach ein spitzer weißer Funke in seine Augen, daß sie brannten. Dieses mörderische elektrische Licht ging von einem glitzernden Fabrikgebäude aus, das wie ein großer Operationssaal mit vielen blanken, tödlich scharfen Instrumenten in der ersten Sonne blitzte.

Da wußte Henry, daß die große Stadt nahe war; und er merkte mit ohnmächtigem Zorn, wie sie seine Stärke davontrug.

Die Rückenschalen dreier riesiger Leuchtkäfer krochen langsam auf den einfahrenden Zug zu, um ihn zu verschlucken. Wie aus Grausamkeit leuchteten sie noch, obwohl es schon heller Tag war.

Als Henry in seinem Zimmer angekommen war, zog er seine hohen Stulpenstiefel aus, legte die groben Sachen ab und hängte sie auf den hölzernen Kleiderständer; den wetterharten Hut tat er auf die Spitze, den Totschläger stellte er zur Seite. Dann zog er seinen gewöhnlichen Anzug aus weichem hellen Stoff und die braunen Halbschuhe aus Kalbleder an. Er setzte sich neben den Kleiderständer, der wie ein vorzeitlicher Riese in der Mitte des Zimmers stand, und betrachtete ihn mit einem ironischen Zug über sich selbst und mit Sehnsucht – lange.

Um nicht zu sehr von den Dingen der Welt angegriffen und zu schnell abgenutzt zu werden, beschloß er sie zu meiden. Wenn er über die Straßen ging, setzte er den Hut so tief, daß er die ihm entgegenkommenden Menschen nur bis zum Hals sah. Jede freie Stunde entfernte er sich aus der Stadt, streifte auf dem Lande umher und mied jede Begegnung. Wenn er aber zum Getriebe der Menschen zurückkehrte, drang das Aufgenommene um so verletzender in ihn ein.

Eines frühen Morgens kam er von einem Ausflug wieder in der Stadt an. Noch hatte er vom Vorabend das hochrhythmige Schwingen weiter Felder, das sanfte Vergehen der Hügel in der sommerlichen Nacht in den Augen. Er mußte auf dem Weg nach seinem Haus durch einen beträchtlichen Teil der großen Stadt.

Aus den dämmerigen Ritzen zwischen den schmutzigen Häusern der Prachtgeschäftsstraßen kroch gerade das Frühlicht hervor. Die Luft war noch grauwolkig. Die Stadt war bedeckt mit den schalen Abfällen eines wahllos verschlungenen Nachtmahls, an dem sich alle Einwohner beteiligt hatten. Wie Bissen, die von dem einen ausgespuckt, vom Nebenmann wieder gegessen und wieder ausgespuckt waren, standen die Straßenmädchen speichelbeschmutzt auf den verlassenen weißen Tischdecken des Asphalts. Gleich gebrauchten Servietten war Papier herumgeworfen. Umgestülpte lagen im Rinnstein. Ein Auto stieß auf und mußte sich überschla-

gen. Ein anderes konnte sich vor Schlucken nicht lassen. Süß und warm stank es hinter ihnen.
Die Leuchter der Straßen waren ausgegangen oder halb umgestoßen. Von den seidenen aber zerknautschten Gesichtern der Frühdirnen liefen Reste von Rotwein. Die hellen Paletots der Herren hatten Flecke. Alle Menschen, die zu sehen waren, wischten sich irgend etwas ab. Vor einem Nachtkabarett kippte ein Provinzler um und wurde von dem erfahrenen Kellner mit einem Griff wieder aufgestellt. Ausgerissene Federn lagen auf dem Bürgersteig. Eine Dirne saß halbverzehrt auf einer Stufe vor ihrer Haustür.
Und dann kamen die Scharen der Straßenfeger und kehrten alles zusammen fort. Sie schoben, die Umstehenden anspritzend, eine dicke braune Sauce vor sich her, auf der die letzten Nachtmädchen wie Fettstücke vorausschwammen. Sie räumten die Asphalttische leer für den Tageserwerb, der in der Nacht wieder ausgegeben werden sollte.
Am nächsten Tag zog Henry aus seiner Wohnung, die ihm noch zu sehr innerhalb der Stadt lag. Er mietete sich in einem Park am Rande eines Spielplatzes in einem kleinen, einstöckigen Haus, das früher zur Aufnahme von Pflanzen gedient hatte, ein. Nur noch den Kindern konnte er zusehen.
Deren unbekümmerte Bewegungen enthielten nichts, als was sie im Augenblick erstrebten. Wie liebte Henry die weißen Knaben mit zarten Sommersprossen, langen Wimpern und rötlichem Glanz in den durchsichtigen Augen! Er strich über die kleinen feingemeißelten Köpfe mit den Adern darin. Er streifte den Kindern die Ärmel hoch und hatte eine kleine Freude an dem elastischen Braun der nackten Arme und Beine, an den nachgiebigen Gelenken mit ihren Einschnitten und Erhebungen. Wie beruhigte ihn das Hingegebensein der Knaben an ihr Ballspiel! Unter ihren weißen Turnhemden zeichneten sich die Rippen der biegsamen jungen Körper ab. Und die hilflos erhobenen Ärmchen der Kleinsten taten ihm wohl.
So saß der längliche Mann stundenlang auf dem Spielplatz,

die Handflächen auf die Bank gestützt. Die Kinder nannten ihn wegen seines sorgfältigen Aussehens den »Grafen«. Die schlaffen edlen Glieder gestreckt, trank er kühle Milch.
In der Ferne sah er die blonden Tennisspieler in ihren weißen offenen Hemden. Er sog die bis zum Zerspringen vollen Farbtöne der Sportkleider ein, welche frohe Fanfaren in die belebte Luft ausstießen. Er bewunderte die Spieler, wenn sie mit hochgestellten, kampfbereiten Armen auf die Welt vor sich schlugen – unter einem mit Netzen bespannten Himmel, dessen glühende Bläue für Knaben geschaffen war.
Aber wenn Henry überhaupt noch am Leben teilhaben wollte, mußte er die Sprache der Welt hören. Immer wieder versuchte er, die Dinge hinzunehmen, wie sie waren; er wollte nicht daran denken, wie sein Herz die Welt sich wünschte. Doch immer wieder ließen die Verwundungen, die ihm die Wirklichkeit schlug, ihn vom Blutverlust geschwächt in anderen Reichen umherirren und dort warten, daß das Erlebte von ihm weiche.
Um diese Zeit machte sich in Henry stärker als jemals eine Sehnsucht bemerkbar, die er schon als Kind zuweilen gehabt hatte, eine Sehnsucht nach Krankheit. Nach keiner widerlichen natürlich und keiner allzu schmerzhaften, sondern nach einer von jenen leisen, ganz innerlichen Krankheiten, von denen niemand etwas merkt, und die man selbst nur sehr selten tief in der Brust ein wenig, gerade noch als Schmerz spürt, wie wenn sie einem lediglich in Erinnerung bringen wollte, daß sie noch da sei. Immer öfter hatte Henry den Wunsch, irgendwo auf weichen Liegebetten in nicht zu viel Sonne zu liegen, Wochen und Monate nichts zu tun als zu liegen.
Henry begab sich, sobald er ein wenig Geld erübrigt hatte und sich von der Bureauarbeit freimachen konnte, in ein Sanatorium, das ihm durch seine Mutter, die sich dort aufgehalten hatte, bekannt war.
Dort lebten nur schmale Menschen, deren Augen schimmerten. Die Einrichtung des Sanatoriums war ganz in Weiß

gehalten. In dem alten verdunkelten Park zwischen rostigen Baumstämmen hingen die langen geschmückten Hände der Frauen herab.

Henry lag im Park.

»Wie liebenswert sind die Krankheiten!« dachte er. »Sie erheben die Menschen in höhere Sphären. Des Gesunden Sinne sind taub und grob. Er fühlt die Welt nicht so schmerzhaft, wie es ihr zukommt, nicht das Glück mit dem letzten Zittern vor dem Umfallen. Um die Erde zu spüren, wie sie es wert ist, muß man krank sein. Die Kranken erst wissen um die Spinnwebfäden des Daseins. Die Kranken sind gütig – ihnen kommt es auf die eigene Person nicht mehr an. Die Kranken sind tiefer süchtig nach dem Geiste – denn sie sind dem Tode näher.«

Wie edel sahen die von Schmerzen müden Frauen aus! Sie sagen keine Gewöhnlichkeiten mehr – Menschen, die mit dem Tode rechnen, können sich nicht mit Nichtigkeiten aufhalten. Sie übersehen stillschweigend alles Häßliche. Sie stoßen beim Gehen nicht brutal in die Luft – sie gleiten die Luft entlang. Das einzige, was sie täglich schmerzt, ist, daß sie des Abends die Bücher fortlegen müssen, mit denen man sie den Tag über draußen liegen sieht.

Männer mit wolkigen Stirnen gehen in weiten Mänteln im Park auf und nieder. Sie ließen die plumpe Sicherheit »in allen Lebenslagen« der Geschäftsleute weit hinter sich. Die Dinge der Welt sind ihnen nichts. Mit ihnen lösen sie nicht die immer neuen Fragen, welche der Geist ihnen, sich durch das immer magerer werdende Fleisch drängend, stellt.

Die Menschen hier sprechen wenig. Sie hängen ihre seltenen Gefühle nicht in Plakaten vor sich aus. Sie wissen, daß es Dinge gibt, zu hoch, um ausgesprochen zu werden. Oft ist das einzige Geräusch im Park für lange das leise Knacken der Schultern, wenn eine der Frauen, aufstehend, sich den Schal umlegt.

Je kränker sie werden, desto überlegener sehen sie zu, wie die Kraft ihnen ausgeht. Vom Menschen leben nur noch die beiden glänzenden Seelen des Gesichtes. Aber je schwächer sie werden, desto umfangreicher werden ihre Bücher.

Und auch die Krankenschwestern kommen nicht aus den Städten. Sie beugen sich kaum über die Ausgestreckten – und wissen sofort, woran es liegt, und tun mit ganz wenigen Bewegungen alles, was nötig ist. Ihr guter Blick gilt nicht allein mehr den Patienten. Das Blond ihres Haares verfliegt schon in den Wolken.

Aber noch einmal mußte Henry einen Blick in das Leben tun; und der war es, welcher in ihm den Willen entstehen ließ, sich völlig und für immer von der Erde zu entfernen.

Sein Vater hatte ihm mitgeteilt, daß er in Gegenwart seines Sohnes sein Testament zu machen wünschte und ihn in ein Rechtsanwaltsbureau bestellt. Henry mußte eine geraume Zeit in dem großen Vorzimmer zubringen. Er hatte noch niemals ein Rechtsanwaltsbureau gesehen.

Es war das gemeinsame Wartezimmer von drei bekannten und überlaufenen Anwälten, die hinter drei im Halbkreis verteilten, grünverwahrten Türen arbeiteten. Das gepolsterte Grün verriet die Gefährlichkeit der Dinge, die hinter ihm geschahen. Der Raum war kahl und hartstühlig. In einem großen hölzernen Käfig saß eine Unzahl von jungen Schreibmaschinenmädchen, die hingegeben, aber unberührt ihre schwergehaltigen Briefe tippten.

Es war Henry als ob das gesamte Bureau sich in beständiger Abwehr gegen einen fernen Unsichtbaren, doch unerhört Gewaltigen befände. Boten stürzten herein und brachten neue Entschlüsse von *ihm*. Telephone durchschnitten mit scharfen Säbelhieben die Luft. Dann eilten die wetterharten Rechtsanwälte aus den Türen an die Apparate und verbeugten sich, den Hörer in der Hand, viele Male vor dem verborgenen Mächtigen. Die Schreibmaschinen klapperten tagaus, tagein Seite für Seite voller beweglicher Vorstellungen und Begütigungen an *ihn* herunter. Ihn fürchteten die tränenden dicken Klientinnen, die mit den Büsten auf dem langen Wartetisch lagen. An ihn dachten die angstgestoßenen

Verlorenen, welche die Rechtsanwälte mit mechanischem Bedauern aus den grünen Türen herausließen. Keiner, der hierher kam, hielt dem Furchtbaren stand. Jedem hatte er etwas angetan. Nur die Rechtsanwälte wußten, stämmigen Geistes, stets sofort, wie sie sich ihm gegenüber zu verhalten hatten.
Ein neuer Herr trat in den Warteraum. Als er die vielen Bureaudamen sah, machte er schnell eine Verbeugung, die so unbeherrscht war, als wenn in seinem Rücken statt der Knochen ein Scharnier angebracht wäre, und rief:
»Ach, ach! Alle die schönen Mädchen! Zeigt doch einmal eure Busen!« Gleich darauf aber schien er sehr ärgerlich und voller Scham über sich und sagte:
»Ich muß mich verflucht zusammennehmen!«
Er setzte sich hin, indem er sich fest an die Lehne eines Stuhles drückte und die Beine mühselig auf einen zweiten hob. Er erzählte, ohne sich an einen Bestimmten zu wenden, er hätte drei Jahre Gefängnis gehabt, und während dieser Zeit habe die Regierung ihm heimlich seine Wirbelsäule herausnehmen lassen. Nun könne er natürlich nicht mehr richtig sitzen. Leider hätte er den Diebstahl erst gemerkt, als er schon entlassen war. Er könnte sich schon gut denken, wozu die Regierung seine Wirbelsäule brauchte – er nickte drohend mehrmals – aber bei ihm wären sie an den Unrechten gekommen! Er lasse sich nicht bestehlen! Er machte Eingabe auf Eingabe, um seine Knochen zurückzuerhalten. Er war schon bei den meisten Rechtsanwälten der Stadt gewesen und bedrängte sie unablässig, für ihn Gesuche einzureichen.

In der Nähe von Henry stand ein kleiner Mensch mit schwarz umrahmten Backenknochen. Wahrscheinlich einer vom Balkan. Er stocherte mit den Augen in den dunklen Ecken umher, wendete die Dielen um, und schien sich sehr dafür zu interessieren, worauf die anderen Wartenden saßen, so daß einige indigniert aufstanden. Jetzt stellte er sich dicht an die eine grüne Tür, hinter der sein vermögender Bruder verhandelte, und horchte aufmerksam hinein. Mehrere Schreibmaschinendamen verboten ihm das. Er wurde wütend über sie und machte ihnen Zeichen, sie sollten ruhig sein, sonst könne er nichts hören. Er zitterte, habgierig vor Lauschen. Einige beherzte Damen versuchten ihn, als er nicht hören wollte, von der Tür fortzubringen. Sie zogen ihn am Rock und an den Händen – er wollte noch durch das Schlüsselloch sehen.

Plötzlich kam mit großem Lärm eine Frau aus dem Volke herein, eine hochgewachsene Person mit brutalem und schönem Gesicht, deren Üppigkeit aus den schlecht zugemachten Kleidern hervorbrach. Nach ein paar breiten Schritten kreuz und quer durch den Raum, während der sie die eine Anwaltstür nicht aus den Augen ließ, öffnete sie diese mit schnellem Griff und schrie dem Heraustretenden entgegen:

»Ich will nicht gebären! Er ist ein Aas! Ich will kein Kind von ihm! Er hat eine Stunde ausgenutzt, wo ich verrückt nach Männern war, schön, das ist erledigt; aber ein Kind will ich nicht von ihm! Wer kann mich dazu zwingen?«

»Der Staat«, antwortete ernst und bedeutsam der Rechtsanwalt in der Türe. »Sie haben mir gesagt, der Arzt hätte bei Ihnen Schwangerschaft festgestellt. Das Gesetz verbietet Ihnen jeden Eingriff gegen das keimende Leben und würde einen solchen Schritt Ihrerseits mit Zuchthaus bis zu 5 Jahren bestrafen. Sie müssen gebären.«

»Es ist doch aber *mein* Leib!« schrie das Weib. »Ich tue mit ihm, was *ich* mag. Ich *will* kein Kind von ihm, er ist ein Aas! Ich habe schon viele Männer gehabt, aber ein Kind von so einem beliebigen – man ist doch kein Schwein!«

»Ich rate Ihnen«, sagte der Rechtsanwalt, »nehmen Sie Vernunft an und tun Sie nichts gegen Ihren Zustand. Sie müssen gebären.«

»Ich will aber nicht«, brüllte die Frau und schlug um sich, als ob man ihr Gewalt antäte, und warf die in der Nähe stehenden freien Stühle gegen die Wand. »Kein Mensch kann es mir herausholen. Ich mache es tot!«

Die anderen Rechtsanwälte waren aufmerksam geworden

und vor ihre Türen getreten. Alle drei zuckten bedauernd die Achseln.
»Der Staat ...«, sagte einer.
Die Frau weinte und kreischte während sie hinauslief.
»Und ich tus doch! Man ist doch kein Schwein!«
Der Mann, welchem das Rückgrat im Gefängnis gestohlen worden war, verlor durch das Geschrei den Halt. Er konnte auch nicht mehr ruhig bleiben, die Worte entliefen ihm. Er rief mit energischer Stimme, er wünsche sofort zu wissen, wo sich die Toilette befinde, so daß sämtliche Schreibmaschinenmädchen vor Kichern kaum ihre gefährlichen Briefe tippen konnten. Der Herr wurde gleich wieder sehr kleinlaut und sagte mit gefurchter Stirn:
»Ich muß mich verflucht zusammennehmen.«
Hier kam ein Mann mit einem wie grau angestrichenen Gesicht und stark ausgebuchteter Nase herein. Es war ein Schriftsteller, der die Menschen von ihrer entsetzlichen geschlechtlichen Not durch eine neue Sittenlehre erlösen wollte. Aber sein Buch war sofort beschlagnahmt, er selbst wegen Verbreitung unzüchtiger Schriften zu Gefängnis verurteilt worden. So ging es mehrere Male. Er aber konnte die Menschen nicht so schrecklich leiden sehen. Er mußte ihnen seine neue Lehre mitteilen, die ihnen allen helfen würde, Männern und Frauen. Jedesmal hatte man ihm sogar sein Manuskript fortgenommen, so daß er immer wieder von neuem mit der Arbeit beginnen mußte. Der Staat duldete nicht, daß über dieses Thema in der breiten Öffentlichkeit gesprochen wurde, besonders nicht in einem so umstürzlerischen Sinne. Der Schriftsteller, im Privatleben ein einfacher, fast kindlicher Mensch, hatte früher mit den Damen des Bureaus recht freundschaftlich gestanden, da er zu Zeiten täglich hingekommen war. Er pflegte mit ihnen über allerlei Dinge zu plaudern, an die er gerade dachte. Sie hatten alle Mitleid mit ihm wegen seines »Spleens«, und mochten ihn gerne, weil er »einen so netten süddeutschen Dialekt« sprach. Einige spezielle Freundinnen nannten ihn sogar bei seinem

Vornamen Georg. Da er heute seit längerer Zeit wieder das erstemal ins Bureau kam, fragte eine von ihnen neckend:
»Ist Schorschi wieder einmal unanständig gewesen?«
Der Schriftsteller aber hatte keinen Sinn mehr für die jungen Mädchen. Unruhe in den tiefen Augenhöhlen und mit einem Ernst, der bedrohlich schien, wartete er auf seinen Rechtsanwalt. Als dieser erschien, eilte er auf ihn zu und klagte ihm, nach seiner Art die Worte überstürzend und dennoch herauswürgend, als ob man ihm die Kehle strangulierte, wie seine Sache jetzt läge. Man hatte ihn freigelassen unter der Bedingung, daß er nichts mehr schreibe und sich einen anderen, bürgerlichen Beruf aussuche. Man hatte ihm jedes Schreibmaterial fortgenommen, und täglich kam ein Beamter in seine Wohnung, ihn zu kontrollieren. Er wurde nicht mehr bestraft, wenn er geschrieben hatte, aber der Beamte nahm ihm jede angefangene Seite fort.
Immer aufgeregter wälzten sich seine Worte durcheinander. Nach jedem Satz fuhr er in die Höhe und sah einen Augenblick forschend auf den Zuhörenden, eine Angewohnheit, die daher rührte, daß man meist über ihn lachte. Nun flehte er stammelnd:
»Herr Rechtsanwalt, Sie müssen mir meine Freiheit wiedergeben! Ich kann nicht schweigen. Verlangen Sie Geld, so viel Sie wollen!«
Der Anwalt begleitete den Widerstrebenden halb tröstend, halb bedauernd zur Tür.
»In diesem Fall sind auch wir ganz ohnmächtig ... Wir können nur vorstellig werden ... verhandeln ... es wird kaum etwas zu machen sein ...«
Da fiel der Schriftsteller plötzlich, schon auf der Schwelle und allen im Wartezimmer sichtbar, vor seinem Rechtsanwalt auf die Knie und weinte heraus:
»Helfen Sie mir! Geben Sie mir meine Freiheit wieder! Ich fühle ja millionenfach, wie die Menschen leiden! Ich muß es ihnen sagen! Ein Buch nur – ich kann doch nicht schweigen ...«

Die anderen Rechtsanwälte waren aus ihren Türen getreten. Sie kannten den Fall und interessierten sich für ihn. Sie machten ernste und zweifelsvolle Gesichter, zuckten mit den Achseln und sagten bedauernd – gleichzeitig:

»Der Staat ...«

Henry wartete nicht länger auf seine Erbschaft. Ein hartes, breites Stück Eisen hatte sich schwer und unentfernbar zwischen Hirn und Stirn gelegt. Reglosen Oberkörpers schritt er hinunter und durch die Straßen.

Das Bureauviertel blieb hinter ihm und es kam die Geschäftsgegend, bald würde er das Wohnviertel mit seinen feinen Bauten erreichen. So ging er noch einmal immer in dem gleichen langsamen Schritt, wie er es gewohnt war, durch die ganze Stadt. Der Rhythmus seines Ganges lockerte den gewalttätigen Schmerz des Eingedrungenen. Er erweichte das Widerstandsvolle und löste die Unnachsichtigkeit seiner Seele. Es war ihm, wie wenn nach und nach, je länger er ging, alle Eindrücke seines Lebens von ihm abfielen.

Es wurde Abend.

Eine tiefe Ruhe und seltsame Reinheit überkam ihn. Die Neige des Tages und seines Lebens erfüllte ihn mit einer zarten Gehobenheit, die er niemals vorher gespürt hatte. Erdferne ergriff seinen ganzen Körper und machte sein Gehen leicht. Und während die Straßen immer breiter, prächtiger und lebensvoller wurden, sang es in ihm:

Ich wandere unter dem weißen Scheitel der Bogenlampen.
Warm fällt auf mein Gesicht der rote Schein der Lichtreklamen,
die ich nicht entziffern kann.
Mädchen, die die ersehnte
Verabredung versäumten,
sehen mich lange an –
ich weiß nicht, was sie wollen.
Männer, die des Tags Geschäfte trieben,
Klimpern in weiten Taschen mit Geld –
ich verstehe nicht, wozu sie es brauchen.

Ich wandere unter dem weißen Scheitel der Bogenlampen
zwischen Familien, die geordnet um den Eßtisch sitzen.
Fremd klingen mir ihre Gespräche.
Argwöhnisch sehen sie mir nach.
Ihre mächtigsten Gebäude kann ich nicht achten.
Ich begreife nicht, warum sie so dick sind.

Wie zieht alles über meinen Kopf hinweg!
Wie läuft mir alles unter den Füßen hindurch:
Die Schreie und die Hupen und das Bremsen der Bahnen
und die feinen Delikateßdüfte und die begeisterten Gesichter
und die vielbenutzten Beine –
Wie geht alles durch mich hindurch, als ob ich nicht da wäre!
Sie sehen mich nicht,
ich aber muß ihre Welt hart spüren
und bin doch schmerzlich krank
nach einer Welt über dem weißen Scheitel der Bogenlampen.

Die Häuser standen nun schon vereinzelter.
Am Anfang des Forstes setzte sich Henry auf einen Baumstumpf. Die schwarzen Kiefern stachen in die Höhe, die aus hellgrünem Glas war. Auf der Erde war schon alles Dunkel. Oben aber schimmerte ein zarter, überirdischer Himmelsschein.

LUDWIG MEIDNER

Mondsichelgesang

In meiner Stube da ist eine Maus. In meiner Stube geht eine gedämpfte Stimme. Ich greife mir flackernd an die Stirne und schweige . . .
Ah, ich bin ein lebendiger Mensch, pulsierend, brausenden Blutes, 33 alt, noch nicht vermählt, aber den Schädel voller Disteln und Unkraut, die Backen stachlich und tabak-

geschwärzt und in der Brust unermeßliche Weite. In dieser bretternen Stube bin ich wie mein eigener Gast, Rädelsführer, Radaubruder, Megaloman, mitten in zaubrischer Stille.
Am Tage drücke ich mich besorgt und zage an meinen Zeitgenossen vorbei. Das sind alles ehemalige Skeptiker; aber jetzt sind sie mit Ehrenzeichen geschmückt und mit einer rapiden Sicherheit wissen sie den Tag und alle heraufziehenden Unwetter zu deuten.
Nun, was schert mich der Tag! Ich lebe in die Ewigkeit hinein, habe weder Kalender noch Uhr, weder Butterkarte noch Zeitungsabonnement. Ich bin ein wenig Dichter geworden in diesen Jahren. Das genügt mir. Damit komme ich aus. Zur Seite steht mir ein blauäugiger Tintenstift, die Tabakpfeife und ein Wörterbuch unserer Sprache, das ich immer aufschlage wenn ich hungrig bin und im Rausch der Alliteration hüpfe ich zügellos zwischen den anämischen Stühlen.
Meine katzfellgefütterte Weste Funken spritzt, wenn ich vom Waschtisch zur Bettstelle taumele und meinen Dichterbrüdern über die Jahrtausende verwegene Händedrücke reiche.
Ja, ich bin noch ledig. Meine Marotten sind meine einzigen Kinder. Meine gloriosen Wortprächte sind mir lieber als eine fette Gemahlin. Ich bin innen und außen lebendig und frei und nehme keinen Anteil an der Weltgeschichte. Hätte ich nur Gesundheit und Odem der hohen Föhren, die vor meinem Fenster wirbeln. Denn ich fühl mich zuweilen kränklich und alt; aber das sind meine masochistischen Launen, die vorübergehn.
In der Nacht bin ich verwandt dem Schilfgeruch der Sümpfe, dem Klappern der Windmühlen und dem Schrei der wilden Gänse. Ich fürchte mich vor Hunden und Mäusen; aber der Große Bär erschreckt mich nicht. Und wenn im Frühdämmern in den Tabakwolken ich vermummet sitze, fliegt ein Todesschauer wie ein schwarzer Rabe über mir weg.
Ach, diese seltenen Einakter! Vor dem Spiegel prüfe ich meine tragische Stirne. Ich schmecke meinen herben Mund. –

Windstille um mich und Wüstennacht. – Ernüchterung am Morgen. Schluchzen am Mittag. Gelächter vor dem Schlafengehen.
Das ist das Wundervolle meiner irdischen Tage, daß ich nach keinem zu fragen hab'. Ich komme mit einem Sechser aus und lebe billiger wie ein Bettler. Die Hauptsache sind meine erhabenen Eingebungen und daß mich keiner dabei störe. Nach Sonnenuntergang, wenn die Fichten erwachen, beginnt auch meine tönende Stunde. Ich schwelge in Vollheit. Muß erst eine Weile noch durch die Landschaft rennen, um die vielen Ängste abzustoßen. Um die schädlichen Spinnen aus meinem Schädel zu schütteln; denn es sammelt sich soviel Tückisches den Tag über in mir an. Die Wegsteine fangen meine Bängnisse und Vorahnungen auf, und die Igel, quer über dem Waldweg, tragen meine Verwirrung auf ihren Stacheln mit sich fort.
In meiner hölzernen Stube beginnen dann die Bäche zu murmeln. Die Inspiration rinnt langsam zuerst. Ich lausche auf meine Inspiration. Horche wie ein Spürhund mit beiden Ohren hin. Aus meinem Munde fallen die Worte. Ich mache ihn weit auf und lasse herrliche Worte heraustropfen. In meinem Hinterkopf poltert es gewaltig, aber die Zunge ist lauteres Gold. Die Maus unter dem Waschbecken stört mich ein wenig. Aber ich werde mich hüten eine Falle zu kaufen. Leben und leben lassen. Wer wird einem Mäuslein Schlechtes nachsagen. Ich teile jedesmal redlich mein Abendessen mit ihr.
Der Maurer braucht die Backsteine und der Dichter die trillernden Vokale. Auf großen, weißen Zetteln habe ich mir meine Backsteine angehäuft. Das Lexikon lieh mir seine Wortfülle. Nun wühl ich blindlings in den Worten. Ich nehme sie in den Mund und sie kriegen einen wunderbaren Sinn. Ich halte sie heiß in meinen Händen. Sie schütteln den Schlaf ab, strahlen neu und unerhört.
Man muß alle Gedanken verscheuchen, wenn man dichtet. Greif nach der Stubendecke. Zieh die Schublade deines inneren Wesens auf. Von da kommen deine Wunder.

Du mußt sie auch aus den Hosentaschen herausholen, aus den Schnurrbarthaaren reißen, von deiner Glatze herunterkratzen.

O, meine gebenedeiten Eingebungen in dieser Nacht. Und ihr zahllosen, fortrollenden Nächte mit fiebernder Wortmusik und ganz unirdischer Leichtigkeit des Leibes.

Ach, ich werfe mich berauscht in meine zottige Dichterbrust, wenn ich dichte. Ich bin großmütig, wenn ich dichte, und lächle immer nachsichtig und gütig zu meinen lieben Brüdern hinüber. – Die Stühle miauen und bringen der Maus einen heillosen Schreck bei. An die Fenster kommen die Wolken geweht, und die Mondsichel klirret spitz an meine Scheiben.

Was meine unbescholtenen Blätter, diese weißen, taubstummen Manuskripte mich quälen. Warum schweiget ihr noch, ironische Monumente?! Öffnet doch eure wonnesamen Grüfte und sauget auf, was der Dichter so schwankend noch und ungeboren auf seiner Lippe trägt.

Geduld. Bald brechen Zyklone und Wasserhosen in eure scheinheilige Unschuld ein, und meiner Handschrift Sternbilder und Himmelszeilen glühen und eilen auf Flammenstelzen dahin.

An euerm Feuer entzünd ich meine Glatze; an euerm Fackeltanz, ihr tänzelnden Vokale. Schleifet mich nicht allzuweit, ich muß im Gleichgewichte bleiben, wenn ich mich tief in den Ziehbrunnen bücke, um mit übervollen Eimern heraufzuholen den Wein meiner Räusche.

Unermüdlich bin ich dann im Zechen. Ich laß mich gehen; sühle mich, trudle, trolle, trapse zwischen meinen Gedankenblöcken; krieche, krauche, kobolze um meine Gefühlskanonen herum.

Ach, hohe Dichterbrunst, ach, große Hitze! ach ich, ach du mein Weltpläsier . . .

In mir ist großen Meeres Weite. Ein Sturmwind hebt mich hoch. Ich treibe über das Meer hin, über die schallenden Wüsteneien. An meine Mütze lehnt sich der Wolke Jubel-

schrei. Der Störche hagre Melodei fällt auf meine erschütterten Schultern herab.
In mir ist großer Stimme Geschrei. Ich höre auf seinen Sinn, aber kann die tiefen Worte nimmer enträtseln. Mit fliegenden Armen fahr ich auf aus dem Mittagtraum.
Dann bin ich wieder einfach und stumm wie ein Baum im Anfang der Nacht. Weit breite ich die Äste meiner Seele in die Nacht hinein und ein Uhu – mein tiefer Zweifel an einem Sinn dieses Treibens – knurret unhörbar sein Leid, und die Unken zu meinen Füßen scharren mit ihren feuchten Fingern an meinen Wurzeln, – denn er würgt sich in den Stamm; der Zweifel kriecht aus der Erde in meinen zähen Stamm. Der jammert und jauchzt, wenn Bora und Föhn ihn packen; aber er bricht nicht, er bleibt stehen, im Herzen unerschüttert Zuversicht. –
Dennoch, dennoch geh' ich zag und unerkannt.
Vanitas, vanitatum! Dichter, Gaukler, Hurenknecht – Allotria und Allüre des Dichters! Ich sage laut »Ja, ja« zu dir. Süßer Mondesduft ist meine Speise. Wolkenwind mein Trank. Ich zerschmelze in meinen Feuern; bin gesund und zart und eiserngroß. –
Mit einem Notizbüchlein, wie der Junge mit seinem Schmetterlingfangnetz laufe ich durch die brennende Welt. Eifrig bin ich hinterher und fange meine Paraphrasen wie Nachtfalter ein. Aus dem Gebüsche springen klingende Worte wie Frösche heraus. Es huschen die Eidechsen schnell auf meine Lippen; die feinen Zeilen zucken um meinen Mund. Viel liebe Vöglein werfen im Vorüberfliegen ein süßes Lob in meine Bleistiftspitze. Allüberall sprechen die Hecken und die brausenden Baumleiber rechts und links das rechte Wort mir zu.
Immer enger, immer reicher und echter fügt sich Satz an Satz. Bald überrumpelt mich immense Fülle. Mein tolles Überwuchern fängt zu schmerzen an.
Aus einer Folterkammer muß ich mich retten mit leisem Schreien. Ich streue mich in alle Winde hin . . .

Meine langsame, spärliche Natur an diesem staubigen Abend! Denn nicht immer bin ich berstend, fessellos und tief bewegt. Ach, ich muß gestehen, daß meine Dichterleidenschaft zuweilen wie ein Wässerlein im trüben Sande irrt.
O, würde ich wie Rubens reich und rasend sein! Laßt uns drum die Pfeife heben ins weitverlorene Angesicht und hineilen mit den Tabakwolken, lustig flattern in Aprilscherzen und Bonmots.
Pfeife, du meine runde Gondel. Auf deinem breiten Flügelrauschen führst du mich hin. Magischer Aeroplan, hebst mich auf in deine ephemeren Lande ...
Laßt so mich qualmend in meine Ebene hinaus, die schon lange meine dröhnenden Schaftstiefeltritte spürt.
Da liegt sie lang wie eine laue Wüste. Ganz kahl und festgestampft. Schräge im schwefelgelben Abendstrahl, fiebernd wie ein Ballsaal, wie eine schlanke, magere Dichterhand ...
Daß mich urplötzlich solches Glück anfällt! ein Blachfeld mich so am Kragen packt und erhöht, mit maßlosem Stolz mich schmückt.
Ha, grenzenlose Wüste! Du bist wie eine riesige, graue Woge ... ein donnernd Tambourfell, ein toller, tönender Teller.
Und ich, mit meinen nun ausbrechenden Kräften (Totengräber der höhnischen Atheisten), stürze ein in den dampfenden Raum, zerbrechend Sofa-Eckenstille, meine launige Einsiedelei. Hinter mir Alljammer, der Skelette Kichern. Vor mir harrend Erde, Erde, Wolkenerde, ruhmredige Erde, bis zum Tode vergnügt.
Du beglückendes Ödland – kein Mensch weit und breit – nur unermeßliches Gefild. Und unten, tief, die Stadt versinkend. Eine Stadt, rauchsäulengetürmt, voller Seligkeit und Hohn. Geruch der Häuser mich umwölket schon. Ein heller Schornstein mir winket ...
Ich setz mich nieder ins harte Heidegras und harre meiner Gnade.
O, Inspiration: Sprungbrett in die Ewigkeit, schnelle Brücke

zum Ruhm, Trübsalscheucher, Sturzbad in Gewitternächten, Mondgang im Januar ... Pegasus, auf, auf! ... aber ach, die Erde drücket mich zu Schanden ... Nun schweige ich lange, mäßige meinen lyrischen Schritt. Die Arme lässig gebogen, das Haupt nach innen gewandt ...
Menschheit, Menschheit! Im Wahne treibend. In Lust und Pein gebannt. Jede Seele in Verwirrung, in Krampf und Hitze schwankend. O, Menschheit, in dein unentwirrbar Geschick ist auch mein eignes, sorgloses Taumeln verwoben.
O, meine Demut vor dem Sterneraum!
Und du Mencheneinsamkeit, die uns allen so schweigsam aus den Augen sieht! Ob die Zaunpfähle, Brückengeländer, und Kappweiden auch so vereinsamt sind? Ob sie auch seufzen mögen in ihrer Stille? Lasset uns lieber glauben, daß sie alle fröhlich sind und geduldig; – denn sie sind nie allein, weil sie immer stille ruhen in Gottes treuer Hut. –
Ich setz mich nieder ins kurze, aschenfarbne Gras, und da strömen schon mit Allgewalt die Lyrismen wie Regengüsse auf mich herab.
Ihr kostbaren Schalmeien aus den Wolken. Ihr aus den Erdlöchern strömenden, vokalereichen Melodien. Wie die hellen Worte mit den Winden fliegen; mit dem Blättergeraschel aufjauchzen; wie Tauben und Fliegengesumme auf meine gelben Konzeptbogen schwirren.
Du hitzige Hand, mit Windeseile fange die Pracht und hohe Himmelswürden ein. Hüpfet wie die schnellen Bicykletten, wie die Erdflöhe auf meine begierigen Seiten. Überschwemmet mich nur völlig, Gefühlsergüsse und ein Dichterregenbogen flamme auf.
In solcher Art geht es lange, lange. Ich bin tief erstaunt über meine Milde. Wenn ich dichte, bin ich rein, frei und ungeteilt. Mein bescheidenes Herz ist endlich einmal lautre Flamme.
Unsre Kleinheit, unsre Menschen-Winzigkeit! Das Gute verbirgt sich schamhaft. Allerorten ist nur das Schlechte zu spüren, denn es schreit gellend und schlägt aus mit giftigen Tatzen. Aber höre nur fein zu, wie die Gräser neben dir

jubilieren. Die sind ganz leise, denn sie bezeugen Gottes große Gütigkeit ...

Müde, zerraufte Hand, vertrieben, verirrt, versengt wie die Motte im Licht ... und dennoch hab ich mir geschworen, diesem heutigen Tag die Melodien abzulocken. Gemach, die Saiten meines Leierkastens sind verrostet wohl. Die Worte geben keinen Sinn und klappern wie die Fensterriegel im Sturm. Sie sind nicht leicht und schwebend, nicht Fahne, nicht Gesang, und, wenn ich sie nicht anrühre, bleiben sie wie tote Kinder auf dem Flecke liegen. Und mit der Zeit stockt meine Leidenschaft oder rennt mit blinden Füßen in die Sackgasse der Trivialität hinein. Was bleibt mir noch, als das Weite zu suchen, vor Enge und spinnwebumsponnenem Gram.

Auf der Straße umschleiche ich die alten Weiblein und hasche ihre krummen Reden auf. Belaure die Aufschreie der jungen Kinder. Vielleicht entzündet sich daran dein Herz. Und wenn du dann noch immer im Trüben fischest, so eile endlich in die Kneipe und horche sorgsam, was die Leute sagen. Wenn dort dein Ohr sich magisch öffnet, wirst du baß erstaunen über ihre Seelenmacht und tiefe Kunde von Gott. *Ein Wort* kann dir den ganzen Abend noch verklären. Am Zauberwort kann dein Gesang entbrennen. Fang ihn nur unbekümmert aus den schwierigen Gesprächen der Leute auf – erlausche mir genau seinen tiefen Sinn –; denn sie reden nur von Tod, Traum und Ewigkeit ...

Wieder muß ich in den Wald wehen. Es zieht mich tausendfach dorthin. Die Dunkelheit rollt dick wie Fässer an meinen Leib.

O, der Oktobersturm, in den ich mich mische, der mich am Kinn packt und auf meinen Rücken knallt. O, der himmlische Sturmwind, der meinen Poeten-Leib wie eine knatternde Fackel peitscht. Der kühle Boden wirft mir seine mystische Antwort vor die Füße. Ich renne wie die Ratze weit fort, bis ich wieder unter meiner Lampe taumele und radebreche. Zugewandt dem Monde, find ich endlich die

richtige Sprache und schütte mein frivoles Wesen wie einen vollen Sack mit Weizen aus.
Ich streue mich hin in meine Stube. Fülle bald das ganze Haus. Das eherne Firmament zerbricht, weil ich mich recke, und die Mondsichel sticht wie ein Husarensäbel in mein Genick. Der kosmische Rappel packt mich an der Krawatte. Ich ächz' in meinen Flanken. Glatze loht wie Feuersbrunst. Hals rast Sodomiterschreie.
Mond, Mond! lieber Postillion. Unseliger – unendlich trauter. Mondsichelschatz im grünlichen Schleim der Nacht. Mit dir will ich fliehen durch die vielen Reviere des Weltalls. Du nichtswürdiger Lächler, Schreihals, Truthahn, trostreicher Träumer.
Ich streichle von fern deine seidenen Haare, mein Mond. Deine Strahlen verbrennen meine letzten Bangigkeiten und Liebestrauer und Pein. Dein lautloser Jubel mich umringt und umröchelt.
Mond, ruhmreicher Mond! Mondsichelgesang, mir aus dem Munde flammend ... welch ein roter Schrei am Horizonte, wenn du erwachst. Bist du nicht tief wie mein ureigenes Herz, das wie eine Nachtigall flog aus der Brust an den Himmelssaum! Nun trillerst du dein Lied auf der Städte umwölkte Kuppeln ... tropfest deine herzlichen Zähren, vertropfest deine Vogel-Innigkeit ...
Und gewaltig widerschallen der Städte Kyklopengesänge. Der Kraterberge offene Mäuler posaunentuten Choräle und Tromben und Träume heiserächzen gen Nacht ... Mein Mond, du heiter gebogener, tiefblau ummauerter Mond ... Dich umwühlt mein Ruf. Sentinelle! Sentinelle ... Razzia haltender Rächer im randalierenden Raum ...
O, ich schäume über deine Fluten Saturn. Taumele über den Rand des Procyon hinweg. Ehemals war ich ein Maler. Schwamm in Ölfarbenmusiken, in gotischen Nachtexzessen; ruderte mit meiner Palette bis an den Nabel des Seins. Nun ward ich Poet über Nacht. Ich räusperte meine Schwingen und ließ die Pinsel im staubigen Kasten verdorren. Ich ward

Apostat, ein Maulheld, ein Schreiberling, Pocher an rostige Tore. Nun wollt ich die Menschheit mit meinen Humoren beflügeln. Die geistreichen Fräulein mit meinen Vokalen einfangen ...

Gelingt mir auch das nicht, so will ich ein Bierfahrer werden, mit meinen zwei Rappen die Milchstraße herauf und herunter kutschieren.

Hei, wie werd ich den Kutscherbauch rausrecken! mit meinen Bierfässern rattern, mit meinen Magenwinden sprühen! Ich bin ein himmlischer Peitschenknaller ... Erfinder von Turlupinaden ...; die Pferdchen Sternschnuppen schnauben, aus meinen Speichen Meteorschwärme fallen.

Ich rufe dem Monde im Vorübersausen meine obszönen Späße, dem Uranos einen heiteren Liebesschwur zu ...

Ich spür' das Frühgestirn. Hei, ich brause in den weißen Morgenwind hinein ....

....

OSKAR LOERKE

Die Puppe

Die Erde gehört niemand. Der Markt mit seinen Silberlingen tauscht ihre Werte nicht, der Krieg mit seinen Schwertern schneidet sie nicht. Ein dunkler Ball schwebt umdampft: Erde nennen wir ihn, doch er heißt nicht. Die Geschlechter der Menschen laufen darüber wie leichte Insekten, deren Schatten kaum eine Unreinlichkeit in die Herrschaft der Sonne sprenkeln. Im Rausche der Augen und der Ohren wird die Erde weit, verbrennt, fliegt in den Himmel; im Rausche des Herzens wird sie enge, erstickt, stürzt in den Abgrund. Befreien wir unsere Gefahr der kurzen Überfahrt von Tod zu Tod durch Güte!

Dieser Glaube vieler war eine tröstliche Ahnung auch eines

gewissen Friedrich Schedel. Er war ein Dichter ohne Buch und Vers. Er bekam, während er in einer kleinen Berliner Redaktion bei kargem Solde mit Papierschere, Pinsel und Kleistertopf als ein Chirurg an anderer Leute Gedanken schaltete, mit 35 Jahren einen Glatzkopf. Hätte er gesprochen und geschrieben, so wäre sein heiliger Geist nicht hungrig und störrisch geworden. Seiner angeborenen Stummheit wuchs endlich eine Tier- und eine Nymphenstimme. In einer der späten Pubertäten brach diese Stimme. Sie überschlug sich in Eroberungssucht, Eitelkeit, eiferischem Schmerz und Tränen, heimlicher Frechheit und öffentlicher Feigheit.
Inbrünstig quoll es immer in seinem Munde: Menschheit! Entsagungsvoll rief ein seraphischer Fuchs in ihm: Friede! Er hatte nicht viel zu essen und litt, wenn er die Satten beneidete. Brüder! Voll spitzigem Wehleid nach Besitz sammelte er in seinem Kleiderschranke die Mottenfäden ab und zerrieb die morschen Fasern des Stoffes zwischen seinen Fingern, verzweifelt über die eingefressenen Löcher. Armut der wahrhaft Reichen! Im nebligen Froste, draußen abseits der Stadt, eingekerkert im Freien, streichelte er die verlaufenen Hunde, vor ihrem weichlichen Maul und ihrem Speichel ängstlich und ekel. Allseele der Kreatur!
Hätte es nicht die Prophetie der Sonne gegeben! Wie im kalten Donner des Blaus, so feierte ihre Einsamkeit auf der Erde. Aller belebte Staub flog jene kurze Überfahrt von Tod zu Tod völlig vereinsamt. Das Sonnenlicht nahm den Menschen ihre muffige Habe und ihre eifersüchtigen Handwerke. Ging Schedel über das leere Bauland Wilmersdorfs, so verweilten die Häuserreihen fern und zwecklos wie viereckige rosa und violette Wolken. Die Gitter um die Villen blitzten wie Feuermuster, nur Idee, überall durchschreitbar, Buchstaben, Zirkel eines Gotteswortes, sichtbar gewordene Rufe. In der Laubwolke der Gärten schwebte in lockeren Scheffeln fast reifes Obst, ein Schaugericht für alle. Fast barst die Brust.
Wären die prophetischen Choräle der Nacht nicht gewesen!

Längs den unbebauten Straßen kauten die Bäume den Wind, die Sprache der Urweisheit lernend und nicht bezwingend. Laternen flammten, feurige Tränen, die nie ganz zur Erde fallen konnten. Selig und schmerzlich war es, hinter ihnen die Würfel künftiger Häuser einzuräumen und ein Freudengewimmel in den Lüften anzusiedeln.

Die Erkenntnis: Die Erde, mein und dein Herz, sind eins, – diese Erkenntnis beherrschte Friedrich Schedel wie ein Tyrann. Und als dieses Gesetz ihn genugsam vereinsamt hatte, brauchte er die Bestätigung, daß er seinen Glauben glaube. Es war Zeit.

Wenn er auf den Befehl des schnarrenden Weckers aus dem Bette sprang, oder ihn abends mit dem Ach des Sklaven aufzog, war er ein schwacher Narr; nur in den Minuten, die über die vierundzwanzig Werkeltagsstunden waren ...

Oder war seine Erhebung das Auff lackern eines langsam Verlöschenden? Ein stilles Erbleichen unter den Mitmenschen? Die Musik wehrloser Nerven? Der wehmütig hingezauberte Abschied eines Untüchtigen? Der Trost eines schachernden Selbstlings?

Eines Tages biß er entsetzt in seinen Zweifel, der ihm plötzlich wie eine lebendige Kröte zwischen den Zähnen steckte. Nicht weit vom Fehrbelliner Platz am Hohenzollerndamm hatte er in einer Destillation seinen Mittagstisch, als einziger Gast. Schüchtern legte er unter der weißgescheuerten Platte seine Hände zusammen und starrte in sein Bier. Ihm war, als säße er selbst sich gegenüber und als hätte der mächtigere Doppelgänger unsanft nach seinen Armen gegriffen und ihn geschüttelt. Ein süßliches Lächeln tanzte ihm die Wangen herunter; er fühlte sich beobachtet. Nicht vom Wirte. Dieser zählte nebenan Handtücher. In den Gläserreihen des Schankbuffets waren, wenngleich im blendenden Spiegelschein unsichtbar, teuflische Embryonen lebendig geworden, die feixend zuckten und hüpften. Unbehaglich rückte Schedel hin und her. Hinter ihm wiederholte sich mit hartnäckiger Schamlosigkeit eine Scene aus seiner Schülerzeit. Er hatte einem flegelhaften Lehrer in Gedanken eine Ohrfeige gegeben. Nach vielem Erröten und erstickender Wühlerei in seinem Herzen, hatte er gegen Ende der Stunde den Entschluß ausgeführt, aufs Katheder zu treten und die eingebildete Ohrfeige in der Wirklichkeit abzubitten. Ein Märtyrer sah die Wände wanken. Unter dem Wutgewitter des Lehrers und unter dem Spottgemecker der Mitschüler war er auf seinen Platz zurückgewankt. Nun, nach zwanzig Jahren, meckerte es in den Gläsern, nach zwanzig Jahren schlich er noch einmal beschämt davon und so leise, daß ihn niemand hören sollte. »Putzt mit Siriol« las er über seiner Hand an der Türe des Lokals.

Er wandte sich nicht in die Straße, sondern überquerte den breiten Damm und blieb gegenüber stehen, wo ein zerrissener Stacheldrahtzaun die Lücke zwischen zwei wüsten Brandmauern verschloß, diesen Riesentrommelfellen des Geisterwindes. Unter seinen Füßen rauschte die Untergrundbahn. Ein verborgener Komet schälte sich eine heiße Bahn in der Erde. Wie unwahrscheinlich das war – denn seine Augen hafteten auf einem verfluchten Unlandstücke, das mitten in der Stadt wie in einer mit dem Messer in die gewaltigen, eleganten Häuser eingeschnittene Wunde lag. Kahle Flecken, wie Hunderäude anzusehen, waren von Brennesselwäldern umwuchert, die nach Hundeurin stanken. Wildwachsender Roggen, zu kurz geraten, mancher Halm ganz grün, mancher abgebleicht weiß, war durch den Zaun geschritten und stand davor. Zwischen zusammengewehtem Papier kippte eine Unzahl Spatzen, wie in gespenstischen Wellenschnörkeln badend.

Auf der linken Seite des Feldes, ziemlich weit vorn, lag ein Koffer aus grauem Segeltuch, von den Nesseln halb überschwemmt, mit Regenflecken und Tintenklexen beschmutzt. Seit Schedel hier zum ersten Male vorübergekommen war, hatte er ihn liegen sehen, die Kajüte eines halb gesunkenen Wracks, ein verwunschenes fensterloses Zwergenhaus mitten im Unort. Winters war er zuweilen von Schneewächten belastet, manchmal sogar unter dem Schnee verschwunden. Niemand rührte den Koffer an, brachte ihn fort.

In ihm lag all die Zeit die Puppe im gelben Kleide, den Kopf nach unten, die dicken Füße mit den schwarzen Wachstuchschuhen hoch gegen die vordere Schmalwand gestemmt, das abgegriffene Portemonnaie mit den vier Geldscheinen unter ihrem Gesäß.

Friedrich Schedel fuhr zusammen: unversehens hatte ihn eine Kinderstimme gefragt, was denn in dem Koffer wäre. Zwei kleine Knaben standen neben ihm, die eine neugierig versonnene Faltenrosette über der Nasenwurzel hatten und pfiffig ihre Blicke auf der Bahn der seinen herabrutschen ließen.

Er war in seinem Geheimnis ertappt. Wie soll ich wissen, was darin ist? wollte er antworten, schnappte aber nur peinlich wie ein Fisch außer dem Wasser. Er wußte von jener Puppe in der Tat nur in seiner schwermütigen Traumschwüle, wie man von den Teufeln in der Hölle weiß. Nun Fremde in seinem Sesamberge waren, wußte er erst, daß dieser überhaupt existierte. Er sah sich belauscht, beschämt. Vor die Entscheidung des Wortes gestellt, rief er seine Phantasterei ängstlich über den Stacheldrahtzaun zurück. Der Koffer war leer, es war ihm jetzt ganz gewiß. Dennoch antwortete er endlich hastig und mit dringlicher Beteuerung, als wende er den Streich des Beils damit von seinem Haupte ab: »Was denn soll im Koffer sein? – Eine Puppe!«

Eine Puppe?

Ja, eine gelbe Puppe.

Die Knaben wollten sofort nachsehen und schickten sich an, über die Stacheln zu klettern.

Friedrich Schedels Hände wurden kalt.

Rasch bat, ja flehte er, die Kinder möchten den Koffer nicht berühren und weitergehen.

Die Knaben wurden mißtrauisch und drohten. Er habe die Unwahrheit gesagt.

Er schüttelte nur traurig den Kopf.

Weshalb sie dann nicht nachforschen sollten?
Morgen um diese Zeit! erwiderte er mit geheimnisvoller Milde und zog die Uhr. Sie möchten ihn aus der Kneipe gegenüber abholen. Dann werde er ihnen auch die Herkunft der Puppe erzählen. Während er dies in geflüstertem Befehlstone sagte, fingen seine Füße schon an, ungeduldig davonzugehen. Er gab den verdutzten Knaben die Hand und sah sich nicht mehr um.
Was war ihm? nach einer völlig dumpfen Weile schnitt er eine gewaltsam grinsende Fratze. Wie klug, daß er von dem gefüllten Portemonnaie nichts verraten hatte, auf dem die Puppe lag! Die Knaben wären dann nicht zur Geduld anzuhalten gewesen.
Was war ihm? Stundenlang quälte ihn die Erinnerung an das törichte Zwiegespräch mit den Kindern, er rang um einen Sinn dieser Begegnung, als hätte er versucht, den Allwissenden zu betrügen. War er entflohen, um nicht entlarvt zu werden? Entlarvt? Aber warum war ihm sonst so weh? War er ein Räuber? Ein Verräter? – Seine Nachbarn hörten die Türen seiner Wohnung immerfort klappen. Er suchte nichts, war nur ungeduldig, dabei leer im Hirn.
Würde er morgen wiederkehren? Sich stellen? Oder von nun ab Umwege gehen und vor jeder Straßenecke fürchten, zur Erfüllung seines Versprechens aufgefordert zu werden? Hatte er denn wieder eine eingebildete Maulschelle abzubitten? Würden die Knaben jetzt den Koffer erbrechen, jetzt, während er seinen weißen Kater wider die tückischen Versuche, ihm vom Schoße zu springen, zähneknirschend duckte und knetete? Würden sie sich bis zum nächsten Tage gedulden, vielleicht eine ganze Schar ihresgleichen zusammenziehen? Und er wünschte, sie möchten sich schon jetzt über den Koffer hermachen: denn sie würden die Puppe ja finden!
Sie würden sie finden. Sie heben sie auf, halten sie in den Fingern, schlagen sich, werden sie den Mädchen schenken –
Sie war da, solange er fest daran glaubte, und nur wenn er

daran glaubte. Tränenverklärten Auges atmete er tief auf. Sein Lebensgrund war aufgeregt, daß er am Nachmittag aus seiner Schreibstube fortblieb und, von fremden Mächten gesteuert, bis in den Abend hinein durch die Stadt getrieben wurde, durch die Städte in der Stadt, die er nicht kannte.
Lichter steckten geometrische Figuren ab, spannen zwischen den grauen Wänden ein ungeheures Spinnennetz. Die Menschen hingen wie eine Beute darin und wußten es nur noch nicht.
Seine Füße maßen die fahlen Platten, niemandes Gesellen, auch die seinen nicht. Das Puffen ferner Züge scholl wie tonloses Bellen, und Engel wurden in den Gossen laut.
Er gelangte in den Tiergarten. In schattenzerzackte Wasserlachen steckten die Sterne lange ewige Trompeten, ihr Klang wurde von der Tiefe erstickt, doch weckte der Schall die schwarzen Algen zu leisem Rieseln auf, polypenartige Algen, – oder waren es die schwarzgläsernen Wipfel, die von den Bäumen fielen? Geheime Kräfte der Fernen verbanden sich wirkend in ihrem sichtbaren Gleichnis, das spürte er – und sie ließen ihn ungerührt mit seiner stumpfen Seele draußen.
Die Erde gehörte niemand. Sie war auch dem Auge kein Vaterland. Sie rollte vor ihren Propheten her wie eine Murmel, sie setzten den Fuß nicht auf sie und kannten sie nicht.
Wie nur hing sein Weltkummer mit der Puppe zusammen? Wie war er überhaupt dazu gekommen, sich ihr Dasein einzubilden?
Mit halben Gedanken hatte er dem Koffer seit dem ersten Vorüberschreiten einen Inhalt zugefabelt. Bald war es eine Tabakspfeife gewesen, bald eine steife mürbe Drillichjacke, durch deren Schluchten und Schlünde Ameisen rannten, bald ein spitzer staubiger Strohhut, wie man ihn den Omnibuspferden gegen die Hitze aufsetzt, bald eine vertrocknete Scheibe Pumpernickel in Staniol, bald ein zerschlissener Muff. Zuletzt hatte sich in ihm die Vorstellung festgesetzt, es müsse eine Puppe sein. Er sah sie auf dem Rücken liegen,

ein Zeitungsblatt bedeckte ihre immer lachenden Porzellanpausbacken und ihre immer offenen Augen, welche vor den allzunahen, übermäßig vergrößerten Buchstaben vielleicht schielten. Allmählich war ihm das Vorhandensein der Puppe zur Selbstverständlichkeit geworden. Sie verwandelte sich in eine Art von Talisman für ihn, wie die Wurzel der Mandragora für wundersüchtige Geschlechter früherer Jahrhunderte.

Bei solch geordnetem Nachsinnen über die Geschichte seiner Verstrickung kam der Trost des Vergessens über ihn.

Er aß in der Friedrichstadt zur Nacht und fuhr dann auf der Stadtbahn heim. Zerstreut sah er auf sein Spiegelbild im Coupéfenster. Aber schwebte nicht dort die Puppe? Im Himmel.

Bekleidet mit mondgelbem Gewande, schoß sie aus der Tiefe der Stadt. Die Siegessäule? Was tat's! Schon lief sie rasch über Fabriken und Speicher wie auf höckeriger Straße der Sternendolde entgegen, so sanft lief sie, daß die Mäuse unter den betretenen Dächern in ihren Sprüngen nicht gestört wurden, und daß die ihnen nachhuschenden Katzen dicht vor ihren Füßen die Köpfe mit der Beute schlenkerten. Dann stutzten sie vor der Göttin, warfen sich auf lautlosen Pfoten in die Höfe der wüsten Stadt, und die Göttin stürzte sich ihnen nach. In den bleigrauen Hofgruben standen eiserne Pumpengespenster; die Schwengel ragten wie Perückenzöpfe. Die steifbezopften Gespenster verneigten sich vor der goldenen Dame, von der ein Blitz ausging, daß die Katzen pfauchten und die Bürger hinter den schwarzen Scheiben sich die Augen rieben.

Friedrich Schedel zwinkerte mit den seinen. O, in so widerstandslosem Traumtreiben lag keine Gefahr.

Windstill dem durch jeden Atem zu zerblasenden flaumenleichten Bildertruge hingebreitet, schlief er ein. –

Aber schon am frühen Morgen des anderen Tages ging er vor dem Drahtzaun zwischen den beiden Brandmauer-Segeln auf und ab. Es regnete. Die Nesselwälder zappelten in der Windfrische. Der Koffer ragte unberührt an seinem alten Fleck.

Er ist leer, dachte Schedel. Eine unempfindsame Haut war um seine Seele gewachsen.

Er ist leer.

Wie? – Nicht? Doch nicht?

Die alte Zwangsvorstellung bohrte.

Ein Ende zu machen, hätte er den Zaun überstiegen, wären nicht immer Leute auf der Straße vorübergekommen.

Der Bann seiner Narrheit hatte etwas unheimlich Lähmendes. Er ging voran, kam wieder, riß sich nicht los. Das haltlose Leid in ihm war irgendwie die Ursache der Gegenstände ringsumher, ohne dieses Leid wären sie nicht so sicher sie selbst gewesen.

Er sah satte Motten in seinem Kleiderschranke kriechen, fühlte peinlich den Speichel eines dankbaren Hundes seine Hand betropfen, wie ein Bettler im Morgenland für deine Gabe drei Tropfen Rosenöl auf dein Kleid träufelt, und: »Menschheit! arme Brüder!« scholl es aus dem ungeheuren verwölkten Dome herab.

Da sah Friedrich Schedel die beiden Kinder mit Schultornistern auf dem Rücken von ferne herankommen. Er ging ihnen langsam entgegen. Sie stießen sich an, beschleunigten ihren Gang und fragten schon auf zehn Schritt, ob sie nachsehen sollten.

Ja, antwortete Schedel. Triumphierend sah er andere Kinder dazutreten, viele, immer mehr, Knaben und Mädchen. »Sei einfach, sei ruhig«, klangen ihm seine Ohren zu, »wie das wochenlang reglose Ei, wenn sich der Vogel in seinem Dotter bildet.« Er gab seinem Körper eine lose Haltung, rief alle rebellische Wallung aus Fingern, Armen, Beinen und Rumpf ab, schlug gemächlich, etwas schwer, mit den Augenlidern, wie man ohne Hast ausgelesene Buchseiten umblättert.

Die Knaben waren über den Zaun gesprungen und wateten durch die Nesseln.

Was schadete es denn auch, selbst wenn der Koffer leer wäre, fragte es plötzlich in Schedel.
Doch als er den Zweifel seines Herzens vernommen hatte, verzog er schmerzlich das Gesicht.
Dann erzitterte er, raffte die entspannten Glieder wie in ein Bündel und eilte auf den Zehenspitzen, hastig wie gestern aus dem Mittagslokale, davon, floh, – floh.
»Ich bin elend«, stotterte er leise hervor, stapfte immer rascher, kam ins Laufen, sprang.
Am Fehrbelliner Platz holte ihn ein Wagen der elektrischen Bahn ein. Entschlossen stürmte er vor den Wagen, stand geschlossenen Auges eine Sekunde und fegte dann mit breiten Schritten zwischen den Gleisen vor dem Wagen her. Als dieser ihn beinahe erfaßt hatte, der Fahrer wütend läutete, bremste und schrie, tat er einen Satz beiseite.
Aber er gab seinen Entschluß nicht auf und stellte sich einer zweiten Tram, die aus der entgegengesetzten Richtung heranfuhr, zur Vollstreckung seines Schicksals. Wieder hielt er nicht stand und marschierte bald töricht vor dem Wagen, lief wieder, verließ wieder die Schienen nicht. Das Quietschen und Rollen kniff in seine Fersen, das Schäumen der Oberleitung brauste ihm im Nacken, das Fluchen und Klingeln riß an seinen Ohren. Er galoppierte. Seine große Hand umklammerte in der Tasche sein unförmiges Portemonnaie, und er trug es unsichtbar wie eine große Knolle Mut.
Von Atemnot überwältigt, warf er endlich seinen Körper seitlich herum, sprang in die Luft wie ein getroffener Hase, stolperte und brach im Rinnstein zusammen.
Er regte sich nicht. Vorübergehende richteten ihn auf und führten ihn eine kleine Strecke.

MYNONA

Der Schutzmannshelm als Mausefalle

Was ein Kolibri ist, werden so ziemlich alle gebildeten, ungebildeten und halbgebildeten Vernunftbesitzer wissen: ein schönes Vögelchen mit einem sehr langen graziösen Schwanz, der beim Fluge wie ein gefiederter bunter Blitz durch die Luft sirrt. (Hä, wie gemein ist diese gezierte Ausdrucksweise!) Aber wirklich, der Kolibri ist ein so allerliebst niedliches Tierchen, von der Natur so konfitürenmäßig entzükkend ausersonnen, daß alle Literatur ihm einfach übel nachhinkt – nein, die Literatur ist kein Kolibri; sie ist weit, weit eher eine Verbalinjurie, an der ganzen lieben Welt begangen. Unser Kolibri schillerte magisch in Grün, Blau und Purpur, war klein wie das Auge eines Wasserköpfchens, hieß Pilili, gehörte Herrn Heinrich Bröhle (vorm. Zweischurz & Schwabbe), war der Liebling von jung und alt. Ja, das war einmal eine reiche Familie! Können Sie sich vielleicht einen Kolibri halten, teure Mynona? Können Sie sich überhaupt etwas halten? – nicht einmal eine Zeitung. Bröhles hielten alles sich, alles, das man irgend so hält: 54 Diener, 21½ Köche (1 Jungen!), 13 Hausmädchen, 5 Weißzeugnäherinnen, 8 Schuhputzer usw. usw. Zweischurz hatte schön spekuliert, Schwabbe brachte eigenes Geld hinzu; bis dann Bröhle auf den Gipfel der haute finance kraxelte. Oben befanden sich außer Pilili noch Bröhle Mutter, Bella; seine Frau, Molla (Amalie); und acht Kinder von 5, 7, 7, 7, 9, 9, 9 und 22 Jahren; wie man bei sorgfältiger Lektüre zwischen den Zahlen liest, hatte Molla zweimal Drillinge gew-geboren. Die lebten nun alle in feierlicher Vergnügtheit auf einem Schloß: einen Teil des Parkes hatten sie überglasdacht und in einen tropischen Urwald verwandelt; und hier sirrte, wehte, schnellte, zuckte, duftete der Pilili von Baum zu Baum. Gott, so ein lieber Vogel! Und doch einen Feind hatte er im ältesten Bröhle, Odoard. Gordon, Chlodwig, Seibolt sowohl wie

Hulda, Tolla, Tixa und Finette vergötterten das Tierchen, küßten es, umarmten es, befreiten es von Ungeziefer, erzogen es, machten es zahm, rein, fromm, kinderlieb und bieder. »Pilili!« riefen sie, und so wippte es schon herbei, strich ihnen leicht wie eine Puderquaste mit seinem Schwanz über ihre sieben Bröhlenäschen und pickte von Tixas Nase, was just vorhanden war. So würden, ohne Odoard, Personen und Pilili ein Leben geführt haben, wie es im Paradies vor dem Sündenfall einfach en vogue gewesen ist. Gibt es denn gar kein Paradies ohne lauernde drohende Katastrophe?

Zwischen Pilili und Odoard war von Anfang an eine Spannung. Das ist so zu erklären: Es gibt schamhaft verkrochene Seelen, die beim Anblick, im Erleben eines Feinsten, Leisesten, Zartesten sofort gern trotzig tun, ja rüpelhaft werden. Sobald Odoard unsers Pilileins gewahrte, zuckte es schon nach einem Wurfgeschoß in seinen Fingern; hatte er sich doch zum Entsetzen seiner Geschwister tagelang trainiert, um den fliegenden Pilili mit einem Speichelspritzerchen zu treffen. Bella bekam Zustände, als sie es hörte; Molla warf sich längelang auf eine Causeuse und hauchte: »Oh, wen oder was gebiert man manches Mal mit Schmerzen?!« Bröhle sen. hatte mit Odoard eine längere Unterredung, in deren Verlauf er ihm den Schlüssel zum Urwald abnahm. Odoard geriet in eine maßlose Wut auf Pilili: daß ein solches...! ein solches...! ein solches »Tintenwisch-Aspirantchen«, so ein »Zeppelin des Ungeziefers«, »Riesenfloh mit Flügeln«, »Luft-Aussatz«, »Erbschleicher« usw. usw. imstande war, einen Odoard Bröhle um den Genuß eines ganzen Urwaldes zu bringen. Racheschnaubend strich er durch den offenen Park. Also natürlich: Sommerluft, impertinent blauer Himmel mit einem Aroma Abend, Baumrauschen, phlegmatisches Rasengrün, Vogelsingen, Vogelsingen – der ganze faule Naturzauber, unerträglich harm- und ahnungslos, unmenschlich gleichgültig. Aber wenn Gedanken töten könnten, wäre der Pilili bereits in Fäulnis übergegangen. (Der Gedanke, die

Theorie ist leider lahm ohne die Praxis, der sehende Lahme leitet den gelenken Blinden.)

Odoards Rachegedanke wurde folgendermaßen praktisch. Er pfiff dem Kater Mucki und beide begaben sich auf die Mäusejagd in den Pferdestall. Dort stand ein Reitbursche in munterem Gespräch mit einem Schutzmann, der nicht interessanter aussah als die meisten Schutzleute. Seinen Helm hatte er abgenommen, an einen Haken getan, stand barhäuptig da und plauderte allerliebst – von einem bloßen Schutzmann gewiß alles Mögliche!! Aber was geschah? Etwas, das kein Schutzmann philosophisch hinnimmt: Mucki stöberte eine Maus auf, und die gehetzte, geängstigte Maus fuhr hoch und in den Helm hinein, der Helm fiel vom Haken, kollerte würdelos hin und her und überdeckte die etwas unbedenkliche Maus, die, sowie sie darunter zu entwischen versuchte, sofort von Mucki zurückgescheut wurde. Odoard, Schutzmann und Bursche standen zwei Sekunden starr vor Überraschung, dann schrie der Schutzmann wütend auf: (Uniformierte Beamte verbinden religiöse Assoziationen mit ihren Kleidungsstücken, empfinden leicht ihre anderweitige Verwendung als Profanation. So wenig man den Säbel eines Soldaten als Radier- oder Rasiermesser gebrauchen darf, so wenig ist der Schutzmannshelm ein buen retiro für Nagetiere.) Im lebhaften Gefühl dieses Axioms wollte der Bursche gleich zuspringen, um dem Helm zu Hilfe zu kommen; und der Schutzmann erhob schon den Schuhabsatz in entschieden mauszertreterischer Absicht – aber Odoard sagte wie die (angebliche) Jungfrau v. O.:

»Mein ist der Helm und mir gehört er zu.«

»Sie werden«, sagte er zum Schutzmann, »doch keinen Helm mehr aufsetzen, den eine Maus jedenfalls schon verunsäubert hat! Hier sind 60 Mark, nehmen Sie einen neuen.« Der Schutzmann errötete bescheiden und kommt in dieser Geschichte gar nicht mehr vor. Desto mehr dagegen sein Helm.

Der Bursche mußte ein Stück Pferdedecke unter dem Helm wegschieben und fest herumschnüren, so daß die Maus im

Helm gefangen war; eine Arbeit, bei der ihm Mucki die Finger arg zerkratzte. Nun muß man wissen, daß selbstverständlich Katzen und Mäuse vom Aufenthalt im Urwald ausgeschlossen waren. Odoard hatte vorgehabt, ein Mäuslein dort hineinzupraktizieren, um so der Katze eine Gelegenheit zu verschaffen – denn war erst der Kater zum Urwaldtier geworden, dann war eine gewisse zärtliche Verständigung zwischen ihm und Pilili nur noch eine Frage der kürzesten Zeit. Mucki, der mit der lebhaftesten Verständnisinnigkeit um Odoards rasch dahinschreitende Füße schlich, schielte schlau nach dem Helm, den dieser mit der Spitze nach unten in seinen Mörderhänden trug. Alles war im besten Gange, da – es mochte das um den Helm gewickelte Tuch schadhaft gewesen sein? – entschlüpfte hurtig die Maus, der Kater hinterdrein; Odoard stieß einen Fluch aus, warf den Helm zur Erde und zerknackte ihn mit einem Fußtritt. Er schlenderte durch den Park, den Helm vor sich herstoßend, mit ungeheuerlich antipililesken Gedanken. Es ist eine melancholische Sache um einen zerbeulten Schutzmannshelm! Überhaupt malträtierte Uniformstücke verstehen es, auf eine so intensive Weise zum Himmel zu schreien, daß Kain, wäre Abel uniformiert gewesen, den Tod lieber nicht erfunden haben würde. Odoard, in seinen über Vogelmord brütenden Gedanken, hatte gar nicht bemerkt, daß seine Helmschändung beobachtet worden war und zwar fatalerweise just von seinem Vater selbst. Wie sollte sich dieser gute Mann, der ans kaufmännische Kombinieren gewöhnt war, das wunderliche Benehmen Odoards erklären? Eines Sohnes Zorn, an Schutzmannshelmen ausgelassen, wirkt nicht immer beruhigend auf einen wohlmeinenden Vater. Bröhle sen. kombinierte: »Hat was ausfressen wollen. Schutzmann in Nähe ihn gesehen. Schutzmann ihn notieren wollen. Er Schutzmann Helm vom Kopf gehauen. Schutzmann außer sich! Verfolgung. Er mit Helm im Vorsprung. Hier sich an Helm brutal betätigt. Heillos dummer Junge! Unseliger Vater! Muß einschreiten. Muß verhüten, vermitteln. Sonst Unheil.«

Und richtig, in der Ferne sah er auch schon einen barhäuptigen Schutzmann auftauchen, denselben, der in dieser Geschichte nicht mehr vorkommt. Bröhle sen. rannte ihm spornstreichs nach – aber bevor er ihn noch eingeholt hatte, zwang ihn ein abenteuerlicherer Vorfall, inne zu halten und umzukehren; auch Bröhle jun. horchte auf: es erscholl vom Urwald her ein einziger Notschrei aus vielen Familienkehlen.

Ach, was ist der Mensch! Wie oft mißlingen die besten Absichten, so nahe sie schon der Erfüllung schienen; dagegen böse Pläne mühelos zuletzt gelingen, so dicht sie bereits am Scheitern waren.

Die Maus, dem Schutzmannshelm entronnen, schlug sofort den Weg nach dem Urwald ein, woselbst sie ein Familienidyll vorfand, gegen das die gesamte Gartenlaubenherrlichkeit sich geradezu dämonisch und dekadent ausgenommen hätte. Sie lagen in Hängematten. Kein störender Hauch. Der Pilili säuselte um sie her, über sie hin. Die Maus schnellte drauf los, erschrak, wollte zurück – aber fauchend fuhr der Kater auf sie los, er hatte sich durchgequetscht, er biß sie, spielte mir ihr. Die Hängematten pendelten wild, nach allen Gesetzen Galileis. Der Kolibri drückte sich (mit ziemlich ungesitteten Anzeichen der Angst) regungslos gegen einen Baumstamm. Der Kater – ihn sehen, anspringen, fassen, zerfetzen, daß die sanften langen Federn die Familie überwirbelten, das war eins. Die recht unegalen Leichen von Maus und Kolibri in der Schnauze, wollte Mucki das Weite suchen; allein, durch den gräßlichen Aufschrei der Familienmitglieder herbeibeschworen, erschienen jetzt Vater mit Sohn. Welche Pantomime! Welche stumme Szene! Hier versagen alle Ausdrucksmittel der Poesie! Es hagelte nur so von Stöhnern, Ohnmachten, Pathetik, Resignation. Lassen wir die Familie, lassen wir den ergriffenen Vater: uns interessiert allein der Seelenaufruhr Odoards. Odoard griff mit der einen Hand nach Mucki, mit der anderen nach Pilili. Er verschwand aus dem Urwald in die Tiefen des Parkes. Daselbst erwürgte er sofort den Kater mit größter Sorgfalt. Übrigens lernt man daraus leicht erkennen, daß die Überlegenheit des Katers über Pilili unecht war. Und überhaupt siegte Pilili auf der ganzen Linie mit erstaunlicher Konsequenz. Odoard verfiel in heillosen Trübsinn. Man fand ihn, wie er die kleine Leiche mit seinen Tränen marinierte. Ihm war gar nicht mehr aufzuhelfen. Den Pilili, den alle liebten, hatte Odoard mit jener überschraubten Liebe geliebt, welche ihren Gegenstand quälen muß. Diese Liebe hatte sich auf ein Seelchen geworfen, das viel zu fein, zu leicht zerstörbar war. Daraus folgt einer der Hauptsätze aus der gesamten Hygiene für Liebende: liebt, bitte, dauerhaft und Dauerhaftes! Große Trauer kann sonst auch schwer reiche Familien befallen. Liebt niemals einen Kolibri! Das schützt euch vor Melancholie.

ALFRED LICHTENSTEIN

Café Klößchen

I

Lisel Liblichlein war aus der Provinz in die Stadt gekommen, weil sie Schauspielerin werden wollte. Zu Haus empfand sie alles spießig, eng, verblödend. Die Herren waren dumm. Der Himmel, das Küssen, die Freundinnen, die Sonntagnachmittage wurden unerträglich. Am liebsten weinte sie. Schauspielerin sein bedeutete ihr: klug sein, frei sein, glückselig sein. Wie das ist, wußte sie nicht. Ob sie Talent habe, prüfte sie nicht.

Sie schwärmte für den Vetter Schulz, weil er in der Stadt wohnte und Gedichte machte. Als der Vetter einmal schrieb, er habe die Juristerei satt, er werde als Schriftsteller seinen Neigungen leben, teilte sie den erschrockenen Eltern mit, das verbauerte Leben wachse ihr aus dem Halse heraus; sie werde als Schauspielerin ihren Idealen nachgehen. Man versuchte auf jede Art, sie von diesem Vorhaben abzubringen. Es gelang nicht. Sie wurde bestimmter, drohend. Man gab unwillig nach, fuhr mit ihr in die Stadt, mietete ein kleines Zimmer in einem großen Pensionat, meldete sie in einer billigen Theaterschule an. Der Vetter Schulz wurde gebeten, sich ihrer anzunehmen.

Herr Schulz war häufig mit Cousine Liblichlein zusammen. Er führte sie in Kabaretts; las Gedichte vor; zeigte seine Bohemebude; bestellte sie in das Literatencafé Klößchen; ging mit ihr Hand in Hand stundenlang durch die nächtlichen Straßen; betastete sie; küßte sie. Fräulein Liblichlein war von allem Neuen angenehm betäubt; bald fiel ihr ein, daß sie sich das meiste schöner vorgestellt hatte. Verdrießlich war ihr schon anfangs, daß der Direktor der Theaterschule, die Kollegen, die Literaten des Café Klößchen – alle Männer, mit denen sie häufiger zusammentraf, ein Vergnügen darin fanden, sie anzufassen, ihre Hände zu streicheln, die Knie an ihre Knie zu drücken, sie unverschämt anzusehen. Sogar die Berührungen des Schulz wurden ihr lästig.

Um ihn nicht zu kränken, auch um nicht kleinstädtisch zu wirken, gab sie ihm das selten zu verstehen. Aber einmal schlug sie ihm heftig auf das Gesicht. Sie waren in seinem Zimmer, er hatte ihr gerade die letzten Zeilen seines Gedichtes »Müdigkeit« erklärt. Die waren:

Der Abend steht vor meinem Fenster, grauer Mann!
Am besten ist wohl, wenn wir schlafen gehen –

Danach hatte er versucht, ihr die Bluse abzuziehen. Der Schulz war über den Schlag recht bestürzt. Er sagte, fast weinend, sie müsse gemerkt haben, daß er sie liebe. Außerdem sei er ihr Vetter. Sie sagte, das Öffnen der Bluse behage ihr nicht. Zudem habe er einen Knopf abgerissen. Er sagte, er halte das nicht mehr aus. Wenn man einen liebe, müsse man sich ihm hingeben. Er werde bei Kokotten Vergessen suchen. Sie wußte keine Antwort. Er dachte stöhnend: O, o. Sie saß betrübt neben ihm.

In den nächsten Tagen ließ er sich nicht sehen. Als er wiederkam, war er bleich und grau. Die blutleeren roten Augen lagen tränend in schmierigen Schatten. Die Stimme hatte nur einen Singsangton, der klang manieriert melancholisch. Schulz sprach kläglich schwärmend von Verzweiflung, Hurerei, Zerrissensein. Daß er der Lebensfreude überdrüssig sei. Daß er seinen Tod bald eingeholt haben werde. Er vermied Zärtlichkeiten, aber er seufzte oft schmerzlich. Kokettierte theatralisch mit einer Sehnsucht nach dem Sterben. Führte die Freundin in leichenreiche Trauerspiele, in düstere Kinodramen, in ernste Konzerte in verdunkelten Sälen.
Eine Woche war vielleicht vergangen. Eine Dame hatte gesungen. Die Hände der Zuhörer knallten laut und lange. Gottschalk Schulz faßte leidenschaftlich einige Finger Lisel Liblichleins, legte sie gütig auf einen Schenkel seiner Beine, sagte: »Ist es nicht eigenartig, wie der Gesang einer Dame einem an die Seele greift!« Dann fing er wieder an, bittend und weinerlich von Liebe und Hingebung zu reden. Lisel Liblichlein sagte, dies sei ihr langweilig oder ekelhaft. Aus Mitleid – und weil sie hinaufgehen wollte – erklärte sie schließlich in der Haustür, mit der Liebe sei sie einverstanden, wenn er auf die Hingebung verzichte. Schulz drückte sie glücklich an sich. Er stand noch lange träumend da. Er sang: »O Tränen. O Güte. O Gott. O Schönheit. O Liebe. O Liebe. O Liebe ...« Er stürzte durch die Straßen. In dem Klößchen war er verschwunden.
Lisel Liblichlein aber saß in ihrem kleinen Zimmer unbeholfen lächelnd bei einem rötlichen Talglicht. Sie begriff diese Menschen der Stadt nicht, die schienen ihr seltsame, gefährliche Tiere. Sie fühlte sich verlassen und einsamer als früher. Sie dachte sehnsüchtig an die harmlose Heimat: an den luftigen Himmel, an die lächerlichen jungen Herren, an die Tennisturniere, an die wehmütigen Sonntagnachmittage ... sie knöpfte die Strumpfhalter ab, legte das Leibchen auf einen Stuhl. Sie war trostlos.

II

In einem durchsichtigen Sommerabend war das leuchtende Café Klößchen. Stadthimmel aus dunkelblauer Seide, auf dem weißer Mond und viele kleine Sterne lagen, umhüllte es. In einem Hintergrund saß, lange Zeit, bevor er plötzlich starb, einsam und rauchend bei einem winzigen Tisch, auf dem etwas stand, der bucklige Dichter Kuno Kohn. Um andere Tische hockten Leute. Dazwischen bewegten sich Männer mit gelben und roten Schädeln; Weiber; Literaten; Schauspieler. Überall huschten schattige Kellner.

Kuno Kohn war ohne viel Gedanken. Er summte für sich: »Ein Nebel hat die Welt so weich zerstört.« – Da begrüßte ihn der Dichter Gottschalk Schulz, ein Jurist, der durch alle Examina, denen er sich unterzogen hatte, mühevoll gefallen war. Mit ihm kam ein schönes Fräulein. Die beiden setzten sich zu Kohn. Schulz und Kohn waren Mitarbeiter der von dem kleinen begeisterten Lutz Laus für die Hebung der Unsittlichkeit angefertigten Monatsschrift: »Der Dackel«. Schulz erzählte dem Kohn, daß der Dackel-Laus demnächst eine gottlose Religion auf neojuristischer Grundlage erfinden werde, zwecks Organisation eine konstituierende Versammlung in einem nahen Kintopp einberufen wolle. Kohn hörte kopfschüttelnd zu. Das schöne Fräulein aß Kuchen. Kohn sagte traurig: »Laus ist ein Großer und Rührender. Aber gläubig kann uns kein Jesus mehr machen. Wir sterben mit jedem Tage tiefer in den öden ewigen Tod ein. Wir sind hoffnungslos zerrüttet. Unser Leben wird ein sinnloses Schau-Spiel bleiben.« Das essende Fräulein sah mit fröhlichem, deutlichem Gesicht aus rotbraunen Augen verständnislos hinüber. Schulz war in trübselige Gedanken versunken. Das Fräulein sagte, auch ihr ganzes Leben sei das Schauspiel. So sinnlos könne sie dies nicht finden. In der Theaterschule, in der sie sich auf die Bühnenlaufbahn als sentimentale Liebhaberin vorbereite, werde Tüchtiges geleistet. Herr Kohn möge einmal hinkommen, um sich davon zu überzeugen.

Kuno Kohn blickte das Fräulein eine Weile innig an. Er dachte: »Solch kleines dummes Fräulein ...« Er ging aber bald weg.

Draußen hielt ihn plötzlich der Lyriker Roland Rufus Müller erregt an einem Arm fest, er rief: »Haben Sie die Kritik eines gewissen Bruno Bibelbauer in der medizinischen Monatsschrift gelesen, in der behauptet wird, meine Paranoia bestehe darin, daß ich mir einbilde, Paralyse zu haben! Alle Menschen sehen mich merkwürdig an, ich bin berühmt. Mein Verleger gibt mir viel Vorschuß. Aber – ach, ich darf es nicht sagen – ich bin unheilbar.« Er lief schleunigst in ein besseres Weinrestaurant.

Ein Pferd humpelte wie ein alter Mensch vor einem Wagen. Der bucklige Kohn lehnte lässig an einer katholischen Kirche, überlegte das Dasein. Er sagte sich: »Wie drollig ist dennoch das Dasein. Und da lehnt man nun; irgendwo; irgendwie; ohne Beziehung; ganz belanglos; könnte ebenso gut, ebenso schlecht weiterschreiten; irgendwohin. Das macht mich unglücklich.« – Vor ihm war ein kleiner lautloser Hurenhund stehengeblieben, hatte mit glimmenden Augen demütig zugehört.

Eine feurige gläserne Brautkutsche hüpfte vorbei. Innen, in einer Ecke, sah er das bleiche geschlossene Gesicht eines Bräutigams. Eine leere Droschke kam, der Kohn ging hinterher. Er sagte leise: »Ein Sucher ohne Ziel ... Ein Haltloser ... Unbekannt mit allem ... Man hat eine furchtbare Sehnsucht. O wüßte man wonach.«

Die Straßen schimmerten schon weißlich, als er die Tür des Hauses, in dem er wohnte, öffnete. In seinem Zimmer sah er die Bilder von lauter gestorbenen Menschen, die an einer Wand befestigt waren, schweigsam und feierlich traurig an. Dann begann er, die Kleidungsstücke von dem Buckel zu nehmen. Als er nur noch mit Unterhosen, Hemd, Socken bedeckt war, sagte er murmelnd und seufzend: »Allmählich wird man wahnsinnig –«

In dem Bett nahm das Denken ab. Ihm fielen für das Ein-

schlafen die rotbraunen Fräuleinaugen aus dem Café Klößchen ein ...
Diese Augen leuchteten auch in den folgenden Tagen sonderbar oft in seinem Hirn. Das wunderte ihn. Erschreckte ihn. Sein Verhältnis zu Frauen war eigenartig. Im allgemeinen hatte er sogar einen Widerwillen gegen sie, es trieb ihn zu Knaben. Aber in gewissen Sommermonaten, wenn er zu innerst zerbrochen und unselig war, verliebte er sich häufig in ein junges kindhaftes Weib. Da er infolge seines Buckels zumeist abgewiesen, oft sogar verhöhnt wurde, war die Erinnerung an diese Frauen und Mädchen entsetzlich. Er nahm sich daher zu diesen Zeiten in acht. Ging zu Dirnen, wenn er Gefahr fühlte.
Lisel Liblichlein hatte ihn überrumpelt, ohne eine Ahnung davon zu haben. Vergeblich dachte er an die Qualen der Mißerfolge. Vergeblich stellte er sich vor, daß Lisel Liblichlein eins der vielen, zierlichen, in wundervolle Unwissenheit und glücksuchende Sehnsucht verwirrten Geschöpfe sei, die überall auf der Erde, einander sehr ähnlich, zu finden sind ... In einem weichen Abend voller grünlichgelber Laternen, voller Regenschirme und Straßenschmutz stand ein kleiner buckliger Mensch ängstlich wartend neben dem Hausschild einer Theaterschule.

III

Manchmal kam ein Wind, ein giftiger heißer Hund. Wie zähes, glühendes Öl lag die Sonne auf den Häusern und auf den Straßen und auf den Leuten. Kleine geschlechtslose Menschlein mit schrägen Beinen hopsten sinnlos um den vergitterten Vorgarten des Café Klößchen. Innen prügelten sich Kuno Kohn und Gottschalk Schulz. Andere sahen zufällig zu. Lisel Liblichlein saß ernsthaft in einer Ecke.
Die Veranlassung war gewesen: Herr Kohn hatte Fräulein Liblichlein mehrmals von der Theaterschule nach Hause begleitet. Als Schulz davon erfuhr, wurde er grundlos eifer-

süchtig. Er fing an, über den Kohn Schlechtes zu reden. Lisel Liblichlein, die den Vetter durchschaute, verteidigte den Buckligen. Darüber ärgerte sich der Schulz noch mehr. Er erklärte überzeugend, er werde sich erschießen. Das unterließ er, drohte aber, er werde auch sie erschießen. Da verbat sie sich seine Gesellschaft. – Lisel Liblichlein mußte einen Menschen haben, mit dem sie sich über ihre wichtig empfundenen Alltäglichkeiten aussprechen konnte. Sie wählte nach dem Zank mit Schulz aus irgendeinem ungeklärten Instinkt den Kohn. So kam es, daß sie ihn an dem Mittag des Prügeltages in das Klößchen bestellt hatte, um vielleicht über die Wahl eines Kleides oder über die Auffassung einer Rolle oder über ein kleines Geschehnis mit ihm zu beraten. Kohn war soeben gekommen, wollte sich gerade über die Wünsche des Fräulein informieren, als Gottschalk Schulz hineinfiel, mit rotgeschwollenem Gesicht vor ihm war, ihn einen gewissenlosen Mädchenverführer nannte. Kohn versuchte den Schulz von unten zu ohrfeigen. Dann schlug jeder wütend und schweigend auf den anderen. Das Schild des Abortpächters, auf dem vorher zu lesen war: »Mein Institut ist jetzt hier, Eingang dort« – lag zerschmettert auf dem Boden. Plötzlich stieß die Hand des Schulz wuchtig auf den Buckel Kohns. Die Hand hatte ein blutiges Loch, auch der Buckel war beschädigt. Schulz rief leichenbleich: »Der Buckel ist lebensgefährlich.« Danach ließ er sich von einem Oberkellner nach einer Unfallstation begleiten. Lisel Liblichlein würdigte er keines Blickes.

Kohn achtete nicht sehr auf den geschundenen Buckel. Er setzte sich wieder zu Lisel Liblichlein an den Tisch, bestellte Tee mit Zitrone. Sie sah, wie immer deutlicher Blut durch seinen fadenscheinigen Gehrock sickerte. Sie machte ihn auf den blutenden Gehrock aufmerksam, er erschrak. Sie sagte, ob sie die Wunde verbinden solle – Er sagte bitter, einen Buckel anzufassen, werde ihr nicht angenehm sein. Sie sagte mitleidig errötend, ein Buckel sei menschlich – Sie sagte, er möge zu ihr kommen. Der Buckel müßte gesäubert und

gekühlt werden. Dann wolle sie einen Verband machen. Er könne den Nachmittag bei ihr verbringen ...
Kohn ging freudig zögernd auf ihren Vorschlag ein. Sie saßen bis in die Nacht in der kleinen Stube Lisel Liblichleins. Unterhielten sich über Seele, Buckel, Liebe. –
Schriftsteller Schulz war von diesem Tage an verschollen. Zuletzt hatte ihn ein Bekannter an dem Abend vor dem Schaufenster eines Schuhwarengeschäftes gesehen: Er soll jeden Stiefel einzeln trübsinnig betrachtet haben. »Heiße Helden« – eine Zeitschrift für romantische Décadence – erhielt bald danach einen Eilbrief, in dem Schulz mitteilte, daß er im Begriffe sei, sich aus seelischen Gründen das Leben zu nehmen. Einige hielten diese Mitteilung für nicht mehr neue Reklame. Die meisten waren begeistert. Die Zeitungen brachten aufregende Notizen. Ein Schulz-Leichen-Suchefonds wurde gegründet. Ein Fabrikbesitzer stiftete einen gediegenen Sarkophag.
Man durchforschte Wälder und Wiesen. Stocherte mit langen Stangen in allen Seen. Man fand keine Spur von Schulz. Wollte das Suchen schon aufgeben, als man ihn ganz entstellt in einem mittelmäßigen Hotel eines entlegenen Vorortes entdeckte. Er hatte sich an einem windigen Teich eine schwere Influenza zugezogen, die ihn wochenlang an ein Bett fesselte. Man traf ihn auf der knarrenden Hoteltreppe, wie er, in viele Decken und Tücher gehüllt, noch einmal seine Selbstmordabsichten versuchsweise verwirklichen wollte. Unschwer brachte man ihn davon ab, führte ihn triumphierend in die Stadt zurück. Der Sarkophag wurde versetzt. Aus dem Erlös und von dem Rest des Schulz-Leichen-Suchefonds wurde ein Bohemefest veranstaltet – – –
Gottschalk Schulz selbst thronte als Faust weltschmerzlich in einem Winkel. Der begabte Doktor Berthold Bryller erschien als: Einer der Literaten, die fett werden. Lutz Laus verhielt sich in päpstlichem Ornat. Der Gymnasiast Spinoza Spaß – der Klößchenclown – hatte ein Siegfriedkostüm um den Leib gehängt, sich einen Goethekopf frisiert. Der Lyri-

ker Müller lag bald als grüne betrunkene Leiche. Kuno Kohn, der sich mit Schulz formell wieder ausgesöhnt hatte, kam, wie er war. Mit ihm auch Lisel Liblichlein, sie trug ein ländliches Kleid. Die anderen liefen als Chinesen, Schimpansen, Götter, Nachtwächter, Leute von Welt quietschend und quer durcheinander. Das ganze Klößchen war vorhanden.

Lisel Liblichlein tanzte in dieser bunten, kreischenden Nacht nur mit dem buckligen Dichter. Manche sahen dem seltsamen Paar zu, aber es ließ sich nicht lachen. Der Buckel Kohns stieß hart und rücksichtslos wie eine Tischkante gegen die weichen anderen. Es schien, als wäre ihm eine Lust, immer wieder den Buckel in einen Tanzenden zu stechen. Niemals versäumte er, mit Fistelstimme, unverschämt höflich, »pardon« zu sagen, wenn ein verrücktes Weib hochschrie oder einer aus Seligkeit »verflucht ...« knurrte. Lisel Liblichlein hielt den Dichter mit der einen Hand unten an dem Buckel wie an einem Henkel, mit der anderen Hand preßte sie den eckigen Kopf Kohns sanft an ihre Brust. So tanzten sie durch viele besessene Stunden.

Kohns Buckel wurde immer schmerzhafter für die anderen Tänzer. Man wagte Empörung zu äußern. Die Festleitung teilte dem Kohn mit, daß er ersucht werde, das Tanzen einzustellen. Mit einem derartigen Buckel dürfe man nicht tanzen. Kohn widersprach nicht. Lisel Liblichlein sah, daß sein Gesicht grau wurde.

Sie führte ihn in eine versteckte Nische. Da sagte sie: »Von nun an sage ich ›du‹ zu dir.« Kuno Kohn antwortete nicht, aber er empfing ihre mitleidende Seele wie ein Geschenk in seine wasserblauen Troubadouraugen. Sie sagte zitternd, daß sie ihn mit einem Mal so lieb habe, sei ihr unverständlich ... Sie wolle seine arme Hand niemals mehr loslassen ... Sie habe nicht gewußt, daß man so maßlos glücklich sein könne ... Kuno Kohn lud sie ein, ihn an dem nächsten Abend zu besuchen. Sie sagte gern zu.

Kuno Kohn und Lisel Liblichlein waren wohl die ersten, die das taumelnde Fest verließen. Sie gingen flüsternd in den

himmelhellen, von Mondlicht leuchtenden Straßen. Der verliebte Dichter warf abenteuerliche Schatten mit riesigen Höckern auf das Pflaster.
Bei dem Abschied senkte Lisel Liblichlein den Kopf zu Kohn nieder. Sie küßte mehrmals seinen Mund. So trennten sich Kuno Kohn und Lisel Liblichlein ... Er sagte, er freue sich, daß sie ihn an dem nächsten Abend besuchen werde. Sie sagte ganz leise: »Ich ... ach ... auch ...«
Die Häuser standen wohlgeordnet wie Bücher in Regalen auf den gepflegten Straßen. Der Mond hatte hellblauen Staub auf sie geschüttet. Wenige Fenster waren wach, die funkelten friedlich wie einsame Menschenaugen, hatten immer denselben goldfarbenen Blick. Kuno Kohn ging nachdenklich heim. Der Körper war gefährlich nach vorn geneigt. Die Hände lagen fest auf dem Ende des Rückens. Der Kopf war weit heruntergefallen. Zu oberst ragte der Buckel, ein abenteuerlicher spitzer Stein. Kuno Kohn war in dieser Stunde kein Mensch mehr, er hatte seine eigene Form.
Er dachte: »Ich will vermeiden, glücklich zu werden. Das bedeutete: Die Sehnsucht über alle Erfüllung hinaus, die mein köstlichster Inhalt ist, aufgeben. Den heiligen Buckel, mit dem ein freundliches Geschick mich geweiht hat, durch den ich das Dasein viel, viel tiefer, unseliger, herrlicher gespürt habe, als die Menschen es spüren, zu einer lästigen Äußerlichkeit degradieren. – Ich will aus Lisel Liblichlein ihr höheres Wesen herausbilden. Ich will sie heillos unglücklich machen ...«
Während der Dichter Kohn dies dachte, erstach sich der Dichter Schulz endgültig mit einem Salatmesser. Er hatte Kuno Kohn und Lisel Liblichlein bei ihrer vertrauten Unterhaltung in der Nische beobachtet. Hatte gesehen, wie sie zusammen weggingen. Er bemühte sich, seinen Jammer zu besaufen und zu befressen, es half nicht. Nachdem er einige Stunden gegessen und getrunken hatte, war er geisteskrank. Er sang: »Der Tod ist eine ernsthafte Angelegenheit ... Der Tod läßt nicht mit sich spaßen ... Der Tod ist ein dringen-

des Bedürfnis...« Dann pikte er sich zaghaft und zögernd das erste beste Messer in die linke Brust. Blut und blutige Salatreste spritzten umher. Diesmal war der Selbstmordversuch von Erfolg gekrönt.

IV

Lisel Liblichlein erschien an dem nächsten Abend früher als verabredet war. Kuno Kohn öffnete die Tür, Blumen in der Hand haltend. Er freute sich sichtbar, er sagte, er habe kaum gehofft, daß sie kommen werde. Sie legte die Arme um seinen knochigen Körper, preßte ihn an ihren Leib mit saugendem Druck, sagte: »Du buckelliebes Dummchen ... ich hab dich doch gern –«
Einige einfache Abendgerichte wurden gegessen. Sie streichelte ihn, wenn ihr etwas gut schmeckte. Sie sagte, sie wolle bis nach Mitternacht bei ihm bleiben. Dann könnte sie mit ihm den Beginn ihres achtzehnten Geburtstages feiern ...
Aus einer Kirchenuhr kam der neue Tag. Die ersten lauten Atemzüge drangen wie gestöhnte Gebete in das verhangene Kohnsche Zimmer. Da war Lisel Liblichleins junger Seelenkörper ein Tempel geworden, sie hatte sich dem buckligen Priester mit rührender Selbstverständlichkeit unter Schmerzen geopfert. Hatte gesagt: »Bist du jetzt froh –« Lag aufgelöst in Traum und Ergriffenheit. Die dünne Haut der Lider hüllte sie ein.
Plötzlich rannte ein Entsetzen über den Körper. Hatte sie den Schrecken in dem Gesicht wie Krallen. Waren aufgerissene schreiende Augen über dem Buckligen. Sagte Lisel Liblichlein tonlos: »Dies – war – das Glück – – –« Kuno Kohn weinte.
Sie sagte: »Kuno, Kuno, Kuno, Kuno, Kuno, Kuno ... Was fange ich mit dem übrigen Leben an?« Kuno Kohn seufzte. Er sah ernst und gütig in ihre elenden Augen. Er sagte: »Armes Lisel! Das Gefühl der vollkommenen Hilflosigkeit, das dich überfallen hat, habe ich häufig. Der einzige Trost

ist: traurig sein. Wenn die Traurigkeit in Verzweiflung ausartet, soll man grotesk werden. Man soll spaßeshalber weiterleben. Soll versuchen, in der Erkenntnis, daß das Dasein aus lauter brutalen hundsgemeinen Scherzen besteht, Erhebung zu finden.« – Er wischte Schweiß von Buckel und Stirn.

Lisel Liblichlein sagte: »Warum du eine lange Rede hältst, weiß ich nicht. Was du gesagt hast, verstehe ich nicht. Daß du mir das Glück genommen hast, war lieblos, Kohn.« – Die Worte fielen wie Papier.

Sie sagte, sie wolle gehen. Er möge sich ankleiden. Der nackte Buckel sei ihr peinlich ...

Kuno Kohn und Lisel Liblichlein sprachen kein Wort mehr, bis sie sich vor der Tür des Hauses, in dem das Pensionat war, für immer trennten. Er sah in ihr Gesicht, hielt ihre Hand, sagte: »Lebe wohl –« Sie sagte leise »Lebe wohl –«

Kohn duckte sich in seinen Buckel. Lief niedergebrochen davon. Tränen verschmierten das Gesicht. Er fühlte die nachschauenden betrübten Blicke auf seinem Rücken. Da rannte er um die nächste Häuserecke. Er blieb stehen, trocknete die Augen mit einem Tuch, eilte weinend weiter.

Wie Krankheit kroch schleimiger Nebel in der erblindenden Stadt. Laternen waren düstere Sumpfblumen, die auf schwärzlich glimmenden Stielen flackerten. Dinge und Wesen hatten nur fröstelnden Schatten und verwischte Bewegung. Wie ein Ungetüm torkelte ein Nachtomnibus an Kohn vorüber. Der Dichter rief: »Jetzt ist man wieder ganz einsam.« – Da begegnete ihm eine große Bucklige mit langen Spinnenbeinen in gespenstig durchscheinendem Rock. Der Oberkörper glich einer Kugel, die auf einem hohen Tischchen liegt. Sie sah ihn mitleidig lockend an, mit verliebtem Lächeln, das durch den Nebel zu einer tollen Grimasse gezerrt wurde. Kohn war sogleich in dem Grau verschwunden. Sie ächzte, dann trug sie sich weiter.

Lahmer Tag hinkte heran. Zertrümmerte mit eiserner Krücke die Reste der Nacht. Das halb ausgelöschte Café Klößchen lag in dem lautlosen Morgen, eine glänzende Scherbe. In einem Hintergrund saß der letzte Gast. Kuno Kohn hatte den Kopf in den bebenden Buckel gesenkt. Die dürren Finger einer Hand bedeckten Stirn und Gesicht. Der ganze Körper schrie lautlos.

KURT SCHWITTERS

Die Zwiebel

Merzgedicht 8

Es war ein sehr begebenwürdiger Tag, an dem ich geschlachtet werden sollte. (Fürchte dich nicht, glaube nur!) Der König war bereit, die beiden Sekundanten warteten. Der Schlächter war auf halb sieben Uhr bestellt; es war ein viertel sieben Uhr, und ich selbst ordnete die nötigen Vorbereitungen an. Wir hatten eine geräumige Diele ausgewählt, so daß viele Zuschauer bequem teilnehmen konnten. Telephon war in der Nähe. Der Arzt wohnte im Nachbarhause und hielt sich bereit für den Fall, daß von den Zuschauern jemand ohnmächtig werden sollte. (Andenken an die Konfirmation.) Zwei gewaltige Flaschenzüge hingen unter der Decke, um mich nachher hochzuwinden, falls ich ausgenommen werden sollte. Vier starke Knechte standen für Handreichungen zur Verfügung, ehemalige russische Kriegsgefangene, breite, knochige Gestalten. (Zeitschrift für Haus- und Grundbesitz.) Zwei saubere Mägde waren auch zur Stelle, blitzsaubere Dirnen. Es war mir ein angenehmer Gedanke, daß diese beiden hübschen Mädchen mein Blut quirlen und meine inneren Teile waschen und zubereiten sollten.
Die Diele war sauber gefegt und gewaschen. Zwei lange, weißgescheuerte Tische hatte ich an die eine Seitenwand stellen lassen; darauf standen etliche Schalen, Messer und Gabeln. Ich ließ jetzt gerade ein Waschgeschirr, Wasser und

Handtuch bringen, auch etwas Seife (Sunlight). Anna und Emma, die beiden Mägde, brachten einen Kübel und einen Quirl. Es ist doch ein eigentümliches Gefühl, wenn man in zehn Minuten geschlachtet werden soll. (Die Opfer der Mutterschaft.) Ich war bislang in meinem ganzen Leben noch nicht geschlachtet worden. Dazu muß man reif sein. Ja, überhaupt wenn die Kartoffeln erst raus müssen, und der Hafer ab ist, dann wird's schlecht. Wir haben überhaupt noch keinen rechten Sommer gehabt. Zehn Minuten können sehr lang erscheinen. (Glaube, Liebe, Hoffnung.) (Enten gänsen auf der Wiese.) Es war alles bis aufs Kleinste vorbereitet.

Da kam auch schon die Prinzessin. Sie hatte ein kurzes weißes Röckchen an, ein wenig kraus gesessen, aber das stand ihr gerade sehr anmutig. Der Kirchturm ist nämlich sehr steil. Lenzesflur, in Freundschaft gewidmet. Hüpft strampeln Königstochter Beinchen zierlich. Ich liebe diese zierlichen strampeln Hüpfekönigstochterbeinchen. Schwanz wedelt saure Sahne. Sie stellte sich Tintenglas vor mir und fragte glockenrein weiß Spitzen sauber: »Sollen Sie heute geschlachtet werden?« Heiß fischen Messer schießen Blut. Ich senkte purpurn Augen und war von ihrem Gruß beglückt. »Wie schön bist du, Alves Bäsenstiel, ein schöner Mann!« sagte sie rot Lippen Ader kochen Blut, glückliche Reise! keck spitzfaden Nase: »Ich bringe Dir den letzten Gruß der Welt. Nonne sollst Du werden! (Mein Haus sei Deine Welt.) (Leder ohne Kopf.) Walkleder nach Nabelmaß. Sie haben es sicher diese Tage recht eilig, um alles einzurichten auf diesen ernsten Tag. (Friede sei mit dir.) Wie sind Sie so schnell reif geworden, überreif! Wie können Sie freudig auf Ihre Reife blicken! Möge sie Ihnen nur immer Freude bereiten! Wie schön, daß sich das Wetter an Ihrem Schlachttage hält, daß der Schlächter per Rad zu Ihnen fahren kann.« (Echt Brüsseler Handarbeit.) Gesund zu sein ist Glückes Gunst. »Erlauben Sie, Prinzeßchen, daß ich eben telephoniere. Es ist bereits halb sieben Uhr, und der Schlächter ist noch nicht da.« »Hallo! Sind Sie der Schlächter selbst? Die Zuschauer werden ungeduldig, warum kommen Sie nicht?« (Von nun an bis in Ewigkeit!) »Beginnen Sie nur mit den Feierlichkeiten! Soeben habe ich meine Schwester als Wetterhahn auf den Kirchturm gespießt. Der Kirchturm ist nämlich sehr steil, und oben stachelt Fisch in der Peitscheluft. Der Blitzableiter war sehr verrostet und wollte nicht recht durch den Bauch meiner Schwester spießen. Doch blank stachelt Fisch in der Peitschestank. Beginnen Sie nur mit den Formalitäten!«

Ich ließ den König rufen. »Majestät, ich befehle Euch meine schöne Gestalt! Befehlen Eure Majestät über meinen Leichnam!« (Die sechsgespaltene Millimeterzeile kostet 20 Pfennig.) Der König winkte. (Fortuna Schärfmaschine.) Die beiden Sekundanten in schwarzem Gehrock und schwarzen Handschuhen, Zylinder und schwarzer Binde stellten sich zur Seite des Königs auf. Ein schwarzer Hund flog krächzend vorbei. Der König winkte wieder. Die vier Russen, Anna und Emma machten sich bereit für Handreichungen. Der König winkte wieder. Die Sekundanten näherten sich mir, stellten sich vor und fragten mich nach meinem letzten Wunsche. (Schau auf zum Stern!) Ich bat darum, daß die Prinzessin das große Arbeiterlied singen und mich dann küssen möchte. (Unköpfige Hälse, Vacheleder.) Eine Dame aus der Begleitung des Königs fiel ohnmächtig zu Boden. Man holte den Arzt. Fest peitscht innig. Die Prinzessin sang:

»Arbeiter orgelt
cis-d
dis-es
is-e
du deiner dir dich,«

das ganze große Arbeiterlied. Laternenpfahl orgelt küssen breite Röcke wogen weiße Spitzen Kuß. Schlingen Arme breite Röcke wogen Hals Spitzen warme Röhren glatten schlank Fische Karpfen, Karpfen, Karpfen. (Prière de fermer la porte.) Bitte, bitte Tür zu, Du, Du, Du! Ich liebe

Dich ja so sehr! (Die Welt mit ihren Sünden.) Nun schlachtet mich!
Der König winkt wieder, der Schlächter fährt vor. Das Haus ist stumm. Pro patria est, dum ludere videmur. (Blau-rot-gelbe Mädchenkompanie.) (Rauchen verboten, ebenso das Inderhandhalten einer nicht brennenden Zigarre.) Zwei Knechte führen sein Fahrrad ab. (Reichsnotopfer.) Ein Knecht bringt eine Keule, groß Ballon zitronenbleich. (Halte, was du hast!) Der Schlächter hat einen blaugestreiften Kittel wehen Tuch. (Zuckerrübenmädchen.) Oktober neigt Zeremonie Rivalen Sekundanten. – Los! – Ich Igel! – Der Schlächter lehnt zurück, schräg Kopf, die Keule hinten oben. (Die höchste Zier, die schönste Freud ist eine traute Häuslichkeit!) Der Schlächter springt vor (Das ist die Liebe!), schwingt Keule senken senken schwer schwer schwer, innig peitscht senken schwer schwer sehr sehr sehr sehr. –
Mein Schädel brach ein.
Nun mußte ich zusammenbrechen; also brach ich zusammen zusammen zusammen, flach. Aaaaa aaaaaaa aaa aaaaa b. (Beifall auf allen Bänken.)
Was sollte nun werden? Man band meine Arme und meine Füße an Winden, Winden winden empor. Senken schlingt flach zusammen schief ausgebreitet. (Aufruf an alle Hand- und Kopfarbeiter.) Man stach mich in die Seite. Blut rinste Eimer blau Strahl rot dick Peitsche. Dreht Mägde Quirl zusammen rädern Eisenbahn Maschinen quirlen Emma Anna. (Unschuldsvoll zu heil'gem Bund hast Du heut Dein Herz geweiht!) Der König verlangte zu trinken. Blau sengte Flamme Mord sehr ab sehr ab. Hohl brennt der Magen Flamme Schwefel Blut. Seit der Zeit hat der König keinen Bart mehr. Bleib treu der Pflicht, sei getreu. (Überreicht von der Schriftleitung.) Es hat nämlich alles seine Wissenschaft. (Amplificatores, Rätegenossenschaft für kapitalistischen Aufbau, Berlin.)
Man wollte mich ausnehmen. (Neueste Moccabonbons, Neuheit.) Umsteiger fahren Messer schlitzen zittern Eingeweide.

(Friedensware.) Es war ein sehr begebenwürdiges Gartenrestaurant. Ich fühlte tausend Freuden Retter morgen zwanzig. Drei Lustren nur hat das im Glashaus gezüchtete Wesen geblüht. (Brausender Beifall.) Mondkalb glänzt innen sanft zog Eingeweide Fett Schmerz sanft enttäubt. (Alles für die rote Armee.) Sauber, sauber, seid sauber Mädchen, sauber beim Waschen, daß nichts verbrennt. (Gott schütze dich.) (Gott schütze dich.)
Flamme heiß, Flamme heiß! Regenwürmer spielten innen sanft in meinem Bauche, es kitzelt leise. Der König gierte meine Augen. Hol, Königstochter, mir die Augen des Jochanaan! (Heut ziehst du aus dem Vaterhaus!) Runde Kugeln innen glatten Schleim sprangen aus die Augen sanfte Hände voll entgegen. Auf einem Teller, Messer, Gabel servierte man die Augen. (Schwerhörige und ertaubte Krieger erhalten kostenlos Rat und Auskunft.) Glatt schleimte Austern Augen senken Magen schwer. Kinder unter zwölf Jahren werden nur in Aufsicht und unter Begleitung Erwachsener zugelassen, Kinder unter acht Jahren müssen außerdem auf Verlangen an der Hand geführt werden. (Eintrittsgeld 50 Pfennige, mindestens aber eine Mark.)
»Gift!« schrie der König und wälzte sich am Boden. (Die Welt zu vermehren, steht die Wiege hoch in Ehren.) »Träume süß, ich bin vergiftet.« (August hat 31 Tage, die Tage nehmen eine Stunde und 56 Minuten ab.) Ja, es ist furchtbar. »Herr, ich baue auf Dich, ich hebe meine Hände!« Zwei Pilze wuchsen Augen Stiel glatt Knollen Milch empor und bohrten Löcher zwei in Königs Bauch. Stiläugig äugten Augen. Stumm schreckte König Kreide. Die Prinzessin hatte ein fürchterliches Herzklopfen. (Acetylen beseitigt den Geruch körperlicher Absonderungen.) Ihr Vater tat ihr so schrecklich leid. Der Arzt wurde gerufen und bemühte sich um die Löcher im Bauche des Königs. (Veritas vincit, mit Anna Blume in der Hauptrolle.) Der alte König war ohnmächtig geworden. Furcht gipfelt Silbersaiten Stein zu Stein. Die Prinzessin winkte und befahl, daß ich wieder zusam-

mengesetzt werden sollte. (So werden Bettfedern gereinigt, entstäubt, gewaschen, gedämpft und getrocknet.)
Man begann mich wieder zusammenzusetzen. Mit einem sanften Ruck wurden zuerst meine Augen in ihre Höhlen gedrückt. (Fürchte dich nicht, Glaube, Liebe, Hoffnung sind die Sterne.) Dann holte man meine inneren Teile. Es war zum Glück noch nichts gekocht, auch noch nichts zu Wurst zerhackt. (Vaincu, mais non dompté.) Und doch ist man zufrieden, wenn man noch einen schönen Herbst kriegt. Infolge der mir eigenen inneren magnetischen Ströme schossen meine inneren Teile, sobald sie eingesetzt waren, ruckweise zusammen und hafteten fest und richtig aneinander. (Die Kunst des glücklichen Lebens in der Ehe.) Beim Ordnen der Eingeweide waren gewisse Schwierigkeiten zu überwinden, weil sie ein wenig durcheinander geraten waren. (Der heilige Florian ist ins Deutsche Theater übergesiedelt. Allabendlich stürmische Heiterkeitserfolge.) Aber ich merkte, was los war und lenkte meine magnetischen Ströme hin und her, kreuz und quer, eins zwei eins zwei eins zwei eins der Ton zerwühlen Balken im Auge. Ich zog und zerrte magnetisch an den Eingeweiden, bis alle wieder richtig an gewohnter Stelle lagen. Dabei kam mir meine Kenntnis des inneren Menschen sehr zu gute. (Ein Jahr Probedienst, dann feste Anstellung als preußischer Staatsbeamter.) Jawohl! Man hatte meine festen Teile mittlerweile zusammengesetzt, nun fehlte das Blut noch. (Bordens sweet milkchocolate.) Die Mägde hielten die Schale mit Blut unter den Stich in der Seite und quirlten umgekehrt. Der König stöhnte laut. Durch meine magnetischen Ströme hob sich ein dicker Strahl Blut aus der roten Fläche und stieg in meine Wunde in der Seite. (Was jede Frau wissen muß, darf man dem Mädchen nicht sagen.) Meine Adern füllten sich langsam, das Herz war voll, die inneren Teile nahmen Blut auf. Aber das Herz rührte sich noch nicht, ich war noch tot. (Frisch gestrichen.) Der Schlächter berührte die Wunde in meiner Seite mit dem Messer, stach tief hinein und zog das Messer heraus, und – die Wunde war

zu. (Hier abtrennen und an obige Adresse senden.) Darum sollte jede Frau wenigstens nach der Eheschließung sich belehren. Ich hatte meine Teile nun wieder zusammen, es waren bloß einige Lücken, da kleine Fetzchen an den Messern haften geblieben waren. Der Wunsch und das Bedürfnis dazu ist wohl vorhanden, aber es fehlt an Gelegenheit. Es fehlte auch ziemlich viel Blut, weil der König es getrunken hatte. (Für die Ideale des Sozialismus.) Seit der Zeit bin ich etwas blutarm. Nimm den Käfig mit nach Hause und kauf dir einen Vogel. Man senkte Winden winden Flaschenzüge hinab. Nun mußte ich mich aufrichten, das fühlte ich, und so richtete ich mich auf; erst sehr schnell, dann immer langsamer werdend, bis ich stand. (Ruppig geworden sind mir Herz und Maul.) Im Reiche der Burgunden wuchs ein Mägdelein; ich bin ja nur ein Weib. Sei eingedenk, o Kind, wohin du ziehst! Werde fromm und gut! Bleib fromm, o Kind, tritt ohne Scheu ins Leben ein! (Wählt sozialistisch!) Die beiden Sekundanten nahmen feierlich neben mir Platz und faßten meine Hände. (Anfertigung von Recepten für alle Krankenkassen.) Die schöne Kinderzeit verrann, der Kampf des Lebens fängt nun an. Ich war sehr gespannt darauf, wie man mich nun zum Leben wiedererwecken wollte. (Ismusordner von Jefim Golycheff.) Das Berühren der Sammlungsgegenstände ist aufs strengste untersagt. Mir schwindelte. (Strindberg leise unterwühlen Stramm.) Unser guter alter Lehrer pflegte seinen Unterricht gern mit etwas Humor zu würzen, und das war kein Fehler. (Sonnenblick.) Ich glaube an gar nichts. (Posaunenfest.) Richtig geraten! Aufruf in schwerster Zeit an bibelgläubige evangelische Lehrerinnen! (Was der Mann von der Schwangerschaft und Entbindung wissen muß!) Dein Maul ist eine Säge. (Zahnarzt Sonnenschein.) Der Schlächter nahm seine Keule wieder zur Hand (Die Tragödie der Menschwerdung.), stellte sich vor mich (Das Verhalten des Mannes während der Schwangerschaft.) und legte die Keule sanft auf meinen gespaltenen Schädel. (Rudolf Bauer ist doch ein Künstler.) Anna Blume warten lilablaue Rosen schießt Stachel Lücke Lunkebett. (Reif zum Pflücken, innig vereint.) Teilweise Aufklärung verfehlt ihren Zweck. Dann sprang der Schlächter mit einem gewaltigen Ruck zurück. (Der Oberst ist und bleibt ein Gentleman, wenn er auch ein Idiot ist.) Die Frau muß alles wissen. Es gab einen gewaltigen Krach, als die Keule sich von meinem Kopfe löste. Die Gelegenheit hierzu bietet ein nur für Frauen bestimmtes Werk. Inhaltsverzeichnis: 1. Wie man Liebe gewinnt. – 2. Die gezähmte Widerspenstige. – 3. Was Mädchen beim Manne schätzen. – 4. Etwas vom Küssen. – 5. Wie man Eindruck machen kann. – 6. Wenn man einen Korb erhält. – 7. Ist die Ehescheu berechtigt? – 8. Ursachen der Keuschheit. – 9. Ältere Ansichten. – 10. Wie kann man Maß halten? – 11. Ein guter Rat. – 12. Ist Liebe blind? – 13. Wie erkennt man echte Liebe? – 14. Das Vorleben des Mannes. – 15. Das Intimste vom Intimen. – 16. Der neue Glaube. – 17. Der dunkle Stern. Der Schlächter sprang rückwärtsgehend in seine ursprüngliche Ausgangsstellung zurück. (Er soll dein Herr sein.) Die Stütze der Firma aber bleibt hübsch brav. (Jamais embrassé.) Die Stücke meines Schädels flogen wieder zusammen, ich war so ungefähr wieder heil. (Süßer Augenblick.) Puffer machste nich, und Jurken sind dich zu fett. Das Theater ist überhaupt nur da für Menschen, die überhaupt keine Menschen sind. Versand erfolgt gegen Voreinsendung des Betrages, das Buch ist reich illustriert. Es war ein ganz eigentümliches Gefühl, wieder lebendig zu sein. Selterswasser Segel leuchten Duft Maria. Ich fühlte, daß ich ein wenig Pose machen mußte, und so machte ich ein wenig Pose. (Der König starb gerade.) Mit großer Geste ging ich auf die Königstochter zu und reichte ihr stumm die Hand. (Küsse mich!) Die Königstochter fiel vor mir auf ihre hübschen Spitzenknie. (Aus der engeren Heimat.) Der Arzt fletschte inzwischen Eisbeine. Fortsetzung der offenen Stellen in der Beilage. Sie bat mich inständig, nun ihren Vater zu erretten. (Das Glück im Haidehaus.) Ich wußte, daß ich hier nicht gutmütig sein durfte, an der Gutmütigkeit erkennt man den Dummen. (Anna Blume bleibt hart.) (Gefährliches Alter.) »Dein Vater«, sagte ich, »der König, der König bleibt tot.« (Schleifleder aus Seehundsfellen.) Der Arzt fiel in Ohnmacht. Ich ließ dem König zwei gelbe Wachskerzen in die Löcher im Bauch stecken und ließ die Kerzen anzünden. (Briefmarken werden in Zahlung genommen.) Als die Flamme durch die Löcher in den Bauch des Königs schlug, explodierte der König. Das Volk aber brachte ein Hoch auf mich aus. (Sozialismus heißt arbeiten.)

VERZEICHNIS DER AUTOREN, TEXTE UND QUELLEN

(D = Druckvorlage. Offensichtliche Druckfehler wurden korrigiert.)

JOHANNES R. BECHER

Geb. 22. Mai 1891 in München, gest. 11. Oktober 1958 in Berlin. Studium der Philosophie und Medizin in Berlin, München und Jena. Freier Schriftsteller. 1918 Mitglied des Spartakusbundes. Becher emigrierte 1933 nach Prag, dann nach Wien, Paris; 1935 bis 1945 in der Sowjetunion. Dort Chefredakteur der Zeitschrift »Internationale Literatur, Deutsche Blätter«. Nach der Rückkehr 1945 Präsident des Kulturbundes zur demokratischen Erneuerung Deutschlands, 1953 Präsident der Deutschen Akademie der Künste und 1954 Minister für Kultur in der DDR.

In: *Verfall und Triumph*. Zweiter Teil. *Versuche in Prosa*. Berlin: Hyperionverlag 1914. S. 69–77. (D)

© 1961 Aufbau-Verlag, Berlin.

GOTTFRIED BENN

Geb. 2. Mai 1886 in Mansfeld, gest. 7. Juli 1956 in Berlin. Kindheit im elterlichen Pfarrhause in Sellin (Neumark). Schulbesuch in Frankfurt a. d. O. Benn studierte zunächst Theologie und Philosophie, dann Medizin in Marburg a. d. L. und an der Kaiser-Wilhelm-Akademie für Militärärzte in Berlin. Schiffsarzt, seit 1914 Militärarzt, u. a. in Brüssel. Seit 1917 Facharzt für Haut- und Geschlechtskrankheiten in Berlin. 1935 bis 1945 erneut Militärarzt, danach Rückkehr zur Privatpraxis in Berlin.

In: *Gehirne*. Novellen. Leipzig: Kurt Wolff 1916. S. 42–55 (= Der jüngste Tag 35). (D)
Mit Änderungen in späteren Auflagen und Ausgaben und jetzt in: *Sämtliche Werke*. Stuttgarter Ausg. In Verb. mit Ilse Benn hrsg. v. Gerhard Schuster. Bd. 3: *Prosa I*. Stuttgart: Klett Cotta 1987.

Mit freundlicher Genehmigung der J. G. Cotta'schen Buchhandlung Nachfolger GmbH, Stuttgart.

MAX BROD

Geb. 27. Mai 1884 in Prag, gest. 20. Dezember 1968 in Tel Aviv. Nach dem juristischen Studium mit Abschluß durch Promotion in Prag war Brod zunächst Beamter in verschiedenen Behörden, danach freier Schriftsteller, Theater- und Musikkritiker am »Prager Tagblatt«. Er emigrierte 1939 aus der Tschechoslowakei nach Palästina. Dort u. a. Dramaturg des Habimah-Theaters in Tel Aviv.

In: *Arkadia*. Ein Jahrbuch für Dichtkunst. Hrsg. v. Max Brod. Leipzig: Kurt Wolff 1913. S. 150–174. (D)

ALFRED DÖBLIN

Geb. 10. August 1878 in Stettin, gest. 28. Juni 1957 in Emmendingen. Seit 1888 in Berlin. Studium der Medizin in Freiburg i. B. Abschluß mit Promotion 1905. Arzt in einer Irrenanstalt in Regensburg. Zu dieser Zeit setzte Döblins umfangreiche schriftstellerische Tätigkeit ein. Er beteiligte sich 1910 an der Gründung des »Sturm« und wurde einer von dessen führenden Mitarbeitern. 1911 bis 1933 Kassenarzt und Spezialist für Nervenkrankheiten in Berlin. Im Ersten Weltkrieg militärärztliche Tätigkeit in Straßburg. Döblin emigrierte 1933 zunächst nach Zürich, dann nach Paris, 1940 nach New York. Er wurde 1936 französischer Staatsbürger und kehrte 1945 zeitweilig als Kulturbeauftragter der französischen Besatzungsarmee nach Deutschland zurück. Die letzten Jahre verlebte er erkrankt in Paris.

In: *Der Sturm*, Jg. 1, Nr. 28 u. 29, 1910.
Erste Buchausgabe: *Die Ermordung einer Butterblume und andere Erzählungen*. München u. Leipzig: Georg Müller 1913.
Jetzt in: *Ausgewählte Werke in Einzelbänden*. In Verbindung mit den Söhnen des Dichters hrsg. v. Walter Muschg. *Die Ermordung einer Butterblume*. Ausgewählte Erzählungen 1910–1950. Olten u. Freiburg i. B.: Walter 1962. S. 42–54. (D)

© Patmos Verlag GmbH & Co. KG / Walter Verlag, Düsseldorf und Zürich.

KASIMIR EDSCHMID

Geb. 5. Oktober 1890 in Darmstadt, gest. 31. August 1966 in Vulpera (Schweiz). Studium der Romanistik an verschiedenen Universitäten, seit 1913 Mitarbeiter an der »Frankfurter Zeitung«. Freier Schriftsteller. Seit 1933 in Italien und Südtirol lebend. Edschmid erhielt 1941 Schreibverbot, nachdem schon 1933 ein Rede- und Rundfunkverbot über ihn verhängt worden war. 1950 Generalsekretär, dann Vizepräsident der Deutschen Akademie für Sprache und Dichtung.

Der tödliche Mai 212

In: *Die neue Rundschau*, Bd. 2, 1915, S. 1217–29. (D)
Erste Buchausgabe: *Das rasende Leben*. Zwei Novellen. Leipzig: Kurt Wolff 1915 (= Der jüngste Tag 20).
Überarbeitet jetzt in: *Die frühen Erzählungen*. Die sechs Mündungen. Das rasende Leben. Timur. Neuwied u. Berlin: Luchterhand 1965.

ALBERT EHRENSTEIN

Geb. 23. Dezember 1886 in Wien, gest. 7. April 1950 in New York. Nach dem Studium von Philosophie und Geschichte und Promotion in Wien freier Schriftsteller in Berlin. Mitarbeiter vieler expressionistischer Zeitschriften. Seine eigene Dichtung löste seit etwa 1930 eine Reihe von Nachdichtungen chinesischer Lyrik und Erzählprosa ab. Ehrenstein übersiedelte 1932 in die Schweiz. Seit 1941 lebte er vereinsamt und mittellos in New York.

Tubutsch 72

In: *Tubutsch*. Mit 12 Zeichnungen von O. Kokoschka. Wien u. Leipzig: Jahoda & Siegel 1911. S. 11–64. (D)
Bibliographie der späteren, teilweise veränderten Ausgaben und Text nach der Ausgabe letzter Hand in: *Gedichte und Prosa*. Hrsg. und eingeleitet von Karl Otten. Neuwied u. Berlin-Spandau: Luchterhand 1961.

© Wallstein Verlag, Göttingen.

CARL EINSTEIN

Geb. 26. April 1885 in Neuwied, gest. durch Selbstmord 5. Juli 1940 bei Boeil-Bezing (Basses-Pyrénées) in Frankreich, anläßlich des Einmarsches deutscher Truppen. Neben dichterischem und essayistischem Schaffen Kunstkritiker und Kunsthistoriker. Nach Jugendjahren in Karlsruhe, wo sein Vater Lehrer am Israelitischen Landesstift war, zunächst in Berlin, seit dem Ende der zwanziger Jahre in Paris. Teilnehmer am Spanienkrieg auf republikanischer Seite. 1940 in Gurs (Südfrankreich) interniert. Da ihm ein Fluchtweg durch Spanien verschlossen war, beendete er selbst sein Leben.

In: *Die Opale*, Halbbd. 2, 1907, S. 169–175. (D)
Erster Druck der vollständigen Erzählung: *Bebuquin* in: *Die Aktion*, Jg. 2, Nr. 28–41, 1912, als Buch: *Bebuquin oder die Dilettanten des Wunders*. Berlin-Wilmersdorf: Verlag die Aktion 1912.
Jetzt in: *Gesammelte Werke*. Hrsg. v. Ernst Nef. Wiesbaden: Limes Verlag 1962.

Mit freundlicher Genehmigung des Fannei & Walz Verlages, Berlin.

GEORG HEYM

Geb. 30. Oktober 1887 in Hirschberg (Schlesien), gest. 16. Januar 1912 in Berlin. Heym verbrachte Kindheit und Jugend in Berlin. 1905 bis 1907 Besuch des Gymnasiums in Neu-Ruppin. Juristisches Studium in Würzburg, Jena und Berlin, abgeschlossen 1911 mit der Promotion und der Übernahme in den Referendardienst. Beginn der Beschäftigung mit fernöstlichen Sprachen. Mitarbeit am »Neopathetischen Cabaret« in Berlin. Heym ist zusammen mit einem Freund beim Eislauf auf der Havel ertrunken.

In: *Der Dieb*. Ein Novellenbuch. Leipzig: Rowohlt 1913.
Jetzt in: *Dichtungen und Schriften*. Gesamtausgabe. Hrsg. v. Karl Ludwig Schneider. Bd. 2: *Prosa und Dramen*. Hamburg u. München: Ellermann 1962. S. 19–34. (D)

FRANZ KAFKA

Geb. 3. Juli 1883 in Prag, gest. 3. Juni 1924 im Sanatorium Kierling bei Wien. Nach dem juristischen Studium in Prag, mit Promotion 1906, tätig in der Arbeiter-Unfall-Versicherungsanstalt ebendort. Seit 1917 zunehmende Erkrankung an Tuberkulose. Zahlreiche Kuraufenthalte an verschiedenen Orten. 1923 Aufgabe seiner beruflichen Verpflichtung und freier Schriftsteller in Berlin.

In: *Hyperion*, H. 8, 1909, S. 126–131. (D)
Auszug aus *Beschreibung eines Kampfes.* Jetzt in: *Beschreibung eines Kampfes.* Die zwei Fassungen. Parallelausgabe nach den Handschriften. Hrsg. und mit einem Nachwort versehen von Max Brod. Textedition von Ludwig Dietz. Frankfurt a. M.: S. Fischer 1969.

OSKAR KOKOSCHKA

Geb. 1. März 1886 in Pöchlarn (Donau), gest. 22. Februar 1980 in Montreux. 1903–09 Besuch der Kunstgewerbeschule in Wien, 1910/1911 in Berlin. Mitarbeiter des »Sturm«. 1915 Kriegsfreiwilliger. 1917 bis 1924 in Dresden, wo er bei den Aufführungen seiner dramatischen Dichtungen selbst die Regie übernahm. Später als Maler in Wien, seit 1934 in Prag. 1938 Emigration nach London, da er als ›entarteter‹ Maler verfemt wurde, seit 1954 in Villeneuve am Genfer See ansässig. Seine lyrische, dramatische und erzählende Dichtung begrenzt sich auf die früheren Lebensjahre bis etwa zum Ende des Ersten Weltkrieges.

Erste Fassung: *Der gefesselte Columbus.* Berlin: Fritz Gurlitt 1916 (= Die Malerbücher) [Mappenwerk mit zwölf 1913 entstandenen Lithographien].
Zweite Fassung mit der Überschrift *Fortsetzung der »träumenden Knaben«* in: *Das Kunstblatt*, Jg. 2, 1918, S. 367–370. (D)
Diese Fassung auch in: *Schriften 1907–1955.* Hrsg. v. Hans Maria Wingler. München: Langen-Müller 1956. Dort bibliographische Angaben über weitere Drucke.

© by Langen Müller in der F. A. Herbig Verlagsbuchhandlung GmbH, München.

ALFRED LEMM

Eigentlich: Alfred Lehmann. Geb. 6. Dezember 1889 in Berlin, gefallen im Ersten Weltkrieg im Herbst 1918.

In: *Mord*. Bd. 2: *Versuche*. München: Roland-Verlag Dr. Albert Mundt 1918. S. 67–86 (= Die neue Reihe 11). (D)

ALFRED LICHTENSTEIN

Geb. 23. August 1889 in Berlin. Dort das juristische Studium, das 1913 mit der Promotion abgeschlossen wurde. Gefallen am 25. September 1914 bei Vermandovillers (nahe Reims).

In: *Gedichte und Geschichten*. Hrsg. v. Kurt Lubasch. Bd. 2: *Geschichten*. München: Georg Müller 1919.
Jetzt in: *Gesammelte Prosa*. Kritisch hrsg. v. Klaus Kanzog. Zürich: Verlag der Arche 1966. S. 49–62. (D)

OSKAR LOERKE

Geb. 13. März 1884 in Jungen (Westpreußen), gest. 24. Februar 1941 in Berlin-Frohnau. Schulbesuch in Graudenz, Studium der Philosophie, Germanistik, Geschichte und Musik in Berlin. Dramaturg bei dem Bühnenverlag F. Bloch, freier Schriftsteller, seit 1917 Lektor im S. Fischer Verlag. Seit 1926 Mitglied und Ständiger Sekretär der Sektion Dichtkunst in der Preußischen Akademie der Künste. Im April 1933 aus dieser Tätigkeit entlassen.

In: *Das Jahrbuch der Zeitschrift Das neue Pathos 1919*. Hrsg. v. Paul Zech. Berlin-Steglitz: E. W. Tieffenbach 1919. S. 29–39. (D)

Mit freundlicher Genehmigung des Suhrkamp Verlages, Frankfurt am Main.

HEINRICH MANN

Geb. 27. März 1871 in Lübeck, gest. 12. März 1950 in Santa Monica (Kalifornien). Seit 1893 in Italien, zusammen mit seinem Bruder Thomas Mann, seit 1898 in München, seit 1925 in Berlin als freier Schriftsteller ansässig. 1930 bis 1933 Präsident der Sektion Dichtkunst in der Preußischen Akademie der Künste. Er emigrierte 1933 nach Prag, dann nach Frankreich, wo er teils in Nizza, teils in Paris lebte. 1941 gelang die Flucht nach Amerika. Der Tod traf ihn kurz vor der Rückkehr nach Berlin.

In: *Der neue Roman*. Ein Almanach. Leipzig: Kurt Wolff 1917. S. 28–48. (D)

Mit freundlicher Genehmigung der S. Fischer Verlag GmbH, Frankfurt am Main.

LUDWIG MEIDNER

Geb. 18. April 1884 in Bernstadt (Schlesien), gest. 14. Mai 1966 in Darmstadt. Kunststudium seit 1903 in Dresden und Paris. Mitbegründer des Clubs »Die Pathetiker« 1912. Kriegsdienst 1916 bis 1918. Da seine Bilder 1933 als ›entartet‹ verfemt wurden, zog er sich in die Tätigkeit eines Studienrates in Köln zurück. Meidner verließ 1939 Deutschland und lebte bis 1953 in London. Danach in Marxheim bei Hofheim (Taunus).

In: *Die Erhebung*. Jahrbuch für neue Dichtung und Wertung. Hrsg. v. Alfred Wolfenstein. Bd. 1. Berlin: S. Fischer 1919. S. 187–196. (D)

MYNONA

Eigentlich: Salomo Friedländer. Geb. 4. Mai 1871 in Gollantsch (Posen), gest. 9. September 1946 in Paris. Seit 1894 Studium der Medizin und Philosophie in München, Berlin und Jena. Er lebte in Berlin als philosophischer Schriftsteller und Mitarbeiter zahlreicher expressionistischer Zeitschriften. Emigration 1933 nach Paris.

In: *Die Aktion*, Jg. 2, Nr. 18, 1912.
Erste Buchausgabe: *Rosa, die schöne Schutzmannsfrau*. Grotesken. Leipzig: Verlag der Weißen Bücher 1913.
Jetzt in: *Rosa, die schöne Schutzmannsfrau und andere Grotesken*. Hrsg. v. Ellen Otten. Zürich: Verlag der Arche 1965. S. 45–50. (D)

© 1989 Arche Verlag AG, Raabe + Vitali, Zürich.

KURT SCHWITTERS

Geb. 20. Juli 1887 in Hannover, gest. 8. Januar 1948 in Ambleside (Westmoreland). Studium als Maler an der Kunstakademie in Dresden, danach meist als Schriftsteller und bildender Künstler in Hannover. 1918 erste Ausstellung im »Sturm«. Herausgeber der Zeitschrift »Merz«. Schwitters emigrierte 1935 nach Norwegen, von dort 1940 nach England.

In: *Der Sturm*, Jg. 10, Nr. 7, 1919.
Erste Buchausgabe: *Anna Blume*. Dichtungen. Hannover: Paul Steegemann 1919 (= Die Silbergäule 39/40).
Auch in: *Anna Blume und ich*. Die gesammelten »Anna Blume«-Texte. Hrsg. v. Ernst Schwitters. Zürich: Verlag der Arche 1965. S. 64–72. (D)
Jetzt in: *Das literarische Werk*. Gesamtausg. Hrsg. v. Friedhelm Lach. Bd. 1: Lyrik. Köln: DuMont 1973.

Mit freundlicher Genehmigung der DuMont Buchverlag GmbH & Co. KG, Köln.

CARL STERNHEIM

Geb. 1. April 1878 in Leipzig, gest. 3. November 1942 in Brüssel. Er wuchs in Hannover und Berlin auf. 1898 bis 1902 Studium der Philosophie, Psychologie und Jurisprudenz an mehreren Universitäten. Er lebte seit 1903 als freier Schriftsteller in München. 1908 bis 1910 Herausgeber der Zeitschrift »Hyperion« zusammen mit Franz Blei. Seit 1912, mit Unterbrechungen, in Belgien, seit 1917 in Holland, seit 1919 in der Schweiz, zeitweilig in Dresden, seit 1930 endgültig in Brüssel ansässig. Zu seinem umfangreichen Erzählwerk gesellt sich ein nicht weniger umfangreiches dramatisches Schaffen.

Erstdruck in: *Die Weißen Blätter*, Jg. 1, 1. Semester, 1913, S. 6–15, 107–116. (D)
Über die Buchausgabe: *Busekow.* Eine Novelle. Leipzig: Kurt Wolff 1914 (= Der jüngste Tag 14) und spätere, weiter veränderte Ausgaben vgl. *Gesamtwerk*. Hrsg. v. Wilhelm Emrich. Bd. 4: *Prosa I*. Neuwied u. Berlin: Luchterhand 1964.

© 1964 by Luchterhand Literaturverlag, München, einem Unternehmen der Verlagsgruppe Random House GmbH.

GEORG TRAKL

Geb. 3. Februar 1887 in Salzburg, gest. in der Nacht vom 3. zum 4. November 1914 im Garnisonshospital in Krakau. Kindheit und Jugend in Salzburg, Apothekenpraktikant mit einem anschließenden Studium der Pharmazie in Wien und Militärapothekendienst. 1912 bis 1914 in Innsbruck bei seinem Freunde und Helfer Ludwig von Ficker, der in der von ihm herausgegebenen Zeitschrift »Der Brenner« Trakls Dichtungen veröffentlichte. 1914 Kriegsdienst als Medikamentenakzessist (mit Offiziersrang) in Galizien. Die Erschütterung über das Kriegselend veranlaßte Trakl zur Selbstvergiftung.

In: *Der Brenner*, Jg. 4, 1914, S. 358–363. (D)
Jetzt in: *Die Dichtungen*. Salzburg: Otto Müller 1938 u. ö. und *Dichtungen und Schriften*. Vollst. hist.-krit. Ausgabe. Hrsg. v. Walther Killy und Hans Szklenar. Salzburg: Otto Müller 1969.

ALFRED WOLFENSTEIN

Geb. 28. Dezember 1888 in Halle a. d. S., gest. durch Selbstmord 22. Januar 1945 in Paris. Wolfenstein verbrachte die Jugend in Berlin und lebte dort, nach dem juristischen Studium und der Promotion, als freier Schriftsteller. 1916 bis 1922 in München. Er emigrierte 1933 nach Prag, von dort nach Paris. 1940 wurde er interniert. Während der Okkupation Frankreichs durch die deutschen Truppen floh er mehrmals und verbarg sich unter falschem Namen.

In: *Der Lebendige*. Novellen. München: Roland-Verlag Dr. Albert Mundt 1981. S. 39–50. (D)

PAUL ZECH

Geb. 19. Februar 1881 in Briesen (Westpreußen), gest. 7. September 1946 in Buenos Aires. Er verbrachte seine Jugend in Wuppertal. Nach dem Studium aus sozialem Impuls zwei Jahre als Bergmann und Metallarbeiter in Deutschland, Frankreich und Belgien. Später Redakteur, Dramaturg, Verlagslektor, Werbeleiter und Bibliothekar in Berlin. Zech emigrierte 1933 nach Prag, dann nach Paris, von dort aus nach Südamerika. Er hat seit 1937 in Buenos Aires gelebt.

In: *Das Neue Pathos*, H. 5/6, 1913, S. 15–20. (D)

Der Verlag Philipp Reclam jun. dankt für die Nachdruckgenehmigung den Rechteinhabern, die durch den Quellennachweis und einen folgenden Genehmigungs- oder Copyrightvermerk bezeichnet sind. In einigen Fällen waren die Inhaber der Rechte nicht festzustellen; hier ist der Verlag bereit, nach Anforderung rechtmäßige Ansprüche abzugelten.

INHALT

Theorie der Empfindsamkeit und des Sturm und Drang

Hrsg. von Gerhard Sauder. 503 S. UB 17643

Autoren: M. Bräker, G. A. Bürger, J. H. Campe, K. D. Duster, H. W. v. Gerstenberg, J. W. Goethe, L. P. Hahn, J. G. Hamann, W. Heinse, J. G. Heinzmann, J. G. Herder, J. J. Hottinger, K. F. v. Irwing, F. M. Klinger, J. C. Lavaster, J. M. R. Lenz, L. S. Mercier, J. H. Merck, J. M. Miller, J. J. Mochel, J. Möser, F. Müller, E. Platner, C. F. Pochels, K. A. Ragotzky, J. K. Riesbeck, U. Ringeltaube, F. Schiller, C. F. D. Schubart, S. J. E. Stosch, J. R. Sulzer, H. L. Wagner, J. C. Wezel.

Theorie des bürgerlichen Realismus

Hrsg. von Gerhard Plumpe. 351 S. UB 8277

Autoren: Anonym, H. Baumgarten, M. Carriere, J. F. Faber, J. G. Fischer, T. Fontane, K. Frenzel, G. Freytag, R. Gottschall, K. Gutzkow, F. Hebbel, P. Heyse, C. Hoffmann, E. Homberger, A. Horwicz, G. Keller, J. H. v. Kirchmann, E. Kolloff, W. T. Krug, K. Lemcke, O. Ludwig, H. Marggraff, C. F. Meyer, L. Pfau, R. Prutz, W. H. Riehl, A. L. v. Rochau, A. Ruge, M. Schasler, J. Schmidt, E. Schmidt-Weissenfels, E. Schreiner, F. Spielhagen, F. Stamm, A. Stifter, T. Storm, K. Twesten, H. T. Vischer.

Theorie des Naturalismus

Hrsg. von Theo Meyer. 348 S. UB 9475

Autoren: C. Alberti, H. v. Basedow, L. Berg, K. Bleibtreu, W. Bölsche, E. Brausewetter, M. G. Conrad, H. Conradi, E. G. Christaller, Ch. v. Ehrenfels, M. Flürscheim, W. H. Friedrichs, R. Goette, E. Haeckel, M. Halbe, H. Hart, J. Hart, G. Hauptmann, K. Henckell, J. Hillebrand, A. Holz, L. Jacobowski, F. v. Kapff-Essenther, W. Kirchbach, E. Koppel, H. Merian, M. Nordau, E. Reich, J. Röhr, J. Schlaf, B. v. Suttner, I. v. Troll-Borostyáni, O. Welten, E. Wolff, E. Zola.

Theorie des Expressionismus

Hrsg. von Otto F. Best. 296 S. UB 9817

Autoren: H. Ball, G. Benn, E. Blass, E. Bloch, M. Buber, Dada, T. Däubler, A. Döblin, K. Edschmid, C. Einstein, I. (Yvan) Goll, W. Hasenclever, P. Hatavani, O. Herzog, K. Heynicke, K. Hiller, F. M. Huebner, G. Kaiser, W. Kandinsky, R. Kayser, O. Kokoschka, A. Kurella, R. Leonhard, C. Mierendorff, K. Otten, M. Picard, K. Pinthus, L. Rubiner, R. Schickele, L. Schreyer, E. v. Sydow, H. Walden, F. Werfel, B. Ziegler.

Philipp Reclam jun. Stuttgart